# NUVAYLA

## UND DAS DORF IM LAND DER DRACHEN



MERYEM H. AKGÜN

# NUVAYLA

UND DAS DORF IM LAND DER DRACHEN

1. Auflage



Erschienen im Main-Donau Verlag

Redaktion
Noah Sattler

Lektorat
Frank Giesenberg

Coverdesign & Layout
Yavuz Aydemir

Korrespondenz:
Gerbermühlstr. 32 – 60594 Frankfurt am Main

info@main-donau-verlag.de

ISBN: 978-3-946871-08-8

Druck: CPI books GmbH
Ulm – Deutschland

FSC www.fsc.org
MIX
Papier aus verantwortungsvollen Quellen
FSC® C083411

# Kapitel

„Für meine Mutter und meinen Bruder“

# 1 Aller Anfang ist schwer

Noch war Nuvay ahnungslos, wie sehr eine Person das Leben einer anderen verändern konnte, als sie sich begierig weiter vorbeugte, um eine bessere Sicht auf das Spektakel zu erhaschen, dass sich vor ihr in schwindelerregender Höhe abspielte. Es war Nacht und sie saß hoch auf dem Gipfel ihres Berges. Die Sterne funkelten weit über ihr mit dem bunten Treiben der Wesen vor ihr um die Wette. Das bunte Glitzern der Schuppen im Mondlicht gewann, denn Nuvays gespannter Blick war auf sie gerichtet. In den kühlen Nachtwind mischte sich ein leichter Geruch von Schwefel und Rauch hinein, der Nuvay sanft durch die Haare strich. Ebenso sanft hielten sich diese mächtigen Wesen mit ihren riesigen Flügeln in der Luft und schmiegten sich dabei elegant aneinander, mal stärker und mal schwächer, suchend nach dem richtigen Partner. Lautes Grunzen und Raunen übertönte jedes normale nächtliche Geräusch. Den Ton gaben eindeutig diese edlen Wesen an. Die sonst so eintönigen und ereignislosen Nächte waren seit einiger Zeit angefüllt mit dem Treiben der Drachen. Es war Brunft. Alljährlich versammelten sie sich in der Nähe des Gebirges, um einen passenden Partner zu finden. Sie schwangen sich in die Lüfte und tanzten im Mondschein, um sich die Gunst der Weibchen zu sichern. Die Aufmerksamkeit der

Drachen galt jetzt allein ihresgleichen. Das hatte Nuvay in all den Jahren feststellen können, da sie das Geschehen beobachtete, und so stand sie ohne die geringste Sorge, angegriffen werden zu können, auf dem Gipfel des Berges und befand sich fast schon unter ihnen. Wie hypnotisiert beobachtete sie seit Beginn der Nacht die Drachen und hatte, überwältigt von der Schönheit des Schauspiels, wieder einmal die Zeit vergessen. Sie würde sicherlich bald vermisst werden. Wie konnte sie aber an so etwas Belangloses denken, wenn ihr Herz mit jedem Flügelschlag der Drachen vor ihr freudig aufhüpfte? Wenn sie entzückt auflachte, sobald einer der Drachen wieder ein besonders schwieriges Kunststück in der Luft vollbracht hatte? Wenn sie von der strahlenden Farbenpracht, die sich ihr darbot, gebannt war und eine tiefe Leidenschaft für die Wesen vor und über ihr verspürte? Manchmal stellte sie sich vor, dass sie eine von ihnen wäre und sich eines dieser starken und mächtigen Männchen nur für sie in die Lüfte schwingen und die ganze Nacht lang nur für sie fliegen würde.

Nuvay lehnte sich lächelnd an einen Felsen und seufzte zufrieden. Sie war einfach glücklich in diesem Moment und das genoss sie. In solchen Nächten vergaß sie alle Sorgen und Pflichten. Sie war nicht allzu weit gelaufen, ihr Dorf lag nur einige hundert Meter unter ihr. Es befand sich in einem Berg oder genauer unter einem Berg. Man lebte nicht wirklich in diesem Dorf, es war eher ein Sichverstecken. Denn auf der Erdoberfläche durfte man sich nicht lange aufhalten, weil es Drachenterritorium war. In ihrer Welt gehörten Menschen unter die Erde. Die Drachen mochten es nicht besonders, wenn sich Menschen in ihrem Revier herumtrieben, was Nuvay allerdings nicht davon abhielt, ihre Welt zu erkunden. Nuvay wusste nicht, wie es in anderen Ländern auf ihrer Welt war, doch hier herrschte dieses Gesetz. Es gab bloß einen Ort, an dem die Drachen die Menschen auf der Erdoberfläche duldeten. Es war die Hauptstadt des Landes. Alle anderen Dörfer und Städte waren unter der Erde, genauso wie Nuvays Dorf, das ziemlich klein war und auch ziemlich abseits der anderen Städte lag. Es war ein richtiges Kaff, abgetrennt vom Leben der übrigen Unterstädte. Die Dorfältesten hatten Nuvay einmal erzählt, dass ihre Siedlung einst eine kleine Zwergenstadt gewesen war. Die Zwerge waren aber auf ihrer Suche nach Bodenschätzen erfolglos geblieben und hatten die Gegend verlassen. Schon längst waren die Zwerge ausgestorben, und es blieben bloß noch einige Erinnerungen an sie. In dem Dorf hatten sich dann in den letzten Jahrhunderten Menschen angesiedelt. Zurzeit lebten aber nicht mehr als hundert dort. Nuvay mochte es nicht immer, hier zu leben. Man konnte fast nichts verheimlichen. Denn was immer man tat, irgendwer bekam es mit und dann sprach es sich schnell herum.

Dennoch hatte sich Nuvay in dieser Nacht aus ihrem Dorf schleichen können. Sie war so hoch sie konnte geklettert und beobachtete nun von dort aus die Drachen. Sie genoss den kurzen Moment der Freiheit. Verträumt sah sie zu den Drachen hinüber und verlor sich mit einem glücklichen Lächeln auf den Lippen in ihren Gedanken. Wie könnte man ihr diese Stunden übel nehmen? Wer könnte denn der Verlockung widerstehen, diese mächtigen und majestätischen Wesen aus solcher Nähe zu beobachten? Ein starker Windstoß, der sie fester an den Felsen hinter ihr drückte und Staub und Steine aufwirbelte, riss Nuvay wieder zurück in die Realität. Ein roter Drache, nur einige Meter von ihr entfernt, schoss in den Himmel empor, dabei dicht gefolgt von einem grünen Drachenweibchen. Nuvays schwarze Haare wirbelten im Wind auf. Sie musste sich die Augen zuhalten, um sie vor dem Staub zu schützen. Als der Wirbel sich gelegt hatte, öffnete Nuvay vorsichtig ihre Augen. Sie sah den roten Drachen, wie er mit starken, gleichmäßigen Flügelschlägen einige Meter über ihrem Kopf schwebte. Die grüne Drachendame umflog ihn, ihrem kräftigen Bau zum Trotz tat sie es elegant und geschmeidig. Nuvay sah mit pochendem Herzen, leuchtenden Augen und einem Lächeln im Gesicht zu den beiden hinauf. Ihre Schuppen glitzerten im Mondschein und verzahnten sich miteinander. Ein Paar hat sich soeben gefunden, dachte Nuvay. Jedoch verschwand ihr Grinsen, als sie den roten Drachen wiedererkannte, und ein nervöses Kribbeln stellte sich in ihrer Magengegend ein. Sie drückte sich stärker an das feste Gestein hinter ihr und ihre Rippen schmerzten. Die Erinnerungen an das Ereignis vor einem Jahr flammten wieder auf. Ja, es war eindeutig der Drache, der ihr damals ein paar Rippen gebrochen hatte. Bereut hatte Nuvay den Vorfall nie, denn er hatte ihr zu einer wichtigen Erkenntnis verholfen. Die Schmerzen waren es wert gewesen.

Auch damals hatte sie sich aus dem Dorf geschlichen. Obwohl es keine Brunftzeit gewesen war, hatten sich einige Drachen in der Nähe ihres Dorfes verloren. Neugierig und sorglos wie sie war, hatte sie sich diesen Drachen zu stark genähert und war dabei von ihnen entdeckt worden. Ebenjener rote Drache hatte sich daraufhin an ihre Fersen geheftet. Sie war wie noch nie zuvor um ihr Leben gerannt, wiewohl ihre Lage hoffnungslos war. Sie konnte sich noch genau an diesen schrecklichen Moment erinnern: Als sie den Höhleneingang schon sehen konnte, wurde sie plötzlich von roten Krallen gepackt und hoch in die Luft getragen. Auch wenn sie schreckliche Angst gehabt hatte, musste sie sich eingestehen, dass dieser Moment faszinierend war. Im nächsten Augenblick jedoch schoss ihr der steinige Grund des Berges entgegen. Ein stumpfer Aufprall. Ein Knacksen. Sie hatte sich, als sie auf dem harten Gesteinsboden aufschlug, einige Rippen und ihr Schulterblatt gebrochen. Vor Schmerzen auf dem Boden gekrümmt, hatte sie erst gar nicht bemerkt, dass sich ein anderer, weißsilberner Drache auf den Roten gestürzt hatte. Erst als sie versuchte, sich aufzurichten, erkannte sie, dass die beiden Drachen kämpften. Ihr stockte der Atem. Dann wurde der Boden unter ihren Füßen heftig erschüttert, so dass ihre Rippen fürchterlich schmerzten. Der rote Drache war genau vor ihr auf den Boden gestürzt. Nuvay versuchte vergeblich, auf die Beine zu kommen und davonzulaufen. Vielleicht hätte sie es jetzt, während die beiden miteinander beschäftigt gewesen waren, bis zum Eingang schaffen können. Doch ein markerschütternder Schrei hatte sie schockiert innehalten lassen. Sie musste ihre Ohren zuhalten. Als der Schrei abgeklungen war und sie sich umdrehte, sah sie gerade noch, wie aus dem Maul des roten Drachen Feuer geschossen kam. Da entfuhr auch ihr ein Schrei. Das Feuer war unmittelbar auf sie gerichtet.

Es war nicht das erste Mal gewesen, dass Nuvay gesehen hatte, wie ein Feuerstrahl Menschen umschlossen hatte. Das war bei ihren Eltern gewesen. Nur noch ein Aschehaufen war von ihnen übriggeblieben. Nun war sie in derselben Situation. Instinktiv hob sie die Arme hoch, beugte sich nach vorn und kauerte sich auf den Boden, als die Hitze sich um sie schloss.

Ein weiterer Schrei erfüllte die Gegend. Wieder dieselbe Drachenstimme. War das der weiße? In diesem Moment wurde ihr bewusst, dass sie immer noch denken konnte. Hätte sie nicht schon längst tot sein müssen? Konnte man als Aschehaufen noch denken? Hatte es sich der Drache anders überlegt? Sie öffnete die Augen und erschrak. Sie war umhüllt von Flammen. Von den Kleidern an ihrem Körper war keine Spur mehr. Alles war weggebrannt, aber ihr Körper war unversehrt. Selbst ihre Haare waren verschont worden. Sie schwebten um sie herum, als würden sie auf Wasser schwimmen.

Wenn sie so zurückdachte, erschien es ihr fast berauschend, dieses Gefühl in den Flammen. Das Feuer war erloschen und sie hatte in zwei feuerrote Augen gesehen. Zum ersten Mal in ihrem Leben hatte sie Augenkontakt mit einem Drachen gehabt. Sie hatte seine Verwirrung gesehen und konnte nicht umhin, ein wenig zu grinsen. Dann wurde der Drache plötzlich nach hinten weggezogen und gegen einen großen Felsen geschleudert. Der weiße Drache hatte ihn am Schwanz gepackt und weggeschleudert. Nuvay hockte immer noch auf dem Boden und versuchte zu realisieren, warum sie kein Häufchen Asche geworden war. Der weiße Drache hatte sie bemerkt und seine dunkelblauen, funkelnden Augen hatten sich ihren tiefschwarzen zugewandt. In den seinen war jedoch keine Überraschung oder Verwirrung zu sehen. Es war etwas ganz anderes. Etwas, das sie nicht hatte deuten können und worüber sie auch nicht lange nachsann, denn sie war in dieses tiefe Blau vor ihr hineingesogen worden. Sie hatte alles um sich herum vergessen. Es kam ihr wie eine Ewigkeit vor. Der blaue Blick des weißen Drachen. Die Zeit stand still. Sein Blick war ernst und leidvoll.

In der Zwischenzeit war der rote Drache wieder zu sich gekommen und hatte sich von hinten auf den weißen gestürzt. Ein lauter Aufschrei riss sie aus der Trance. Zwischen den beiden Drachen tobte erneut der Kampf. Sie nutzte die Gelegenheit und rannte, so schnell die Beine sie trugen, zurück in ihr Dorf. Unterwegs schwor sie sich immer wieder, sich nie wieder heimlich davonzuschleichen. Kaum waren jedoch die ersten Schmerzen abgeklungen, war ihr Schwur vergessen. Ihr war endgültig bewusst geworden, dass ihr Feuer nichts anhaben konnte. Nicht einmal das Feuer der Drachen ...

In diesem Moment wurde Nuvay aus ihren Gedanken gerissen. Etwas Seltsames spielte sich bei den Drachen ab. Sie wurden unruhiger und blitzschnell schwangen sich alle in die Luft. Auch die Drachen, die sich zuvor ein wenig auf dem Boden ausgeruht hatten, flogen nun auf. Es folgten eigenartige Geräusche, die Nuvay noch nie von ihnen gehört hatte. Unruhig sah sie sich um. Was war los? Lag es an ihr? Das konnte nicht sein, denn keiner beachtete sie. Und dann, von einer Sekunde auf die nächste, schien die Zeit stehen zu bleiben. Nuvay hielt den Atem an. Nur hundert Meter vor ihr erschien der silberweiße Drache. Es war derselbe wie vor einem Jahr. Wie aus dem Nichts stand er plötzlich unter den anderen. Nuvay stockte der Atem. Die Mondstrahlen ließen das Silber und Weiß der Schuppen aufschimmern und er sah am dunklen Nachthimmel zwischen all den bunten Drachen aus wie ein leuchtender Stern. Er war wunderschön. Sie beugte sich unwillkürlich vor, um ihn besser sehen zu können. Doch trotz der überwältigenden Schönheit, den sein Auftritt im Schein des Vollmonds hatte, sah der Drache erschöpft aus. Er schwang sich nur mit großer Anstrengung durch die Lüfte und suchte sich einen Platz zum Ausruhen. Um den gesamten Körper des Drachen hatte sich eine Rauchwolke gebildet. Es schien, als käme sie aus ihm.

Nuvay wurde unruhig und besorgt. Er musste innerlich brennen, dachte sie sich. Ob er krank war? Am Boden angekommen, lief, ja kroch er auf allen vieren. Seltsamerweise bewegte er sich von den anderen Drachen weg. Diese waren anscheinend ebenfalls irritiert, denn die meisten entfernten sich von ihm. Da trat ein violettfarbener Drache aus der Menge heraus. Es war eindeutig ein Weibchen. Sein Blick war hart und glühte und richtete sich auf den weißen Drachen. Das Weibchen öffnete seine Schnauze und sandte einen schrecklichen Schrei in die Nacht hinaus, der selbst die Sterne im Himmel erzittern ließ. Der weiße Drache aber schenkte dem schreienden Ungetüm in der Luft keinerlei Beachtung. Es schien, als hätte er genug damit zu tun, sich nicht in Rauch aufzulösen. Das gefiel der violetten Drachendame noch weniger. Dann ging alles so schnell, dass Nuvay dem Geschehen kaum folgen konnte. Der weiße Drachen erhob sich blitzartig in die Luft, und das violette Weibchen stürzte ihm hinterher. Als er vor sich Nuvay entdeckte, riss er erschrocken die erschöpften Augen auf und eine starke Rauchwolke entwich seinen Nüstern. Nuvay war wie versteinert. Er hatte sie entdeckt. Ihr Herz raste und sie wusste, dass etwas Schreckliches passieren würde. Aber entgegen ihren Erwartungen wechselte der weiße Drache ruckartig seine Richtung und flog steil nach oben. Nicht nur Nuvay erschrak bei diesem Manöver, auch das violette Weibchen war verwirrt. Ihr flammender Blick richtete sich auf Nuvay, die förmlich spürte, wie sich die Hitze um ihren Körper schloss. Die violetten Augen stachen tief in sie hinein und Nuvay fing an, am ganzen Körper zu zittern. Dann schrie das Weibchen, kreischte, beschleunigte und flog direkt auf Nuvay zu. Ihr Herz blieb vor Entsetzen fast stehen. Bewegungslos sah sie dem Angriff entgegen. Da kam ihr der weiße Drache zur Hilfe und errichtete eine schützende Wand vor ihr, indem er aus seinem Maul einen Feuerstrahl spie. Das Drachenweibchen hielt in der Luft an, es wollte sich augenscheinlich nicht in die Flammen werfen. Die Wärme drang tief in Nuvay ein und befreite sie aus ihrer Erstarrung. Was tat sie hier eigentlich? Auf ihren Tod warten? Sie gab sich einen kurzen Ruck und lief los. Das Pochen ihres Herzens beflügelte ihre Füße und sie spürte, wie sie das Adrenalin in den Adern wie das Benzin einen Motor antrieb. Es war an der Zeit zu überleben!

Sie sprang die Felsen wie eine Bergziege hinunter und schaute dabei kurz nach oben. Der weiße Drache stürzte sich auf das violette Weibchen und die beiden gerieten in einen Kampf. Was war nur los? Hatte der weiße Drache sie gerade etwa beschützt? Wenn ja, hatte er sie bei ihrer ersten Begegnung auch nur schützen wollen? Aber warum tat er das? In diesem Moment trat sie falsch auf, rutschte an einer Steinkante aus und rollte kopfüber nach unten. Nach zahlreichen Überschlägen kam sie mit Schürfwunden und einer Menge Staub in Mund und Nase zum Stehen. Hustend und spuckend richtete sie sich wieder auf und massierte die Stellen, die ihr weh taten. Sie blickte wieder nach oben. Es war eindeutig. Der weiße Drache versuchte mit aller Kraft zu verhindern, dass das Weibchen zu ihr gelangte. Aber warum? Und vor allem: Wie lange würde er es in seinem geschwächten Zustand noch schaffen, dieses violette Monstrum von ihr fernzuhalten?

Nuvay musste weiter, wenn sie die Nacht überleben wollte. Sie spuckte den letzten Geschmack von Staub aus ihrem Mund und rannte wieder los. Aber sie kam nicht weit, denn die kämpfenden Drachen knallten mit voller Wucht auf die Felswand vor ihr. Der Aufprall war so gewaltig, dass der Boden unter ihren Füßen zitterte und Nuvay das Gleichgewicht verlor. Sie fiel nach hinten und in ihrem Kopf explodierte es. Sie schrie. Ein sehr spitzer Stein hatte sich in ihren Rücken gebohrt. Ihr Atem rasselte vor Angst und Aufregung. Ihr pochendes Herz mahnte sie weiterzurennen und den Schmerz zu ignorieren. Sie sah auf den sternenbehangenen Himmel. Der Wind blies kühl über ihren Körper.

Sie holte tief Luft, um sich mit einem starken Ruck aufzurichten, als sie plötzlich zwei violette Augen wahrnahm, die sie hasserfüllt anstarrten. Sie fühlte einen kalten Schreckensschauer über ihren Körper laufen. All ihre Schmerzen waren in diesem einen kurzen Moment verschwunden. Sie erstarrte und wagte nicht zu atmen. Der violette Drache hob die Flügel an und stieß sich mit einem heftigen Ruck in Nuvays Richtung hinab. Im nächsten Augenblick wurde Nuvay von zwei Vorderkrallen gepackt und sie schossen empor in die Luft. Nuvay wollte schreien, aber die Krallen schnürten ihr die Brust zu. Wie viel Schmerz musste sie denn noch ertragen? Angst kam in ihr hoch, Tränen schossen in ihre Augen. Sie würde so etwas nie wieder tun! Wenn sie diese Nacht überleben sollte, würde sie einen Blutschwur leisten, nie wieder ihr sicheres Dorf zu verlassen und nie, nie wieder auch nur einen Fuß hinauszusetzen!

Weiter konnte sie nicht denken, denn in diesem Moment legte das Weibchen einen waghalsigen Sturzflug hin. Nuvays Magen drehte sich ebenso wie ihre Gedanken. Sie sah nur noch, wie der Himmel um sie herumschwirrte. Die Sterne verschwammen ineinander und oben und unten wurden eins. Mit jeder Sekunde Atemnot verschwammen ihre Gedanken mehr und allein der kalte Nachtwind rüttelte sie mit seinen Ohrfeigen wieder wach. Die Hoffnung, dass sie all das heil überstehe, schwand im Minutentakt. Plötzlich wurde das violette Weibchen von einem anderen Drachen gerammt. Es war der weiße. Der Griff des Weibchens lockerte sich etwas, und Nuvay nutzte diesen Moment, um tief durchzuatmen. Ihre Lungen füllten sich mit der kalten Nachtluft und ihr Verstand wurde klarer. Sie musste hier raus! Das Weibchen brüllte. Nuvay wollte sich die Ohren zuhalten, doch sie bekam ihre Hände nicht frei. Der Schrei durchdrang sie und sie musste ebenfalls vor Schmerz aufschreien. Wieder stiegen Tränen in ihr hoch. Der weiße Drache flog immer noch unter ihnen. Er legte seine Flügel schräg an und wurde schneller. Dann drehte er sich plötzlich, rammte sie seitlich und sie krachten gegen einen Berg.

Der Aufprall war hart und schüttelte Nuvays Körper durch. Schwärze und das Gefühl einer großen Leere legten sich um sie. Sie kämpfte dagegen an, und schließlich wurde ihr klar, was passiert war. Kein Drache war mehr zu sehen. Eine starke Freude machte sich in ihr breit, dass sie ihren Klauen entronnen war. Sie raffte sich auf und lief, ein wenig schwankend zunächst, los. Schon bald aber rannte sie mit ihrem Herzschlag um die Wette. Als sie einen Höhleneingang nicht weit von sich ausmachte, atmete sie erleichtert durch. Das war die Rettung, dachte sie.

Sie lief schnurstracks in die Höhle, die ihren schützenden Schatten um sie warf. Das Gefühl der Sicherheit währte indes nicht lange, denn der weiße und der violette Drache krachten kurz nach ihr in die Höhle, wobei sie den engen Eingang hinter sich in Schutt und Asche legten. Der weiße Drache hatte sich in die Kehle des Drachenweibchens verbissen und dieses versuchte sich vom weißen Drachen loszureißen, wobei es seine funkelnden Augen stets auf Nuvay gerichtet hatte. Dieses Weib ist wirklich verrückt, dachte Nuvay. Ihr Fuß verhedderte sich in ihrer Hose und sie stolperte einen Meter weiter auf den Boden. Sie fluchte leise, erhob sich und rannte diesmal bedachter los.

Die Höhle hatte zwar einen schmalen Eingang, der überdies zugeschüttet war, aber ihre Decke war sehr hoch und sie war groß. Nuvay lief also weiter in sie hinein. Überall waren kleine Lichter in den Steinen, die das Innere der Höhle in hellblaues Licht tauchten. Zu jedem anderen Zeitpunkt wäre sie wahrscheinlich begeistert gewesen, wenn sie diese schöne Höhle entdeckt hätte, doch jetzt wollte sie nur ihre Haut retten. Sie hörte Gebrüll hinter sich und ein weiteres Beben erschütterte die Höhle. Kleine Steine fielen von der Decke, denen Nuvay auszuweichen versuchte. Ihre Füße brannten vor Schmerz und Erschöpfung. Ihr Atem rasselte und ihre Lungen schrien auf. Sie war voll und ganz erschöpft, doch das Getöse hinter ihr ließ sie weiter und immer weiter in die Höhle hineinrennen. Wie aus dem Nichts erschien vor ihr ein großer See und zwang sie, stehen zu bleiben.

Sie wischte sich mit dem Handrücken den Schweiß von der Stirn. Was sollte sie nun machen? Sie lief noch einige Schritte auf das Wasser zu. Verdammt! Die Höhle war eine Sackgasse. Hinter ihr wurde das Gebrüll der wütenden Drachendame lauter und Nuvay wusste, dass sie sich bis zu ihr durchkämpfen würde. Mit pochendem Herzen drehte sie sich langsam um und sah mit Entsetzen, dass das violette Weibchen wie eine Furie auf sie zusprintete. Sie wurde wieder von Panik gepackt. Kalter Angstschweiß legte sich auf ihren Körper, während sich im Raum Wärme ausbreitete. Warum war dieser Drache so hartnäckig? Und was sollte sie jetzt machen? Da kam ihr erneut der weiße Drache zur Hilfe und rammte das violette Weibchen zum wiederholten Male von der Seite und versperrte ihr anschließend den Weg zu Nuvay, in dem er sich bedrohlich vor ihm aufbaute.

Nuvay atmete für einen kurzen Moment erleichtert aus. Als sich das Weibchen auf den weißen Drachen stürzte, machte sie instinktiv einen Schritt nach hinten und ein kalter Schock durchzuckte sie. Das eisige Wasser des Sees hatte ihren Fuß umschlossen. Sie zog ihn sofort wieder heraus. Das Weibchen stürzte sich mit lautem Geschrei auf den weißen Drachen und warf ihn zu Boden. Dann wollte sie wieder auf Nuvay zulaufen, doch der weiße Drache biss ihr in die Wade und es ertönte wieder ein lauter Schrei. Eine Salve von Rauch und Schwefel strich zu Nuvay hinüber. Das Weibchen stand nur wenige Meter vor ihr entfernt und wurde vom weißen Drachen gehalten. Der Blick des Drachenweibchens war fest auf Nuvay gerichtet. Ein weiterer Schauer fuhr ihr über den Rücken. Die kalte Angst ließ ihre Knie erzittern. Würde das gar nicht mehr aufhören? Das Weibchen öffnete seine Schnauze und sie wurde von messerscharfen Zähnen angeblitzt. Nuvay seufzte schwer, sie wusste, was jetzt kommen würde. Genau in dem

Moment, als sie etwas Rotes im Rachen des Weibchens ausmachen konnte, schloss sie schweren Herzens ihre Augen und ließ sich rückwärts fallen. Sie holte dabei tief Luft und wartete auf den schmerzhaften Moment. Die Zeit schien wieder stehen zu bleiben. Dann durchstachen unzählige eisige Messer ihren Körper und das Wasser des Sees umschloss sie. Sie musste an sich halten, um nicht auf der Stelle wieder hinauszuspringen. Aber oben hatte sich eine rote Feuerschicht gebildet. Und sie wollte um keinen Preis wieder nackt durch die Gegend laufen. Das letzte Mal, als sie sich vor dem Dorfeingang hingekauert hatte, war sie von Simôn entdeckt worden. Simôn, den sie seit ihrer Kindheit wie einen Helden verehrte, der sie immer beschützte und ihr zur Seite stand wie kein anderer, hatte sie so aufgefunden. Er hatte sofort seine Kleider ausgezogen und sie ihr gegeben. So hatte Nuvay das sichere Dorf betreten. Er war ihr mit großem Abstand in seiner Unterwäsche gefolgt. Eine Woche lang hatten sie einander nicht in die Augen sehen können. Es war furchtbar peinlich gewesen. Hinzu kam, dass man ihr im Dorf nicht geglaubt hatte. Die Menschen hatten gedacht, dass Nuvay bloß wieder irgendeinen Unfug da draußen getrieben hatte, und von ihrer neu entdeckten Eigenschaft wollte niemand etwas wissen. Es war frustrierend und beschämend zugleich gewesen. Da hatte man so eine weltverändernde Entdeckung gemacht und war mit dem Leben davongekommen und keiner hatte etwas davon wissen wollen. Eine traurige Wärme, die einzige Wärme, die sie gerade empfand, legte sich um ihre eisige Brust.

Der Feuerstrahl des violetten Drachen hielt nicht lange an. Als er erlosch, peitschte Nuvay sofort mit ihrem Kopf aus dem eisigen Wasser heraus und schnappte tief nach Luft. Zuerst konnte sie nichts erkennen, da überall das Wasser dampfte. Sie wartete gespannt darauf, dass ihre Sicht klarer wurde, und erkannte dann, wie der weiße Drache dem violetten Drachen gerade den Kopf wegdrückte. Sie traute sich nicht aus dem Wasser, obwohl sie zitterte. Die Kälte kroch ihr bis tief in ihre Knochen. Dann biss der weiße Drache dem Drachenweibchen in den Hals und ein weiterer Schrei hallte von den Höhlenwänden. Nuvay musste sich wieder die Ohren zuhalten und schloss dabei auch die Augen. Warum waren diese Drachen so laut?

Wie es passiert war, wusste sie nicht, doch als sie wieder aufblickte, stand der weiße zwischen ihr und dem violetten und bäumte sich gefährlich auf. Er gab seltsame Grunzlaute von sich. Dann, als das Drachenweibchen wieder angreifen wollte, brüllte er so laut und so ohrenbetäubend, dass Nuvay ebenfalls aufschrie. Die Kälte wich für einige Momente aus ihrem Körper. Angst und Verzweiflung machten sich in ihr breit. Die Haare auf ihrem gesamten Körper stellten sich auf. Das Brüllen des weißen Drachen ging ihr durch Mark und Bein. Mit was hatte sie sich da angelegt?

Aber auch das Weibchen schien eingeschüchtert, denn es wich langsam zurück. Ein weiteres drohendes Grunzen, und die Violette drehte sich um und brach wutentbrannt mit dem Kopf voran durch den eingestürzten Eingang aus der Höhle hinaus in den Nachthimmel. Der Eingang war wieder frei. In der Höhle wurde es still. Nur das Klappern von Nuvays Zähnen war zu hören.

# 2 Gegen den Wind beweist sich die Freundschaft

Der silberweiße Drache drehte sich langsam zu ihr um. Seine Schuppen klirrten sanft auf dem Boden. Ihr sanftes Silberweiß strahlte im hellblauen Licht der Höhle auf. Wieder sah er aus wie ein Stern am Nachthimmel. Seine blauen Augen, immer noch flammend vom Kampf, richteten sich auf Nuvay. Sie zitterte am ganzen Körper. Sein Maul öffnete sich ein wenig.

»Jetzt komm schon da raus!«, drang eine raue und kränkliche Stimme durch die Höhle. Nuvay erstarrte. Fing sie vor Kälte an zu halluzinieren? Der Mund des Drachen hatte sich zwar bewegt, doch schien es ihr, als ob nicht er es war, der gesprochen hatte. Irritiert ließ sie ihre schon leicht blauen Hände sinken und erwiderte: »Wie?«

»Deine Lippen sind schon ganz blau. Komm endlich aus dem Wasser!« Ein starker Schauer fuhr ihr mit jedem einzelnen seiner Wörter über den ganzen Körper. Sie spürte die Kälte schon gar nicht mehr und sah den weißen Drachen perplex an . Er leuchtete wie ein wirklicher Drache und hatte tatsächlich gesprochen. Der Drache hatte soeben mit ihr gesprochen! Sie wusste nicht, wie viele schreckliche Ereignisse ein Herz an einem Tag ertragen konnte, aber jetzt gerade zitterte es abermals auf und wusste nicht, ob es zu schlagen aufhören oder wieder beschleunigen sollte. Es entschied sich schließlich dafür, wie ein Presshammer weiterzuschlagen.

»Du ... du kannst sprechen?«, brachte sie endlich mit piepsender Stimme heraus. Der Drache gab ein Grunzen von sich und antwortete mit höherer Stimme, dabei sein Gesicht verzerrend: »Ja, i... ich kann sprechen!«

Nuvay schaute ihn mit großen Augen an. Erst verstand sie nicht recht, aber dann fiel so allmählich der Groschen zu ihr ins kalte Wasser. »Hast ... hast du mich gerade ...«,sie schluckte schwer und ihre Stimme wurde höher, »nachgeäfft ...?«

Der Drache schnaubte, legte sich auf den Boden und schwang seinen Schwanz einmal um sich. Tatsächlich. Was für ein launiger Geselle war das denn? Und sie dachte immer, Drachen seien anmutige und edle Wesen, zwar ziemlich angsteinflößend, dass musste sie natürlich vor allem nach dieser Nacht zugeben, aber trotzdem. Nie hätte sie gedacht, dass sie sich über jemanden lustig machen könnten oder würden. Es machte ihr ein wenig Angst. Jedoch weckte dieser Drache auch eine starke Neugier in ihr. Diese blöde Neugier, wegen der sie immer in Schwierigkeiten geriet.

Ihr musternder Blick wanderte über den geschwächten Körper des Drachen. Der Kampf hatte ihn wohl sehr mitgenommen. Er sah sie an. Für kurze Zeit herrschte Stille. Sie nahm all ihren Mut zusammen und atmete tief ein. Ihr Herz schlug immer noch zu schnell. »Du wirst mich nicht auffressen?« Er rollte die Augen und stöhnte. »Als hätte ich nichts Besseres zu tun.« Rauch entströmte seinem Maul.

Sie musterte ihn misstrauisch und entschied nach einigen Sekunden, ihm zu vertrauen. Warum auch nicht? Er hatte ihr gerade das Leben gerettet, schon wieder. Dann griff sie auf den Höhlenboden und zog sich langsam aus dem kalten Wasser. Dabei ließ sie den Drachen nicht aus den Augen, der sie ebenfalls aufmerksam beobachtete. Sie richtete sich schlotternd auf und verschränkte ihre Arme vor der Brust. Ihr war furchtbar kalt und sie konnte diese eisige Kälte bis tief in ihre Knochen spüren. Der weiße Drache hingegen lag innerlich glühend und dampfend auf dem Boden. Ihm war sicherlich warm.

»Würdest du mir denn etwas antun, wenn ich näher käme?« Sie schluckte wieder. »Mir ... mir ist furchtbar kalt.«

Seine blauen Augen leuchteten misstrauisch auf: »Vielleicht.«

Sie senkte unsicher die Augen. »Und warum hast du mich dann gerettet?« Sie machte ein paar Schritte auf ihn zu, doch hielt sie sofort inne, als der Drache seinen Kopf leicht anhob und ihr einen finsteren Blick zuwarf. »Ich habe dich nicht gerettet!«

Die Worte verwirrten sie. Was war denn dann eben passiert?

»Ein Drache würde niemals einen Menschen retten! Wir fressen euch bestenfalls, falls wir überhaupt mal etwas mit euch anfangen! Wir retten euch nicht!«

Er spuckte diese Worte so verächtlich aus, dass Nuvay noch verwirrter wurde. Sie sah ihn eindringlich an. Waren das wirklich seine Worte? Sein Drachengesicht war zu einer Fratze verzogen und seine tiefen blauen Augen starrten voller Abneigung. Sie schüttelte leicht ihren Kopf. Es waren nicht seine Worte, ging es ihr durch den Kopf. Es kam Nuvay vor, als würde er wieder jemanden nachäffen. Tatsächlich wurde sein Blick im nächsten Moment weicher, fast ein wenig entschuldigend, und er senkte seinen Kopf.

»Ich verstehe«, antwortete sie leise, auch wenn sie es nicht ganz verstand. Doch was erwartete sie? Er war ein Drache und lebte in einer vollständig anderen Welt. Sie sollte nicht so dumm sein und erwarten, seine Taten verstehen zu können. Eine andere Frage stellte sich ihr aber: Was könnte gegen Verachtung helfen? Bestimmt halfen gegen alle negativen Gefühle positive Empfindungen. Also nahm sie sich vor, freundlich zu ihm zu sein. Immerhin hatte er ihr schon das zweite Mal das Leben gerettet, obwohl seine Tat von den anderen Drachen verachtet wurde. Sie schluckte. Ja, sie glaubte, es langsam zu verstehen. Seine blauen Augen wandten sich wieder Nuvay zu. Sie zitterte immer noch am ganzen Körper. Ein schweres Seufzen verließ das Maul des Drachen und dann erhob er sich langsam. Er ging auf sie zu. Nuvay bekam es instinktiv mit der Angst zu tun und wollte weglaufen, aber ihr Körper war noch viel zu unterkühlt und gehorchte ihr nicht so, wie sie wollte. So stolperte sie und stürzte auf den harten Höhlenboden, wieder einmal auf das Gesicht. Sekunden später spürte sie eine starke Hitze hinter ihrem Rücken und der Geruch von Rauch und Schwefel verbreitete sich um sie herum und benebelte sie ein wenig. Die Hitze schien sich in ihre Kleider hineinzubrennen. Sie drehte sich langsam auf ihren Rücken und sah direkt in das Gesicht des Drachen. Seine großen Augen waren nur einige Fingerbreit von ihr entfernt und sie spürte, wie sich ihre Glieder entspannten und sie in ihrem Blau verschwand, als würde sie in einen tiefen Ozean eintauchen. Sie hatte noch nie das Meer gesehen. Darin zu verschwinden müsste sich ungefähr so anfühlen. Langsam und sachte. Hatte sie jemals so einen schönen Blauton gesehen? Die schönsten Augen, die sie je gesehen hatte, dachte sie. Eine wohlige Wärme schlich langsam von ihrer Brust aus durch ihren restlichen Körper. Diese Augen haben die schönste Farbe der Welt. Für einige Momente war sie wie in Trance. Dann kam da noch diese unglaubliche Hitze hinzu, die der Drache freigebig ausströmte. Unzählige wonnige Schauer fuhren langsam über ihren unterkühlten Körper und ließen Nuvay wissen, dass sie wieder unter den Lebenden weilte. Sie hörte, wie ihre Kleider knisterten und hoffte nur, dass sie nicht schon wieder abbrannten. Langsam mischte sich in dieses tiefe Blau Reue mit hinein. Nuvay blinzelte auf und kam wieder zu sich.

»Ich schmecke bestimmt nicht«, flüsterte sie ihm zu, da sie dachte, dass er es sich vielleicht anders überlegen könnte. Der weiße Drache runzelte seine Drachenstirn. Das taten sie auch? Drachen runzelten auch die Stirn?

»Du bist wirklich dämlich!«, erwiderte er kalt. Seine Worte trafen Nuvay. In ihrer warmen Brust verhärtete sich ein kleines Stück. Sie räusperte sich und sah beschämt woanders hin.

»Bin ... bin ich nicht!«, sagte sie kleinlaut.

Der Drache zog sich von ihr zurück, legte sich jedoch neben ihr auf den Boden, sodass sie seine Wärme noch spüren konnte.

»Du bist der dümmste Mensch, dem ich je begegnet bin«, sprach der Drache weiter.

Nuvay warf ihm einen empörten Blick zu, doch wagte sich nicht, etwas zu erwidern.

Der Drache fuhr wütend fort: »Wer ist so dumm und sucht ständig die Nähe des Todes?«

Sie richtete sich ebenfalls auf dem Boden auf und zog ihre Knie zusammen.

»Wie oft willst du dich noch in Lebensgefahr begeben?«

Eine bedrückende Enge legte sich um ihre Brust. Sie musste dringend diesen Blutschwur ablegen.

»Okay. Ich hab verstanden«, sagte sie leise und rollte sich zu einem Ball zusammen. »Verstanden, wie dumm du bist?«

Sein stechender Blick war kaum auszuhalten und Nuvay konzentrierte sich voll und ganz auf ihre Füße, die immer noch eiskalt waren. Das war immer sehr schwierig, kalte Füße wieder warm zu bekommen. Sie versuchte, ein wenig ihre Zehen zu bewegen.

»Es ist nicht zum Aushalten, sich ständig wegen so was wie dir kloppen zu müssen!«

»Okay. Ich hab verstanden.« Ihre Zehen fühlten sich an wie Steine. Sie hoffte nur, dass sie nicht schon abgefroren waren.

»Das bezweifle ich«, grunzte er und fuhr fort, »Dumm bleibt dumm. Und menschliche Dummheit kennt anscheinend keine Grenzen!«

Sie schnappte tief nach Luft und kümmerte sich nicht weiter um den kritischen Zustand ihrer Zehen. »Ich glaube, das reicht langsam mit dem ›dumm‹!«, erwiderte sie. Dabei sah sie den Drachen mit Bestimmtheit an. Zu ihrer Überraschung gab er nach und sah mit einem entschuldigenden Blick zu Boden. Nuvay wandte sich wieder ihren Zehen zu. Das war ja einfacher als gedacht.

»Es tut mir leid«, sagte sie dann leise. »Ich wollte niemandem zur Last fallen.«

»So was überlegt man sich vorher«, entgegnete der Drachen.

Nuvay sah seufzend zu ihm auf. »Du bist sehr stur.«

Er ignorierte, was sie sagte, und deutete auf ihre Füße.

»Sind sie eingefroren?«

Nuvay sah ihn und dann ihre Füße überrascht an. Ihm fiel es auf. Eine sanfte Wärme legte sich um ihre Brust. Also war er eigentlich lieb, hinter dieser heißen, kochenden Maske. Sie musste unwillkürlich an ihren Cousin Nakim denken. Sie lächelte leicht.

»Ähm, ja. Es ist immer sehr schwierig, sie wieder warm zu bekommen«, sagte sie ein wenig verlegen.

Der Drache hob seinen Kopf und sah sie ernst an. »Zieh sie aus. Deine Schuhe, mein ich.«

Nuvay sah ihn irritiert an. »Wa... warum?«, fragte sie und ein Unbehagen beschlich sie. Was hatte er vor?

»Weißt du, dass es nervt, dass ihr Menschen so viele Fragen stellt? Ist das zu viel verlangt, einem Drachen, der einen noch nicht aufgefressen hat, zu vertrauen?«

Bei diesen Sätzen riss Nuvay die Augen auf. Hatte sie richtig gehört? Er hatte wirklich starke Ausdrucksprobleme, dieser Drache.

»Okay. Schon gut«, flüsterte sie und machte sich daran, ihre Stiefel auszuziehen. Nachdem sie sie abgestreift hatte, sah sie den Drachen nervös und erwartungsvoll an.

»Jetzt streck sie zu mir!«, verlangte er als Nächstes.

Nuvay war nicht wohl bei dem Gedanken. Sie zögerte.

»Du willst sie mir ganz bestimmt nicht abbeißen?«

Der Blick des Drachen wurde wieder matter.

»Ich mein, ich weiß ja nicht, was ihr Drachen so denkt, aber Menschenfüße wachsen ganz bestimmt nicht na...«

Der Drache gab ein leises Grölen von sich und Nuvay streckte ihm im nächsten Moment sofort beide Füße entgegen.

Sie schloss ihre Augen und flüsterte: »Bitte nicht beißen.«

Doch es wurde bloß warm um ihre Füße. Sehr warm. Als sie ihre Augen wieder vorsichtig öffnete, merkte sie, dass der Drache ihre Füße fast mit seiner Schnauze berührte. Er hatte seine Augen geschlossen, während Nuvay ihn mit großen Augen ansah. Er wärmte ihre Füße mit seinem heißen Kopf wie ein kleiner Kamin. Sie lächelte ein wenig. Harte Schale, weicher Kern, ging es ihr durch den Kopf. Dieser Drache war genau wie ihr Cousin Nakim. Der Drache öffnete seine großen, blauen Augen und sah sie fragend an.

»Hast du Angst?«

Sie schüttelte lächelnd ihren Kopf.

»Danke«, erwiderte sie leise.

Auf das, was der Drache jetzt tat, war Nuvay nicht vorbereitet. Ihr Herz hüpfte vor Überraschung wie Freude. Der Drache hatte seine Schnauze unter ihre Füße gelegt und Nuvay durchfuhr hoch bis zu den Ohrspitzen ein Kribbeln. Es war sensationell. Das erste Mal in ihrem Leben berührte sie einen Drachen, ohne dabei befürchten zu müssen, ihr Leben zu verlieren. Seine weißen Schuppen kitzelten ihre Füße und sie kicherte ein wenig. Der Drache bewegte seinen Kopf, was das Kitzeln verstärkte, und Nuvay musste laut lachen. Die Kälte war völlig aus ihren Füßen gewichen. Dann aber nahm der Drache seine Schnauze von ihren Füßen und sofort vermisste sie seine starke Wärme. Er legte seinen Kopf flach auf den Boden und stöhnte leise. Seine Krallen bohrten sich in die Erde. Sie sah, dass es ihm wieder schlechter ging.

»Was hast du?«, fragte sie ihn zaghaft.

Eine Stille folgte. Er schaute sie von der Seite an. Er schien zu überlegen, ob er ihr anvertrauen sollte oder nicht, und entschied sich dann dafür.

»Ich bin so weit.«

Sie sah ihn unsicher an und stutzte. »Wofür?«

Er schloss seine Augen und eine Rauchschwade entströmte seinen Nüstern.

»Was ... Was heißt das denn jetzt? Wirst du etwa ... sterben?« In Nuvays Blick mischte sich aufrichtige Sorge. Er hob seinen Kopf vom Boden und warf ihr einen zornigen Blick zu.

»Wie blöd bist du eigentlich? Hast du noch nie einen Drachen sterben sehen, sooft wie du die Drachen ausspionierst? Wir gehen nicht in Qualm auf, wenn wir sterben, du Baumstamm!«

Baumstamm? Was für ein unverschämter Kerl! Eindeutig: Sozialkompetenzen waren nicht seine Stärke, dachte Nurvay, aber dann führte sie die verletzenden Worte auf seinen hitzigen Zustand zurück und versuchte, sie zu ignorieren.

»Ich mein ja nur ... Ich kenn euch Drachen nicht ... Denkst du echt, mit einigen Tagen im Jahr, die ich euch beobachten kann, werde ich zu einer Expertin?«, entgegnete sie trotzig.

Er grunzte wieder nur, und diesmal sogar in einem verächtlichen Ton. »Brunftzeit, sagt dir das was?«, fuhr er sie aggressiv an.

Sie sah verletzt zu ihm rüber. »Ja, das schon«, murmelte sie und nahm alle guten Gedanken, die sie sich über ihn in der kurzen Zeit gebildet hatte, wieder zurück. Er war ein grober und kalter Drache!

»Na, wenigstens etwas«, hörte sie ihn sagen.

Sie versuchte die Wut, die in ihr aufkam, herunterzuschlucken. Immerhin war er ein Drache, der zudem auch noch ziemlich gereizt war.

Sie sollte nichts Unüberlegtes sagen. »Und was ist jetzt damit?«, hakte sie nach.

»Was soll schon damit sein?«, fuhr der Drache sie wieder an. »Könntest du denken, wärst du schon längst darauf gekommen!«, und er qualmte noch mehr.

Es fiel ihr immer schwerer, seine Worte zu ignorieren. Warum war er so gemein? Sie konnte sich keinen Reim darauf machen, warum gerade dieser Drache so qualmte, doch die fünfzehn anderen, die sie vor ihm beobachtet hatte, keine ähnlichen Symptome aufwiesen. Anscheinend stand er auch nicht kurz vor dem Tod. Also verstand sie erst recht nicht, was sein jetziger Zustand mit der Brunftzeit zu tun haben sollte. Aber sie wollte sich deswegen auch keine allzu großen Gedanken machen. Dieser mies gelaunte Drache mit seinem Qualm und seiner Dickköpfigkeit konnte ihr gestohlen bleiben. Wie sehr Drachen sie auch anzogen, diesen hier fand sie gerade stark abstoßend.

»Ist okay. Ich will es gar nicht wissen«, entgegnete sie beleidigt.

Sie wollte aufstehen und gehen, da schwang der Drache seinen Schwanz, schlug ihn vor ihr auf den Boden und versperrte ihr somit den Weg. Widerwillig blieb sie stehen.

»In der Brunftzeit paaren sich Drachen«, brummte die Echse und forderte sie auf, sich wieder zu setzen. Widerstrebend tat sie auch das.

»Okay. Dass Brunftzeit etwas mit Paarung zu tun hat, war mir schon klar. Was ist daran jetzt so besonders?«

»Für perverse Schaulustige ist das natürlich nichts Besonderes!«, fuhr sie das Tier wieder an. Sie biss sich auf die Unterlippe und wurde leicht rot um die Wangen. „Ich beobachte die Drachen bloß beim Tanzen in der Luft. Wenn sie ihren Partner gefunden haben und sich zurückziehen, steige ich ihnen natürlich nicht nach. So was interessiert mich nun wirklich nicht“, sagte sie zu ihrer Verteidigung.

Der Drache seufzte oder es klang zumindest so, als würde er seufzen.

»Ich will nicht.«

Sie schaute ihn verständnislos an und blinzelte mehrmals.

»Du willst nicht?«

Er blickte wieder auf und schaute ihr mit allem Hass und Ekel, den er in seinem jetzigen Zustand aufbringen konnte, in die Augen und sagte: »Ich will mich nie, niemals paaren!«

Dann folgte erneut eine kurze Stille. Nuvay versuchte die Situation zu verstehen. Sie saß gerade neben einem Drachen, der innerlich verbrannte und in dem scheinbar alles geradezu danach drängte, sich endlich zu paaren. Jedoch wehrte er sich vehement gegen seine Natur. Sie war verdutzt. Ging das überhaupt?

»Verbrennst du deswegen innerlich?«, fragte sie ihn, um noch einmal sicherzugehen.

Eine weitere Dampfwolke stieg aus ihm heraus. Sie deutete das als Ja.

»War die Violette deswegen so aggressiv?«, fragte sie weiter und zeigte zum Höhleneingang.

Er nickte leicht.

»Sie steht also auf dich?«

»Das tun viele während der Brunftzeit«, war seine kalte Antwort.

Sie musste lächeln. Wäre sie ein Drachenweibchen, würde sie es sich wahrscheinlich auch zweimal überlegen, bevor sie ihn einfach ziehen ließ.

»Sind wohl deine unwiderstehlich blauen Augen«, schmunzelte sie.

Er schaute überrascht, wobei seine Augen plötzlich funkelten.

Nuvay räusperte sich, als sie merkte, dass sein Zustand sich veränderte. »Ich meine, du hast durchaus schöne Augen«, erwiderte sie und sie lief dabei rot an. »So für einen Drachen, mein ich«, ergänzte sie schnell und schaute auf den Boden.

Es folgte ein peinliches Schweigen. Schließlich traute sie sich, ihn wieder anzugucken. Dann stand sie mit leicht zittrigen Beinen auf und ging langsam auf ihn zu. Als sie nach zwei Schritten mit klopfendem Herzen vor ihm stand, setzte sie sich in den Schneidersitz. Sie konnte es immer noch nicht glauben, dass ein Drache gerade vor ihr lag und ihr in die Augen schaute. Das war eine unglaubliche Sache.

»Was? Verlierst du dich etwa wieder in meinen Augen?«, fragte der Drache ironisch.

Sie verneinte zwar, wurde jedoch nervöser. Wie er auf ihre Frage reagieren würde, wusste sie nicht.

»Darf ...« Sie holte tief Luft. »Darf ich dich berühren?« Sie schaute ihn mit flatterndem Herzen an.

»Du hast mich doch schon mit deinen Füßen berührt. Was denkst du? Dass ich bei deinen Händen protestiere?« Sein Kopf wandte sich ihrem zu und sein Blick wurde matt und traurig. Er meinte es ernst. Sie lächelte kurz und führte ihre Hände bis kurz vor seine Stirn. Es fühlte sich so an, als ob sie ihre Hände gegen ein Lagerfeuer strecken würde. »Du bist so warm.«

Er machte ein seltsames Geräusch. »Ich bin heiß«, erwiderte er nicht ohne Stolz und grinste.

Nuvay musste ebenfalls grinsen. »Ja, so was in der Art.« Anscheinend hatten auch Drachenmännchen dieses Männerego. Sie nahm all ihren Mut zusammen und legte ihre Hände auf seine Stirn. Da überkam sie ein überwältigendes Gefühl. Er war so furchtbar heiß. Seine Hitze jagte durch ihren ganzen Körper und ließ ihn erzittern. Dann berührte sie mit der Stirn die Rückseite ihrer Hände, so dass zwischen ihrem Kopf und dem des Drachen nur noch wenige Zentimeter waren. Der Drache ließ seinen Kopf auf den Boden sinken. Er schloss die Augen und fing an, wie eine Katze zu schnurren.

»Ich kann es nicht glauben«, flüsterte sie von der Hitze leicht benommen, »Ich berühre gerade einen Drachen, einen echten, echten Drachen!« Nuvay tauchte in die Hitze ein. Sie genoss diesen Augenblick, der sich ihr vielleicht nur einmal in ihrem Leben bieten würde: die Wärme, die durch ihren Körper floss, als hätte sie selbst Drachenfeuer in sich; den Geruch des Rauches, der den Drachen umgab und nun auch aus ihr zu strömen schien; seine spitzen Schuppen, die in ihre Handinnenflächen stachen, ohne sie zu verletzen.

Der Stoff an ihrem Handgelenk brannte in diesem seligen Moment ab, ohne dass Nuvay es auch nur bemerkte. »Du wirst wärmer.« Sie hob benommen ihren Kopf, ließ ihre Hände aber immer noch auf seiner Stirn. Es war einfach zu schön, einen echten, lebenden Drachen zu berühren. Selbst jetzt leuchteten seine weißsilbernen Schuppen unter ihren Fingern. Seine Haut war hart und seine Schuppen eisern. Sie musste aufpassen, denn sie könnte sich höchstwahrscheinlich schnell an ihnen schneiden.

»Das ist normal.« Er hob ebenfalls seinen Kopf und sie musste widerwillig von ihm ablassen.

»Dir kann nichts passieren?«, fragte sie ihn besorgt.

»Ich glaube, ich werde heute noch sterben.«

Dieser Satz traf sie wie eine Ohrfeige. Ihre Augen weiteten sich. Aufgebracht fing sie an zu plappern: »Nein, du kannst nicht sterben, du bist der erste Drache, den ich kennen gelernt habe, du darfst doch jetzt nicht einfach so draufgehen!«

Seine Augen durchbohrten sie. »Meinst du das wirklich ernst?«, schnauzte er sie an.

Ihre Worte hallten in ihrem Kopf nach, so dass sie noch mehrmals hören konnte, was sie gesagt hatte. Sie musste sich eingestehen, dass sie sich tatsächlich nicht vernünftig anhörten.

»I... i... Tut mir leid.« Sie drückte eine Hand auf den Mund. »Das war nicht so gemeint«, flüsterte sie verlegen durch die Finger hindurch.

Er seufzte erschöpft. »Wie auch immer. Es gäbe vielleicht doch einen Weg ...«, fing er an zu reden und sah sie verstohlen aus seinen Augenwinkeln an. Seine Krallen kratzten die Erde unter ihm etwas auf.

»Was?«, fragte Nuvay unüberlegt.

Der Drache musterte sie skeptisch. »Dafür bräuchte ich aber dich«, sagte er leiser.

Sie wich etwas zurück und schaute ihn misstrauisch an.

Er rollte seine Augen. »Guck nicht so, es ist nichts Schlimmes ... eigentlich.«

Sie hob eine Augenbraue an. »Wirklich?«

»Ja!« Der Drache zuckte kurz mit den Schultern.

Das taten Drachen auch? Er verhielt sich manchmal wie ein Mensch.

»Worum geht es?« Sie beäugte ihn immer noch misstrauisch. Ihr Misstrauen schien ihm nicht zu gefallen und er qualmte wieder.

»Du wirst es tun müssen, ob es dir gefällt oder nicht!«, sagte er streng. Nuvay verzog ihr Gesicht. Sie mochte es nicht, wenn man sie zu etwas zwingen wollte, und daher entgegnete sie ihm genau so stur. »Ich wäre mir da nicht so sicher!«

Der Drache schloss seine Augen zu Schlitzen und sah sie finster an. »Du undankbares Menschenpack!«, zischte er.

Dieser finstere Blick weckte ihr schlechtes Gewissen. »Dir ist schon klar, dass man mit Zwang und Druck Leute nicht zu etwas bewegen kann?«

»Was? Soll ich dir lieber mit dem Tod drohen?«

Der kalte Blick des Drachen löste bei Nuvay Gänsehaut aus. Sie sah ihn fassungslos an. »Was? Ich dachte da an ein einfaches Bitte. Du bist wirklich unverschämt, weißt du das? Wirklich ein Wunder, dass dieses violette Drachenweibchen etwas mit dir anfangen wollte.«

Ein wehleidiges Seufzen entwich seinem Maul. »Ich sagte doch, es liegt an der Brunftzeit ... Normalerweise sieht Viola mich noch nicht mal mit ihrem Hintern an. Wir verlieren den Verstand, wenn ...« Er hielt plötzlich in seinem Satz inne und sein Blick wurde finster. Und da war es wieder. Er tat ihr leid. War er so etwas wie ein Außenseiter unter den Drachen? Das verstand sie nicht. Er war so groß und stark. Das war es doch, was unter ihnen zählte. Warum dann also bei ihm nicht?

»Du musst mich nicht erpressen, damit ich dir helfe«, versuchte sie von der Sache abzulenken.

Der Drachen murmelte leise: »Gut.«

Sie sahen sich an und Nuvay lächelte verschmitzt.

»Wenn das so ist, dann hör mir zu!« Er fing an zu erzählen, doch Nuvay war mit den Gedanken ganz woanders: Was für ein einfallsloser Name, dachte sie sich. Viola! Sie war violett. Plötzlich fiel der Groschen. Einen Augenblick mal. Hatte er sie gerade wirklich Viola genannt? Sie unterbrach den Drachen einfach mitten in der Rede. »Ihr Drachen habt Namen?« Sie sah ihn mit leuchtenden Augen an.

Er dagegen hatte nur einen verdutzten Blick für sie übrig, in den sich zumal Ärger mischte, dass sie ihn wegen so etwas Belanglosem unterbrach. »Wow, ich glaub es ja nicht! Du weißt, was ein Name ist?«

Sie hielt überrascht inne.

Er fuhr fort. »Wirklich? Ihr Menschen kennt Namen?« und er verstellte wieder seine Stimme und sprach höher.

Nuvay antwortete bissig: »Natürlich weiß ich, was ein Name ist. Jeder Mensch hat einen Namen! Manche sogar schon vor ihrer Geburt!«

Er spielte sein Spiel weiter und setzte eine selbst für Drachenverhältnisse ungewöhnlich aufgesetzte Miene auf. »Ihr habt wirklich Namen!«

Nuvays Miene wurde kälter. »Okay, das ist nicht witzig. Ich hab verstanden.«

Er schaute sie schief an. »Menschen haben also auch Namen, so, so. Interessant. Ich dachte, ihr wärt wie Tiere: dumm und ungebildet. Zwar etwas weiter entwickelt, aber trotzdem ohne allzu große Unterschiede. Schmecken tut ihr zumindest wie Schweine.«

Nuvay klappte die Kinnlade herunter. Meinte er das wirklich ernst? Das war doch wieder einer seiner seltsamen Scherze! Der Drache schmunzelte und ließ genüsslich Rauch aus seinen Nüstern aufsteigen.

»Sieh an. Da haben wir Drachen also einige Vorurteile euch Menschen gegenüber.«

Sie gab ihm ein unechtes Lächeln zurück. Gut, sie hatte verstanden. Sie hatte Drachen gegenüber ziemlich viele Vorurteile.

Das hätte sie vielleicht nicht tun sollen. Es schien ihn verletzt zu haben. Sie würde in Zukunft versuchen, etwas vorsichtiger zu sein.

Sie lenkte vom Thema ab. »Wir schmecken wie Schweine?«

»Ja, sehr sogar. Ziemlich fettig zumindest. Da wir Drachen auf unsere Ernährung achten, essen wir nicht gerne so fettiges Zeug. Ab und an gönnen wir uns natürlich einen Snack, das kann ich nicht leugnen. Meinen letzten Menschen habe ich …« Er brach abrupt ab, als Nuvay den Blick verzog. Ein Räuspern folgte. »Wie heißt du eigentlich?«

»Und wir geben sogar unseren Tieren Namen, damit du Bescheid weißt!«, ergänzte sie noch stur.

»Schön für eure Tiere. Wie heißt du?«

Eine Stille folgte, in der sie überlegte, ob sie ihm ihren Namen verraten sollte oder nicht. Sie hatte schon immer diese Angst, fremden Leuten ihren Namen zu nennen, weshalb sie sich auch diesmal dagegen entschied.

»Geht dich nichts an! Wie lautet jetzt der Plan?«

»Warum nicht?«, sagte der Drache deutlich unzufrieden. »Klingt er hässlich? Ist okay, damit habe ich keine Probleme.«

Nuvay hob stolz ihren Kopf. »Bei uns Menschen« – sie musste kurz überlegen, bevor sie weitersprach – »wird den Namen ein sehr hoher Stellenwert zugesprochen und man verrät nicht jedem x-beliebigen« – sie deutete auf den Drachen – »Wesen den Namen. Der ist privat!« Sie nickte sich selbst noch einmal zustimmend zu und schwieg dann.

Der Drache schaute sie missmutig an, aber kommentierte ihre Rede nicht weiter. »Deine Hilfeleistung sieht folgendermaßen aus …«

# 3 Ein Freund in der Not, ein Freund im Tod, ein Freund im Rücken, das sind drei starke Brücken

Nuvay schaute den Drachen entgeistert an. »Das ist doch nicht dein Ernst?«

»Sehe ich so aus, als würde ich Scherze machen?« Sein Gesicht wurde umrahmt von einer Rauchwolke, die seine Nüstern verließ.

Sie bemerkte, dass sie sich schon richtig an den ganzen Rauch um ihn herum und an den Geruch gewöhnt hatte.

»Tut mir leid, aber das kommt mir irgendwie ziemlich riskant vor ... und hirnrissig.«.

»Überlass das Denken lieber mir, Mensch!«, sagte der Drache wieder hart.

Sie blieb hartnäckig. »Ich glaube aber, dass du gerade wirklich nicht in der Lage bist, vernünftig zu denken ...«

Er rollte mit den Augen. »Wir ... ich habe keine andere Wahl!«

Jetzt rollte sie mit den Augen: »Aber das ist doch jetzt echt keine Wahl! Entweder verbrennst du innerlich zu Tode oder du ertrinkst in diesem eiskalten See. Wenn das Risiko besteht, dass du ohnmächtig wirst, sobald du in diesem hitzigen Zustand mit kaltem Wasser in Berührung kommst ...«

Er unterbrach sie: »Ja, wahrscheinlich werde ich durch den Schock mein Bewusstsein verlieren ...«

Nuvay konnte es nicht glauben. »Du erwartest doch nicht wirklich von mir, dass ich dich da aus dem Wasser fische?«

Er tippte mit einer Kralle nervös auf den Boden. »Warum nicht? Das schaffst du schon!«

Sie schaute ihn fassungslos an. Sie räusperte sich. »Hast du dich schon mal angesehen? Du bist ziemlich« – sie suchte nach einem passenden Wort – »voluminös«

Der Drache schwang ruckartig seinen Kopf nach vorne und berührte mit seiner Schnauze schon fast ihre Nase. Nuvay war wie versteinert vor Angst. »Ich bin nicht fett! An mir ist kein Gramm zu viel, hast du verstanden?« Seine Augen funkelten wütend.

Nuvays Nase glühte. Sie wich zurück und massierte sie. »Na gut, dann bist du es eben nicht. Trotzdem wiegst du bestimmt eine Tonne!« Sie hob die Hände verteidigend in die Luft und ergänzte schnell: »Das sind natürlich alles nur Muskeln!«

Der Drache nickte zufrieden. »Wie soll ich aber eine Tonne aus dem Wasser ziehen? Okay, im Wasser wird man leichter, aber ich bezweifle ehrlich, dass du so leicht wirst, dass ich dich da rausziehen kann. Ich bräuchte einen Kran.« Und wo sollte sie einen Kran herbekommen? Noch nicht einmal in ihrem Dorf hatten sie ja einen Kran. Und selbst wenn, das Dorf war zu weit entfernt. Und dann müssten sie den Kran zuerst in der Hauptstadt beantragen und es würde mindestens ein Jahr dauern, bis er hier ankommen würde.

»Red kein Stuss! Vertrau mir einfach! Das wird funktionieren!«

»Warum reicht es denn nicht, wenn du da nur mit deinem Kopf oder deinem Schwanz hineingehst?«

»Nein, das hab ich schon ausprobiert! Das Feuer erlischt so nicht! Das bringt nicht viel.«

Nuvay sah ihn verzweifelt an. »Warum ist das denn so?«

Der Drache grunzte wütend. »Was stellst du für komische Fragen? Woher soll ich das wissen? Es ist nun mal so! Wenn ich da nur mein Kopf hineinstecke und wieder raushole, dann wird es mir weiterhin heiß sein. Nein, wir müssen das gesamte Feuer auf einmal löschen! Und das geht nur, wenn ich da ganz hineinspringe!« Er unterstützte seine Worte mit festen Kopfbewegungen und mit viel Qualm.

»Aber du büßt vielleicht dein Bewusstsein ein.«

Er nickte. »Ja, ich könnte ohnmächtig werden. Das wird ein großer Schock für meinen Körper werden. Die ganze Kälte auf einmal ... in meinem jetzigen Zustand ... Ja! Höchstwahrscheinlich werde ich ohnmächtig.«

Sie sahen sich für einige Momente an.

»Spuck doch all das Feuer einfach hinaus«, suchte sie nach einem Ausweg.

»Erstens: Wir spucken kein Feuer, sondern wir speien Feuer. Und zweitens: Das geht nicht«, erwiderte der Drache und schloss erschöpft die Augen. »Das Feuer, dass ich spucke, ich meine speie ... Warum erzähl ich das eigentlich? Es hat nichts mit dem Feuer zu tun, dass in mir brennt! Es ist schwer zu erklären, vor allem, wenn du so begriffsstutzig bist ... Wie auch immer. Wir ... ich muss da rein!«

»Ich kippe auf einen Schlag ganz viel Wasser über dich.«

»Womit?«

»Ich hol schnell irgendwas!«

»Bis dahin bin ich schon Tod.«

»Für jemanden, der gleich stirbt, sprichst du noch eine Menge Unsinn!«, sagte sie bissig und sah ihn dann flehend an. »Spring da nicht rein, du wirst ertrinken!«

»Doch! Ich meine, ich werde da reinspringen, und du mit mir, aber nicht ertrinken!«

»Nein. Geh doch raus und angle dir diese Viola?«

»Niemals!« Er schaute sie empört an. »Spinnst du?«

»Ach, komm schon! Was für eine Idee ist das denn? Wie lange willst du das aushalten? Was ist schon dabei, einen anderen Drachen zu begat...«

Der Drache brüllte laut auf und Nuvay zuckte zusammen. »NIEMALS!! HÖRST DU?! NIE- MALS!«

Sie schluckte die aufkommende Angst herunter und flüsterte leise: »Das ist verrückt.«

»Vertrau mir einfach!«

»Das ist Wahnsinn.«

»Du solltest wirklich lernen, höheren Wesen zu vertrauen.«

»Er wird sterben«, sagt Nuvay zu sich.

»Ich weiß, was ich tue!«

»Da unten wird seine Leiche vermodern ... Ein mächtiger, erhabener Drache ... Sein Ende.«

»Glaub mir doch!«

»Und ich werde ihn alljährlich an diesem Tag besuchen kommen und Blumen in den See werfen ...«

» Mensch, jetzt hör doch zu!«

»Oder sollte ich ihm lieber eine tote Kuh hineinwerfen?«

»VERDAMMT! HÖR MIR GEFÄLLIGST ZU!«, brüllte er, wobei er schwer hustete und Feuer und Glut spuckte.

Nuvay brachte ihre Kleidung in Sicherheit.

Als er sich wieder beruhigt hatte, fragte er sie ein letztes Mal: »Willst du mir jetzt helfen oder nicht?«

Sie schaute ihn unsicher an. Sie wusste nicht recht, ob das Feuer schon seinen Verstand angegriffen hatte oder ob er noch klar war.

»Ich muss dir wohl oder übel helfen. Du hast mein Leben gerettet. Mehrmals!«

»Gut, vertraust du mir?«, fragte er sie direkt.

Sie sah ihn unsicher an. »Nein«, sagte sie und lächelte entschuldigend.

»Du musst mir vertrauen!«

»Okay, okay, ich versuch es.«

Erleichtert grinste er, da sie endlich einknickte. Mühsam erhob er sich.

»Warte mal. Mach mir zuerst ein Feuer«, verlangte Nuvay.

Fragend schaute er sie an.

»Wenn ich da rauskomme« – sie wollte schon »ohne dich« sagen, doch verkniff sie es sich im letzten Moment – »dann will ich mich zumindest nicht zu Tode frieren.«

Er zuckte kurz mit den Schultern. »Gut, hier.« Er gab einige Grunzgeräusche von sich und brauchte etwas länger als sonst, bis er eine Feuerflamme auf den Boden ausspie. Die Steine begannen zu brennen.

»Steine brennen?« fragte Nuvay perplex.

»Das ist der Schwefel, den ich mit ausspucke. Der brennt.«

Der Drache drehte sich bei diesen Worten um und ging auf den See zu. Das klang ziemlich plausibel. Nuvay nickte ihm nach. Plötzlich fiel ihr etwas ein. Sie zog schnell ihr Oberteil und ihre Hose aus und stellte sich mit T-Shirt und einer Leggings, die ihr weit über die Knie reichte, neben den Drachen.

Der Drache schaute sie an und grinste. »Willst wohl mit mir sterben?«

Sie machte den Mund auf und wollte etwas erwidern, doch der Drache sprang schon ab. Mit einem lauten Klatscher landete er im Wasser.

Was für eine Wasserbombe, ging es Nuvay durch den Kopf und im nächsten Moment verfluchte sie diesen muskulösen Drachen schon. Eine riesige und eisige Wasserwelle klatschte über ihren Körper. Sie biss wütend ihre Zähne zusammen, als die Kälte über sie kam. Ihr linkes Auge zuckte einige Male unwillkürlich auf.

Der Drache im Wasser fing unterdessen wie ein Stein an zu sinken. Also war er bewusstlos. Sie ließ nicht lange auf sich warten und sprang ihm nach. Vor Wut über diese Kälte schrie sie laut auf. Als sie untertauchte, erwartete sie ein zweiter Kälteschock und eine ganze Salve von Luftblasen, die sich um den sinkenden Drachen herum gebildet hatten und zur Wasseroberfläche aufstiegen. Nuvay konnte nichts sehen. So weit ihr Auge reichte, waren nur Luftblasen zu erkennen. Sie schwamm ihnen blind in den dunklen Abgrund entgegen. Die Luftblasen wurden zwar nicht weniger, aber seltsamerweise wurden sie und der Raum, den sie füllten, kleiner. Sie verstand nicht recht, was da gerade geschah. Ging der Drache etwa ein?

Sie beeilte sich und versuchte schneller zu schwimmen. Wegen der Kälte wurden ihre Arme und Beine schwer. Dann durchschwamm sie endlich die Blasenschicht und erschrak bei dem Anblick, der sich ihr nun bot, so heftig, dass sie fast die ganze Luft, die sie in ihren Lungen hatte, ausgeatmet hätte. Sie konnte gerade noch die Hände vor den Mund schlagen und das Schlimmste verhindern. Was war das?! Das konnte doch unmöglich wahr sein?!

Die Blasen nahmen ab. Langsam wurden weiße Haare im Wasser erkennbar. Und der Rest des Körpers des Drachen, der nichts Drachenhaftes mehr an sich hatte. Da versank gerade ein Junge im Wasser.

Nuvay brauchte etwas länger, um sich wieder zu fassen. Das schmerzhafte Stechen ihrer kalten Körperglieder und vor allem ihrer Lunge, die nach Luft schrie, begünstigten diesen Prozess. Sie griff von hinten unter die Arme des Jungen und versuchte an die

Oberfläche zu schwimmen. Er war warm, fiel ihr auf. Ihr eigener Körper lief schon langsam blau an und dieser Drachenjunge war immer noch warm.

Oben angekommen, versuchte sie ihn aus dem Wasser zu ziehen, peinlichst darauf bedacht, nicht nach unten zu schauen. Sobald sie an Land waren, rannte sie los, holte ihr Oberteil und warf es auf seinen Unterkörper. Sie zog ihn näher ans Feuer. Sie kontrollierte seine Atmung. Als sie merkte, dass ihm nichts fehlte, ließ sie von ihm ab und fasste sich dennoch verzweifelt an den Kopf. Sie versuchte sich zu beruhigen. Sie atmete tief ein und aus, doch es wollte nicht funktionieren.

»Verdammt nochmal! Was geht hier eigentlich vor? Noch vor kurzem hätte ich noch nicht mal geahnt, dass es jemandem möglich ist, einen Feuerstrahl zu überleben. Und jetzt liegt da ein Drache in Menschengestalt vor mir!«

Ihre Stimme wurde zum Ende hin höher. Sie musste an ihren Cousin Nakim denken. Wenn er hysterisch wurde, passierte das bei ihm auch immer. Unter anderen Umständen hätte sie bei diesem Gedanken gelächelt, doch jetzt lief es ihr eiskalt über den Rücken: Nakim! Er würde sie umbringen! Er würde sie eigenhändig erwürgen, ihr jedes bisschen Leben aus ihrem Körper herauspressen. Mit seinem kranken Grinsen im Gesicht.

Wahrscheinlich wich ihr gerade jegliche Farbe aus dem Gesicht, zumindest fühlte es sich so an. Wie spät war es wohl? Sie musste zurück ins Dorf! Sie machten sich sicherlich schon Sorgen! Oh mein großer König, bitte mach, dass sie nicht gemerkt haben, dass ich noch nicht zurück bin, dachte sie. Oder zumindest Nakim! Sie griff wieder in ihre pechschwarzen Haare.

»Mir ist kalt! Ich muss mich aufwärmen! Nakim und meine Hinrichtung müssen jetzt erstmal warten!«

Sie sah auf den Drachen herunter. Dann bückte sie sich und drehte den Kopf des Drachen in die andere Richtung.

»Ich hoffe, dich plagen Albträume!«

Alles war seine Schuld! Sie atmete aus. Nein, eigentlich war es wie immer ihre eigene Schuld. Mist!

Sie erhob sich und legte erst einmal die nassen Sachen ab und zog sich die Trockenen über, wobei sie auch ihr Oberteil, das den Drachenjungen bedeckte, nahm und ihr nasses Shirt auf ihn legte.

»Du musst abkühlen«, flüsterte sie ihm zu und fasste ihm an die Stirn.

Er war warm. Nicht mehr heiß, aber immer noch warm. Was für ein Wesen, dachte sie. Was für ein seltsames Wesen. Sie wusste nicht, wie lange er schon bewusstlos dalag. Sie wusste auch nicht, warum sie überhaupt noch hier war. Sie wusste im Moment nur, dass ihr kalt war. Verdammt kalt. Ihre Finger fühlten sich taub und steif an. Sie wusste auch nicht, was sie dagegen tun sollte, jetzt da ihre größte Wärmequelle im Tiefschlaf ruhte. Also steckte sie aus Not ihre Hände in das Feuer und danach auch ihren Kopf. Sie fand es seltsam, denn ihre Haare fingen wieder an, sich mit den Flammen zu bewegen. Sie verbrannten nicht. Keine einzige Strähne. Warum war ihr bisher nie aufgefallen, dass sie immun gegen Feuer war? Sie musste schwer schlucken. Sie hatte ihre Eltern mit vier Jahren verloren. Sie wurden getötet, vor ihren Augen zu Asche verbrannt. Seitdem hatte sie das Feuer gemieden. Aber seltsamerweise fühlte sie sich zu den Drachen dadurch noch stärker hingezogen. Sie verstand sich selbst nicht. Wieso verbrannte sie nicht? Woher kam das? Ob es andere in ihrem Dorf gab, die genauso waren? Theoretisch könnte es doch sein. Vielleicht Nakim? Ihr Magen verdrehte sich augenblicklich bei dem Gedanken an ihn. Sie schloss die Augen im Feuer. Wieder jagte ihr ein wohliger

Schauer durch den Körper und sie versuchte sich zu beruhigen. Es war bestimmt schon zu spät. Wahrscheinlich wusste schon jeder im Dorf, dass sie noch nicht zurück war. Sie hoffte nur, dass sie sich nicht allzu große Sorgen machten. Sie versuchte ihre Gedanken wieder auf das Feuer zu konzentrieren. Warum fühlte sie sich wohl in dieser Hitze? Was hatte sie bloß all die Jahre verpasst? Ein Rascheln riss sie aus ihren Gedanken. Sie öffnete die Augen und schaute zum Drachen hinüber, der sein Oberkörper aufgerichtet hatte und verschlafen zu ihr herübersah.

Er lächelte schwach.

»Du siehst im Feuer wie eine Hexe aus. Wie deine schwarzen Haare da so in den Flammen tanzen.«

Sie funkelte ihn wütend an. »Wow, jetzt wirds noch gruseliger.«

Er fasste sich an die Stirn und lachte. Sie sah weg von ihm und konzentrierte sich wieder auf das Feuer vor ihr.

»Wie lange habe ich eigentlich geschlafen?«, fragte der Drachenjunge und streckte sich dabei.

»Zu kurz.«

»Verdammt, wie geht es mir gut!«

Nuvay nahm ihren Kopf wieder aus dem Feuer, aber ihre Hände ließ sie drin.

»Und? Schön geträumt?«, fragte sie ihn kalt.

Er räusperte sich verlegen: »Ich schulde dir wohl einige Erklärungen.«

»Ich höre.«

»Wow … Kalt … Zweimal hintereinander ein eisiges Bad tut wohl keinem Gemüt gut.«

Sie nahm jetzt auch ihre Hände aus dem Feuer und stand gereizt auf: »Du verdammter Drache!« Sie stoppte und überlegte kurz. »Oder was immer du bist!«

»Drache ist fein.«

»Gut. Was auch immer.« Sie versuchte sich zusammenzureißen, um nicht vor Wut aufzuflammen. Sie wusste nicht genau, warum sie so wütend war. Lag es an ihrer Angst vor Nakim oder an der Tatsache, dass dieser Drachenmensch sie schamlos angelogen hatte? »Hör mir gut zu!« Sie streckte ihm drohend ihren Zeigefinger entgegen.

Der Drachenjunge nickte.

»Erstens!«, sagte Nuvay, »es gefällt mir in keiner Weise, dass du so verächtlich über Menschen redest, aber auch irgendwie selbst einer bist!«

»Ich bin kein Mensch«, verbesserte sie der Drachenjunge.

»Das sehen meine Augen aber gerade ganz anders.« Bevor der Drachenjunge antworten konnte, redete Nuvay schon weiter: »Zweitens! Es geht mir deutlich gegen den Strich, dass du mich reingelegt hast! Warum hast du dich nicht einfach in einen Menschen verwandelt, anstatt aus mir einen Clown zu machen? Dann hätte ich nicht wieder in das eiskalte Wasser gemusst!«

Der Drachenjunge übernahm nun das Wort: »Nun denn, zunächst einmal hab ich keine Ahnung, was ein Clown sein soll. Kann man das essen?«

Nuvay verzog bei dem Gedanken die Miene.

»Anscheinend nicht«, fuhr er fort, und in seinem Gesicht breitete sich ein schelmisches Grinsen aus. »Wo wäre da der Spaß und das Mysteriöse, wenn ich es dir einfach so verraten hätte?«

Nuvay klappte die Kinnlade herunter. »Ich hab dir vertraut und du, Dreckfleck, hast mich zu deinem Vergnügen reingelegt!«

Der Drachenjunge erhob diesmal seinen Zeigefinger. »Aha! Kraftausdrücke? Bitte!«

Nuvay warf ihm einen zornigen Blick zu. »Du verdammter Drache!«

»Da sind sie wieder, die Vorurteile. Nur weil ich ein Drache bin, heißt das nicht, dass ich abfälliges und schmutziges Reden dulden muss!« Seufzend schüttelte der Drachenjunge seinen Kopf.

Nuvay biss sich wütend auf ihre Lippen. »Ganz ehrlich? Kurz vor deinem Aschetod hattest du mir besser gefallen!«

»Es wäre eher ein Qualmtod gewesen. Aber entschuldige. Ich wollte auch mal wissen, wie weit du für mich gehen würdest.« Er lachte auf. »Und wer so eine hirnrissige Aktion mitmacht, dem kann man sicher vertrauen, oder?«

Nuvay konnte ihren Ohren nicht glauben. »Ach, jetzt ist die Aktion auf einmal hirnrissig?«

»Es hat doch auch etwas Gutes an sich: Du hast das Vertrauen eines echten Drachens gewonnen.« Bei diesen Worten funkelten seine Augen auf. Sie nahmen Nuvay den Wind aus den Segeln.

»Um ehrlich zu sein, zweifele ich gerade daran, dass du ein echter Drache bist.«

»Natürlich bin ich ein Drache!«

»Was geht hier eigentlich vor? Ich meine, ich könnte theoretisch in Feuer schwimmen! Was bin ich? Und was zum Noursschein bist du?« Sie ließ sich auf den Boden plumpsen.

Als sich der Drachenjunge diesmal aufrichten wollte, rutschte ihm das Unterhemd von seiner Taille und Nuvay drehte sich, die Augen dabei geschlossen, panisch um. »MANN!!! PASS DOCH AUF!!« kreischte sie hysterisch.

»Ach komm schon«, meinte er ein wenig verdutzt. »Was ist denn dabei? Als Drache hast du mich auch ständig nackt gesehen.«

Sie bückte sich, griff nach ihrer Leggings und warf sie ihm zu. »Du bist jetzt ein Mensch, also zieh dir gefälligst was an!« Sie hörte ihn theatralisch seufzen.

»Du bist ja schlimmer als das Zauberervölkchen.« Er überlegte eine Weile, dann fügte er noch hinzu: »Drachen haben es nicht so mit der Scham.«

Nuvay baute sich vor ihm wie ein Lehrer vor seinen Schülern auf. »Das höchste Wert ist das Wissen über Würde und Scham. Wenn sie aus dem Herzen eines Menschen verschwindet, dann ...« Sie hielt kurz inne und musste überlegen, wie die Weisheit weiterging. Leider fiel es ihr nicht wieder ein, also fuhr sie fort: »Ich weiß nicht mehr genau, wie der Spruch weitergeht, aber sinngemäß hieß es so: Einen solchen Menschen kannst du in die Tonne kloppen. Ich glaube, es ist etwas Gutes, sich zu schämen. Ich glaube, diese Werte braucht man, um ein guter Mensch werden zu können. So als Grundlage für alle anderen guten Eigenschaften, die dann daraus wachsen können.«

Der Drachenjunge sagte gar nichts, zog sich nur geräuschvoll die Leggings an. »Boah, ist das Ding eng! Wie passt du da rein? Das stört doch voll!«

»Sie halten aber warm.«

»Hrmpf!... So! ... Fertig, Mensch! Du kannst dich wieder umdrehen!«

Sie drehte sich wieder zu ihm um und sah, dass er sie breit angrinste. Sie musste zurück grinsen. Er sah in den Leggings sehr witzig aus, als hätte man versucht, einen Löwen in ein Schafsfell zu stecken. »Du siehst ziemlich flockig aus.« Sie wandte schnell wieder ihren Blick von ihm ab, um nicht laut loslachen zu müssen.

»Was bedeutet flockig?«, fragte er sie ernster.

Sie versuchte sich zusammenzureißen und ernst zu bleiben. »Jedenfalls nichts Gutes. Du solltest schnell wieder zu einem Drachen werden.«

Er zuckte wieder mit der Schulter, so wie er es in seiner Drachengestalt auch getan hatte. »Will grad nicht. Als Drache würde ich nur wieder all diese furchtbaren Pheromone in der Luft riechen, die gerade alle Drachen so freigiebig verteilen ...« Er wedelte mit seinen Händen in der Luft herum und verzog dabei angeekelt seine Nase.

»Warum hast du dich dann nicht sofort zu einem Menschen verwandelt?«, fragte Nuvay neugierig.

Der Drachenjunge sah sie entgeistert an. »Vor all den anderen Drachen? Lieber sterbe ich !« An der Leggings zerrend und zupfend versuchte er sich hinzusetzen. »Das Ding zwickt ja richtig.«

»Du gewöhnst dich dran.«

»Ihr Menschen strömt keine Pheromone aus?«

»Warum IHR Menschen? Du bist auch einer. Und warum redest du so, als wärst du keiner?«

»Hey, immer mit der Ruhe. Da hast du was in den falschen Rachen, ne, Hals bekommen ... Ich bin kein Mensch!«

»Warum hast du dich nicht vor den anderen Drachen verwandelt? Sind das etwa keine Menschen?«

»Ich sagte doch: Ich bin kein Mensch! Genauso wenig, wie du ein Drache bist.«

Nuvay sah ihn erschrocken an. »Warte mal. Warum sollte ich auch ein Drache sein?« Sie überlegte kurz. »Ich bin ein Drache?!« Dann hielt sie sich die Hand vor den Mund und ihr Verstand fing an zu arbeiten. »Du meinst, die Gabe, dass mir Feuer nichts anhaben kann ...« Sie überlegte, ob alles miteinander zusammenhängen könnte. Was, wenn sie in der Lage war, sich in einen Drachen zu verwandeln? Könnte sie das? Wäre das gut oder schlecht? Wollte sie das überhaupt?

»Jetzt hör mir zu!«, hörte sie den Drachen plötzlich sagen und spürte eine Hand an ihrer Schulter. Sie hatte gar nicht bemerkt, wie er sich ihr genähert hatte. Sie schaute hoch zu ihm und sah, wie nah sie bei ihm stand. Ihre Augen weiteten und ihr Herzschlag beschleunigte sich. Seine wunderschönen, blauen Augen sahen sie fragend an. Sie leuchteten in ihrer menschlichen Form genauso schön. Sein weißes Haar fiel ihm sanft vor die Stirn. Seine Augen weiteten sich. Und im nächsten Moment spürte sie plötzlich einen Schmerz. Es fühlte sich wie ein Blitzschlag an, der durch ihre Augen einschlug und bis zu ihrem Herzen fuhr. Sie wurde rückwärts auf den Boden geschleudert. Für einen Moment stand ihr Herz still. Sie sackte ein und als ihr Herz wieder anfing zu schlagen, in doppelter Geschwindigkeit, krümmte sie sich vor Schmerzen auf dem Boden. Dabei hielt sie schreiend ihre Augen und ihre Brust fest. Dem Drachenjungen war es nicht anders ergangen. Er war von demselben Blitz getroffen worden und einige Meter nach hinten geflogen. Nun rollte er sich genauso wie Nuvay auf dem Boden zusammen und stöhnte vor Schmerzen auf. Als der Schmerz in Nuvays Brust langsam versiegte, versuchte sie keuchend sich wiederaufzurichten. Sie öffnete vorsichtig ihre Augen, doch konnte sie im Moment nichts erkennen. Alles war weiß. Nur langsam kehrte ihre Sicht wieder zurück, erst war sie verschwommen, dann wurde sie immer klarer.

»Was war das?«, fragte sie schwer atmend.

»Tut mir leid. Geht es dir gut?«, hörte sie die Stimme des Drachenjungen. Sie drehte sich zu ihm um und bemerkte, dass er einige Meter weiter ebenfalls auf dem Boden lag. Wie war er denn jetzt dahin gekommen, fragte sie sich. Ihr Herz beruhigte sich wieder und auch der Schmerz verklang so langsam. Der Drachenjunge konnte ebenfalls nicht richtig sehen und fuhr mit den Händen über seine Augen.

»Was war das?«, wiederholte sie ihre Frage.

Der Drachenjunge sah zu ihr hinüber und versuchte sie zu erkennen. »Tschuldige. Mein Körper ist gerade in einer schwierigen

Phase. Sehr anfällig für weibliche Pheromone und dann spielt er etwas verrückt!«

»Was war das?«, wollte sie endlich wissen.

Der Drachenjunge schüttelte benommen seinen Kopf. Es hatte ihn anscheinend stärker erwischt als sie. »Kennst du das denn nicht?«, fragte er sie zurück.

»Was denn? Wovon redest du?« Sie wurde zunehmend ungeduldiger.

»Du hast auch von nichts eine Ahnung!«, warf er ihr vor. Da war er wieder, der verstimmte, unausstehliche Drachen. Also kam diese Seite von ihm zum Vorschein, wenn er sich aufregte.

»Was? Bist du wieder heiß?«

Als Antwort ließ er sich auf den Boden fallen und stöhnte auf. »Kannst du nicht aufpassen, mit welchen Blicken du einen empfindlichen Jungen ansiehst?!«, fuhr er sie auf dem Boden an.

Nuvay hatte endlich aufstehen können und lief zu ihm hinüber. Dort hockte sie sich hin und griff besorgt nach seiner Stirn. Ihre Bewegung ließ den Drachen zusammenzucken. Er war wieder so heiß wie zuvor.

»Fass mich nicht an, Weib!«

Nuvay seufzte und ließ von ihm ab. »Du bist echt gestört. Das ist nicht normal!«

»Schaffst du es, mich zum Wasser zu tragen?«, fragte er sie und streckte sich auf dem Boden aus. Seine Augen waren geschlossen, wahrscheinlich wollte er keinen weiteren Schlag riskieren.

»Sag mir erst, was da gerade vor sich ging«, verlangte Nuvay.

Er öffnete seine blauen Augen wieder und schaute sie vorwurfsvoll an. »Ja super! Und währenddessen verrecke ich hier oder was?«

»Es wird dich bloß einige Minuten kosten. Jetzt sag schon.«

Er blieb stur. »Du willst mich echt umbringen, was?«

»Okay, du Pfosten! Ich schleife dich mit Freuden zum Wasser! Gar kein Problem!«, sagte sie wütend, packte ihn an den Füßen und begann ihn zum Wasser zu ziehen.

»Nicht gerade die eleganteste Lösung, aber ...«

»... immerhin eine Lösung!«, schnitt sie ihm das Wort ab, »Was immer das auch war, mach es nie mehr wieder!«

»Pff. Mach das nie wieder! Denkst du wirklich, es war meine Schuld?! Du hast die Blitze losgelassen!«

Sie schaute ihn trotzig an, zog ihn aber weiterhin. »Ich bin kein seltsames Drachengeschöpf, das Feuer aus dem Mund und seltsame Blitze aus den Augen schießen kann!«

Er grinste ein wenig. »Treffer! Aber der Auslöser für den Blitz waren deine lüsternen Blicke. Du hast es aktiviert!«

Sie verzog bei diesen Worten ihr Gesicht. »Hab ich nicht!«

»Doch, du hast mir aus deinen Augen deine unsichtbaren Ich-will-was-von-dir-Pfeile zugeschossen.«

»Hab ich nicht!« Warum sollte sie so etwas machen? So etwas machte sie nicht. Oder etwa doch?

»Was auch immer«, wandte dann der Drachenjunge ein und schloss wieder seine Augen. Sie ließ seine Füße unsanft knapp einen Meter vor dem Wasser los. Der Drache öffnete seine Augen und sah sie fragend an. Sie deutete mit ihrem Kopf zum See neben ihm. Er verzog seine Nase, als er den Meter zwischen sich und dem Wasser sah.

»Ach, komm schon! Du schaffst es ja wohl noch, selber dahinzukriechen! Das ist noch nicht mal ein Meter!«, protestierte Nuvay.

»Drachen kriechen nicht«, erwiderte er stolz und verschränkte die Arme vor der Brust.

Diese stolze Haltung passte jetzt so gar nicht zu seiner derzeitigen Situation und Aussehen. Wie er da so in Leggings lag, machte gerade keinen erhabenen Eindruck.

»Nur gut, dass du gerade keiner bist«, erwiderte sie kleinlaut.

»Hör auf mit den Scherzen und hilf mir endlich!«

»Du bist so ungehobelt und arrogant, weißt du das eigentlich?«

»Wolltest du nicht helfen? Ich hör dich nur sprechen!«, entgegnete er trocken.

Nuvay atmete tief durch. Mann, dieser Drache war einfach nur anstrengend.

»Deinetwegen, muss ich jetzt noch einmal in diese eisige Kälte!«, sprach er wehleidig.

Sie schaute auf ihn herab. »Wirst du wieder ohnmächtig werden?«

»Sehe ich aus, wie ein Drache?«, antwortete er und zuckte selbstgefällig mit seinen Augenbrauen.

Sie musste den Drang unterdrücken, ihm einen Fußtritt zu verpassen. »Warum bist du bloß so anstrengend?«, fragte sie ihn.

»Weil du so schwer von Begriff bist natürlich!«

Sie schaute noch einmal auf ihn herunter. Es würde ihr eine Ehre sein, ihn in dieses eisige Wasser hineinzustoßen.

»Na dann: Auf ins Kühle«, sagte sie und rollte ihn den Meter in das Wasser. Wie ein Sack Kartoffeln plumpste er in den See. Sie schaute ihm noch nach. Dann schüttelte sie mit dem Kopf. Dieser Drache war eindeutig ein paar Nummern zu viel für sie, dachte sie sich und fuhr sich mit ihren Händen über ihr Gesicht. Er war wie ein ungezogener, arroganter Bengel. Um sich nach dem Blitzschlag auch etwas abzukühlen und um nachzuschauen, wo dieser Drache abgeblieben war, kniete sie sich hin und steckte ihren Kopf in das eisige Wasser. Der Drache war nicht wieder aufgetaucht. Die Kälte tat ihren immer noch ein wenig schmerzenden Augen gut. Sie fand den Drachen etwas tiefer im Wasser. Er hatte die Augen geschlossen und schwebte im See. Ob der Idiot doch ohnmächtig geworden war? Nein. Er bewegte sich. Dann öffnete er seine Augen und schwamm an die Wasseroberfläche. Als er oben ankam und den Kopf aus dem Wasser streckte, wandte sich Nuvay um. Sie wollte ihm nicht schon wieder irgendwelche Blitze an den Kopf werfen, falls sie denn jetzt doch der Grund dafür gewesen war.

»Das ... das wegen gerade eben tut mir leid, falls es wirklich meine Schuld war«, entschuldigte sie sich.

»Aha!«, kam die Antwort von hinten, kühler als sie es erwartet hätte. Sie hörte, wie er im Wasser schwamm.

»Kein Problem. Und um ehrlich zu sein, bist du eines der wenigen weiblichen Geschöpfe, mit denen ich mich in letzter Zeit unterhalten habe.«

Sie musste lächeln. Woher das wohl kam, fragte sie sich ironisch.

Der Drachenjunge fügte hinzu: »Kann auch sein, dass ich meine Grenzen nicht so kenne.«

Sie stimmte ihm mit einem Nicken zu. »Was auch immer«, unterbrach sie ihn dann und fuhr fort, »Können wir das jetzt vergessen?«

Er lachte hinter ihr. »Vergeben und vergessen. Nur der Schmerz wird wohl nicht so schnell verschwinden.«

Doch ein qualvollerer Gedanke als der Schmerz in ihren Augen und in ihrer Brust, tauchte wieder in ihren Gedanken auf: Nakim!

»Drache?«, Nuvay wirkte etwas unsicher.

»Hm?«

»Ich muss wieder in das Dorf zurück, bevor es auffällt, dass ich weg bin. Was wahrscheinlich schon längst geschehen ist.«

»Jetzt schon?« In seiner Stimme schwang Enttäuschung mit.

»Ja.«

»Okay«, sagte er trocken und schwamm weiter.

Nuvay wartete noch einen Moment. Als der Drache jedoch nichts mehr sagte, machte sie sich enttäuscht auf den Weg zum Höhlenausgang. Ob sie ihn wiedersehen würde?

»Hey, kommst du wieder?«, fragte er laut, als sie schon kurz vor dem Ausgang der Höhle stand. Die Frage hallte aus allen Ecken zurück. Genau die gleiche Frage war ihr in diesem Moment auch durch den Kopf gegangen. Sollte sie wiederkommen? Würde er dann noch hier sein? Sie erwiderte nichts, da sie ihn nicht anlügen wollte und die Hoffnung auf ein Wiedersehen durch die Verneinung der Frage nicht zunichte machen wollte. Sie hatte zwar noch so viele Fragen an ihn, aber sie war zu erschöpft. Kaum zu glauben, was alles in dieser Nacht passiert war. Erst wurde sie verfolgt. Dann wäre sie fast gestorben. Danach mehrmals fast zu einem Eiszapfen erfroren. Und jetzt diese Sachen mit dem Drachenjungen. Das war einfach zu viel für einen Tag. Sie wollte nur noch in ihr Dorf und sich in ihr weiches Bett schlafen legen. Abschalten.

# 4 Rost frisst Eisen, Sorge den Weisen

Die Sonne war schon aufgegangen. Bis zum Morgengrauen hatte sie gebraucht, um endlich den Weg zurückzufinden. Nuvay betrat müde den Höhleneingang zu ihrem Dorf. Doch mit jedem Schritt legte sich eine grässliche Vorahnung über sie. Die Schritte fielen ihr immer schwerer und ihr Magen verkrampfte sich. Sie hoffte bloß, dass es nicht wieder so schlimm werden würde, dass sie dann Durchfall bekam. Das hasste sie so. Sie passierte ihr immer bei unangenehmen Konfrontationen mit Dorfbewohnern und vor allem mit Nakim, wenn er wütend wurde. Sie musste tapfer bleiben. Ihr war nichts passiert. Sie war bloß eine Nacht weg gewesen. Was war schon dabei? Mit klopfendem Herzen betrat sie den großen Raum, in den man zuallererst gelangte, bevor man dann zum eigentlichen Dorf kam. Früher hatten sie diesen Bereich als Empfangshalle genutzt, auch wenn sie in diesen Hallen nie jemanden empfangen hatten. Später hatte man dann die unterirdische Zugverbindung gebaut. Alle Städte der Menschen in diesen Ländern lagen unter der Erde und waren durch eine unterirdische Zugverbindung mit der Hauptstadt verbunden. Jegliche Entwicklung und jegliche Technik kamen aus der Hauptstadt. Das neueste Wissen, die neueste Technologie, die neueste Mode. Im Grunde bestimmte die Hauptstadt alles in diesem Land. Da ihr Dorf aber so weit außerhalb lag, kam alles immer etwas später zu ihnen. Strom hatten sie erst seit einigen Jahren, obwohl er schon seit über 20 Jahren entdeckt worden war. Er kam mit der Vollendung der Zugverbindung. Eigentlich waren alle Städte im ganzen Land über die Hauptstadt miteinander verknüpft. Leider war es nicht so einfach, von einer Stadt in eine andere zu reisen. Man musste ein Visum beantragen und dann warten. Und meistens brauchte man einen sehr triftigen Grund, um die Erlaubnis zu bekommen, in eine andere Stadt reisen zu dürfen. Nuvay wusste auch gar nicht, wie es mit ihrem Dorf stand. Durfte hier jeder einfach so herkommen? Eine feste Stimme schreckte sie aus ihren Gedanken auf.

»Na? Heute kehrst du mal nicht nackt zurück?«

Die Stimme von Nakim jagte ihr einen stärkeren Schauer über den Rücken als Viola während der gesamten letzten Nacht. Sie fluchte leise und drehte sich zu der Stimme um. Sie erblickte Nakim, dessen rotbraune Haare verschwitzt auf seiner Stirn klebten. Sein Blick durchbohrte sie erbarmungslos. Er saß auf einem Felsbrocken. Er war riesig. Bestimmt schon zwei Meter.

Im letzten Jahr hatte er noch einen Wachstumsschub bekommen. Passend zu seiner Größe war er auch ziemlich stark. Eine Zeitlang hatte er im Dorf seine Kraft mit allen Wesen gemessen, die Beine hatten, sogar mit den Tieren. Er hatte schon unzählige Pferde auf den Boden geklatscht. Doch dem König sei Dank war diese Phase zu Ende und sein Temperament war zwar noch immer sehr feurig, aber es legte sich allmählich. Nakim war schon immer einer von Nuvays größten Ängsten gewesen. Sie fürchtete sich mehr vor ihm als vor den Drachen. Denn letztlich hatten ihr die Drachen auch weniger angetan als Nakim.

»Ganz ruhig, Nakim«, hörte sie Simôns beruhigende Stimme und erst jetzt bemerkte sie, dass er auch da war. Er saß unten an

Nakims Felsbrocken und erhob sich. Simôns Anwesenheit nahm ihr die Angst. Erleichterung machte sich in ihr breit. Simôn zog seine Augenbrauen hoch und legte kurz einen Finger auf seine Lippen, dann sah er zu Nakim.

Sie verstand sofort: Sie sollte den Mund halten. Nuvay war einfach erleichtert, sich nicht allein diesem Koloss von Nakim stellen zu müssen. Das hätte sie sich nicht getraut. Wahrscheinlich wäre sie einfach weggerannt. Darin war sie ja ziemlich gut. Simôn lächelte sie leicht an und fuhr mit seinen Händen durch seine pechschwarzen Haare. Wie immer strahlte er eine einmalige Ruhe und Gelassenheit aus, die Nuvay jedes Mal auf einen Schlag in den Bann zog. Zugleich strahlte er eine unglaubliche Präsenz aus. Wenn er in einem Raum war, war es nicht möglich, ihn zu übersehen. Seine aufrechte Haltung, sein starker Körper stachen in der Menge immer heraus, egal wie groß sie war.

Nakim verstellte genervt seine Stimme und sprang vom Felsen herunter: »Wie, ganz ruhig, Nakim?«

Seine rotbraunen Haare fielen ihm ins Gesicht und verdeckten für einen Moment seine stechenden Augen. »Das hätte sie sich vorher überlegen sollen! Denkst du, ich hab nach der heutigen Nacht kein Recht, wütend zu sein?!«

»Beruhig dich einfach, Nakim.«

»Halts Maul, Simôn!« Nakim schubste Simôn zur Seite und schritt aggressiv auf Nuvay zu. »Nuvay! Was sollte das schon wieder?!«

Sie machte unwillkürlich einige Schritte nach hinten. Ihr Herz sackte ihr in die Hose.

»Was willst du eigentlich? Zu Asche zerfallen? Ist das dein größter Lebenstraum?!«, schrie Nakim sie an.

Sie wusste nicht, was sie machen sollte. Sie sah hilfesuchend zu Simôn. Er sah sie zuerst vorwurfsvoll an, doch dann griff er helfend ein.

»Nakim ehrlich, lass sie doch wenigstens einmal zu sich kommen!« Simôn zog Nakim an seinem Arm nach hinten, was Nuvay aufatmen ließ.

Nakim war 19 Jahre alt und Simôn 21. Schon seit Nuvay denken konnte, waren sie beste Freunde. Vom Charakter her jedoch konnten sie nicht unterschiedlicher sein. Nakim war sehr impulsiv. Er konnte von einem Moment auf den anderen ziemlich aggressiv werden. Um Simôn aber wütend zu erleben, musste man sich schon so richtig ins Zeug legen. Nuvay hatte ihn noch nie schreien oder laut reden hören. Die meiste Zeit hatte er sein perlweißes Lächeln auf den Lippen. Nuvay musste sich selbst eingestehen, dass sie immer dahin schmolz, wenn Simôn sie mit diesem Lächeln ansah. Aber Simôn dachte nicht so. Er sah sie immer noch als die kleine Nuvay. Zumindest gab er ihr oft dieses Gefühl.

»Ich würd ihr jetzt am liebsten die Gurgel umdrehen!«, rief Nakim und machte eine bedrohliche Handbewegung in der Luft. Nuvay schreckte auf.

Eine starke Nervosität fuhr durch ihren Körper und ihre Finger zuckten.

Simôn musste laut lachen. »Du siehst aus wie ein Waschweib, wenn du solche Grimassen ziehst!« Seine ruhige Art steckte meistens auch Nakim an. Sie hoffte, dass sie es auch diesmal tat. Endlich zwang sie sich ihm zu antworten.

»Was denn? Mir gehts gut. Nichts angebrannt. Alles noch dran. Also alles bestens. Können wir jetzt rein?« So gut es ging, versuchte sie ihre Angst vor Nakim zu verbergen, jedoch konnte sie ein leichtes Zittern in der Stimme nicht unterdrücken.

In Nakims Miene zeichnete sich Fassungslosigkeit ab. Sie hörte, wie Simôn vor ihr seufzte. Anscheinend hatte sie etwas Falsches gesagt.

»Ich glaub, du spinnst! Du verschwindest einfach, ohne auch nur ein Wort zu sagen! Zu niemandem hier! Und dann bleibst du die ganze verdammte Nacht weg und jetzt kommst du und sagst uns, dass alles bestens ist! Glaubst du wirklich, dass du so einfach davonkommst?«

Nuvay seufzte auf. Mussten diese Erwachsenen immer so übertreiben? »Was denn? Darf ich nicht auch mal raus? Das ist kein Gefängnis hier! Ich bestehe auch auf mein Recht darauf, dieses Dorf verlassen zu dürfen!«, sagte sie und nahm dabei all ihren Mut zusammen. Sie war heute mit dem Leben davongekommen! Sie hatte einer furiosen Drachendame ins Antlitz geblickt. Warum hatte sie solche Angst vor Nakim? Sie stapfte wütend mit dem Fuß auf.

Simôn zog die Luft scharf zwischen den Zähnen ein. »Musst du ihn auch noch reizen?«

»Hast du das gehört, Simôn?!«, fragte Nakim, »Hast du diese Frechheit gehört, die sie sich hier erlaubt?«

Simôn nickte ihm müde zu. »Bin nicht taub, Nakim. Hab alles gehört.«

»Ach so. Ja klar. Okay, geh ruhig raus, Nuvay! Und komm jedes Mal mit irgendwelchen Brüchen und Nahtoderfahrungen zurück! Ist ja nicht so, dass sich irgendjemand hier Sorgen um dich machen würde!«

»Punkt an den Großen!«, kommentierte Simôn.

Nuvay atmete tief ein. »Ihr könnt echt aufhören, mich wie ein Kind zu behandeln.«

Nakims Blick sprach Bände.

Sie schluckte. Warum musste sie auch in seiner Nähe immer das Falsche sagen?

»Wie denn, wenn all deine Aktionen dumm, einfältig und einfach nur kindisch sind? Kannst du mir das bitte erklären?«, schrie er sie an und wollte auf Nuvay losgehen. Sofort ging Simôn erneut dazwischen und drückte ihn zurück.

»Hey Nakim, lass das!« Simôn war nicht größer oder gar stärker als Nakim, aber er war eindeutig dominanter. Er schien die Situation zu kontrollieren, nicht indem er wie Nakim herumschrie oder Gegenstände zerstörte. Nein. Simôn blieb ruhig und bewahrte einen kühlen Kopf und wusste einfach instinktiv, wie er sich zu verhalten hatte. Selbst mit einem so hitzigen Menschen wie Nakim konnte er umgehen. Er blieb vor ihm stehen und hinderte Nakim daran, weiterzugehen.

Nuvay wich trotzdem instinktiv zurück. »Ich ... Ich war nicht einfach so aus Spaß die ganze Nacht draußen, okay?«

»Ich hoffs für dich, du Pissnelke!«

»Hör auf mich zu beleidigen! Okay, ich sehe ein, dass in dieser Nacht einiges schiefgelaufen ist.«

»Schiefgelaufen? Du meinst wohl, dass du großen Mist gebaut hast?!«

»Ich meine ... Nein.«

»Du meinst, dass das ganze Dorf diese Nacht deinetwegen kein Auge zugemacht hat, ist also nur ›schieflaufen‹ für dich?!«

»Ich ... ich meine ...«

»Du meinst, dass hier alle damit beschäftigt waren, deine Leiche in der Nacht da draußen zu suchen, ist also nur ›schieflaufen‹ für dich?«

»Ich ... «

»Du meinst, dass sich hier alle deinetwegen zu Tode gesorgt haben, während du deinem beschissenen Faible nachgejagt bist?«

»Das mein ich nicht!«

»WAS MEINST DU DANN NUVAY?!?! WIESO STARTEST DU IMMER SOLCHE BESCHEUERTEN AKTIONEN?! WAS LÄUFT SCHIEF IN DEINEM DÄMLICHEN GEHIRN?«

»Hör mir doch mal zu! Ich wills doch sa...«

»WARUM?! GIB MIR EINEN GRUND, MIR DAS BESCHEUERTE ZEUG ANZUHÖREN, DAS DEINEN MUND VERLÄSST?«

»Es würde ja Sinn ergeben, wenn du mich mal ausreden lassen würdest.«

»HALT DEINEN DUMMEN MUND, NUVAY! DU MACHST ES NUR SCHLIMMER!«

Tränen stiegen in ihr hoch. Das war schlimmer als jede Begegnung mit einem blutrünstigen Drachen, als alles, was ihr je dort draußen widerfahren war. Doch es reichte ihr. Dieses ganze Dorf reichte ihr! Sie holte tief Luft und brüllte ihn aus den Tiefen ihrer Lungen und mit kochendem Verstand an: »DU WILLST DOCH EINFACH NUR SAUER SEIN, HAB ICH RECHT? DU WILLST ES DOCH EH NICHT VERSTEHEN! EINE ANDERE ART ZU KOMMUNIZIEREN KENNST DU DOCH GAR NICHT! GUT, DANN SCHREI MICH AN! MACH MICH FERTIG! LOS, LASS ALLES RAUS! SCHLAG MICH, WENN ES DIR DANN BESSER GEHT!« Sie atmete tief durch und funkelte ihn wütend an. Sie brannte. »Was anderes kannst du ja eh nicht!«, fügte sie noch einmal hinzu und wusste, dass das gesessen hatte. Sie kannte die Schwachstellen von Nakim. Wenn er so dumm war und es darauf ankommen ließ, dann würde sie auch keinen Rückzieher machen und es ebenfalls darauf ankommen lassen. Ihr Herz schlug wie verrückt gegen ihren Brustkorb.

Nakim schaute sie erschrocken an. Das war das erste Mal in ihrem Leben, das Nuvay in einem genauso lauten Ton mit ihm geredet hatte wie er mit ihr. Er hatte an ihren Worten schwer zu schlucken. Es hatte ihn wohl schwerer getroffen, als sie gedacht hätte.

»Verdammt! Ich hab keine Lust auf diesen Kindergarten!« Er warf ihr einen unsicheren und verletzten Blick zu. »Geh! Verrecke ruhig! Lass dich auffressen! Aber hör auf uns ständig solche Angst einzujagen!« Das waren seine letzten Worte. Er wandte sich wütend um und ging schimpfend weg.

Da stand sie nun und schaute ihm mit einem schlechten Gewissen hinterher. Eine schwere Last fiel zwar von ihren Schultern, doch ihr Gewissen lastete nur umso schwerer in ihrer Brust. Simôn sah sie ein wenig verzweifelt an und seufzte schwer auf.

»Du hast echt den perfekten Moment gefunden, um ihm deine Meinung zu geigen!« Er schüttelte unzufrieden seinen schwarzen Haarschopf. Nuvay lachte ein wenig nervös auf, was sie oft tat, wenn ihr die Sicherung durchbrannte.

»Ja, nicht wahr?« Ihre Brust verengte sich und sie hatte das Gefühl keine Luft mehr zu bekommen.

Simôn musterte sie unsicher und sagte dann vorsichtig: »Das war nicht gut, was du getan hast. Es hat ihn ziemlich getroffen.«

Sie nickte. »Ich weiß, ich weiß. Ich lache einfach nur, weil mir die Nerven durchgebrannt sind! Ist gerade zu viel für mich.« Nuvay konnte nun nicht mehr aufhören zu kichern.

Simôn musste ein Lächeln unterdrücken und musterte sie besorgt. »Das, was in der letzten Nacht hier los war, war echt krass. Er hat nicht gelogen, als er sagte, dass das gesamte Dorf sich auf die Suche nach dir gemacht hat.«

Nuvays Kichern erstickte im Keim.

»Du steckst ziemlich in der Klemme, wenn ich das mal so sagen darf. Wenn sie dich gleich lynchen, wäre ich nicht besonders überrascht«, sagte Simôn sarkastisch.

Nuvay verstummte und ihre Brust schnürte sich noch fester zu. Sie sah schwermütig zu Simôn hinüber. Ihr Blick schien ihm unangenehm zu sein. Er wich ihm aus.

»Was machst du auch immer für Sachen. Schau dich doch mal an!« Er zeigte auf ihre Kleidung und Nuvay bemerkte erst jetzt, wie dreckig und zerschunden sie waren.

»Oh.« Mehr konnte sie dazu auch nicht sagen.

Simôn fielen ihre Hände auf und er näherte sich ihr. »Was hast du gemacht?« Er griff nach ihren Armen.

Seine Hände waren warm und er zog ihr die Ärmel bis zu den Ellbogen hoch. Nuvay zuckte kurz über diese plötzliche Bewegung zusammen. Überall waren kleine Schnittwunden und Risse.

Das musste Violas Werk sein, ging es Nuvay durch den Kopf. Ihre hässlichen Schuppen und ihre Todeskralle.

»Du hast überall Schnittwunden«, bemerkte Simôn. Sie befreite sich von seinem Griff und gab ihm einen sturen Blick.

»Ich sagte doch bereits, heute ist einiges schiefgelaufen.«

Simôns Blick wurde eindringlicher. »Ja, das haben wir alle bereits bemerkt!«, sagte er mit einem leichten Anflug von Wut und Sorge in seiner Stimme.

Sein Unterton war Nuvay nicht entgangen. Sie wich seinem Blick aus. Ihr wurde unwohl zumute. Simôn war noch nie wütend auf sie gewesen. In all den Jahren nicht, zumindest hatte er es ihr nie gezeigt.

Langsam, aber sicher begann sie darüber nachzudenken, ob ihre Aktion von letzter Nacht nicht doch ein wenig riskant gewesen war. Vielleicht ein wenig.

»Okay, hör mir zu!«, sagte sie zu Simôn, beugte sich näher zu ihm hin und sah ihm tief in seine dunklen Augen, in denen sie sich wie in den blauen Augen des Drachens verlieren konnte. »Du weißt, dass es normalerweise überhaupt nicht riskant ist, zur Brunftzeit nach draußen zu den Drachen zu gehen.«

Er hob skeptisch eine Augenbraue. »Keiner weiß das besser als du, würde ich mal sagen«, entgegnete er und musste amüsiert grinsen.

Nuvay überlegte kurz. Eigentlich war sie die Einzige im Dorf, die sich schon fast regelmäßig jedes Jahr zur Brunftzeit hoch zu den Drachen traute. Natürlich verließ sie das Dorf auch, wenn sie einfach Lust darauf hatte. Sie liebte die Natur und die Sonne. Wenn sie so weiter darüber nachdachte, fiel ihr auf, dass sie ihre Abenteuer mit niemandem im Dorf teilte. Sie interessierten entweder niemanden oder aber sie bekam wegen ihnen Ärger. Dann lag es schon ziemlich nahe, dass niemand im Dorf diese Tatsache über die Drachen wissen konnte.

»Es ist so.« Sie sah Simôn mit großen Augen an und hoffte bloß darauf, dass er ihr glauben würde. »Zur Brunftzeit könntest du Schascha auf ihnen tanzen und sie würden es nicht bemerken, geschweige denn, dass es sie interessieren würde.«

Simôn zog seine Augenbrauen zusammen und bezweifelte Nuvays Aussagen: »Kann man das?«

Sie warf ihm einen entrüsteten Blick zu. Dass er an ihren Worten zweifelte, war lächerlich. Sie war die Einzige in ihrem Dorf, die hoch zu den Drachen stieg und sie studierte. Warum glaubte ihr denn nie jemand?

»Ich glaube, ich bin hier der Drachenexperte!«, sagte sie mit fester Stimme.

Er hob verteidigend seine Hände hoch und lächelte. »Schon gut. Tut mir leid. Aber was willst du jetzt damit sagen? Dass du auf ihnen Schascha getanzt hast?«

Sie lächelte bei dem Gedanken daran. »Nein! Das wäre total bescheuert.«

»Gut, dass wir da einer Meinung sind«, stimmte Simôn ihr zu.

Ihr Lächeln wurde breiter. Da war er wieder, der Simôn, den sie so mochte. Der Simôn, dem sie vertrauen konnte. Der Simôn, dem sie alles erzählen konnte. Zu schade, dass sie so wenig Zeit mit diesem Simôn verbrachte.

»Okay, worauf willst du hinaus? Mach schnell, du wirst noch sehnlichst erwartet.«

Sie fuhr rasch fort: »Der Punkt ist, ich war wie jedes Jahr zur Brunftzeit dort oben. Selber Ort. Selbe Zeit. Alles wie immer und gewohnt also.«

Er deutete ihr mit einem Nicken zu, dass sie fortfahren solle.

»Es war also nicht riskant. Nicht wirklich. Jetzt kommt der Wendepunkt ... Ich wurde plötzlich angegriffen«, gab sie freudig von sich.

Simôn wurde ernster. »Ich dachte, sie beachten dich nicht zur Brunftzeit?«

Nuvay gab ihm einen nachdenklichen Gesichtsausdruck als Antwort. Wie sollte sie ihm das alles jetzt bloß erklären?

»Es ist eine lange Nacht gewesen. Und es ist eine lange Geschichte.«

Simôn überlegte kurz und nickte dann verständnisvoll. »Du hast Recht. Du solltest das meinem Vater erzählen.« Dann sah er sie besorgt an. »Dir gehts aber gut, ja?« fragte er und musterte sie von Kopf bis Fuß.

Sie lächelte ihn halbherzig an. »Bis auf meine Leggings fehlt mir nichts.«

Sein verwirrter Blick über diesen Satz sprach Bände. Er sah herunter zu ihrer Hose. »Leggings? Nuvay, du hast eine Hose an«, sagte er verwirrt und zeigte mit seinem Finger auf ihr Hose.

Nuvay lächelte ein wenig nervös. »Oh nein. Ich meine die Leggings zum Warmhalten darunter.«

Und als bloß noch größere Verwirrung sich in Simôns Zügen abzeichnete, merkte sie so langsam, dass sie das mit der Leggings hätte lieber nicht erwähnen sollen.

»Wie kannst du deine Leggings unter deiner Hose bei einem Drachenangriff verlieren?«

Nuvay seufzte erschöpft. »Lange Geschichte«, sagte sie und fügte dann mit einem Lächeln hinzu: »Ich erzähls deinem Vater.«

Bei diesem Satz lief Nuvay auch schon los. Ihr Magen verkrampfte sich. Und ja, es schlug wieder auf ihren Darm.

Sie erreichten den Dorfplatz, wo eine Menge Dorfbewohner warteten. Einige saßen müde auf dem Boden, andere unterhielten sich aufgeregt miteinander, andere wiederum starrten bloß ausdruckslos durch die Gegend. Ihr Magen fühlte sich an, als würde Viola mit ihr wieder einen Sturzflug hinlegen. Nakim war nirgends zu sehen. Anscheinend war er woanders hingelaufen, ohne jemandem Bescheid zu geben, dass Nuvay wieder da war.

Sie blickte kurz zurück und sah, dass Simôn nicht mehr hinter ihr stand. Simôn lief schon der Menge entgegen und versuchte sich zwischen den Menschen hindurchzukämpfen. Wahrscheinlich suchte er seinen Vater.

Ein leises Raunen ging durch die Menge, als die Ersten sie endlich sahen. Feindselige Blicke durchbohrten sie. Sie fühlte sich plötzlich so klein vor all diesen Menschen. Die ersten Leute gaben ihre Kommentare ab.

»Ja, super. Sie lebt noch. Wäre sie gestorben, wäre es den Aufwand wenigstens wert gewesen!«

»Sie lebt immer noch? Ach Kuhmist!«

»Ja, bestens. Immer noch nicht Tod. Und die Folter für uns geht weiter!«

»Wie viele Leben hat dieses Mädchen?«

Sie schluckte schwer. Was für eine herzliche Begrüßung. Ein schriller Freudenschrei erhob sich in der Menge und im nächsten Moment kämpfte sich eine üppige kleine Frau hervor und rannte auf sie zu: ihre Tante Mina. Sie kam mit Tränen auf Nuvay zu und umarmte sie so fest, dass Nuvay keine Luft mehr bekam.

Na, wenigstens freut sich doch jemand, dass ich noch lebe, dachte Nuvay.

Der beruhigende, warme Duft ihrer Tante umschloss sie. Sie fühlte sich gleich wohler.

»Dem König sei Dank! Meine Nuvay lebt! Dem Himmel sei Dank!«

»Ta-n-te«, stöhnte Nuvay und rang nach Luft.

»Oh! Entschuldige, mein Schatz!« Sie ließ sie wieder los und wischte sich die Tränen aus dem Gesicht. »Geht es dir gut?! Ist dir was zugestoßen?! Wir hatten alle solche Angst um dich!« Sie fasste sie an ihren Schultern und schaute sie besorgt an. Dann presste sie Nuvay wieder an ihre Brust, um sie im nächsten Moment erneut loszulassen.

»Nuvay, wo zum Henker warst du? Wir dachten alle, dir wäre was Schlimmes zugestoßen!«, schimpfte ihre Tante diesmal mit Nuvay.

»Mir gehts gut«, sagte sie schuldbewusst und fügte dann leise hinzu: »Es tut mir leid ...«

Der Blick ihrer Tante wurde strenger. »Das kannst du Làlà erzählen!«

Nuvay schluckte wieder. »Ich wollte euch keine Angst einjagen«, flüsterte sie.

»Das hättest du dir vorher überlegen sollen! Das wird ein Nachspiel haben, Madame!« Ihr ernster Blick bohrte sich tiefer in Nuvay. Es tat furchtbar weh. Wenn sie der heutigen Nacht und dem bisherigen Tag einen Namen geben müsste, so würde sie sie „die durchbohrenden Blicke“ nennen. Denn in den letzten Stunden hatten ihre Mitmenschen und Drachen sie immer wieder mit Blicken durchbohrt.

»Mach dir keinen Kopf, das wird schon wieder!«, beruhigte ihre Tante sie.

Nuvay lächelte sie schief an.

»Wo ist sie? Wo ist sie? Wo? Platz da! Ich muss durch! Der Bürgermeister muss duuurch!«

Nuvay knickte innerlich ein, als sie Simôns Vater sah, der sich durch die Menge kämpfte. Er hatte seinen Schlafmantel an und seine schulterlangen, schwarzen Haare flatterten hin und her. Nuvay hielt die Luft an und musste daran denken, dass dieser ungewöhnliche Mensch mit dem ungewöhnlichen Namen Làlà der Bürgermeister hier im Dorf war.

»Oh gütiger König, da ist sie ja!« Làlà blickte zu ihr hinüber und rannte weiter. Als er endlich vor ihr stand, machte er etwas, was Nuvay nie von ihm erwartet hätte: Er umarmte sie. Er umarmte sie genau so, wie ihre Tante Mina zuvor. Nuvay war sprach- und atemlos zugleich. Und ihr schlechtes Gewissen wurde nur umso größer, desto fester er sie an sich drückte. Sie würde wohl demnächst zweimal überlegen müssen, bevor sie wieder zu so einer gefährlichen Unternehmung aufbrach. Er ließ sie wieder los und schaute sie genauso streng an wie eben ihre Tante Mina.

»Mach das noch einmal und ich reiß dir deine Beine raus!«

Ein leichter Schauer fuhr ihr über den Rücken. Seine Wortwahl war immer schon etwas drastisch gewesen. Erst recht für einen Bürgermeister.

Sie nickte ihm steif zu.

»Wo warst du?«

Alle Dorfleute rückten nun näher an sie heran. Làlà bemerkte dies und veränderte sofort sein Verhalten. »Du siehst erschöpft aus, Kind. Verschieben wir die Anhörung auf später. Du lebst noch. Hast noch alle Körperglieder. Das reicht fürs Erste. Mina?« Er wandte sich ihr mit besorgtem Blick zu. »Du bringst Nuvay besser nach Hause. Sie soll sich etwas ausruhen. Ich überlege mir währenddessen eine angemessene Strafe!« Seine letzten Worte sagte er lauter und schielte dabei zu der Menschenmenge. »Jetzt hopp, hopp! Los. Mina. Ab nach Hause.«

Er drehte sich zu den anwesenden Dorfbewohnern. »Freunde! Das wird noch Konsequenzen haben! Aber zuerst einmal sollten wir uns nach dieser ereignisreichen Nacht alle ausruhen! Ich bedanke mich bei jedem Einzelnen von euch für die Hilfe und Zusammenarbeit! Na kommt schon! Wir haben uns alle eine Mütze Schlaf verdient! Bis zur nächsten Dorfversammlung!«

Ein unzufriedenes Gemurmel ging durch die Menge. Es kam Nuvay so vor, als wollten die Versammelten sie viel lieber bluten sehen. Sie seufzte und ließ sich von ihrer Tante, die schützend den Arm um sie gelegt hatte, nach Hause bringen. Dabei vermied sie jeglichen Blickkontakt mit den anderen Bewohnern.

Zu Hause angekommen kroch Nuvay in ihr lang ersehntes, warmes und weiches Bett und fiel in wenigen Augenblicken auch schon in einen tiefen Schlaf.

# 5 Erst wissen, dann wägen, dann wagen

Sie schlief fast den ganzen Tag durch und wachte erst kurz vor Sonnenuntergang wieder auf. Ihr kleines Abenteuer war anscheinend doch anstrengender für ihren Körper gewesen, als sie gedacht hätte. Ihre Glieder schmerzten und ihre Haut war so empfindlich geworden, dass sie bei der kleinsten Berührung wehtat. Jeder Schnitt und jede Wunde meldeten sich. Doch ihre Gedanken wanderten ganz woanders hin: Sie musste an Làlàs besorgte Augen, Simôns wütenden Blick, die Tränen ihrer Tante, Nakims zorniges Gebrüll, auch wenn ihr dies nichts Fremdes war, denken.

Sie dachte eigentlich, dass die Menschen ihr, je älter sie wurde, umso mehr Vertrauen schenken würden.

Warum vertraute ihr Umfeld ihr so wenig und machte sich immer große Sorgen um sie? Wurde man denn nicht mit dem Alter auch vertrauenswürdiger und konnte auf sich besser aufpassen?

Sie überlegte kurz: Sie war erst siebzehn Jahre alt und würde in wenigen Monaten achtzehn werden. Sie freute sich schon darauf. Es war immer ein seltsames Gefühl, älter zu werden. Je näher sie ihrem neuen Alter kam, desto mehr hatte sie das Gefühl, etwas verändere sich in ihr. Sie wusste nicht genau was, aber sie hatte das Gefühl, dass sie mit jedem neuen Alter mehr Verantwortung bekam. Das gefiel ihr sehr. Sie gehörte nicht zu den Jugendlichen, die so schnell wie möglich erwachsen werden wollten, aber auch nicht zu denen, die sich davor fürchteten. Jedes neue Jahr kam ihr wie ein neues Abenteuer vor. Es war eine willkommene Veränderung in ihrem Leben, das in vielerlei Hinsicht ziemlich monoton war. Mal abgesehen von den Drachen natürlich. Und vielleicht konnte man Nakim auch dazu zählen.

Sie richtete sich mühselig auf, war aber noch so müde, dass sie es nicht schaffte, aufzustehen. Ihr Oberkörper taumelte zur Seite und sie nickte wieder ein.

Nach einer Weile wurde sie von einem Geräusch aus der Küche geweckt. Um genau zu sein, war es Nakims laute Stimme, die ihre Müdigkeit blitzartig verfliegen ließ. Sie beeilte sich, kroch aus dem Bett und zog sich, so schnell sie konnte, an. Dabei versuchte sie die Schmerzen zu ignorieren und biss sich auf die Zähne. Sie durfte keine Schwäche zeigen. Wenn er sah, dass sie immer noch schlief, dann würde er sicherlich wieder wütend werden. Manchmal war er schlimmer als ein echter Vater, dachte sie. Nakim war der Sohn des Bruders ihres Vaters. Nuvay lebte seit dem Tod ihrer Eltern bei ihnen. Ihr Onkel und ihre Tante Mina hatten Nuvay bei sich aufgenommen und sich wie ihr eigenes Kind um sie gekümmert.

Sie vermutete, dass Nakim damals sehr eifersüchtig auf sie gewesen war, als sie urplötzlich zum Familienmitglied wurde. Für ein Einzelkind wie ihn war es sicherlich nicht einfach gewesen, von einem Tag auf den anderen die Aufmerksamkeit seiner Eltern mit ihr teilen zu müssen. Seit sie hier wohnte, konnte sie sich nicht daran erinnern, dass Nakim auch nur einmal nett zu ihr gewesen war. Er war oft gemein, da er schon immer stark und groß war. Wäre Simôn nicht dagewesen, der immer schon ihren Beschützer gespielt hatte, wäre sie wahrscheinlich gar nicht mehr am Leben. Sie musste an den Brunnen denken, in den Nakim sie mit acht Jahren hineingeworfen hatte. Sie konnte damals noch nicht schwimmen und wäre Simôn ihr nicht nachgesprungen, wäre sie wohl ertrunken. Oder daran, dass Nakim sie den Berg hinuntergeschubst hatte. Sie hatte sich beim Aufprall ihren Knöchel verletzt und konnte nicht mehr zurück zum Dorf. Wieder hatte sie Simôn gesucht und gefunden. Hätte er sie nicht hochgetragen, wäre sie wohl in dieser Nacht draußen in der Kälte erfroren. Da war sie gerade mal sieben Jahre alt gewesen. Oder sie musste an daran denken, wie Nakim einen ganzen Korb Äpfel gestohlen und es dann Nuvay in die Schuhe geschoben hatte. Wäre Simôn nicht dagewesen, hätte Wonka sie wohl grün und blau geschlagen. Er hatte sie heldenhaft verteidigt und dabei mehr als einen Schlag von diesem herzlosen Wonka kassiert. Er war ihr Held. Schon der Gedanke an ihn erwärmte ihr Herz. Er war ihr wahrer großer Bruder. Eine leichte Trauer mischte sich in die Wärme hinein. Leider, dachte sie.

Anders als Nakim. Ihre Beziehung war so kompliziert. Mit ihm verband sie bloß Angst, verdrängte Gefühle und einen heißen Kessel, der jederzeit platzen konnte. Sie seufzte auf. Doch es war nicht mehr so schlimm wie früher, musste sie sich eingestehen. So langsam bekam er sein hitziges Gemüt in den Griff. Langsam. Ein großer Auslöser war dafür aber nicht sein fortschreitendes Alter gewesen, überhaupt nicht. Der Grund war gewesen, dass sein Vater spurlos verschwunden war. Sie wusste nicht, wie lange, aber es war schon eine Weile her, da hatte Nakim seinen Vater und Nuvay ihren Onkel verloren. Diesen schweren Schock hatte er noch immer nicht überwunden. Das gesamte Dorf hatte nach seinem Vater gesucht, wochenlang, jedoch ohne Erfolg. Sie hatten ihn nicht gefunden. Niemand wusste, was mit ihm passiert war. Und wenn es auch herzlos klingt, das Verschwinden seines Vaters hatte

Nuvay einen etwas anderen Nakim eingebracht. Seitdem hatte er sie kein einziges Mal wieder geschlagen oder versucht, sie loszuwerden. Der neue Nakim hatte sie jahrelang in Ruhe gelassen und seit einigen Tagen fragte er sogar mal, wo sie war und was sie gemacht hatte. Er hatte für sie auch schon mal einige aus dem Dorf verprügelt. Zwar hatte es Nuvay nichts gebracht und das Problem mit den Personen war damit nicht beseitigt worden, aber da hatte sie bemerkt, dass sie Nakim nicht ganz gleichgültig war. Und sie musste es sich heimlich eingestehen, dass sie ihn eigentlich sehr bewunderte und sich aus tiefstem Herzen wünschte, dass er sie wie seine leibliche Schwester liebte.

Jedoch auch dieses Eingeständnis veränderte nichts an ihrer Angst, als sie durch den Flur lief und mit pochendem Herzen die Küche betrat.

Nakim saß am Tisch und ihre Tante Mina war am Herd. Er würdigte sie keines Blickes und ihre Tante war mit dem Kochen beschäftigt. Seitdem es die unterirdische Netzverbindung zur Hauptstadt gab, war ihr Leben um einiges leichter geworden. Sie hatten endlich Strom. Einmal im Monat kam ein Zug aus der Hauptstadt und versorgte sie mit allen wichtigen Lebensmitteln und Gütern, die sie hier nicht anbauen oder herstellen konnten. Ihr Dorf hatte sich zwar jahrelang sehr gut selber versorgt und war eigentlich auch auf andere nicht angewiesen, aber Gegenstände wie Papier, Stifte, Elektrogeräte oder Lebensmittel, die bei ihnen in den Schächten weiter unten nicht wuchsen, hatten ihr Leben erleichtert und bereichert. Es war ein großer Gewinn, dass ihnen die Hauptstadt so zuvorkam. Der Strom war die größte Freude bisher gewesen. So waren sie auf Kerzen und Öllampen, die vorher immer an den Wänden ihrer Höhle hingen, nicht mehr angewiesen. Jetzt wurden ihre unterirdischen Straßen von Glühlampen beleuchtet. Es war ein schöner Anblick. Wenn man sich hinlegte und hinaufsah, dann sah es schon fast wie der nächtliche Sternenhimmel aus. Die pechschwarze und hohe Hauptdecke ihrer Höhle war mit hunderten Birnen behangen.

Nakims Blick schreckte sie aus ihren Gedanken. Nuvay versuchte zu lächeln. »Hi ...«

Er grunzte ein paar unverständliche Wörter und schaute wieder auf seinen Teller und aß weiter.

»Hallo, Schatz!« Ihre Tante lächelte warm. »Und? Gut geschlafen?«

Nuvay lächelte verlegen. »Ja, schon ...«

»Wie geht es dir jetzt?«

»Ich fühl mich, als wäre ich unter die Räder von einem Traktor geraten!« Sie lachte auf und als Nakim aufblickte, blieb ihr das Lachen im Hals stecken. Sie wollte doch keine Schwäche zeigen! Sein Blick sprach Bände. Sie bekam eine Gänsehaut und räusperte sich.

»Nakim! Schau sie nicht so an! Sie hat so schon viel durchgemacht! Da musst du ihr das Leben nicht noch weiter erschweren!«, ermahnte ihre Tante ihn.

»Was? Ist das meine Schuld, dass sie so dämlich ist? Denkst du, ich bemitleide sie jetzt auch noch?« Er stand mit einem lauten Ruck auf und stampfte davon. Dabei versäumte er nicht, sie im Vorbeigehen mit seiner Schulter oder eher mit seinem Arm, da er so groß war, grob gegen die Wand zu schubsen.

»Nakim!«, rief ihre Tante ihm hinterher.

Er grunzte bloß wieder und lief ohne sich umzudrehen weiter.

Nuvay massierte ihre Schulter, als sie sich an den Tisch setzte. Ihre empfindliche Haut schmerzte.

»Mach dir nichts draus, Liebes! Du weißt doch, seitdem sein Vater spurlos verschwunden ist«, sie hielt inne, atmete einmal tief durch und fuhr dann fort, »Er will nicht noch jemanden verlieren, den er liebt.« Sie lächelte Nuvay sanft an und strich ihr über die Wangen. »Das will niemand mehr hier.«

Nuvay wurde warm ums Herz. Liebte Nakim sie wirklich so sehr, dass er solche Angst hatte, sie zu verlieren? Sie schmunzelte leicht bei dem Gedanken, auch wenn es ihr unwirklich erschien.

»Schatz, du sollst zu Làlà. Er meinte, egal wie spät es auch wird, sobald du aufstehst und wieder bei Kräften bist, sollst du zu ihm rüberlaufen.«

Nuvay nickte. »Gut, ich geh dann sofort hin.«

»Na, na! Erst nach dem Essen.« Bevor Nuvay aufstehen konnte, reichte ihre Tante ihr schon einen Teller mit lecker riechendem Eintopf. Nuvay leckte sich die trockenen Lippen und griff nach dem Löffel. Ihre Tante musste lachen, als sie Nuvay so sah.

»Guten Appetit, Liebes!«

Nuvay grinste mit vollem Mund zurück und stopfte sich schon mit der nächsten Portion voll. »Schmeckt köschtlisch!«

Als Nuvay die Haustür zuschloss, fiel ihr Blick auf den blumenförmigen Türknauf. Jedes Mal rief dieser Türknauf Erinnerungen an die Hauptstadt in ihr hervor. Sie war einmal in ihrem Leben in der Hauptstadt gewesen. Das konnten nicht viele von sich behaupten. Sie wusste nur noch, dass auf dem Rückweg zum Dorf ihre Eltern gestorben waren. An die Hauptstadt konnte sie sich nur bruchstückhaft erinnern. Jedoch konnte sie die Wolken und die farbenfrohen Häuser nicht vergessen. Die Hauptstadt war berühmt für ihre bunten Häuser und die Blumenmotive an den Hauswänden. Die Bewohner der Hauptstadt waren auch hervorragende Steinhauer. Ihre Häuser schmückten sie zudem mit feinen und atemberaubenden Verzierungen. Aber vielleicht lag all die Magie der Hauptstadt einfach bloß darin, dass die Sonne auf sie schien.

Keiner aus ihrem Dorf wusste oder konnte Nuvay sagen warum, aber die Stadt schien einen seltsamen Schutz vor den Drachen zu haben. Bisher war jedenfalls noch kein Drache auf die Idee gekommen, sie anzugreifen. Es war, als ob die Drachen diese Stadt auf der Erdoberfläche duldeten. Viele Menschen dachten, dass es etwas mit der Vergangenheit zu tun hätte, dass die Hauptstadt noch voller jahrhundertealter Magie stecke. Die Magie der Zauberer.

Das größte Geheimnis ihrer Welt waren und blieben die Zauberer. Obwohl die Menschen noch vor einigen Jahrhunderten mit ihnen gemeinsam gelebt hatten, war über die Zauberer wenig bekannt. Man hörte hier und da mal über einige ihrer Nachfahren, die auf der Erdoberfläche durch die Länder dieser Welt streifen sollen. Jedoch wusste niemand Genaueres. Die Zauberer wurden gefürchtet und deshalb irgendwann aus dieser Welt verdrängt. Sie waren ein äußerst barbarisches Volk, das sich vor langer Zeit in der Umgebung der Hauptstadt angesiedelt und allmählich zu einer bedrohlichen Macht entwickelt hatte, die Schmerz und Leid über die Menschheit und sogar über die Drachenwelt brachte. Drachen und die Menschen haben deshalb gemeinsam gegen die Zauberer gekämpft.

Nuvay wusste nicht viel darüber, denn sie war nie die Beste in Ahnenkunde oder in Geschichte gewesen und hinzu kam noch, dass die Quellen in der Dorfbibliothek ziemlich dürftig waren. Sie wusste aber, dass davor, danach oder auch dazwischen Zwerge auf dieser Erde gelebt hatten. Ein Zwergenkönig hatte einst das Dorf, in dem Nuvay und ihre Familie lebte, gegründet, um die Bodenschätze des Berges abzubauen. Irgendwann verließen die Zwerge die Gegend und ließen alles zurück. Die Schächte waren wieder zugeschüttet, als die Menschen den Ort fanden. Einige Häuser jedoch standen noch. Simôn und sein Vater lebten in einem von ihnen. Es muss wirklich ein sehr kleines Zwergenvölkchen gewesen sein. Dem, was Nuvay über die Unterwelten und Staaten der wahren Zwergenreiche gehört hatte, konnte ihr winziges Dorf nicht das Wasser reichen.

Nuvay lief auf das Rathaus zu. Es war das Haus von Simôn und seinem Vater Làlà. Das erste Stockwerk des vierstöckigen Hauses wurde für die Arbeit genutzt und in den anderen drei Stockwerken lebten die beiden. Dieses Haus war kleiner als die anderen Häuser im Dorf. Die meisten Häuser waren achtstöckig oder höher. Die Höhle, in der sie lebten, war sehr hoch. Nuvay fand sie schon immer merkwürdig. Es kam ihr so vor, als ob die Häuser die Höhlendecke durchbohren und an den Himmel gelangen wollten. Vielleicht lag es auch einfach am bergischen Land, in dem sie lebten. Die Menschen passten sich ihrer Umwelt an und so bauten sie, wie die Berge über und um sie, in die Höhe. Nuvay lief in Gedanken versunken an den Häusern ihres Dorfes vorbei und merkte gar nicht, wie schnell sie schon vor dem Rathaus stand.

Man konnte dem Gebäude sein Alter ansehen. Es hatte überall kleine Risse und ähnelte einer Ruine. Einsturzgefährdet war es nicht. Nuvay gefielen die alten Zwergenzeichen, die in die Wände des Gebäudes eingearbeitet waren, am besten. Jaga, ein Dorfältester, hatte Nuvay einmal erzählt, dass diese Inschriften Schutzgebete in der alten Zwergensprache seien. Daraufhin war Nuvay, als sie noch jünger war, immer wieder mal um das ganze Haus herumgelaufen, um sich die Symbole anzuschauen. Sie hatte für die unterschiedlichen Zeichen eigene Laute und Wörter erfunden und so getan, als ob sie sie lese. Danach hatte sie sich seltsamerweise von den alten Gebeten der Zwerge beschützt gefühlt.

»Yemliha, Mekselina«, flüsterte sie wieder einmal wie früher und klopfte an die Tür. Es machte keiner auf und Nuvay schob vorsichtig die Tür auf.

»Hallo«, sagte sie zaghaft in den Raum hinein. Sie betrat den Empfangsbereich. Braun und Weinrot waren die dominierenden Farben. Die Vorhänge waren in Weinrot und alle Möbel in einem dunklen, angenehmen Braun. Irgendwie fühlte man sich sehr wohl in diesem Raum, dachte Nuvay. In diesem Moment schob sich ein schwarzer Kopf durch die Türspalte. Es war Simôns Kopf. Er lächelte sie an. Nuvays Herz pochte.

»Ah, du bist es!« Er trat aus dem Türspalt hervor und lief auf sie zu. »Gehts dir gut? Hast du dich erholt?«, fragte er.

»Wenn ich ehrlich sein soll, fühle ich mich schrecklich.« Sie lächelte ihn schief an. »Mir tut alles weh.«

Simôn lächelte verständnisvoll zurück: »Armes Mädchen. Es ist ja auch wirklich schrecklich anstrengend, wenn man so viele Abenteuer bestreiten muss!«

Nuvay lachte. »Ja, ich weiß. Und das Schlimmste kommt immer danach.« Sie rollte ihre Augen, als sie an Nakim dachte.

Simôn musste auch lachen und seine weißen Zähne blitzten auf. Er hatte schöne, gerade Zähne. Eigentlich fand sie alles an ihm schön. Seine Augenbrauen, die natürlich wie eine Linie waren, nicht zu dünn, aber auch nicht zu dick. Seine dunklen Augen, die beim Lachen strahlten. Seine strubbeligen, schwarzen Haare, auf die er nie einen Blick oder wahrscheinlich auch nie einen Kammstrich verschwendete.

»Jepp, und genau das steht dir jetzt bevor«, sagte er und öffnete gespielt verängstigt seine Augen. Er griff nach ihrem Kopf und dann drückte er sie in Richtung Làlàs Arbeitszimmer. »Los, zögern wir es nicht hinaus.« Er stapfte mit ihr los. Er legte seine warme, große Hand auf Nuvays Kopf und führte sie so sanft und wortlos durch einige Räume, bis sie zu einer Tür gelangten. Er klopfte leise und wartete, bis Làlà sie hineinbat.

»Vater? Nuvay ist da«, sagte Simôn und betrat das Arbeitszimmer.

Làlà hob seinen Kopf von seinem großen Schreibtisch und lächelte sie an, als sie eintraten. Es war ein ehrliches Lächeln. Nuvay wurde warm ums Herz. Sie musste unwillkürlich an Simôns Lächeln denken und daran, wie ähnlich sie sich doch waren, er und Làlà. Doch Simôns Lächeln war für Nuvay einen Tick wärmer als Làlàs.

Sie lächelte zurück. »Hallo, Làlà. Da bin ich.«

Er nickte ihr zu und bedeutete ihr, sich zu setzen. Das Arbeitszimmer von Làlà war stärker beleuchtet und in helle gelbe Töne getränkt. Ein großer Schreibtisch stand vor einem Bücherregal und davor ein Sofa mit einem Sessel. Sie waren beide beigefarben. Die Gardinen waren dunkelgelb und im Grunde recht nutzlos, denn das Zimmer hatte keine Fenster, wie so viele andere Häuser im Dorf auch. Erst seit sie Strom hatten und die Straßen und die Decke ihrer Höhle mit Lampen versehen waren, bauten sie Fenster in ihre Häuser.

Nuvay rümpfte die Nase. Im Vergleich zum Sonnenlicht oder dem Schein des Mondes und der Sterne waren die Glühlampen in der Höhle ein sehr kleiner Trost. Sie zögerte kurz und blieb im Türrahmen stehen. Genau so sanft wie eben packte Simôn sie an ihrer Schulter und führte sie zum Sofa.

»Er beißt nicht, also setz dich endlich«, sagte er dabei und lächelte kurz. Simôn setzte sich neben sie. Er saß aufrecht und strahlte wieder seine typische Gelassenheit aus. Als würde Nuvay nicht hier sein, um Ärger zu bekommen.

Sie atmete diese Ruhe von ihm ein und versuchte sich davon anstecken zu lassen. Doch immer noch ein wenig verspannt sah sie zu Làlà hinüber, der sich ihr gegenüber auf den Sessel hingesetzt hatte.

»Nuvay«, ergriff Làlà freundlich das Wort und seufzte dann schwermütig, »Ich mach mir große Sorgen um dich. Wie soll das mit dir nur weitergehen, mit dir und diesen ... diesen Drachen?« Er verzog sein Gesicht. »Ich fürchte um dein Leben. Wir können wirklich keine weiteren Todesfälle hier in unserem kleinen Dorf verkraften.« Er sah sie mit sorgenvollem Gesicht an.

Sie verstand ihn allzu gut. Auch Làlà hatte seine Ehefrau verloren, die ein Jahr nach Nakims Vater ebenfalls spurlos verschwand. Es war schrecklich für Làlà und Simôn gewesen. Simôn hatte wochenlang mit niemandem mehr geredet. Sein Schweigen hatte Nakim gebrochen, indem er seine Wut nicht mehr halten konnte und sich auf ihn stürzte. Er schlug ihm fast die Seele aus dem Leib und dabei schrie er Sachen wie: „Denkst du, du bist der Einzige, der hier jemanden verloren hat? Verdammt nochmal, komm endlich wieder zu dir! Ich will dich nicht auch noch verlieren!“ Der Gedanke stieß immer noch Tränen in ihr hoch. Nach diesem brutalen Angriff Nakims war Simôn wieder zu den Lebenden zurückgekehrt. Zuerst war er zwar einige Wochen in Gimmis Krankenstation, aber danach kam er so langsam wieder zu sich.

Nuvay schüttelte den Kopf, um die blutigen Bilder aus dem Kopf zu bekommen. »Làlà, glaub mir! Das war nur eine einmalige und seltsame Sache. Es wird bestimmt nicht noch einmal passieren.«

Làlà schaute sie skeptisch an. »Nuvay, du weißt, was mit Womba passiert ist? Zweimal hat er es geschafft, den Viechern zu entkommen. Und dann sein trauriges Ende.«

»Du kannst mich doch nicht mit Womba vergleichen. Er war fett! Die Drachen haben sich förmlich auf seine Fährte gelegt.«

Làlàs Gesicht wurde blass. »Sei nicht so unverschämt!«, ermahnte er sie.

Sie sah ihn stur an. »Ist doch wahr, so einen Womba würde doch jeder Drache gerne ...«

Simôn warf ihr ermahnend einen Blick zu und ihre Knie berührten sich kurz. Nuvay räusperte sich und schwieg.

Làlà wurde wieder ernst. »Ich weiß wirklich nicht, was ich tun soll. Dich für immer hier unten in diesen Berg zu verdammen, wäre auch falsch. Aber ich ziehe es wirklich in Erwägung.« »Wie? Du kannst mir doch nicht verbieten rauszugehen!« Sie schaute ihn entgeistert an. Das konnte doch nicht sein Ernst sein? Empörung stieg in ihr auf.

Làlàs antwortete entschieden: »Doch! Wenn es dich vor dem sicheren Tod bewahrt, dürfte ich es.«

Sie spürte, wie sich plötzlich Wut in ihrem Körper ausbreitete. Die Hitze stieg ihr bis zum Kopf. »Dann sterbe ich lieber draußen, als hier drinnen zu verrotten!«, erwiderte sie etwas lauter. Làlà schaute beunruhigt zu ihr hinüber. »So eine Antwort hatte ich auch erwartet ... Nein, du hast Recht. Das könnte ich nicht tun ... Was wäre das für ein Leben?«

Nuvay atmete erleichtert aus. Die Wut wich wieder zurück und sofort bereute sie schon, lauter als nötig geworden zu sein. Sie durfte nicht sofort den Kopf verlieren. Sie musste lernen, sich zu beherrschen.

Simôn beobachtete die beiden stumm. Er war oft still in der Nähe seines Vaters.

Làlà griff sich an die Stirn und massierte sich die Schläfen. »Gut, wie wäre es erst einmal damit: Du wirst mit Begleitung rausgehen.

Und zwar mit Simôn oder Nakim. Egal wer. Meinetwegen auch mit beiden, aber nicht mehr allein!« Er schaute sie unsicher an. »Wie findest du das?«

Diese Idee überraschte sie. »Wie lange?«, fragte sie unsicher.

»Erst einmal, bis die Brunftzeit vorbei ist«, antwortete Làlà.

Nuvay nahm sich Zeit, um zu überlegen. Im Grunde sprach nichts dagegen. Sie wollte ja eh einen Blutschwur leisten, damit sie nicht mehr so oft in Schwierigkeiten geriet. Oder war es, damit sie gar nicht mehr rausging? Sie verzog ihr Gesicht. So einen dummen Blutschwur würde sie doch niemals einhalten können! Sie belächelte sich selbst. Sie entschied, das Angebot von Làlà für akzeptabel zu halten. Dann fiel ihr wieder die Brunftzeit ein. Vielleicht sollte sie ja doch ein- oder zweimal hinaus. Nakim würde aber niemals abends mit ihr losziehen. Ihr Blick huschte zu Simôn. Er könnte ein neuer Verbündeter werden. Es dürfte nicht allzu schwer werden, Simôn zu überreden, sie zu begleiten.

Simôn bemerkte ihren Blick und ein kaum sichtbares Lächeln legte sich um seinen Mundwinkel, als würde er wissen, was in ihrem Kopf vorging. Nuvay sah sofort wieder zu Làlà, denn sonst hätte sie sicher stark grinsen müssen und so ihre Gedanken verraten. Ihr Blick wurde ernst. Sie antwortete bestimmt: »Okay, abgemacht.«

Làlà lächelte sie glücklich und erleichtert an. Er nickte zufrieden. »Braves Mädchen!«

In Nuvay machte sich Erleichterung breit. Das Erste nach dieser Nacht, was positiv ausging: diese Unterhaltung. Doch ihr Lächeln blieb aus, als ihr Làlàs Worte von heute Morgen wieder einfielen. »Einen Augenblick. Werde ich nicht bestraft oder so?«, hakte sie nach.

Làlà wurde wieder ernst. »Natürlich wirst du bestraft. In der nächsten Dorfversammlung wird entschieden, welche Strafe du erhalten sollst. Ich wäre dafür, dass du jedem, der bei der Suche mitgeholfen hat, eine Woche aushilfst.«

Nuvays Augen weiteten sich vor Schreck. »Boa! Eine Woche? Das wird über 100 Wochen dauern bis ich durch bin!«

Simôn ergriff das Wort und sagte belustigt: »Mir gefällt die Idee sehr gut. Vielleicht lebst du dann 100 Wochen länger, wenn du dadurch keine Zeit findest, ständig draußen herumzustreunen! Und ich glaube, ich werde dafür stimmen.«

Ihr Blick sprach Bände, als sie zu Simôn sah.

Der Anblick war so witzig, dass Simôn sich nicht mehr halten konnte und laut loslachte.

»Das ist echt nicht witzig!«, warf sie erbost ein, »Das kann doch nicht euer Ernst sein!« Sie sah Làlà bittend an.

Der lächelte ebenfalls sehr amüsiert. »Wir werden sehen, was die Versammlung dazu sagt.« Das war nun wirklich eine Strafe, die es in sich hatte. Sie musste etwas tun, damit das nicht passierte. Aber so wie sie die Bewohner ihres Dorfes einschätzte, würden sie diese Strafe nicht mal als eine Strafe ansehen. Eigentlich sollte ich dankbar sein, dass sie mich nicht erhängen, dachte sie. Denn wenn sie könnten, hätten sie bestimmt die Todesstrafe für das unerlaubte Rausgehen gefordert, schließlich riskiert man dadurch das Leben der Menschen. Dank dem König hatte es jedoch die Todesstrafe in ihrem Dorf noch nie gegeben.

Làlà wechselte nun das Thema und befragte Nuvay nach den Ereignissen dieser Nacht. Brav erzählte Nuvay ihnen, was sie erlebt hatte, ließ dabei aber bewusst einige Details aus. Details, die auch ihr unglaubwürdig vorkämen, hätte sie sie nicht erlebt: zum Beispiel, dass sich Drachen in Menschen verwandeln, dass sie mit einem Drachen geredet hatte oder dass Viola sie aus Eifersucht angegriffen hatte. Sie war sich nicht sicher, ob sie ihr alles glauben würden. Sie erzählte ihnen vom Angriff und vom weißen Drachen, der, wie sie wie vor einem Jahr gerettet hatte, und von den Bergen, durch die sie geirrt war, bis sie endlich das Dorf gefunden hatte.

# 6 Alles Gute kommt von oben

Tage vergingen und Nuvay setzte keinen Fuß aus dem Dorf. Ab und zu musste sie an den weißen Drachenjungen denken, aber sie wollte das Versprechen, das sie Làlà gegeben hatte, nicht brechen. Mit Nakim oder Simôn im Schlepptau wollte sie nicht zum Drachen.

Sie seufzte, als sie mit einem Eimer Wasser im Arm über den Dorfplatz schlenderte. Einen Tag nach dem Gespräch mit Làlà war die Dorfversammlung abgehalten worden und ihr war auferlegt worden, jedem Dorfbewohner, der sich bei der Suche beteiligt hatte, zwei Tage zu helfen. Dem König sei Dank, nur zwei Tage. Sie hatte eine lange Liste ausgehändigt bekommen, die sie nun abzuarbeiten hatte. Eigentlich war es gar nicht mal so schlecht, denn so verflog der Ärger ihrer Mitbewohner schneller. Sie war zudem noch beschäftigt und musste nicht ständig an den weißen Drachen oder an die nächtlichen Drachentänze denken, die sie verpasste. Nächtliche Drachentänze. Das Wort gefiel ihr. Sie nahm sich jetzt vor, die Brunfttänze der Drachen so zu nennen.

Ihr Herz heulte wehleidig auf. Ein Problem hatte sich zuzüglich noch an ihre Fersen geheftet: Nakim! Er verfolgte sie wie ein Wachhund, seitdem Làlà ihm die Aufgabe übertragen hatte, auf sie aufzupassen. Nakim sprach kein Wort mit Nuvay und würdigte sie keines freundlichen Blickes. Er lief ihr einfach nach, wohin sie auch ging. Im Grunde sollte Nakim sie bloß begleiten und auf sie aufpassen, wenn sie das Dorf verließ. Aber natürlich musste dieser sture Junge es gänzlich falsch verstehen. »Woher soll ich wissen, dass sie nicht einfach verschwindet, wenn ich sie aus den Augen lasse?«, hatte er Làlà entgegnet. Und da er seine Aufgabe so gewissenhaft ausübte, hielt sich Simôn fern von ihnen. Er mochte es nicht besonders, zu lange unter Menschen zu sein. Und die letzten Tage war Nuvay ständig unter den Dorfbewohnern. Simôn war ziemlich introvertiert, musste sie eingestehen, aber es machte ihn bloß noch geheimnisvoller und interessanter. Als sie damals im Büro von Làlà dem Begleitschutz zugestimmt hatte, waren ihr ein anderer Gedanke durch den Kopf gehuscht: Simôn zu überreden, mit ihr den Berg zu besteigen. Es würde das erste Mal sein, dass sie jemanden mitnehmen würde. Warum auch nicht? Es wurde langsam Zeit, dass sie ihr Interesse mit jemandem teilte. Ein Trost war, dass Simôn ebenfalls auf der Liste stand und sie so immerhin zwei Tage mit ihm verbringen würde.

Und wieder seufzte sie schwer auf. Dafür erntete sie einen stinkigen Blick von Nakim. Am liebsten hätte sie den Inhalt des Eimers in sein Gesicht geschüttet und wäre davongerannt. Nakim war aber schneller als sie und ihn noch weiter zu erzürnen, das konnte sie sich jetzt wirklich nicht leisten. Sie kamen am Dorfplatz an. Die Wege teilten sich in zwei. Sie entschied sich für den längeren, der an dem engen Gang zum Höhleneingang vorbeiführte. Wenn sie schon nicht raus konnte, dann wollte sie wenigstens etwas Freiheit aus der Ferne erschnuppern. Nakim schaute sie misstrauisch an. Um diese Uhrzeit war kaum jemand am Eingang der Höhle. Die Frauen waren mit Kochen oder Putzen beschäftigt und die Männer mit der Ausbesserung des Dorfes. Die Sanierungszeit hatte wieder begonnen. Alles im Dorf wurde von Kopf bis Fuß erneuert. Die Techniker, Mechaniker oder Handwerker waren von den Arbeiten ausgeschlossen, da sie selbst genug zu tun hatten. Alle anderen mussten mithelfen, vor allem die Arbeiter. Es war eine willkommene Abwechslung für die meisten von ihnen.

Noch am Dorfplatz wurde Nakim von einigen Arbeitern aufgehalten: ob er nicht mithelfen wolle. Nakim erklärte ihnen gerade, mit was für einer wichtigen Aufgabe er beschäftigt sei, als Nuvays Herz schneller zu schlagen begann. Ein aufregender Gedanken hatte sich in ihren Kopf geschlichen. Sie sah noch einmal zu Nakim hinüber und im nächsten Moment lief sie auch schon los. Sie wollte nicht wirklich die Höhle verlassen, sondern einfach einmal allein sein in der Nähe des Eingangs. In der Nähe der Freiheit. Sie rannte, so schnell ihre Beine sie trugen. Darin war sie ja schon ziemlich geübt. Als sie endlich direkt am Eingang stand, wurde sie sanft von einem kalten Windzug berührt, als wolle er sie hinauslocken.

»Ich bin hier, mein windiger Freund«, flüsterte sie leise.

Ein Grinsen breitete sich in ihrem Gesicht aus, als die Kälte um ihren Nacken und durch ihre Haare zog. Sie schloss die Augen und atmete die frische Luft tief ein. Eine selige Wonne legte sich um sie, bis es plötzlich wieder wärmer wurde und Nuvay Rauch einatmete. Sie hörte ein knirschendes Geräusch, als ob man Steine gegen Steine rieb. Verwirrt öffnete sie die Augen und ihr Herz machte einen Sprung. Zwei dunkelblaue, große Augen sahen sie an. Sie waren so vertraut und schön wie eh und je. Der Kopf des weißsilbernen Drachenjungen, der wieder die Gestalt eines Drachen angenommen hatte, schaute von draußen in den Eingang hinein. Es war nur der Kopf zu sehen, was den Anblick noch seltsamer machte. Sie antwortete ihm mit einem starren Blick und aufgestellten Nackenhaaren. Das Schicksal meinte es in letzter Zeit nicht gut mit ihr.

»Was? Hör auf so zu gaffen! Ich dachte, das hätten wir bereits hinter uns«, schnaubte der Drache wütend.

»Ich ... ich ...«, stotterte sie fassungslos.

Aufgeschreckt vom Erscheinen eines Drachens flatterten ihre Gedanken wie eine Schar Tauben durch ihren Verstand. Es war laut und chaotisch.

»Wo warst du? Ich hab die ganze Zeit auf dich gewartet. Ich dachte, du kommst zurück!«, maulte der Drache, wobei seinen Nüstern heißer Dampf entströmte. Sein funkelnder Blick stach Nuvay ins Bewusstsein und fackelte alle Tauben mitsamt ihren Federn ab.

»Wie ich sehe, hast du deine Persönlichkeitsstörung noch nicht in den Griff bekommen. Was machst du hier? Und warum bist du wieder ein Drache? Es ist noch Brunftzeit. Spinnst du denn eigentlich?«, fuhr sie ihn an.

»Du denkst doch nicht wirklich, ich laufe vor all den Drachen da draußen als halbnackter Mensch herum! In so einer zwickenden Leggings! Im Gegensatz zu euch Menschen haben Drachen Würde!«

Sie schaute ihn mürrisch an und fragte sich, warum sie in den letzten Tagen auch nur einen Gedanken an diesen glühenden Drachen verschwendet hatte, der sie doch nur laufend provoziert hatte. Wäre er kein Drache und somit interessant für Nuvay, würde sie ihn keines Blickes mehr würdigen.

»Du hast Recht. Ich würde auch niemals als Drache durch die Gegend laufen wollen!«

»Pfft!«, schnaubte der Drache, »Was verstehst du schon davon, ein Drache zu sein.«

»Anscheinend nicht viel! Und vor allem eure Logik durchschaue ich in keinster Weise! Warum läufst du jetzt so herum? Wo du doch schon einigermaßen in Sicherheit und abgekühlt warst! Du schwitzt schon wieder wie Sau!«, fuhr sie ihn missgelaunt an.

»Genau deshalb hatte ich gedacht, dass du zurückkommst! Ich habe gewartet!« Sein Blick steckte voller Vorwürfe.

»Ach komm, wir Mensch haben etwas mehr Verantwortung als ihr Drachen. Ihr drückt euch ja sogar noch vor dem Paaren!«

Der Drache rollte seine großen Augen.

Nuvay fuhr fort: »Weißt du eigentlich, wie viel Ärger du mir eingebrockt hast?« Nakim kam ihr blitzartig in den Sinn und sie japste erschrocken auf. »Du musst hier weg! Sofort!« Sie fuchtelte mit den Händen in der Luft herum. »Ich hab so schon genug Schwierigkeiten! Wenn die jetzt auch noch sehen, dass mich ein Drache bis ins Dorf verfolgt, bricht hier das totale Chaos aus!« Sie fuhr sich mit den Händen nervös durchs Haare.

Der Drache antwortete nicht. Er schaute sie nur trotzig an.

»Verdammt, hör auf zu schmollen! Verschwinde!«

Nuvay fasste ihn an seiner heißen Schnauze und versuchte ihn zurückzudrücken, aber vergebens. Der Drache rührte sich nicht vom Fleck.

»Ich kann nicht«, hörte sie ihn leise sagen.

»Wie, du kannst nicht?«

Der Drache schwieg. Und dann verstand sie.

»Du ...« Nuvay schaute ihn erst überrascht an, dann zuckte ihr ein schelmisches Grinsen durch das Gesicht. Der Drache schloss seine Augen zu Schlitzen.

»Wehe du sagst, ich sei voluminös!«

»Du steckst fest?«

Sie musste lachen. Dann wurde sie blitzartig ernst.

»Verdammt! Was mach ich denn jetzt?«

Sie schaute sich um. Doch in ihrer Umgebung waren nur Steine.

»Na komm schon, streng dich an und verschwinde! Du schaffst das schon!« Sie sprang aufgeregt auf der Stelle.

»Ich versuch es ja schon!« Man hörte, wie seine Schuppen an den Wänden des Ganges kratzten.

»NUVAAAAYYLLAAA, VERSCHWINDE DA, ICH KOMMEE!«, hörte sie jemanden hinter sich brüllen und sie klatschte sich die Hand vor die Stirn: Na super. Jetzt ist alles vorbei, dachte sie, als sie bemerkte, dass Nakim ihr zu Hilfe eilte.

»Soll ich ihn zu einem Häufchen Asche verbrennen?«, fragte der Drache.

Sie schaute ihn entgeistert an. »Spinnst du ...« Zu mehr kam sie nicht, denn in diesem Moment wurde sie unsanft nach hinten gezogen. »Nuvayla? Was macht dieses Monster hier? Wir müssen schnell weg!«, schrie Nakim. Er schloss seine Arme um ihre schmale Hüfte und hob sie mit einem Ruck nach oben. Er wollte sie so schnell wie möglich wegschaffen. Sein Puls pochte unnatürlich schnell, sein Atem rasselte, da er ihr wie ein Verrückter hinterhergerannt war, und nun hatte er es mit der Angst zu tun bekommen.

»Nakim, reg dich ab!« Nuvay versuchte sich zu wehren. Sie zappelte mit ihren Armen und erschwerte ihm die Flucht.

Warum war ihr ein Drache bis hierher gefolgt? So etwas war noch nie zuvor in der Geschichte des Dorfes passiert.

Der Drache stieß einen Laut aus und Nakim erstarrte. Seine blauen Augen funkelten böse.

Nakim versuchte trotz seiner Angst einen klaren Kopf zu bewahren.

»Nuvay, beruhige dich! Keine … schnellen ... Bewegungen«, flüsterte Nakim in Nuvays Ohr. Sie seufzte.

»Nakim, hör mir einmal in deinem Leben zu, okay? Er wird uns nichts tun.«

Der Drache gab wieder seltsame Geräusche von sich.

Die Konzentration Nakims war auf das Monster gerichtet. Er versuchte ruhig zu bleiben und keine hastigen Bewegungen zu machen. Das würde den Drachen bloß aufregen und dann würde er Feuer speien. Warum steckte das Ding nicht zuerst seinen Hintern in die Höhle?

»Hörst du, er sagt es selbst«, sagte sie mit einem leicht freudigen Ton und fuchtelte mit ihren Armen in der Luft herum.

Ihre schnellen Bewegungen machten Nakim noch mehr Angst. »Hör auf, dich zu bewegen!«, zischte er sie leise an. Sein Griff um ihren Bauch wurde fester. Er merkte, wie ein Schweißtropfen seine Stirn herunterrann.

Der Drache machte wieder seltsame Laute.

Der bittere Geschmack der Angst trat in seinen Mund. Es war keine Angst um sich selbst oder sein Leben. Er fürchtete um Nuvay. Er musste sich konzentrieren. Passte der Drachen mit seinem restlichen Körper durch den Eingang? Nakim bezweifelte es. Also musste er Nuvay und sich nur vor den Flammen beschützen.

»Du kriegst wieder Luft, sobald wir hier raus sind.«

Sie seufzte entnervt auf: »Es ist okay, Nakim! Alles im grünen Bereich! Mach nicht immer aus einer Mücke einen Drachen, okay?«

Er flüsterte ihr wieder ins Ohr: »Verdammt nochmal, mach du aus einem Drachen keine verdammte Mücke!«

Dann versuchte er, seine Stimme so ruhig und entspannt wie möglich zu halten und sprach zum Drachen: »Gut so, Großer. Wir verschwinden gleich und du hast deine Ruhe, okay?« Er lächelte ihm verkrampft zu. Langsam, ganz langsam musste er einige Schritte nach hinten gehen.

Der Drache murrte.

»Ja, murr dir ruhig einen ab, aber halte deine Flammen da raus, okay?«, raunte er dem Drachen zu.

»Das ist in keinster Weise witzig, du Hausdrache!«, fauchte diesmal Nuvay den Drachen an und hob ihr Bein, um den Drachen zu treten. Doch sie war zu weit weg.

Hatte sie denn ihren Verstand verloren? Sein Griff um ihre Hüfte wurde bloß stärker.

Der Drache wurde lauter und Rauch qualmte aus seinem Mund heraus.

»Nuvay! Was zum Henker machst du da? Du reizt ihn!«, mischte sich Nakim ein und machte einen weiteren Schritt nach hinten. Gleich, gleich würde er loslaufen.

Der Drache machte wieder seltsame Laute.

»Verdammt, ihr beide geht mir auf die Nerven!«, rief Nuvay und trat Nakim mit voller Wucht gegen die Kniescheibe. Ein stechender Schmerz durchfuhr ihn und er ließ Nuvay fallen.

»Es reicht jetzt langsam! Er tut uns nichts!«, rief Nuvay.

Nakims warf Nuvay einen schmerzverzerrten Blick zu. Sie musste total den Verstand verloren haben, dachte er. »Verdammt noch mal, Nuvay, Drachen sprechen nicht und du wirst jetzt mit mir kommen, bevor uns beiden etwas passiert!« Sein Blick ging kurz zum Drachen hinüber. Sein Maul war immer noch verschlossen. Sicher dauerte es einige Momente, bis sich Feuer gebildet hatte. Das würde er ausnutzen, um sich Nuvay zu schnappen und abzuhauen, falls der Drache sie angreifen sollte.

»Komm her!«, befahl Nakim Nuvay und reichte ihr seine Hand, wobei er den Drachen nicht aus den Augen ließ. Seine Hände fingen an zu zittern. Warum war dieses Mädchen bloß so dumm?

»Wenn er uns etwas tun wollte, dann hätte er es schon längst getan!«, sagte Nuvay und machte einen Schritt auf den Drachen zu.

Alle Sensoren von Nakim sprangen auf Alarm. »Kannst du nicht einfach einmal auf deinen großen Cousin hören?« Er kochte vor Wut. Und Nuvays nächste Worte besänftigten ihn nicht gerade.

»Warum kannst du nicht mal auf deine kleine Cousine hören?«

Der Siedepunkt war erreicht. Nakim vergaß sich und alles um sich herum, den Drachen und die Ruhe, die er hätte bewahren müssen.

»ICH VERSUCH DIR GERAD DEIN WERTLOSES LEBEN ZU RETTEN! WARUM TUST DU NICHT EINFACH, WAS ICH DIR SAGE? MUSS ICH IMMER ERST HANDGREIFLICH WERDEN?«, brüllte er Nuvay an und wollte ihren kleinen dürren Hals umdrehen.

Nun konnte auch Nuvay nicht mehr an sich halten: »HAB ICH DICH DARUM GEBETEN? WARUM HÖRST DU NIE ZU? ER SAGTE DOCH SCHON, DASS ER UNS NICHTS TUT!«, erwiderte Nuvay in derselben Lautstärke.

»JETZT FÄNGT DAS SCHON WIEDER AN! DU ARROGANTER, UNDANKBARER LAPPEN! VERSUCH ES MAL MIT DENKEN!«

Der Drache meldete sich wieder mit einigen gefährlichen Lauten.

Nakims Wut wich sofort zurück und sein Verstand bekam wieder ein wenig Luft. Was tat er denn hier? Und was tat da eigentlich Nuvay? Sie drehte sich ruckartig zum Drachen. »Wag es ja nie ...« Sie konnte ihren Satz nicht beenden, denn der Drache machte wieder Geräusche. Im nächsten Moment stürzte sie sich mit Anlauf auf ihn . »HÖR AUF DAMIT!«, schrie sie.

Sie verfluchte den Tag, an dem sie diesen Drachen kennen gelernt hatte. Nakim durfte nichts passieren! Der Drache schüttelte seinen Kopf hin und her und versuchte, Nuvay abzuwerfen.

Sie schaffte es jedoch, sich an seinem Maul festzuklammern, auch wenn es nicht einfach war und seine harten Schuppen in ihre Haut schnitten.

»Ich … lass ... nicht ... los! Niemand ... tut ... meinem ... Cousin was ... an!«, stieß sie mit zusammengepressten Zähnen heraus. Lieber würde sie sterben, als der Grund für Nakims Tod zu sein.

»NAKIM!« – Es war Simôns Stimme. Sie blickte auf und sah, wie er aufgebracht auf sie zurannte. »Was soll das? Was macht sie da und warum stehst du hohl herum?«, schrie er Nakim an.

Nuvay drückte noch ein wenig kräftiger zu. »Das ist er! Der Weiße, von dem ich euch erzählt habe! Der, der mein Leben gerettet hat!«, rief sie ihm aufgeregt zu.

Der Drache gab ein Glucksen von sich und schüttelte heftiger den Kopf.

Noch mehr Schuppen stachen schmerzhaft in ihre Haut. Warum tat er das jetzt? Warum rettete er sie, aber wollte seine Familie umbringen?

»Was macht ihr da? Ist das eine Begrüßung zwischen Drachen und Menschen?«, fragte Simôn irritiert.

Nuvay grinste ihn schräg an und presste ihre Wange an die Schuppen des Drachen. Ihre Kraft schwand mit jeder Minute und Panik stieg in ihr auf.

»Das Ding will Nakim abfackeln! Ich schaff es nicht mehr, ihn länger aufzuhalten! Ihr müsst weg hier! Sofort!«, schrie sie. Sie drückte ihren Kopf an die heiße Stirn des Drachen und versuchte, den Griff zu verstärken, der sich immer mehr lockerte. »Der Fleischklops ist zu stark.«

»Bist du verrückt, wir lassen dich hier doch nicht einfach allein!« Simôn trat näher an sie heran und dann wieder einen Schritt nach hinten. Er überlegte, was er tun konnte, und sah dann verzweifelt zu Nakim hinüber.

»Mach doch was! Du bist ihr Cousin!«, drängte er ihn zur Tat.

Nakim sah total entrüstet zu Nuvay und dem Drachen und schien nicht in der Lage, klar zu denken.

»Wir haben sie verloren, Simôn«, sagte er leise, »Sie hat komplett den Verstand verloren.«

Unterdessen lockerte sich Nurvays Griff weiter. »Ich ... schaff ... es ... nicht ...« Sie schloss ihre Augen. »Verschwindet doch ... endlich! Bitte!«, stieß sie aus und verfluchte, dass sie so schwach war. »Bitte!« Warum hörte denn nie jemand auf sie? Plötzlich gab der Drache ein lautes Knurren von sich, hob den Kopf und schüttelte Nuvay mit einem kräftigen Ruck von seinem Maul ab.

Sie landete mit einem Plumps auf ihrem Hintern.

»ALSO ZUNÄCHST EINMAL: ICH BIN KEIN DING! UND ZWEITENS: ICH BIN IN KEINSTER WEISE EIN FLEISCHKLOPS!«, brüllte der Drache sie an und warf ihr einen giftigen Blick zu. Nurvay schrie wütend zurück: »DAFÜR WILLST DU ALLES, WAS MIR LIEB IST, TÖTEN!« Sie verlor die Kontrolle über sich und warme Tränen stiegen in ihr hoch. Schluchzend sprach sie: »Du bist doch bescheuert. Ich dachte, du wärst ein Menschenfreund!«

»RED KEINEN STUSS! DAS WAR EIN WITZ! WARUM SOLLTE ICH IHN EINFACH SO GRUNDLOS GRILLEN?«, erwiderte der Drache in derselben Lautstärke.

Sie gab eine Art verschrecktes Winseln von sich.

»Siehst du?«, hörte sie Nakim von hinten flüstern. »Sie ist verrückt.«

Simôn konnte nicht glauben, was gerade geschah, und stieß unsicher die restliche Luft in seinen Lungen heraus. »Er ... Tatsächlich ...«

Nakim wandte sich Simôn zu:

»Ha, ha, ha! Das war witzig! Soll ich spaßeshalber mal Viola herlocken, dann lachen wir alle zusammen?« Nuvay schluchzte und wischte sich die aufkommenden Tränen aus den Augen. Sie hatte wirklich gedacht, dass er Nakim umbringen wollte.

»WAS ZUM DRACHENMIST HAT DAS MIT VIOLA ZU TUN?«, qualmte der weiße Drache sichtlich wütend weiter.

»Ist das wirklich möglich?«, flüsterte Simôn. Nuvay schluckte die Angst, die durch das Brüllen des Drachen in ihr entstanden war, hinunter. Sie sagte leiser: »Tut mir leid. Ich dachte echt, du wolltest ihn umbringen.« Langsam legte sie eine Hand auf ihr wild klopfendes Herz, um es zu beruhigen. Alles war gut.

»Er spricht tatsächlich«, setzte Simôn seinen Gedanken fort.

»NATÜRLICH SPRECHE ICH!« und »NATÜRLICH SPRICHT ER!« riefen der Drache und Nuvay fast gleichzeitig.

»Alter, was geht hier ab!« Sichtlich unbeeindruckt packte Nakim Simôn an der Schulter und schob ihn zur Seite. »Habt ihr beide den Verstand verloren? Das Vieh spricht nicht! Es grunzt sich hier nur einen ab.«

Simôn schaute ihn verwirrt an.

»Hörst ... du hörst ihn nicht?«, fragte Simôn.

»Was für ein Trottel«, mischte sich der Drache ein, »und für so was weinst du bittere Tränen.«

»Halt dein Maul!« fuhr Nuvay den Drachen an.

» Hört der nie auf zu reden?«, fragte Simôn. Dann schubste er Nakim grob von sich weg, als wäre er es, der den Verstand verloren hatte.

Daraufhin platzte Nakim wieder der Kragen. »HEY!!! DER SPRICHT NICHT! WAS SOLL DAS? WAS GEHT HIER VOR?«, schrie er sie an.

»Meine Güte, kann jemand mal den Jungen hier aufklären«, gab der Drache gereizt von sich und schmatzte laut auf. »Ich lass mir nicht noch länger von einem Menschen sagen, dass ich nicht sprechen kann.«

»Hör damit auf, Nakim! Du machst ihn nur noch wütender! Er ist so schon gereizt genug«, meinte Nuvay entnervt.

Simôn drehte sich zu Nakim, fasste ihn an seinem Kragen und zog ihn runter zu sich. Tief in seine Augen blickend sagte er: »Nakim, flipp jetzt nicht aus, okay?«

Nakim wich leicht nach hinten. »Nein, oder? Du willst mir doch jetzt nicht ernsthaft sagen, dass ihr ...«

Simôn nickte ihm mit einer ernsten Miene zu. Entsetzt weiteten sich Nakims Augen und seine Schultern sackten trostlos nach unten. Simôn atmete tief ein und wieder aus.

»Nuvay und ich verstehen voll und ganz, was dieser Drache da sagt.« Ein leichtes Grinsen legte sich um Simôns Züge und seine Augen leuchteten auf.

Nuvays großgewachsener Cousin stieß Simôn von sich und sah den Drachen wie eine neu entdeckte Spezies an.

»Verdammt, wie ist das möglich? Und warum kann ich das nicht?«, sagte er leise.

»Ach, wenn Simôn es sagt, dann glaubst du es auf einmal!«, antwortete ihm Nuvay.

Simôn seufzte. Nakim öffnete seine Augen, als wollte er sagen: Wer hört schon auf dich!

»Komm schon, Nuvay! Lass ihn! Wir sollten lieber diesen Drachen hier loswerden oder einfach verschwinden«, sagte Simôn dann.

»Ich kann euch auch hören und verstehen«, gab der Drache trocken von sich.

Simôn räusperte sich und wandte sich dem Drachen zu. Fasziniert ließ er seine Augen über ihn wandern.

»Du bist also ein ... Drache«, stellte er fest.

Der Drache musterte Simôn von Kopf bis Fuß und erwiderte: »Und du bist also ein ... Mensch.«

Simôn grinste schief. »Wenn du uns nicht fressen willst, was willst du dann?«

»Es geht dich zwar nichts an, aber ...«, der Drache deutete mit seinem Kopf auf Nuvay: »Ich will zu ihr.«

Nuvay wurde leicht rot im Gesicht und auch etwas verlegen. Sie schmunzelte leicht. Schwer erziehbarer Drache hin oder her, er wollte etwas mit ihr zu tun haben. Das war doch einfach nur süß.

Um Simôns Miene legte sich hingegen ein finsterer Schleier und er machte einen Schritt seitlich, so dass er schützend vor Nuvay stand, und sah dabei den Drachen herausfordernd an.

»Ah ja, und was willst du von ihr?«, fragte er und beäugte ihn weiter misstrauisch. Er würde sie doch bloß in noch mehr Schwierigkeiten bringen. Sie saß eh schon auf der Strafbank.

Der Drache nahm die Herausforderung an und blickte verächtlich auf Simôn.

»Was geht dich das an? Bist du ihre Mutter?«

Simôn verschränkte beleidigt seine Arme. Selbst so ein Drache sollte wohl den Unterschied von männlichen und weiblichen Menschen sehen können.

»Ich bin ihr Freund und Beschützer!« Er sah den Drachen ernst an. »Und was bist du? Ihr Sensenmann?«, entgegnete Simôn dem Drachen.

Anscheinend war dem Drachen der Unterschied zwischen einem Sensenmann und einer Sense nicht klar, denn er erwiderte verärgert: »Seh ich aus wie eine bekloppte Grasklinge? Ich bin ihr Held und rette ständig ihr Leben! Im Gegensatz zu euch tauge ich da draußen was und hocke den ganzen Tag nicht unter der Erde herum und wühl im Dreck ...«

»Ähm … Leute, das kann man sicherlich auch …«, fing Nuvay an. Doch sie wurde von Simôn unterbrochen: »Mal abgesehen davon, dass wir nicht im Dreck wühlen und Nuvay auch nicht 24 Stunden verfolgen können, warum kommt eigentlich gerade ein Drache auf die Idee, sie ständig zu retten?«

»… freundlicher regeln …«, sprach Nuvay weiter, »Aber wer hört schon auf mich? Macht einfach weiter.« Sie stand auf und klopfte sich den Staub von den Klamotten.

»Warum kommt ein Freund« – der Drache betonte das Wort „Freund“ besonders – »nie auf die Idee, sie auch mal zu retten?«

»Ich habe ihr schon oft genug das Leben gerettet. Sie ist langsam erwachsen genug, um auf sich selbst aufzupassen.«

Nuvay ging zwischen die zwei und hob die Hände in beide Richtungen.

»Okay, Leute. Ich glaube, wir sollten diese nette Unterhaltung …«

Bevor sie ihren Satz beenden konnte, wurde sie unsanft von Simôn zur Seite gezogen. Dem Drachen gefiel dies gar nicht, weshalb er Nuvay mit seinen Zähnen am Oberteil packte und sie wieder zurückschob.

»Lass sie los!«, befahl Simôn und warf ihm einen entschlossenen Blick zu.

»Ich lass mir von einem Menschen wie dir nichts befehlen!«, warf der Drache zurück.

Simôn packte Nuvay am Arm und zog sie zu sich. »Was willst du eigentlich von ihr?«

Der Drache zog sie wieder zurück. »Was willst du von ihr?«

Wie Nuvay sich gerade zwischen ihnen fühlte, schien beide nicht zu interessieren.

Nun zog der Drache etwas fester am Oberteil von Nuvay, sodass sie dem Griff von Simôn entglitt und rückwärts gegen den

Geschuppten stolperte. Er gab ihr mit seiner Schnauze Halt, damit sie nicht auf dem Boden fiel.

»Was zum ...?«

Sie drückte sich gerade vom Drachen weg, da schnappte sie sich Simôn auch schon wieder und zog sie grob hinter sich. Es gefiel Simôn gar nicht, wie dieser Drache sie behandelte. Als würde er ihr gehören. Nuvay war frei und gehörte niemandem.

»Fass sie nicht an!«, fuhr Simôn den Drachen an und spürte langsam, wie sich Wut in ihm aufbaute.

»Fass du sie nicht an!«, erwiderte der Drache und stieß mit seinem Kopf Simôn zur Seite.

Von dem schnellen Angriff überrascht, fiel Simôn auf den Boden. Dass der Drache stark war, war nicht zu bezweifeln. Simôn rappelte sich schnell wieder auf und blickte zu Nuvay. Nuvay hatte die Arme an die Hüfte gelegt und starrte den Drachen empört an.

»Warum schmeißt du ihn zu Boden?«

Der Drache leckte mit seiner großen Zunge über seine scharfen Zähne. »Hätte ich ihn lieber essen sollen?«, war seine sture Antwort.

»Nuvay, was für einen Mist macht ihr drei da?«, meldete sich Nakim von hinten zu Wort.

Wenn ich das wüsste, dachte sich Simôn. Er erhob sich und wollte zu Nuvay gehen. Doch der Drache hinderte ihn daran, indem er seinen Kopf dazwischenschob.

»Hör doch mal auf damit!«, schimpfte Simôn.

Doch der Drache funkelte Simôn unentwegt zornig an. »Was, gibst du immer noch nicht auf?«

Simôn bemerkte in sich ein seltsames Gefühl, das er bisher noch nie an sich wahrgenommen hatte. Dieser Drache nervte ihn gewaltig!

»Könntest du sie mal in Ruhe lassen?! Sie ist nicht dein Kuscheltier, das du hin und her schubsen kannst!« Simôn ließ sich nicht einschüchtern. Er wollte um den Drachen herum zu Nuvay laufen, doch da knurrte der Drache auch schon laut auf. Simôn stutzte. Sein Blick ging kurz zu Nuvay, die verwirrt von all dem zu sein schien, und dann wieder zum Drachen. Er versuchte all den Ärger, der in ihm aufkeimte, hinunterzuschlucken.

»Tu nichts Dummes, Simôn«, sagte Nakim von hinten. »Anscheinend tut er ihr nichts.«

Simôn rümpfte seine Nase. »Nuvay, komm! Wir sollten langsam gehen«, sagte er und sah sie erwartungsvoll an.

Nuvays Blick wanderte von Simôn zum Drachen. Die Wange des Drachen berührte Nuvay sanft an der Seite. Nuvay spürte, wie die Wärme sich durch ihre Kleider sog. Ein leichtes Kribbeln lief die Schultern entlang und ihre Nackenhaare sträubten sich. Drachenwärme war doch etwas ganz anderes. Sie legte ihre Hand auf die warmen Schuppen. Es war Zeit, dieses Spiel zu beenden.

»Okay, wir beruhigen uns jetzt alle erst einmal.« Und sie drückte den Kopf des Drachen ein wenig weg von sich. Der Drache ließ es geschehen und sie machte einen Schritt auf Simôn zu, der sich ein wenig beruhigte. Nuvay drehte sich zum Drachen und sah ihn an.

»Simôn hat schon Recht. Wir sollten so langsam in unser Dorf zurück und du in deine Höhle und dich wieder abkühlen.«

Der Drache sah enttäuscht zu Nuvay und schwieg. Wahrscheinlich war das ein Schmollen.

»Okay?« fragte Nuvay noch einmal eindringlicher nach.

Plötzlich keimte Wut im Drachen auf. Röte mischte sich in die blauen Augen. Nuvay wusste sofort, was passieren würde, und so sprang sie noch rechtzeitig aus der Schusslinie, während sie wie in Zeitlupe beobachtete, wie ein roter Feuerstrahl aus den Nüstern des Drachens schoss. Viel zu spät realisierte sie aber, was ihr Ausweichen anrichten würde. Der Feuerstrahl bahnte sich seinen Weg dicht an ihr vorbei geradewegs auf Simôn zu. Nuvay erstarrte. Das Herz sank ihr tief in die Magengrube. Die Zeit wurde zäh. Bilder, wie sich Simôns Oberkörper in Asche und Rauch auflösten, blitzten in ihr auf. Ihr geistiges Auge sah, wie nur noch seine Beine vor ihr standen und dann zur Seite kippten, nachdem die Flammen seinen Oberkörper verschluckt hatten. Sie verspürte ein tiefes Stechen und einen starken Schmerz. Ihre Brust blutete. Sie war der Grund für Simôns Tod! Und es kam, wie es kommen sollte. Die Flammen des Drachen blieben nicht in der Luft stehen oder lösten sich auf, sie umschlossen Simôns Oberkörper knisternd und hungrig. Nakim schrie entsetzt auf. Sie wollte in die Flammen springen und Simôn herausziehen. Die Hitze ließ es jedoch nicht zu. Die Flammen standen noch sekundenlang in der Luft und wollten sich von Simôns Oberkörper nicht trennen.

Als sie dann endlich erloschen, stand Nuvay fassungslos da. Ihr Herz blutete nicht mehr. Die tiefe Wunde, die sich in diesen zwei Minuten aufgetan hatte, schloss sich und heilte. Und Simôn war keineswegs ein Häuflein Asche geworden, sondern stand da in seiner vollen Blüte, mit geschlossenen Augen und stark gerötetem Gesicht. Nuvay versuchte sich zu beruhigen. Das schmerzhafte Gefühl, einen geliebten Menschen vor den Augen zu verlieren, war wieder in ihr hochgekommen, die Bilder vom Tod ihrer Eltern, die sich ihr ins Gedächtnis gebrannt hatten. Das brauchte, das wollte sie nicht mehr. Sie holte tief Luft.

Unterdessen rieb Nakim sich die Augen. Er stöhnte erleichtert auf, als er Simôn unversehrt vor sich sah. »Du kannst die Augen aufmachen, Simôn«, sagte er zu ihm. »Anscheinend bist du genauso feuerfest wie Nuvay, und alles, was sie uns je erzählt hatte, ist wahr.« »Was für ein Tag«, fügte er noch hinzu.

Simôn blinzelte und sah dann zu seinem Körper herunter.

Er stand mit nacktem Oberkörper da, aber alles war noch dran. Glücklicherweise hatten ihn die Flammen am Oberkörper erwischt und seine Hose verschont. Das ersparte ihm jetzt einen sehr peinlichen Moment. Er strich sich wortlos über die nackte Haut, die doch eigentlich hätte Asche sein müssen.

»So läuft das also«, sagte er dann und grinste breit. Er klopfte sich die letzten Stoffreste und die Asche von seiner Brust. »Krass!«, sagte er und sah Nuvay und Nakim an. »Ihr habt das beide gesehen, oder?«

»Die Viecher können auch aus ihren Nüstern Feuer schießen«, meinte Nakim, der immer noch ziemlich farblos im Gesicht war. »Ich dachte, nur aus dem Mund.«

»Ich kanns auch aus meinem Ar…«, sagte der Drache, konnte aber nicht zu Ende sprechen, denn Nuvay schlug ihm heftig auf die Schnauze. Sie nahm all ihre Kraft zusammen und warf ihm einen wütenden Blick zu, in der Hoffnung, er würde wie am See als Blitz bei ihm einschlagen. Als sie jedoch merkte, dass sie das gewünschte Resultat nicht erzielte, verpasste sie ihm mit voller Wucht einen weiteren Schlag ins Gesicht. Und dann noch einen. Und noch einen.

»Lass das, du schürfst dir nur deine Hand auf«, sagte der Drache trocken und drückte sie mit seiner Schnauze weg.

»Du bist so eine Schuppenfresse!«

Der Drache stieß Rauch aus seinen Nüstern und sah sie entnervt an.

»Ist dir eigentlich klar, dass du gerade fast einen Menschen getötet hättest?«

Unbeeindruckt leckte der Drache mit seiner Zunge die Nüstern.

Nuvay verzog ihr Gesicht und wurde noch zorniger. »Drache?!«, rief sie lauter.

»Komm mal wieder runter, okay! Denkst du, ich wusste nicht, dass er einer von deiner Sorte ist? Außerdem habe ich einen Namen. Ich heiße nicht Drache, sondern Kaleb«, gab er zurück und verzog sein Gesicht, als ob er sich übergeben müsse. Zu Nuvays Entsetzen hustete und keuchte er im nächsten Moment und spuckte dabei Feuer und Glut. Sie wich sofort zurück. »Oh nein. Fängt das schon wieder an?«

Nakim war in der Zwischenzeit zu Simôn gegangen. »Hat's wehgetan?«, fragte er ihn. Er fasste ihn am Oberkörper an und zog seine Hand sogleich zurück. »Aauuaa! Was ist das!«, schrie er. Er hatte sich verbrannt und wedelte mit der Hand in der Luft herum, um sie zu kühlen. Dann sah er Simôn verwundert an. »Alter, du kochst ja richtig. Wie machst du das?«

Simôn zuckte mit den Schultern. »Wenn ich das wüsste.«

Der Drache spie eine letzte Feuersalve. Dann entwich aus seinen Nüstern eine starke Rauchwolke, die Nuvay warm umströmte und ihr die Sicht nahm. Sie machte einen Schritt auf den Drachen zu. »Drache, geht es dir wieder schlechter?«, fragte sie besorgt.

»Kaleb«, sagte der Drache.

»Nuvay«, mischte sich Simôn dazwischen, »lass uns endlich von hier verschwinden.«

Nuvay reagierte nicht.

»Bitte, komm mit und hör auf, dich immer in Schwierigkeiten zu bringen!«

»Aber wir können ihn hier doch nicht einfach so stecken lassen.« Und vor allem jetzt, da er wieder mit seinem Feuer anfängt, ergänzte sie in Gedanken.

»Stecken lassen?« Simôns Augen weiteten sich. Nun verstand er, was vor sich ging, und seufzte. »Ach, er steckt da fest.«

»Wer steckt fest?«, mischte sich nun auch Nakim ein.

Simôn sah zu ihm rüber. »Der Drache steckt im Gang fest.«

Kurze Stille.

»Was ist denn das für ne Zuchtsau?«, gab Nakim dann verdutzt von sich.

Kaleb grunzte wieder laut auf: »Zuchtsau? Du bist eine Zuchtsau!«, gab er qualmend von sich.

»Was sagt er?«, wollte Nakim wissen und schaute den Drachen gereizt an.

»Nichts, nichts ... Die Sache sieht so aus ... er ist ... wie soll ich sagen ... er ist auch noch irgendwie krank.« Sie wusste nicht, wie sie es in Worte fassen sollte, und sah Simôn besorgt an.

»Ich verstehe«, sagte Simôn bloß.

»Was hat er gerade gesagt? Der hat doch irgendwas gesagt!« ließ Nakim nicht locker.

Nuvay verdrehte die Augen. »Warum willst du dich unbedingt mit einem Drachen anlegen?«

Dafür erntete sie einen bösen Blick von Nakim, den sie mit einem ebenso bösen Blick beantwortete. Sie hatte zum ersten Mal den bösen Blicken ihres Cousins widerstanden, wurde ihr klar und sie empfand Stolz darüber. Dann widmete sie ihre Aufmerksamkeit wieder dem Drachen. »Steckst du wirklich fest? Kein Spaß, oder?«

Der Drache sah sie verärgert an. »Glaubst du ernsthaft, es macht mir Spaß hier vor euch Menschen so zu tun, als würde ich in einem Zwergenschacht festsitzen?«

»Verstehst du wirklich, was er sagt?«, fragte Nakim Simôn wieder leise.

»Jedes Wort. Und du verstehst ihn wirklich nicht?«

»Nein. Er grunzt da nur so herum.«

Simôn lächelte. »Muss ja witzig klingen.«

»Ja, frag nicht.«

Nuvay seufzte und fasste sich wieder an die Schläfen. Der Drache legte stöhnend den Kopf zu Boden. Das stolze Gefühl, den Blicken ihres Cousins widerstanden zu haben, wich nun einem traurigerem. »Du hättest einfach in der Höhle bleiben sollen«, sagte sie leise.

Der Drache hob blitzschnell den Kopf wieder an und antwortete etwas lauter: »Ich hatte Hunger, was sollte ich denn machen? Und gekommen bist du auch nicht.«

Ein Schweigen entstand. Der Drache legte wieder seinen Kopf auf den Boden und schloss seine Augen.

»Es tut mir leid«, sagte der Drache dann in einem Ton, als bereue er, dass er lauter geworden war. »Ich schaff das nicht. Bitte. Kannst du mir helfen?« Dann öffnete er seine Augen und sah sie mit diesem wunderschönen trüben Blauton darin an.

Nuvays Herz füllte sich mit Mitleid. Sie konnte doch den Drachen nicht einfach hier stecken lassen? Sie überlegte kurz und musste für die kommenden Worte all ihren Mut zusammennehmen: »Gut. Unser Dorf wird dir sicher Zuflucht gewähren. Komm mit.«

Nakim blinzelte verwirrt. »Du sprichst im Namen eines Dorfes, dass dich nicht ausstehen kann. Das ist dir hoffentlich bewusst?«

Simôn schlug Nakim für diese Worte in seine Rippen und verneinte seine Aussage: »Wenn du glaubst, dass das die einzige Losung ist, dann nur zu. Soll er rein kommen.« Er schien aber nicht gänzlich von dieser Idee überzeugt zu sein.

Der Drache hob seinen Kopf an. »Zuflucht bei Menschen.« Der Gedanke schien ihm nicht besonders zuzusagen. »Du weißt, was für ein Risiko das birgt?«

Nuvay schaute ihn entnervt an. »Ach ja? Das fällt dir ein, nachdem du es geschafft hast, dich in ihrem Schacht einzuklemmen?«

Der Drache antwortete mit einem Grinsen. Dabei kamen seine messerscharfen Zähne zum Vorschein.

»Wir müssen dich da irgendwie rausbekommen und dafür sorgen, dass du dich in einen Menschen verwandelst.«

»Wow wow wow!« Nakim zog Nuvay heftig zur Seite und schaute sie fragend an.

»Ist das wirklich dein ernst? Der kann sich in einen Menschen verwandeln?«

In dem Augenblick begann der Drache stark zu qualmen. So stark, dass der Rauch ihn komplett einhüllte.

»Autsch!« Nakim zuckte zusammen und machte einige Schritte zurück. Der heiße Rauch hatte ihn schmerzhaft am Arm berührt. Er schaute Nuvay an. »Das ist verdammt heiß. Passt auf!«

»Ich finds angenehm«, entgegnete sie ihm und lächelte ein wenig. Sie schloss ihre Augen, als die wonnige Wärme sie umschloss. Zu Nuvays Überraschung verwandelte sich der Drache in einen Menschen.

»Was, das kannst du auch ohne dich abzukühlen?«

Kaleb grinste und fiel dann geschwächt zu Boden.

# 7 Der Schnee von gestern ist der Matsch von morgen

Nakim hatte Làlà geholt und sie hatten ihm die Situation erklärt. Überraschenderweise hatte Làlà gegen die Aufnahme des fremden Drachenjungen keinerlei Einwände. Dass er eigentlich ein Drache war, sollte aber den anderen Dorfbewohnern verschwiegen werden. Doch auch so brach wegen der Anwesenheit des seltsamen kranken Jungen mit den weißen Haaren ein großer Tumult aus. Wo kam er her? Wo wollte er hin? Was machte er auf der Oberwelt? Und vor allem weil Nuvay wieder etwas mit dieser Sache zu tun hatte, war das alles vielen nicht geheuer.

Der Drachenjunge wurde offiziell dem Arzt des Dorfes, der Gimmi hieß, übergeben. Er war der einzige Arzt im Dorf und es gab auch nur eine Krankenstation. In der arbeitete er und hatte seit dem Tod seiner Frau vor über zwanzig Jahren diese zudem nicht mehr verlassen. Von seiner Weigerung, auch nur einen Fuß außerhalb der Station zu setzen, rückte er auch bei den schwersten Krankheits- oder Unfällen nicht ab. Die Frage, ob einige im Dorf wegen seiner Sturheit gestorben waren, konnte niemand wirklich verneinen.

Wegen all der Aufregung im Dorf verbot Làlà Nuvay, sich dem Drachenjungen und der Krankenstation zu nähern. Wie ungerecht und ausgrenzend Nuvay das auch fand, sie sah ein, dass sie dem

Drachenjungen in seiner jetzigen Situation nicht besonders gut tat und das Dorf nicht noch mehr Gründe brauchte, dem Neuling zu misstrauen. Erst jetzt merkte Nuvay, wie unfreundlich und verbohrt ihre Mitbewohner doch waren, wenn es um Veränderungen oder Neues ging. Es hatte nicht lange gedauert, da hatte jeder schon erfahren, dass eine Person von der Welt da draußen sich bei ihnen befand. Die letzten Menschen, die von der Außenwelt in dieses Dorf gekommen waren, waren zwei Brüder und eine Frau gewesen. Das lag schon mehr als zwanzig Jahre zurück. Es waren die Väter von Nakim und Nuvay und die Mutter von Simôn gewesen. Sie waren alle drei im Abstand von einigen Jahren gekommen und geblieben. Mit diesen Neulingen hatten die Dorfbewohner keine allzu schlimmen Erfahrungen gemacht, auch wenn sich eines ihrer Kinder in den Augen der Dörfler als Störenfried und Quälgeist erwiesen hatte.

Es dauerte nicht lange, da verbreiteten sich seltsame Gerüchte über den Drachenjungen. Schon nach einigen Tagen musste Làlà Wachmänner vor die Krankenstation postieren. Denn es waren sehr viele Schaulustige vorbeigekommen, einige waren sogar bis in die Krankenstation eingedrungen und hatten randaliert. Danach war wieder Ruhe eingekehrt.

Nuvay wurde immer ungeduldiger und neugieriger, vor allem auch deshalb, weil man sie aus jeglicher Drachenangelegenheit heraushielt und im Dunkeln ließ. Sie durfte nicht nur nicht zur Krankenstation, sondern ihr wurde auch nicht mitgeteilt, wie es dem Drachenjungen ging. Und so langsam fing sie an, sich darüber zu ärgern. Sehr sogar. Immerhin wollte der Drachenjunge zu ihr.

Làlà hatte Simôn damit beauftragt, Gimmi bei der Pflege zu helfen. Es war verständlich, dass er damit beauftragt wurde, denn er vertrug wie Nuvay die Hitze gut.

Zu warten war noch nie Nuvays Stärke gewesen. Sie fasste es als Probe ihrer Geduld auf. Sie versuchte dadurch, ihre Besonnenheit zu schulen.

»Es ist alles so ätzend. Ich meine, er ist meinetwegen hier. Und dann darf ich ihn noch nicht einmal sehen!«, regte sich Nuvay auf.

Es kochte in ihr, wenn sie daran dachte. Immerhin war sie diejenige gewesen, die Drachen mochte oder sich für sie interessierte. Dann kam mal einer in der Geschichte des Dorfes zu ihnen und was passierte? Sie durfte sich ihm nicht nähern. Das war frustrierend!

Sie saß neben Nakim im Wohnzimmer auf dem Sofa. Auf ihrem Schoß hatte sie ein kleines Kissen, auf das sie immer wieder fest einschlug. Nakim warf ihr von der Seite einen genervten Blick zu. Das musste er jetzt schon seit Tagen ertragen. Sie dackelte ihm seit neuestem überallhin hinterher und machte keinen Hehl daraus, dass sie nicht zufrieden war mit ihrer jetzigen Situation.

Sie seufzte und warf das Kissen zur Seite. Schon eine längere Zeit hatte sie nichtstuend da gesessen. Beide schwiegen. Nuvay war froh, dass sie nicht allein war. Sie freute sich auch darüber, dass Nakim sie nicht wegschickte und auch nicht über sie meckerte. Daraus schloss sie, dass auch er es zumindest in Ordnung fand, nicht allein zu sein. Wahrscheinlich war er einfach glücklich, dass sie nicht auf die Idee kam, das Dorf zu verlassen und sich in Gefahr zu begeben. Auch wenn der Grund der Drache war, der jetzt bei ihnen im Dorf in der Krankenstation lag.

»Simôn könnte ja ruhig mal vorbeikommen und uns mitteilen, was der Drache macht«, dachte sie laut.

Das brach auch Nakims Schweigen. »Diese Ratte wird noch eins auf die Fresse von mir kriegen! Meldet sich einfach nicht mehr, seitdem er seinen neuen Freund gefunden hat!«

Das war also Nakims Problem. Er fühlte sich von Simôn hängengelassen, da der ihn bislang nicht ein einziges Mal aufgesucht hatte.

»Ja, mach das«, sagte Nuvay und sie empfand Genugtuung, als sie es sich vorstellte.

»Hätte nie gedacht, dass diese Qualle uns einfach so schnell vergessen kann«, fuhr Nakim fort.

»Und das, obwohl er gesagt hat, dass er mein bester Freund und mein Beschützer gegen Feinde sei.«

Nakim sah sie skeptisch an. »Hat er mich damit gemeint?«, fragte er sie missgelaunt.

Nuvays Augen weiteten sich. Er hatte das Thema noch nie angeschnitten. Dass er früher so schrecklich gemein zu ihr gewesen war. Sie nickte ihm stumm zu. »Na ja«, fuhr Nakim fort, »ich war schon ...«, er räusperte sich, »... ein ziemliches Ekel ...«

Nuvay sah ihn ernst an. »Ja. Schon.« sagte sie tonlos. Sie musste an die traurigen Nächte und an all die Schmerzen denken.

Nakim sah starr auf seine Hände. »Ich weiß nicht, ob du es weißt«, setzte er wieder an, »aber es waren die dümmsten Jahre meines Lebens.«

Nuvay horchte auf. Bat Nakim, dieser riesige, kalte Koloss, sie etwa gerade um Verzeihung? War das ein Traum? War das überhaupt möglich?

»Also entschuldige«, ergänzte er leise.

Tatsächlich. Eine Entschuldigung. Nuvay hatte für all die Gemeinheiten, die sie von ihm ertragen musste, nie wirklich eine Entschuldigung erwartet. Als Nakims Vater verschwand, tat er ihr so leid, dass sie ihm alles verzieh. Sie wollte einfach nur noch, dass sie alle glücklich wurden.

Nuvay beobachtete Nakim unauffällig. Er war wirklich stark gebaut, hatte große und kräftige Knochen und im Grunde auch ein schönes Gesicht, würde er nicht immer so finster dreinblicken. Insgeheim hatte sie schon immer seine Haare, die bei Sonnenlicht einen wunderschönen roten Stich bekamen, toll gefunden. Jetzt gerade waren sie hellbraun und fielen ihm sanft über das Gesicht. Nuvay musste ein wenig lächeln. Weil sie in letzter Zeit das Dorf nicht verlassen durfte, hatte sie mehr Zeit mit Nakim verbracht. Erst durch diesen Umstand war ihr aufgefallen, wie sehr er sich eigentlich verändert hatte. Er hatte sich bei ihr entschuldigt. Sie hatte nicht im Traum daran gedacht, dass so etwas je passieren könnte. Und wahrscheinlich würde Nakim es niemals aussprechen, doch er schien es dann doch zu genießen, dass Nuvay auch mal mit ihm Zeit verbrachte. Das war ein wunderschöner Gedanke. Und vor allem so neu. Sie biss sich auf die Unterlippe und entschied sich, einen Versuch zu wagen.

»Nakim?«

»Hm.«

»Magst du mich eigentlich?«, fragte sie ihn ohne Umschweife.

Sofort verzog er sein Gesicht und sah sie entgeistert an. Er merkte jedoch, dass die Frage ernst gemeint war, und sein Blick wanderte ein wenig verlegen zu Boden.

»Unsere Väter sind Brüder. Du bist ... meine Familie. Was glaubst du also?«

Nuvay sah ihn mit großen Augen an. Das hatte sie nicht erwartet. Und schon wieder überraschte er sie. »Ah ja. Ich dachte nur immer, du würdest mich hassen.«

Er sah mit zusammengezogenen Augenbrauen zu ihr. »Spinnst du? Wie kommst du denn darauf?«

Sie zuckte mit ihren Schultern. »Ist ja nicht so, dass du viel Liebe zeigst.«

Diese Worte schienen ihn zu verletzen. »Ich hab für dich Navid zusammengeschlagen, okay? Souka in die Mangel genommen, Asgar und Olsop gekickt! Fast das ganze Dorf wagt es nicht, irgendwas gegen dich zu sagen, weil sie es sonst mit mir zu tun kriegen! Würde ich Frauen noch schlagen« – er hatte mit dem Verschwinden seines Vaters offiziell damit aufgehört – »dann würden die Weiber nicht bloß wütende Blicke von mir ernten. Glaub mir! Was soll man denn noch tun?«

Nuvay sah Nakim überrascht an. Beinahe bewunderte sie ihn sogar. Doch dann dachte sie daran, was er da tatsächlich gesagt hatte.

»Du hast Navid zusammengeschlagen?«, fragte sie aufgebracht. Sie mochte diesen Jungen. Er war immer so witzig.

»Das ist ein hinterhältiger Schmierlappen! Wenn er dich noch einmal anlächelt, dann breche ich ihm all seine Zähne!«, sagte Nakim und ballte dazu die Fäuste.

»Ich dachte immer, er mag mich«, gab sie ehrlich zu.

Nakim hob vielsagend seine Augenbrauen. »Das ganze Dorf hasst dich.«

Nuvay holte tief Luft. Dieser Satz hatte es in sich. Sie zog ihre Knie an und legte ihre Arme drüber. Unrecht hatte Nakim aber nicht.

»Warum mag mich bloß niemand?«, sagte sie leise.

»Du bist halt dumm«, hörte sie Nakim sagen. Sie legte ihr Kinn auf ihre Knie und fühlte eine Leere.

Nakim fuhr unbeholfen fort: »Also aber einigen hier liegst du irgendwie immer noch am Herzen.«

»Danke, ist lieb gemeint. Aber ich hab schon verstanden«, sagte sie. Sie dachte an die große Mehrheit, die sie liebend gerne für immer loswerden würde.

»Mina, Làlà …«, zählte Nakim auf.

»Die zählen nicht. Die sind so was wie Eltern. Ich meine außerhalb der Familie«, unterbrach sie ihn.

Nakim seufzte und sagte dann: »Simôn.«

Sie sah ihn wieder mit großen Augen an und kicherte leise. Doch nach einer kurzen Zeit verwandelte sich das Kichern in ein leises Schluchzen.

»Ich wünschte, es wäre so.« Sie versuchte ihren Kopf zwischen ihren Knien zu verstecken. Warum mied sie bloß jeder? Das war doch nichts weiter als Sympathie, was sie für die Drachen empfand. War das denn so anormal? Und auch wenn es mehr war, durfte sie nicht auch anormale Neigungen haben? Warum musste sie normal sein, damit man sie mochte und achtete? Warum konnte sie nicht einfach sie selbst sein? Ihr Herz wurde immer schwerer. Sie hatte das Gefühl, ganz allein auf der Welt zu sein und niemanden wirklich zu haben. Bis auf einige Familienangehörige, die sie zwar liebten, aber nicht wirklich das Leben mit ihr teilten, war sie ganz allein. Wer verstand sie denn schon wirklich in ihrem Leben? Tränen rannen ihr die Wangen herunter. So war das Leben. Es ging immer auf und ab. Für sie in letzter Zeit mehr ab als auf. Gewiss, irgendwann würde es auch wieder aufwärtsgehen, das wusste sie. Doch jetzt wollte sie einfach nur ihre Trauer herauslassen.

»Hör jetzt auf damit! Nuvayla! Das ist doch kein Grund zu weinen!«, holte sie Nakim aus ihren trüben Gedanken.

»Was denn?«, fiepte sie leise. »Ich bin … ganz allein …«

Plötzlich spürte sie eine Hand auf ihrem Kopf. »Hör auf oder du kriegst Schläge!«, drohte Nakim ihr. Sie spürte, wie seine warme Hand nervös ihre Haare durchwühlten.

»Was machst du denn da?«, fragte sie.

»Das nennt man trösten!«, erklärte Nakim kalt.

Sie schniefte laut und drückte seine Hand weg. Dann wischte sie sich die Tränen aus ihrem Gesicht.

»Das ist das dümmste Trösten, das ich je gesehen hab.«

Nakim lächelte zufrieden. »Hat doch geholfen.«

Und dann lehnte er sich wieder nach hinten. Nuvay sah ihn betrübt an. Er ignorierte ihren Blick. Für ihn war die Sache abgeschlossen. Sie versuchte, sie ebenfalls abzuschließen.

# 8 Da wird ja der Hund in der Pfanne verrückt

Nuvay und Nakim waren die restlichen Tage der Woche zusammen. Es war für beide das erste Mal, dass sie so viel Zeit miteinander verbrachten. Bis spät in die Nacht saßen sie herum und unterhielten sich. Es schien so, als würden sie versuchen, all die Zeit, die sie mit Wegrennen und Hinterherjagen verschwendet hatten, nachzuholen. Nakim war im Grunde ein schlauer junger Mann, der nur ein großes Problem mit seinem Temperament hatte. Obwohl er eine große Vorliebe für Bücher hatte und alles las, was er in die Finger bekam, war er nicht im Stande, seine Gefühle auszudrücken. Wegen den vielen Büchern, die er bislang schon gelesen hatte, wusste Nakim ziemlich viel über die Welt. Nuvay gefiel es, ihm zuzuhören. Jeden Abend gingen sie spät zu Bett und zum Ende der Woche hatte Nuvay das Gefühl, dass sie eine neue Person kennen gelernt hätte. Denn so wenig hatte sie über Nakim gewusst und so viel Neues hatte sie über ihn gelernt.

Es war wieder spät in der Nacht. Nuvay hatte sich hingelegt und war kurz davor einzuschlafen, als jemand leise an ihre Zimmertür klopfte. Sie erwachte aus ihrem Dämmerschlaf und stand etwas benommen auf, zog sich eine Strickjacke über und lief zur

Tür, darauf bedacht, keinen Lärm zu machen. Langsam öffnete sie die Tür und sah eine große Silhouette im Flur.

»Was ist denn, Nakim?« fragte sie leise und versuchte ein Gähnen zu unterdrücken. Hatte er etwas vergessen? Er beugte sich herunter zu ihr.

»Hast du Bock auf einen Spaziergang?«

Sofort war sie hellwach und sah ihn überrascht an. »Um die Uhrzeit?«

»Nicht so laut! Ja, was denkst du denn!«, zischte er sie an.

Nuvay musste lächeln. Dann formten sich ihre Augen zu Schlitzen. »Du führst doch etwas im Schilde?«

Er hob verteidigend die Hände hoch. »Wirklich nicht! Ich will nur mit meiner Cousine einen Abendspaziergang machen.« Ein geheimnisvoller Unterton schwang in seiner Stimme mit, den Nuvay nicht überhörte.

Sie beschlich eine Vorahnung. »Um die Uhrzeit?«, fragte sie wieder.

»Ja und? Ich hab halt jetzt Bock zum Laufen! Halts Maul und komm endlich!«

Nuvay ignorierte die Barschheit ihres Cousins, schloss die Tür hinter sich und lächelte ihn an.

»Los gehts!«

Er sah sie fragend an. »Das ging ja flott. Willst du im Pyjama raus?«

»Was denn? Ist doch nur ein nächtlicher Spaziergang mit meinem Cousin. Muss ich mich auch noch extra schick dafür machen?«

Nakim zuckte mit den Schultern. »Soll mir recht sein.« Er lief voraus, dicht gefolgt von Nuvay. Sie verhielten sich leise, weil sie Mina nicht wecken wollten. Wenn sie nämlich wach würde, dann könnten sich beide diese nächtliche Aktion abschminken. Man musste kein Genie sein, um zu merken, dass beide gerade einen Abstecher zu Simôn planten.

Es war von Vorteil für sie, dass ihre Häuser aus hartem Stein waren. Zwergengestein, um genau zu sein, denn die Zwerge stellten diese Steine einst her. Sie waren ein Wunder der Zeit. Selbst mit der heutigen Wissenschaft waren Menschen nicht in der Lage, solche Steine zu produzieren. Das hatte ihr zumindest Nakim so erzählt. Diese Steine hielten Jahrtausende. Zudem wurden sie nicht kalt, sondern gaben stetig eine angenehme Wärme von sich. Ferner hatten sie die Eigenschaft, jegliche Geräusche gut abzudämpfen. Die Dorfbewohner benutzten ausschließlich diese Steine, um ihre Häuser zu bauen. In den Schächten hatten die Zwerge vor langer Zeit eine große Lagerkammer angelegt, die randvoll gefüllt mit diesem Material war. Außerdem konnte man die Steine der alten Zwergenhäuser, die nicht mehr benutzt wurden, wiederverwenden.

Nurvay und Nakim liefen auf Samtpfoten auf die Haustür zu. Kurz vor der Haustür blieb Nakim jedoch abrupt stehen und Nuvay lief in ihn hinein.

»Was machst du denn?«, flüsterte sie.

Nakim rührte sich nicht von der Stelle. Er starrte auf seine Hand, die auf dem Türgriff lag. Nuvay beugte sich hinüber zu ihm. Er atmete tief ein.

»Also dass ich ihm ein paar Mal eine reinschlage, ist okay. Aber falls ich die Kontrolle verliere, halt mich auf«, gab er unbeholfen so etwas wie Fürsorge zu erkennen und riss im nächsten Augenblick die Tür auf und lief raus.

Nuvay schaute ihm etwas verwirrt nach. Sie hoffte bloß, dass er sich nicht allzu sehr auf sie verließ. Wie sollte sie so einen Klotz wie ihn denn aufhalten? Nuvay lief Nakim hinterher.

Eine Zeit lang liefen beide nebeneinander, bis Nuvay plötzlich auf die Idee kam, sich bei Nakim einzuhaken. Nakim schaute erst ihren Arm und dann sie an. Verwirrt und verärgert. Ruckartig zog er seinen Arm hoch, sodass Nuvay loslassen musste und nicht mehr drankam. »Lass das!«, erwiderte er und lief weiter.

»Ach man, du bist so gemein«, schmollte sie.

»Lass es einfach!«

Doch als Nakim seinen Arm wieder hängen ließ, hakte sich Nuvay nochmals ein.

»Was soll das denn?«, schimpfte Nakim und hob seinen Arm erneut an. Nur diesmal hielt sich Nuvay fest und Nakim musste seinen Arm hin und her schütteln, damit sie wieder losließ.

»Ich mag es nicht, dass du so kalt bist.«

Nakim sagte nichts, zuckte gleichgültig mit seinen Schultern.

»Was willst du machen, wenn du mal heiratest?«

Er gab keine Reaktion und sie schubste ihn leicht verärgert seitlich an.

»Red nicht immer so n Schrott!«, wich Nakim der Frage aus und lief stur weiter.

»Zwei Jahre Ehe und, wooow, Nakim hat es endlich geschafft einmal seine Frau zu umarmen!«, kommentierte Nuvay.

Genervt zog Nakim seine Augenbrauen hoch. Nuvay ging auf die Zehenspitzen und schnappte sich wieder Nakims Arm. Er packte sie am Kopf und drückte sie von sich. Dabei bemerkte Nuvay ein kleines Lächeln in seinem Gesicht und musste ebenfalls lächeln.

»Na komm schon, Cousin! Das muss dir nicht peinlich sein. Es sieht doch auch niemand!«, sagte sie leise.

»Du nervst!« Er lief ein wenig schneller. Als Nuvay wieder auf ihn zulief, drückte Nakim sie wieder weg. Das brachte Nuvay aber nur dazu, es wieder zu versuchen.

»Du nervst!«, gab jetzt Nuvay zurück, »Ich will mich bloß bei dir einhaken! Was ist dabei?«

Sie versuchte es wieder und wieder, sich bei ihm einzuhaken, während er sie immer und immer wieder wegdrückt. Eine kleine Rangelei entstand zwischen den beiden. Plötzlich nahm Nuvay etwas wahr und ihre Hand erstarrte in der Luft. Sie schaute Nakim erschrocken an.

Er bemerkte ihren Sinneswandel. »Was ist?«

Sie atmete mehrmals tief ein. »Riechst du das auch?«, fragte sie.

Sie waren schon fast bei Simôn am Rathaus angekommen. Rechts von ihnen stand die Krankenstation. Beide hatten es nicht bemerkt, dass sie schon so weit gekommen waren. Vorsichtig schaute sich Nuvay um. Eine seltsame Vorahnung und Angst breiteten sich in ihr aus.

»Was ist, Nuvay?!«, fragte Nakim noch einmal, aber diesmal eindringlicher.

Ohne ihm zu antworten, lief sie sofort auf die Krankenstation zu. Konnte das wirklich passiert sein, fragte sie sich im Laufen. Sie brauchte nicht lange, da stand sie schon am Eingang. Ein Schauer durchfuhr ihren Körper, als sie Souka, den Wachmann, auf dem Boden liegen sah. Er war bewusstlos. Sie lief schnell weiter. Ihr Herz raste mit ihr die Stufen der Station hoch, immer diesem seltsamen Geruch nach. Der Geruch intensivierte sich und Nuvays Befürchtungen ebenfalls. Sie hörte ein seltsames Geräusch. So bog sie rechts ab. Der Geruch und die Geräusche schienen aus dem letzten Zimmer im Gang zu kommen. Ihr Herz verkrampfte sich immer mehr, je näher sie der Tür kam. Warum riecht es hier so? Was kann nur passiert sein? Ob Simôn noch da drin war? Ob ihm was passiert war? Aber nein, Hitze konnte ihm doch nichts anhaben. Mit diesen Gedanken rannte sie ungebremst in das Zimmer hinein und blieb abrupt stehen. Der starke Geruch verbrannter Haut stach in ihre Nase. Erst konnte sie nicht erkennen, wer da auf wem saß, aber dann sah sie Linas blondes Haar.

Als Nakim hinter ihr hereinstürmte, schrie er die beiden an: »WAS ZUM KEHRBLECH GEHT DENN HIER AB!« Er handelte sofort, indem er schnell auf Lina zulief und sie von Kaleb herunterriss. Lina hatte auf dem Bett über dem Drachenjungen gesessen und ihr Mund war seltsam mit seinem verschmolzen gewesen.

Lina schrie panisch auf und zappelte in Nakims Griff, der sie sofort auf den Boden fallen ließ und sich dem Drachenjungen zuwandte. »WAS SOLL DAS, DRACHE?«, schrie er ihn an.

Kaleb spuckte angewidert auf den Boden und fuhr sich mehrmals mit der Hand über den Mund. »Dem König sei Dank habt ihr mich gerettet von diesem Weib!«, sagte er dann und streckte seine Zunge heraus.

»Was? Wir haben DICH gerettet?«, fragte ihn Nakim und seine Zähne knirschten, als er sie vor Wut zusammenbiss.

Der Drache schaute ihn überrascht an. »Was denkst du? Denkst du wirklich, dass ich mich an der vergriffen habe?« Kaleb lachte hämisch.

»Du bist hier das Tier, sag du es mir!«, antwortete Nakim kalt.

Der Drachenjunge war wieder überhitzt. Das sah man ihm deutlich an. Er schwitzte wie verrückt und schrie wütend auf. »Diese bescheuerte offensichtliche Lage könnt ihr dummen Menschen nicht deuten? Seid ihr blind? Wie soll ich die Kleine hierhergelockt haben? Bin ich etwa ein Vampir?!?! Verbreite ich stinkigen Modergeruch, wie diese ekligen Halbzombies?! Sehe ich aus, als könnte ich Menschen manipulieren?«

»WAS WEISS ICH, DU VERDAMMTER DRACHE! DU KANNST DICH IN EINEN MENSCHEN VERWANDELN!«

»OH JA NATÜRLICH! DAS SAGT JA ALLES AUS! WENN ICH MICH AN IRGENDEINEM MENSCHEN VERGREIFEN

WÜRDE, DANN WÄRE ES BESTIMMT KEINE SCHNEPFE WIE DIE DA, SONDERN NUVAY!!!«

So schnell wie diese Worte den Mund des Drachenjungen verlassen hatten, so schnell bereute er sie auch. Er sah erschrocken zu Nuvay, als hätte er erst jetzt bemerkt, dass sie auch im Zimmer war. Sie lief rot an. Als sie jedoch bemerkte, dass Nakim handgreiflich werden wollte, stellte sie sich sofort zwischen sie.

»Er sagt die Wahrheit, Nakim!! Der Wachmann unten war k.o. Ich glaub nicht, dass er so was vorhatte! Du kennst doch Lin...« Sie hielt inne und ihr Blick fiel auf Lina, die immer noch leise winselnd auf dem Boden lag und die Hand vor dem Mund hielt. Nuvay empfand Ekel und Mitleid zugleich für dieses Mädchen.

Nakims Wut übertrug sich nun auf Lina. Er packte sie am Kragen, hob sie hoch und schrie sie an: »WAS IST HIER PASSIERT?«

Nuvay und Lina schauten beide gleichermaßen erschrocken zu Nakim. Anscheinend war eine Sicherung in ihm durchgebrannt. Da Lina keine schützende Hand mehr vor ihrem Mund hatte, sah man das Ausmaß ihrer Verletzung: an der Stelle, wo eigentlich ihre rosigen Lippen hätten sein müssen, waren nun zwei verbrannte, blutige Hautklumpen.

»Nakim, komm wieder runter«, sagte Nuvay leise, vom Anblick der Lippen sowohl erschrocken als auch angeekelt.

Lina brach in Tränen aus. Sie war kaum in der Lage ihren Mund aufzumachen. Nakim schüttelte sie in der Luft weiter am Kragen. »DAS IST KEINE ANTWORT! REDE!«

»Nakim! Du Vollpfosten! Sag mal, hast du den Verstand verloren? Lass sie sofort runter!« Nuvay versuchte wie ihre Tante Mina zu klingen. Sie sprach immer tief aus dem Bauch in einem Ton, der keine Widerrede zu erlauben schien. Offenbar genau der Ton, um Nakim wieder zu beruhigen. Er ließ sie langsam wieder los und sie landete auf ihren Füßen. Dabei schaute er sie immer noch wütend an. »Ich überlass dir das, Nuvay«, sagte er dann etwas ruhiger, »Ich geh und schau, was mit Souka los ist.« Mit diesen Worten verließ er den Raum.

Linas Knie gaben nach, sodass sie auf ihnen landete. Sie weinte weiter.

»Was hast du mit ihr gemacht?«

Kaleb hob seine Hände und zuckte mit den Schultern: »Ich war ihr einfach zu heiß ...« Dies klang in dieser Situation sehr unpassend und ziemlich arrogant.

Nuvay schüttelte ihren Kopf. Waren hier denn alle taktlos? Als Nuvay sich dann zu Lina herunterbückte und sie leicht an der Schulter berührte, schlang sie plötzlich ihre Arme um Nuvay und brach schluchzend in Tränen aus. Super, ging es ihr durch den Kopf. Genau so eine Situation hatte ihr noch gefehlt.

»Ganz ruhig ...«, versuchte Nuvay sie zu trösten und streichelte währenddessen vorsichtig und mehr zögerlich als zärtlich oder liebevoll ihre Haare.

»Beruhige dich ... Alles wird wieder gut ...« Nuvay glaubte selbst nicht so ganz, was sie da sagte, und vielleicht machte deswegen Lina auch deswegen keine Anstalten, sich zu beruhigen. Sie schluchzte und weinte weiter. Nuvays Augen wanderten währenddessen verstohlen zum Drachenjungen. Er saß immer noch im Bett unter der Decke und war mehr als unzufrieden mit seiner Lage. Seine Beine waren angezogen und er hatte die Arme um sie gelegt. Sein Kopf lag auf seinen Knien und er schaute auf den Boden.

»Das war wirklich nicht meine Schuld«, flüsterte er.

Nuvay seufzte. Sie wusste, dass es nicht seine Schuld war. Sie glaubte ihm. Doch dies vor Lina, die noch immer bitter weinte, laut auszusprechen, wäre wohl mehr als unpassend gewesen. Deshalb schwieg sie. Nach einer gefühlten Ewigkeit bemerkte sie aus dem Augenwinkel, wie sie der Drachenjunge seinerseits verstohlen ansah. Seine blauen Augen leuchteten regelrecht in der Dunkelheit. Sie versuchte mit aller Kraft nicht hinzusehen. Sie wollte weiteren Blickkontakt vermeiden. Zumal sie sich auch vor dem Blitz fürchtete, der sie in der Höhle heimgesucht hatte.

Nach einer Weile kam Nakim endlich wieder zurück. Lina hatte sich ein wenig beruhigt. Als sie jedoch Nakim bemerkte, flüchtete sie tiefer in Nuvays Schoß. Er räusperte sich kurz und schaltete dann das Licht an. Es blendete Nuvay einen Moment. Nakims Blick schweifte durch das Zimmer und blieb am Bett hängen. »Ich hab Souka wachgerüttelt und mit ihm geredet.«

Lina gab einen leisen, verängstigten Ton von sich. Nakim schaute auf sie herab.

»Geht es ihm gut?«, fragte Nuvay besorgt.

Nakim nickte. »Er war nur am Schlafen, oder besser gesagt: betäubt.« Er warf einen vernichtenden Blick auf Lina. »Ich spreche gleich Klartext, kein Bock um den heißen Brei herumzureden. Lina hat ihm einen kleinen Kuchen mit Schlafmittel zu essen gegeben. Und dann hat sie sich hier hochgeschlichen und den Rest der Geschichte haben wir ja gesehen.« Man konnte seinem Tonfall und seiner Mimik nur allzu leicht die Verachtung und den Ekel entnehmen.

»Souka ist gerade unterwegs zu Làlà. Sie sollten gleich kommen.« Er setzte sich auf einen Stuhl, der neben dem Bett stand. »Den Rest überlass ich ihm. Was für ein Hackbraten«, ergänzte er noch.

Der Drachenjunge schaute ihn an. Erleichterung lag in seinen Zügen.

»Dann wäre das Rätsel wohl gelöst«, sagte Nuvay nach einer kurzen Pause. Sie hatten doch keinen Vampir, oder was immer das auch sein sollte, angeschleppt, sondern einen Drachen, der mal wieder dem anderen Geschlecht zum Opfer gefallen war.

Lina war immer noch leise zu hören. Sie versteckte sich weiterhin in den Armen von Nuvay.

»Wie kannst du sie immer noch anfassen?«, fragte Nakim.

»Kannst du vielleicht deinen Mund halten?«, sagte Nuvay mit gepresster Stimme.

Lina wurde still.

»Die Kuh hat genau das bekommen, was sie verdient!«

»Nakim!«, zischte Nuvay und schoss ihm vorwurfsvolle Blicke zu, »Könntest du bitte versuchen, dich zusammenzureißen?«

»Nuvay, sei dankbar, dass ich ihr nicht den Rest ihrer verklumpten Hackfresse zusammenschlage!«

»Du bist einfach nur widerlich«, sagte sie scharf und sah weg. Lina schien in ihren Armen stocksteif geworden zu sein.

»Wer hier wirklich widerlich ist, das steht ja wohl fest!«

Nuvay atmete tief ein und aus. Es hatte keinen Zweck, sich mit ihm anzulegen. Sie zog es vor zu schweigen, anstatt ihn noch weiter zu reizen. Es folgte eine bedrückende Stille, die aber schon bald unterbrochen wurde. Füße schritten eilig die Treppen hoch. Man hörte nervöse Stimmen. Und dann kam Làlà ins Zimmer gestürmt. Er hielt mitten im Raum an und musterte die Lage.

Als Nächstes kam der Wachmann ins Zimmer, dicht gefolgt von Simôn. Als Nuvay ihn sah, machte ihr Herz vor Aufregung einen kleinen Hüpfer. Es kam ihr wie eine Ewigkeit vor, seit sie ihn das letzte Mal gesehen hatte. Simôns Augen leuchteten freudig auf, als er sie bemerkte. Nuvay konnte ihn nicht weiter beobachten, denn Làlà ging auf sie zu und kniete sich vor sie hin.

»Nuvay, was ist hier passiert!«

Nuvay schaute herunter zu Lina. Làlàs Augen weitete sich, als er sie sah. Instinktiv versuchte er sie zu beruhigen: »Beruhige dich, meine Kleine. Gimmi wurde schon benachrichtigt. Er kommt gleich. Was ist denn mit ihr passiert?«

Nakim mischte sich ein: »Ich würd mal sagen, sie hat das bekommen, was sie verdient!«

Làlà ignorierte ihn und sprach nun zu Lina: »Lina? Meine Kleine, was ist los mit dir?«

Sie piepte ganz leise und umarmte Nuvay noch fester.

Nuvay schüttelte mit dem Kopf. »Das wird so nichts.«

Làlà drehte sich zum Wachmann: »Souka? Geh und schau mal, wo Gimmi bleibt.«

Der ging kopfschüttelnd aus dem Zimmer. »Die Jugend von heute«, murmelte er.

Nakim sprang auch auf und folgte ihm. »Mir wird von der Luft hier drin schlecht!« Und damit meinte er sicherlich nicht nur Lina. Er rempelte beim Hinausgehen Simôn heftig an der Schulter an. Simôn musste grinsen und schaute Nakim hinterher.

Làlà setzte sich im Schneidersitz vor Nuvay hin. »Warten wir erst mal auf Gimmi.« Er verschränkte die Arme vor der Brust und versank in Gedanken, bis er Nuvay schließlich fragte: »Ist das passiert, was ich vermute?«

Sie zog unbewusst ihre Schultern hoch. Bei Lina musste man zwar nicht allzu lange überlegen, was wohl passiert sein könnte, aber woher sollte sie denn wissen, was Làlà vermutete.

Simôn ging zum Drachenjungen, setzte sich an sein Bett und begann leise mit ihm zu reden.

Nuvay sah aufmerksam zu ihnen hinüber. Je länger sie miteinander tuschelten, desto stärker wurde ihr Argwohn. Warum waren die beiden so vertraut miteinander? Wollten sie nicht noch vor einigen Tagen einander fast umbringen?

»Ich hatte doch gesagt, ich sollte lieber hierbleiben«, hörte sie Simôn flüstern.

»Ihr Menschen seid wirklich krank,«, gab der Drachenjunge von sich und legte seinen Kopf wieder auf seine Knie.

Simôn musste schmunzeln. »Ach, komm schon. Würde es bei euch besser laufen, wärst du wohl nicht hier.« Dann schwieg er kurz und fragte: »Die Lippen, nicht wahr?«

Kaleb nickte und Simôn legte ihm die Hand auf die Stirn.

Nuvay hielt die Luft an.

Sie waren Freunde geworden! Simôn hatte Nuvay ihren Drachenfreund ausgespannt! Oder der Drache ihren besten Menschenfreund! Sie wusste nicht, was schlimmer war. Sie spürte die Anwesenheit von etwas Dunklem in ihrem Herzen. Es fuhr weiter nach unten in ihre Magengegend und fing an sich dort auszutoben. Ihr Magen verkrampfte sich.

»Du bist wieder so heiß«, sprach Simôn weiter.

»Wen juckts. Nach ein paar Stunden gehts wieder«, sagte der Drachenjunge.

»So was hatte mein Vater die ganze Zeit schon befürchtet.«

»Ja, das habe ich wirklich«, ging Làlà kurz dazwischen, um sich dann wieder in seine eigenen Gedanken zu vertiefen.

Simôn fuhr fort: »Du siehst für so ein einfaches Dorf einfach zu gut aus. Wir hätten dich doch verdeckt herbringen sollen.« Er grinste schief und fragte weiter: »Wann lange dauert eure Brunftzeit denn noch?«

»Einige Wochen.«

»Du hast es bald hinter dir.«

Für diesen Satz erntete er einen trostlosen Blick von ihm. Das Blau seiner Augen war trüb und schwach. Simôn wuselte leicht durch seine weißen Haare.

»Das passt nicht zu dir! Sei nicht so verzweifelt«, sagte er dann und lächelte ihn aufmunternd an.

Nuvay wurde schlecht bei diesem Anblick. Ihr Magen drehte und wendete sich in seltsame Richtungen. Das böse Wesen in ihr wurde stärker. Simôn bemerkte ihren finsteren Blick und bevor Nuvay ausmachen konnte, was er wohl jetzt dachte, schaute sie schnell weg. Es war ihr peinlich. Eifersucht war so ein hässliches Gefühl und mit diesem hässlichen Ausdruck in ihrem Gesicht wollte sie nicht von Simôn oder dem Drachenjungen gesehen werden.

Sie versuchte sich auf die Haare von Lina zu konzentrieren. Sie waren sehr weich und dufteten wundervoll nach Lilien. War das nicht die Blume, die für Reinheit und Unschuld stand? Wie Paradox das Ganze doch war.

Nuvay versuchte sich von der Umarmung des Mädchens zu lösen. Linas drückende Arme lagen wie eiserne Ketten schwer um ihren Hals. Ein beengendes Gefühl legte sich ebenfalls um ihre Brust. So in etwa mussten sich wohl Gefangene fühlen. Làlà berührte Nuvay leicht am Arm und schüttelte den Kopf. »Lass sie ruhig«, sagte er leise.

Kaleb schaute zu ihr hinüber und seine blauen Augen leuchteten wieder auf. Er versuchte sie anzulächeln, jedoch gelang es ihm nicht ganz. Unwillkürlich kamen Nuvay seine Worte in den Sinn. »Wenn ich mich an irgendeinem Menschen vergreifen würde, dann wäre es bestimmt keine Schnepfe wie die da, sondern Nuvay!«, hatte er gesagt. Sie spürte, wie ihr warm wurde. Ihre Wangen erröteten. Wie sollte sie das verstehen? Sollte sie sich jetzt als letzte Wahl betrachten? Oder war es umgekehrt ... Sie schluckte und brachte den Gedanken nicht zu Ende. War das denn möglich? Sie wollte nicht weiter darüber nachdenken und schüttelte ein wenig ihren Kopf in der Hoffnung, die Gedanken loszuwerden.

Genau in dem Moment kam Gimmi ins Zimmer. Er sah blass und müde aus. Sein Bart war strubbelig und lang. Sein Gesichtsausdruck grimmig. Sein Blick fiel auf Nuvay und Lina, die immer noch auf dem Boden kauerten.

»War ja klar«, seufzte er und lief dann auf sie zu. »Verdammtes Gör! Wie oft hab ich dir gesagt, dass du dich von ihm fernhalten sollst?!«

»Gimmi. Bitte. Fehlt es denn jedem hier an Feingefühl und an Takt? Könntest du dich einfach nur um ihre Lippen kümmern, bitte!«, entgegnete Nuvay.

»Lippen?« er lachte laut und kalt auf.

Nuvay ließ ein verzweifeltes Schnauben hören und warf ihm einen wütenden Blick zu. Gimmi brummte wieder. Dann kniete er sich zu ihnen herunter.

»Zeig mal her, Kleines!«, sagte er. Er griff nach ihrem Arm und versuchte sie von Nuvay zu lösen. Lina gab ein Winseln von sich, ließ aber nicht los. Nuvay verstand Lina nur allzu gut. Sie hätte nach alledem auch nicht losgelassen.

»Lina, er will dir helfen«, redete Nuvay sanft auf sie ein, »Wenn du deine Lippen nicht behandeln lässt, dann werden sie vielleicht nie heilen.«

Sie hatte wohl die richtigen Worte gefunden, denn Lina ließ langsam und immer noch etwas widerwillig von Nuvay ab. Nuvay atmete erleichtert ein, doch als sie ihre Lippen sah, verschwand ihre Erleichterung schnell wieder.

»Heiliger Klabautermann!«, rief Gimmi aus.

Làlà zog scharf die Luft ein und verzog sein Gesicht. Von Linas Lippen waren zwei verbrannte Fleischfetzen übrig. Ihre untere Gesichtshälfte war blutverschmiert. Die Wunde schien zu eitern, denn eine andere Flüssigkeit lief ihr über das Kinn und den Hals und tropfte auf den Boden. Nuvay versuchte den Ekel, den sie empfand, zu unterdrücken. Sie merkte, dass sie es nicht schaffte, also schaute sie weg.

»Kannst du das wieder einigermaßen hinrichten?« Làlàs Stimme zitterte leicht bei dieser Frage.

»Ja, natürlich! Ein Gesicht ist ja auch nur ein Knethaufen! Das kann Gimmi wieder zusammen kneten!«, entgegnete er sarkastisch.

Lina schaute ihn erschrocken an.

»Du brauchst gar nicht so zu gucken! Ich werde zwar mein Bestes geben, aber wie viel ich davon noch retten kann, kann ich dir nicht sagen!« Er verzog ebenfalls das Gesicht.

Tränen liefen Lina wieder über die blassen Wangen. Der Drachenjunge hatte ganze Arbeit geleistet, ging es Nuvay durch den Kopf. Er sah zerknirscht aus.

»Kannst du laufen, Kleine?«, fragte Gimmi Lina.

Sie nickte still.

»Dann komm mit. Wir werden dich behandeln.« Er legte ihren Arm um seine Schulter und stützte sie ab. Sie stand wackelig auf den Beinen, konnte aber immerhin gehen. Sie verließen den Raum. Làlà und Souka folgten ihnen.

Dann wurde es im Raum still. Nuvay saß immer noch auf dem Boden, erleichtert darüber, dass sie Lina nun an Làlà und Gimmi abgegeben hatte. Irgendwie tat sie ihr schon ziemlich leid.

»Nuvay?«

Simôns Stimme riss sie aus ihren Gedanken. Sie schaute zu ihm auf.

»Ja?«

Er lächelte aufmunternd. »Lina wird schon wieder, hoffe ich wenigstens«, sagte er dann und strich sich durch seine schwarzen Haare. Er schien kurz zu überlegen, dann stand er auf und ging auf Nuvay zu, kniete sich vor ihr nieder und sah sie schuldbewusst an.

Nuvay wurde nervös. Ihre Finger fingen an zu kribbeln. Warum sah Simôn sie so komisch an? Nach einer Weile räusperte er sich.

»Ich wollte mich eigentlich entschuldigen«, brachte er endlich heraus.

Nuvay sah ihn überrascht an. »Warum?«

Er sah verlegen zu Boden. »Wegen dieser Sache am Höhleneingang. Du weißt schon. Ich glaub, ich war ein wenig zu grob.«

Nuvay verstand. Er meinte wohl das Hin-und-her-Gezerre zwischen ihm und dem Drachen.

»Mir tuts übrigens auch leid!«, mischte sich Kaleb von hinten ein.

Simôn lächelte bei seinen Worten. Er beugte sich ein wenig näher zu Nuvay. »Er ist echt in Ordnung«, flüsterte er ihr zu.

»Seid ihr jetzt so etwas wie Freunde?«, flüsterte sie zurück. Ihre Eifersucht meldete sich wieder, jedoch entschloss sie sich, sie zu ignorieren. Wenn Simôn glücklich war, ihn kennen gelernt zu haben, dann sollte sie sich für ihn freuen. Sie konnte etwas in seinen Augen funkeln sehen. War das Stolz?

»Kaleb und ich ... ja ... ich glaub ... das kann man so sagen.« entgegnete Simôn unsicher.

Nuvay versuchte zu lächeln, was ihr nicht ganz gelang. Kaleb? Ja genau. Der Drachenjunge hatte seinen Namen doch schon am Höhleneingang erwähnt.

»Kaleb?«, fragte sie und sah nach hinten zum Drachen.

Er lächelte ein wenig unbeholfen auf.

»Dein Name ist also Kaleb«, stellte sie noch einmal fest.

»Und du heißt Nuvay«, sagte er leise und schmunzelte dabei. Seine Augen leuchteten fröhlich in einem saftigen Tiefblau auf.

Nuvay schüttelte leicht den Kopf. »Eigentlich Nuvayla. Aber alle nennen mich Nuvay.«

Der Drache nickte ihr zu. Ihr Lächeln wurde größer. Hieß das jetzt, dass sie auch richtige Freunde waren?

Kaleb also? Er hieß Kaleb. Sie hatte den Namen Kaleb bislang noch nicht gehört. Es war wahrscheinlich ein Drachenname. Es hatte einen schönen Klang.

»Dein Name ist schön«, bemerkte sie.

Kaleb räusperte sich. »So wie meine Augen?«, fragte er sie und Eitelkeit mischte sich in seine Mimik.

Nuvay wich ein wenig zurück. Ihr Blick huschte kurz zu Simôn, der ihm auswich. Plötzlich wurde ihr kalt. Die Worte von vorhin kamen ihr wieder in Erinnerung. Sie vergaß so schnell, dass er eigentlich ein Junge war und vieles falsch verstehen konnte. Kaleb bemerkte ihre Veränderung und wurde ernster.

»Vielleicht gehst du jetzt besser. Ich will nicht noch ein Bett in Brand setzen.« Kaleb blickte auf die Falten seiner dünnen Decke, die er mit seiner Hand zu glätten versuchte.

Nuvay nickte zustimmend. Sie sollte jetzt lieber gehen, zumal sie gar nicht wirklich hier sein wollte.

»Viel Geduld noch während der restlichen Brunftzeit«, sagte sie leise und drehte sich zu Simôn um, der sofort wegsah und sich beschäftigt gab, indem er eifrig an seinen Fingernägeln knibbelte.

Ein wenig verwirrt sagte Nuvay: »Dann dir auch eine gute Nacht, Simôn. Man sieht sich.«

Dessen Blick huschte kurz zum Drachen und dann wieder zu Nuvay. Ein wenig zögerlich antwortete er dann: »Ich begleite dich zur Tür.«

Freude huschte durch Nuvay. Sie lächelte ein wenig verlegen und nickte ihm stumm zu. Sie wandte sich noch einmal kurz zum Drachen, der sich in seinem Bett wieder hingelegt hatte. »Gute Nacht, Kaleb«, sagte sie und verließ den Raum.

Kalebs leise Worte begleiteten sie: »Gute Nacht, Nuvayla.«

Simôn begleitete sie hinaus. Er wirkte ein wenig nervöser, als sie allein den Gang hinunterliefen. Nuvay wollte nicht, dass einer dieser peinlichen Momente des Schweigens aufkam und fragte deshalb: »Du warst also die ganze Zeit hier bei ihm?«

Beide stiegen gemeinsam eine Stufe nach der anderen die Treppen hinunter.

Simôn nickte. »Das war übrigens nicht der erste Versuch, den Lina und ihre Freundinnen unternommen haben. Und nicht nur die. Du willst gar nicht wissen, wie viele Freaks hier versucht haben, Kaleb auszuspionieren. Die Leute sind wirklich nicht normal in der Hinsicht.« Er schüttelte leicht den Kopf.

Nuvay zog die Schultern hoch. »Hm, kann man sich doch denken. Das Auftauchen von Kaleb ist wohl das größte Ereignis nach den Todesfällen. Die Leute hier sind solche Ereignisse einfach nicht gewohnt.«

Simôn antwortete nicht. Um die unangenehme Situation aufzulockern, sprach sie weiter: »Ach ja, Simôn?«

Er wandte sich ihr zu und lächelte. »Ja?«

Nuvay war sich nicht ganz sicher, ob sie es ihm sagen sollte, doch wie so oft handelte sie schon, bevor sie es gründlich abgewogen hatte: »Pass auf, wenn du Nakim später begegnest. Er ist sehr stinkig, dass du ihn die letzten Wochen links liegen gelassen hast ...«

»Ich hatte keine Ze...« Nuvay unterbrach ihn.

»Nein nein. Ist okay. Du musst dich für nichts rechtfertigen. Wenn ich ehrlich bin, waren wir heute Nacht auf dem Weg zu dir.«

Simôn sah sie überrascht an.

Nuvay blockte ab. »Es war nicht meine Idee ... Nakim wollte sich an dir ein wenig abreagieren ...«

Simôn musste grinsen und er schüttelte gespielt fassungslos den Kopf. »Was? Ihr wolltet euch im Schutz der Dunkelheit an mir vergreifen?«

»Keine Sorge, ich wäre, kurz bevor er dich getötet hätte, dazwischen gegangen«, sagte sie und musste ebenfalls grinsen.

»Als ob du etwas ausrichten könntest.«

Nuvay musste lachen. »Ja, im Grunde war das auch meine Befürchtung. Ich habe gehofft, dass er schneller außer Puste ist als du.«

Sie liefen auf den Ausgang zu und verließen die Krankenstation.

»Krass. Gut zu wissen, dass ich meinen Freunden nicht mehr trauen kann.«

Nuvay lächelte ein wenig bitter und sagte flüchtig: »So was sollte man sich vielleicht vorher überlegen.«

Sie waren draußen am Eingang angekommen und Simôn blieb mit einem verwunderten Blick stehen. Nuvay wandte sich ab und biss sich auf die Unterlippe. Was denn, ging es ihr durch den Kopf. Sie hatte doch recht.

Simôn räusperte sich und ging nicht auf ihren Vorwurf ein. »Gehst du jetzt nach Hause?«, fragte er sie stattdessen und fügte giftig hinzu: »Keinen Abstecher zu irgendwelchen Selbstmordaktionen?« Angriff war immer noch die beste Verteidigung.

Nuvay nickte ihm zu. Ein guter taktischer Zug. »Nein. Nein, keine Ausflüge mehr. Ich bin jetzt erwachsen.« Sie zuckte kurz mit den Schultern.

»Du bist erwachsen?«, fragte er amüsiert.

Sie holte tief Luft. »Aber so was von!«

»Gut, da du jetzt erwachsen bist, wie wäre es mit einem kleinen Abstecher zu den Drachen? Es ist doch immer noch Brunftzeit, oder?«

Schon allein der Gedanke löste in Nuvay Begeisterung aus. »Echt jetzt?«

Als sich ihre Blicke trafen, prustete Simôn plötzlich los. »Verdammt, Nuvayla! Mach es mir doch nicht so einfach!« Er griff nach ihrem Kopf und führte Nuvay auf die Straße.

»Komm, ich bring dich nach Hause. Nicht dass du wieder auf blöde Gedanken kommst.« Nuvay ließ sich von ihm leiten und seufzte enttäuscht auf. Nach einer Weile ließ er sie wieder los und sie liefen still nebeneinander her. Nuvay beobachtete Simôn, der seine Hände in seine Hosentaschen gesteckt hatte und tief in Gedanken versunken schien.

»Simôn? Gehts dir gut?« Sie stupste ihn leicht mit dem Ellbogen in die Seite.

Er schreckte lächelnd aus seinen Gedanken, schaute sie aber nicht an. Nach einem tiefen Seufzer antwortete er: »Alles bestens.«

Nuvay passte ihre Schritte seinen an, bis sie synchron liefen. Sie steckte sogar ihre Hände in die Hosentaschen und tat es ihm gleich.

Simôn schielte seitlich zu ihr hinüber und musste grinsen. »Machst du mich gerade nach?«

Nuvay blickte ertappt weg. »Wie kommst du denn darauf?«

Simôn lachte nur und wurde schneller. Überrascht über den plötzlichen Geschwindigkeitswechsel schaute sie ihn an und versuchte mitzuhalten. Er hatte längere Beine als sie und machte dementsprechend auch größere Schritte, die immer schneller wurden. Sie konnte kaum folgen, da sie dabei die Synchronität aufrechtzuerhalten versuchte. Sie biss sich auf die Unterlippe. Er schielte sie wieder an und sein Grinsen wurde breiter.

»Nicht so schnell«, erwiderte Nuvay.

»Kommst du etwa nicht mit?«, fragte Simôn unschuldig.

Sie musste lachen und er wurde noch schneller und immer schneller. Sie konnte nicht mehr mithalten und gab auf.

»Du bist gemein!«, sagte sie, die Beleidigte spielend, und trottete nun hinter ihm her.

Simôn drehte sich im Laufen um und grinste Nuvay breit und strahlend an. »Lust auf ein Wettrennen?«, fragte er und deutete mit seinem Kopf nach hinten.

Nuvays Augen leuchteten auf. Im Rennen war sie Dank der Drachen geübt. »Ich zähle bis drei!«, schlug sie vor.

»Gut.« Er holte seine Hände aus den Taschen und wartete auf sie, bis sie wieder nebeneinander herliefen.

»Eins.«

Sie wurden beide ein wenig schneller. Nuvays Herz beschleunigte sich und sie holte tief Luft. »Zwei.«

Sie sprintete plötzlich los.

»Sie schummelt. Wie süß«, hörte sie hinter sich Simôns überraschte Stimme. Und dann sprintete auch er los.

Die kalte Höhlenluft strich Nuvay durch die Haare und drang tief in ihre Lungen ein, während sie so schnell rannte, wie ihre Beine sie tragen konnten. Ihre Muskeln brannten schon. Ihr Herz raste. Sie fühlte sich seltsam berauscht. Simôn war dicht hinter ihr. Sie wusste, dass er sie schon längst hätte einholen können, aber anscheinend wollte er es nicht. Mit einem Blick nach hinten sagte sie: »Na, da kommst du wohl nicht mehr mit, was?«

Er grinste zurück, brauchte aber nicht lange, bis er sie eingeholt hatte und eine Zeitlang spurteten sie nebeneinander. Plötzlich stieß Simôn sie von der Seite an und brachte sie aus dem Gleichgewicht.

»Hey, schummeln gilt nicht!«, schimpfte sie atemlos.

»Gleiches Recht für alle!«, erwiderte er lachend. Statt jedoch schneller zu werden, wurde er langsamer, bis er vollends stehen blieb. Sie waren schon fast bei ihr zu Hause angekommen. Vor der Tür stand Nakim. Er lehnte gegen die Hauswand und beobachtete sie düster. Dann blieb auch Nuvay stehen. Sichtlich zögerlich schritten sie dann Nakim entgegen.

»Du wolltest doch das Schlimmste verhindern, oder?«, fragte Simôn sie unsicher.

Sie lachte nervös. »Wie gesagt, kommt auf seine Puste an.«

Sein Grinsen wurde schiefer. »Klingt ja vielversprechend.«

Sie blieben kurz vor Nakim stehen.

»Hey Nakim!«, sagte Nuvay und versuchte dabei, so heiter wie möglich zu klingen.

»Hm«, war seine verstimmte Antwort. Sein Blick war auf sein Opfer gerichtet. Er durchbohrte es kalt. »Wie kommts, dass es dich in diese Richtung verschlagen hat? Todesdurstig?«

Simôn blieb wie immer gelassen. »Nakim, da ist nichts bei. Ich hab einfach nur meine Aufgabe erledigt.«

Nakim brummte und erwiderte: »Ja, du bist nun mal ein kleiner Held, der immer das tut, was sein Vater von ihm will!«

Simôn seufzte: »Nakim, das hat nichts mit ihm zu tun. Du weißt, dass Nuvay und ich die Einzigen sind, denen Feuer anscheinend nichts anhaben kann. Du hättest dasselbe getan.«

Nuvay beobachtete beide aufmerksam und hoffte, dass Nakim nicht handgreiflich würde.

Simôn stand aufrecht vor ihm und Nakim war immer noch an der Wand angelehnt. Er war so groß, dass er zu Simôn herunterblickte.

»Einen feuchten Dreck hätte ich getan! Ich hätte niemals meine Freunde vergessen! Komm, wir gehen!« Er griff nach Nuvays Arm und drückte sie der Tür entgegen.

Nuvay zuckte kurz zusammen, als sie den festen Griff von Nakim an ihrem Arm spürte. Es schmerzte, und ihr wurde klar, wie sehr sich Nakim gerade zusammenriss. Sie biss die Zähne zusammen und sagte nichts. Sie atmete tief durch, drehte sich noch einmal zu Simôn um, der traurig zu sein schien, und sagte, um ihn zu trösten: »Wir sehen uns vielleicht morgen?«

Dafür erntete sie einen wütenden Blick von Nakim. »Was gibts morgen?«

Nuvay griff nach seiner Hand an ihrem Arm: »Das tut weh.« Ihre Stimme klang gequälter als gewollt.

Von ihrer Antwort kurz überrascht, schaute er sie an und lockerte seinen Griff. »Tut mir leid«, nuschelte er leise. Sie nahm seine Frage auf: »Morgen gehts bestimmt ab in der Krankenstation. Wenn sich das mit Lina ...«

Als Nakim den Namen hörte, rümpfte er die Nase. Nuvay fuhr genervt fort. »... herumspricht, dann gibts hier bestimmt ne Massenhysterie. Ich hab mir gedacht, dass sie dann jeden Mann und jede Frau brauchen werden. Ich will mithelfen, den Drachen zu beschützen.« Sie schaute ihn unsicher, aber stolz an.

Nakim zog seine Augenbrauen zusammen. »Helfen? Du?«

»Ja, schon ...«, erwiderte sie und wurde noch unsicherer.

»Was kannst du denn ausrichten?«

Ihr fiel nichts Überzeugendes ein, und so antwortete sie ihm mit einem aufmüpfigen Gesichtsausdruck. Das machte Nakim nur noch wütender.

»Glotz nicht so! Du hilfst nirgends mit! Du sorgst doch am Ende nur dafür, dass der Drache sich in Dunst auflöst, was im Grunde nicht schlimm wäre, aber das würde unserem kleinen Simôn vielleicht nicht so passen. Immerhin hätte er dann keinen mehr, mit dem er uns betrügen könnte.«

Simôn räusperte sich, blieb aber still.

»Hör auf, ihn so zu behandeln!«, sagte Nuvay scharf. »Das ist nicht fair!«

»Sagt die Richtige! Wer hat mich denn letzte Woche vollgeheult, weil Simôn nicht bei ihr ist?«

»Ja ich, aber ...« Sie spürte, wie ihre Wangen erröteten. Sie schaute kurz zu Simôn. Er schien überrascht. Nach einem Ausweg aus dieser unangenehmen Situation suchend, wandte sie sich Nakim zu. »Selber Verräter! Du bist so ein klotziger Sack!« Wütend entzog sie ihren Arm seinem Griff, marschierte ins Haus und schlug wütend die Tür hinter sich zu.

»Weiber!«, kommentierte ihr Nakim hinterher und hatte gleich darauf ein schlechtes Gewissen. Es wurde still. Nakim schaute auf den Boden. Simôn ebenfalls.

»Kommst du morgen auch?«, fragte Simôn dann nach einer Weile. Er bohrte mit dem Fuß im Boden herum.

Nakim schwieg.

Simôn seufzte: »Es tut mir wirklich leid. Ich weiß, ich hätte öfters versuchen sollen vorbeizukommen.«

Jetzt platzte Nakim der Kragen. Er packte sich Simôn, hob ihn hoch und kam ihm so nahe, dass sich ihre Nasen fast berührten.

»Versuchen? Was zum Henker geht in deinem Hirn vor? Du könntest versuchen deine Mutter zu retten! Oder den Drachen abmurksen! Aber deine Freunde besuchen kommen?! Du spinnst doch! Was hat das mit versuchen zu tun! Du hättest es einfach tun sollen! Wir wohnen verdammt nochmal zehn Häuser weiter!«

Trotz seiner misslichen Lage hielt Simôn mutig dagegen: »Du weißt nicht, wie das ist mit ihm! Er bekommt ganz plötzlich hohes

Fieber und Wahnattacken und dann fackelt er alles ab, was in seiner Nähe ist! Sein ganzes Bett stand letztens in Flammen! Und hinzu kommen noch diese ganzen Belästigungen der Dorfbewohner.«

Nakim gab nach. Er stöhnte und setzte ihn ab.

»Du verdammter Kotzbrocken! Gut. Geh und spiel mit deiner Fellfresse!«

»Er hat Schuppen«, verbesserte Simôn.

»Seid ihr jetzt so was wie Freunde?«, fragte ihn Nakim mürrisch.

Simôn zuckte mit den Schultern. »Ja, irgendwie schon. Er ist ziemlich cool drauf, also wenn er mal nicht brennt oder Fieberattacken bekommt.«

Nakim musterte ihn unzufrieden. »Gut«, sagte er dann. »Eine gute Nacht noch.« Das waren seine letzten Worte und er verschwand im Haus.

Simôn stand noch eine Weile da, dann wanderte sein Blick zu den Lichtern weit oben über der Höhlendecke. Nuvay hatte Recht. Sie sahen wirklich aus wie Sterne. Warum fallen einem die offensichtlichsten Dinge immer so spät auf?

# 9 Ungerecht geht die Welt zu Grunde

Am nächsten Morgen verbreitete sich die Nachricht über die gestrigen Ereignisse mit Lina wie ein Lauffeuer. Làlà und alle, die in der Nacht anwesend waren, achteten darauf, dass die offizielle Variante der Wirklichkeit nicht ganz glich. Sie erzählten, dass Lina beim Versuch, in die Krankenstation einzubrechen, leider verunglückt sei und sich dabei an der Öllampe, die sie zum Beleuchten der Gänge bei sich hatte, verbrannt habe. Gimmi hatte das Schlimmste noch gerade so verhindern können und ihre Lippen gerettet. Zwar waren sie nicht mehr so rosig und waren nicht einmal ansatzweise so schön wie ihren alten Lippen, doch hatte sie immerhin noch welche. Gimmi sagte, dass sie großes Glück gehabt habe.

Alle waren schockiert darüber, was ihrer Lina zugestoßen war, doch niemand wollte der offiziellen Version Glauben schenken. Auch Nuvay musste sich eingestehen, dass ihr das schwergefallen wäre. Sicher, Lina war nie leicht zu zügeln gewesen. Man musste nur daran denken, wenn aus der Hauptstadt ein beladener Zug kam. Für Lina und ihre Freundinnen war das immer der Höhepunkt des Monats. Sie bereiteten sich schon eine Woche vorher darauf vor und waren dann in ihren schönsten Kleidern und stark aufgeputzt zur Stelle, wenn der Zug endlich einfuhr. Und dann fing das Flirten mit dem Lokomotivführer und den anderen Mitarbeitern an ... Aber das jetzt? Die Dorfbewohner wussten, dass es ihre Idee gewesen war, sich zu dem Fremden in die Station zu schleichen, so wie alles, was sie tat, aus eigenem Antrieb geschah. Aber die Leute schoben die Schuld auf den geheimnisvollen Jungen. Er hatte Lina sicherlich verzaubert oder verflucht. Wie auch immer, Kaleb war bestimmt kein normaler Mensch.

Gegen Mittag versammelte sich das halbe Dorf um die Krankenstation. Einige wollten nur Kaleb, das seltsame Wesen, sehen, das Menschen verzaubern konnte, und andere wiederum wollten sich für Lina rächen und forderten, dass der Junge entweder aus ihrem Dorf verschwinde oder dass Làlà ihn an sie übergebe. Einige wenige waren nur da, weil sie das Spektakel vor dem Krankenhaus nicht verpassen wollten. Làlà hatte sehr viel zu tun. Schon früh am Morgen hatte er eine Sperrgitter am Eingang der Krankenstation aufstellen lassen und fünf Wachmänner mit dem ausdrücklichen Befehl dort postiert, noch nicht einmal eine Fliege durchzulassen. Trotzdem hatten einige versucht, die Station zu stürmen. Die Wachmänner hatten sie jedoch bislang zurückhalten können. Andere wiederum hatten versucht, die Absperrung zu umgehen und durch das Fenster in die Krankenstation zu gelangen, wobei sich einige sogar verletzt hatten.

Nuvay war schockiert über den Wahnsinn der Menschen. Wie konnten die nur so sein? Das Verrückte war die Tatsache, dass das Menschen waren, die Nuvay eigentlich zu kennen glaubte. Dass sie sich jetzt so verhielten, machte ihr Angst. Sie versuchte dennoch so gut wie möglich dabei zu helfen, die Masse zu beruhigen, was sich jedoch als sehr schwierig erwies. Ihr Dorf war wie verhext.

»Jetzt bleib doch hinter der Absperrung!«, wies Souka einen Bewohner zurück, der wieder versuchte, sich durch die Absperrung zu kämpfen.

»Asgar, was soll das? Mimi, bleib gefälligst, wo du bist!« mischte sich Armin, ein anderer Wachmann, ein.

Nuvay war ebenfalls in der Menge, aber sie drückte nicht wie alle gegen die Absperrung, sondern versuchte die Menschen zurückzuziehen und auf sie einzureden. Schließlich seufzte sie erschöpft. Es war einfach zwecklos. Es war schon der frühe Nachmittag und niemand war bislang durch die Absperrung gekommen. Doch mit jeder Stunde wurde es voller und lauter.

»Leute! Dorfbewohner! Hört mich an!«, ertönte plötzlich die Stimme von Làlà über die Menge hinweg. Nuvay sah zum Eingang hinüber und da stand er in voller Größe hinter der Absperrung. Er wedelte mit einem Lautsprecher durch die Luft und bat um Ruhe. Als die Menge jedoch nicht reagierte, schrie er: »Seid endlich still oder ich lass eine Granate auf euch los!« Sofort verstummten die Leute. Nuvay musste unweigerlich grinsen. Wie wollte er das denn machen? Das Dorf hatte keinerlei Waffen außer Schaufeln und Hammer.

»Leute! Bekannte! Freunde! Wie ihr vielleicht schon bemerkt habt, haben wir einen Gast in unserem Dorf.«

Zu mehr kam er nicht, denn Olsop, ein grober Handwerker, schrie aus der Menge heraus »Er ist ein Monster! Schafft ihn hier raus!« und erntete dafür viel Applaus. Darauf meldete sich Rapna, ein alter, seniler Greis, zu Wort: »Er ist ein höheres Wesen! Ihr dürft ihm nichts tun! Sonst wird uns seine Rache heimsuchen!«

»Red nicht immer so einen Quatsch, Rapna! Das Einzige, was dich heimsuchen wird, ist der Schlappen deines Weibes!« kam es von anderswo zurück. Gelächter brach los.

»LACHT NUR, BIS DAS VERDERBEN ÜBER EUCH EILT!!«, schrie wiederum Rapna.

»Es rufe jemand sein Weib, er dreht wieder durch!«, rief ein Dritter, und wieder brach die Menge in Gelächter aus.

»Dorfbewohner!«, ergriff wieder der Bürgermeister das Wort. »Meine Mitbewohner! Unser Gast ist weder ein Monster noch wird er Unheil über uns bringen!«

»Du hast selbst gesehen, was er mit Lionas Tochter gemacht hat! Wir wollen Gerechtigkeit! Was immer er auch ist, er muss dafür bestraft werden!«, kam es aus der Menge zurück.

»Du weißt selber, dass es Linas eigene Schuld war! Es war ...«

»Von wegen!«, rief jemand dazwischen, doch Làlà ließ sich nicht unterbrechen und sprach lauter weiter: »Es war in keinster Weise die Schuld unseres Gastes! Der Junge kommt kaum aus dem Bett heraus! Wie soll er sich denn an unserer Lina vergriffen haben?«

»Wir wollen eine Gerichtsverhandlung! Er soll bestraft werden! Warum stehst du überhaupt so hinter diesem Fremden? Er ist keiner von uns!«

»Der Junge hatte nichts damit zu tun! Selbst die Familie dürstet nicht so sehr nach Rache wie ihr!«

»Die wurden vielleicht von ihm geblendet!«

»Es war nichts weiter als ein Unfall!!«

»Humbug! Es ist die Schuld des Jungen!«

»Hört ihr nicht zu? Der Junge hatte nichts damit zu tun! Es war ein unglückliches Ereignis!«

»Ein unglückliches Ereignis, dass Linas Leben zerstört hat!«

Làlà griff sich an die Schläfen und massierte sie. Es war schwieriger, als er dachte, mit diesen begriffsstutzigen Leuten klarzukommen.

»Ja! Ihr schönes Leben ist dahin!«

»Der Junge wird nicht so leben müssen!«

»Ihn stört das nicht!«

Die Menge wurde immer lauter und drückte weiter gegen die Absperrung.

»Schickt das Monster raus!«

»Wir wollen, dass er seine gerechte Strafe bekommt!«

»Er soll brennen!«

Das tut er auch so schon, dachte Nuvay.

Làlà hatte genug: »Leute, hört ihr denn nicht? Seit wann seid ihr so rachsüchtig? Seit wann behandelt unser Dorf so seine Gäste?«

Es war vergebens. Die Leute wurden mit jedem seiner Worte nur immer lauter und stachelten sich auf. Bis plötzlich ein Gebrüll, dem eines Löwen gleich, den Platz erschütterte:

»HALTET GEFÄLLIGST ALLE EURE FRESSEN!«

Die Menge wurden auf einen Schlag still.

Nuvay sah hoffnungsvoll in die Richtung der Stimme und erblickte Nakim, der sich durch die Menge nach vorne kämpfte. Als Größter im Dorf ragte er wie ein Pfosten heraus und schubste die Leute einfach beiseite. Wer ihn kommen sah, machte ihm ehrfürchtig Platz. Als Miona sich aber widersetzte, hob Nakim sie einfach hoch und warf sie nach hinten. Sie schrie und landete auf irgendjemandem. Jetzt übertreibt er, dachte Nurvay. Nakim überquerte mit einem großen Schritt die Absperrung. Sogar die Wachmänner trauten sich nicht, ihn aufzuhalten. Dann stellte er sich neben Làlà und musterte wütend die Menge.

Nuvay wurde selbst aus dieser Entfernung von seinem rasenden Blick erfasst, der noch nicht einmal ihr galt, und erschauderte trotzdem leicht.

Làlà hingegen sah erleichtert aus und er machte einen Schritt zur Seite, damit Nakim seinen Platz einnehmen konnte. Und bei

Nakim sollte man sicherheitshalber immer einige Schritte Abstand halten, wenn er rasend vor Wut war. Er wollte ihm seinen Lautsprecher reichen, doch da brüllte Nakim schon los:

»WAS ZUR HÖLLE IST LOS MIT EUCH!« Seine Stimme war fest und so laut, dass er keinen Lautsprecher brauchte. Die erste Reihe an der Absperrung trat einige Schritte zurück. Keiner wagte es, etwas zu sagen.

Nuvay musste schlucken. Er war so angsteinflößend, wenn er wütend war. Kalter Angstschauer schoss ihr über ihren Rücken. Die Entfernung schien die Wirkung kein bisschen abzuschwächen.

»HABT IHR ALLE DEN VERSTAND VERLOREN, ODER WAS?«

Noch immer kam kein Laut aus der Menschenmenge. Alle hielten die Luft an.

»JEDER VON UNS WEISS, DASS LINA EINE LÜSTERNE SCHNEPFE IST UND NUN DAFÜR BESTRAFT WURDE!«

Nuvay schnappte nach Luft und schüttelte ihren Kopf. Dieser Junge! Làlà schien genauso zu denken wie Nuvay. Er schaute nämlich ziemlich gequält drein, als würde er es doch nicht mehr so gutheißen, dass Nakim hier vor dem Dorf sprach.

Ein leises Piepsen kam aus der ersten Reihe: »D... das stimmt doch gar nicht ...«

Nakim schnappte sich diesen Mann, hob ihn hoch und schüttelte ihn durch.

»WAS IM NAMEN DES KÖNIGS IST LOS MIT EUCH!«, brüllte er ihn an. Der Mann zitterte stumm in der Luft. Es würde wohl nicht lange dauern, da könnte er in Ohnmacht fallen, dachte sich Nuvay gerade, als Nakim ihn wieder zurück auf die Leute warf. Er brach zusammen und lag auf dem Boden.

Nakim bäumte sich auf und ließ seinen wütenden Blick langsam durch die Reihen schweifen, bedacht, alle seine Opfer ins Visier zu nehmen.

»Jetzt hört mir gut zu!«, sagte er nach einer Weile sterbensernst. »Wer auf die Idee kommt diesen Drachen da auch nur schief anzugucken, der bekommt es mit mir zu tun!« Seine Stimme war nicht laut, hatte aber eine Resonanz, die durch Mark und Bein ging und bis zur letzten Reihe reichte.

Leises, vereinzeltes Geflüster ging bei dem Wort »Drache« durch die Menge. Nuvay sah verwirrt und überrascht zu Làlà hinüber und dann wieder zu Nakim. Er wollte doch gerade nicht wirklich?

»Er steht unter MEINEM Schutz und darf sich in diesem Dorf FREI bewegen! Wer etwas dagegen hat, der soll sich bei mir melden!«

Nuvay klappte die Kinnlade herunter. Hatte sich Nakim gerade wirklich für Kaleb stark gemacht? Sie konnte es nicht fassen. Nuvays Blick schweifte ungläubig zu Làlà, der wiederum stolz zu Nakim sah. Er schmunzelte. Wie kann das sein? Nuvay empfand beim Anblick Nakims. Das war einfach nur cool, ging es ihr durch den Kopf.

»UND JETZT VERSCHWINDET GEFÄLLIGST VON HIER!!! ICH WILL KEINEN MEHR VON EUCH SEHEN!«

Wie auf Knopfdruck zogen die Dorfbewohner von dannen. Einige flüsterten wütend vor sich hin und andere konnten vor Angst gar nicht mehr reden, aber alle konnten sich nicht schnell genug von der Krankenstation entfernen.

Nuvay lief langsam auf Nakim zu. Er bemerkte sie nicht, drehte sich zu Làlà und redete mit ihm. Làlà klopfte ihm gerade stolz auf seinen Ellbogen – an seine Schulter kam er nicht ran, weil Nakim zu groß war –, als Nuvay zwischen sie ging.

»Warum hast du das gerade getan, Nakim?«, fragte Nuvay ihn, immer noch verwirrt darüber, ob das gerade wirklich passiert war, und ihre Augen funkelten ihn freudig an.

Er schaute sie an. Er war immer noch wütend, das konnte man ihm allzu gut ansehen, und dann zuckte er mit den Schultern. »Was weiß ich warum! Ich fands einfach nur ungerecht!«

»Nun denn! Endlich herrscht wieder Ruhe in diesem Dorf! Das ist das Wichtigste! Danke, Nakim! Wer weiß, was alles noch passiert wäre, wenn du nicht eingegriffen hättest.« Làlà atmete tief durch und schaute Nakim immer noch stolz an.

»Ja, ja. Komm mal wieder runter, Làlà, übertreib nicht«, sagte Nakim und wurde trotzdem leicht rot dabei. Er strich sich über seine Haare. »Ich habe es nicht wegen dem Dank getan, okay?«

Nuvay musste lächeln. So sah Nakim also aus, wenn er verlegen war. Nakim bemerkte ihren Blick. Seiner jedoch verfinsterte sich. »An was denkst du jetzt schon wieder?«

»Nichts! Gar nichts.« Sie sah schnell auf den Boden, um ihr Grinsen zu verbergen.

»Gerechter Nakim!«, fing Làlà wieder an.

»Was soll das?!«, ging ihm Nakim dazwischen.

Làlà fuhr unbeirrt fort: »Wenn du mich bitte entschuldigst. Ich muss mich um unseren Gast kümmern!« Er sah Nakim kurz fragend an. »Willst du vielleicht einen Blick auf deinen Schützling werfen?« Dafür erntete er einen weiteren finsteren Blick von ihm. »Anscheinend nicht«, räusperte er sich. »Na gut! Ich misch mich da nicht ein. Ich richte ihm trotzdem liebe Grüße von dir aus und Nuvay?«

»Ja?« Sie wendete widerwillig ihren strahlenden Blick vom gerechten Nakim ab und auf Làlà zu.

»Du kannst ihn oder Simôn besuchen kommen, wann immer du willst!«

Das ließ ihre Augen erst recht strahlen. Sie lächelte ihn breit an und nickte heftig.

Làlà verabschiedete sich und verschwand in der Krankenstation.

Nuvay richtete ihre Aufmerksamkeit wieder auf Nakim.

»Warum willst du ihn nicht besuchen? Immerhin hast du gerade ...« Zu mehr kam sie nicht, denn Nakim unterbrach sie schroff.

»Juckt mich nicht! Er juckt mich nicht! Ich hab ihn nur beschützt, weil mich dieser Schrott hier angekotzt hat! Und mehr auch nicht! Okay?«

Sie musste lächeln. »Ja, okay.«

»Und jetzt schmier dir diesen Ausdruck aus dem Gesicht! Ist ja nicht zu ertragen!«

»Hey, ich bin nur stolz auf dich!«, verteidigte sie sich.

»Dann schau etwas anderes stolz an!« Er drehte sich um und schaute hinüber zur Krankenstation.

»Du bist der Einzige, auf den ich im Moment stolz bin«, erwiderte sie leiser.

»Dann geh und such dir was!«, entgegnete er weiterhin schroff.

Nuvay seufzte. Kalter Klotz, ging es ihr durch den Kopf.

Nakim musterte Nuvay kurz und fragte sie dann: »Gehst du nicht hoch zu ihm?«

Sie schüttelte den Kopf. »Dem Drachen tut das ganz und gar nicht gut.«

Er musste leicht grinsen. »Ja, genau deswegen solltest du ja eben hoch.«

Sie sah ihn lachend an. »Sagt der, der ihn gerade vor dem sicheren Massenmord bewahrt hat.« Nakim wurde wieder ernst. »Meinst du, er hätte das ganze Dorf abgeschlachtet?«

Nuvay zuckte mit der Schulter. Immerhin war er ein Drache. Sie musste an den stolzen Blick von Simôn denken, als er sagte, dass er und Kaleb Freunde seien. Nein. Dieser Drache hätte sicherlich nichts getan. Und sie war sich dessen sicher. »Nein! Ganz ehrlich. Ich glaub nicht!«

Nakim musterte sie und fragte dann etwas zögernd: »Du magst ihn, nicht wahr?«

Nuvay schaute verlegen weg und wurde leicht rot »Du magst ihn doch selber!«

»Ich hab doch gesagt, dass ich ihm nicht geholfen habe, weil ich ihn mag, sondern weil es einfach das Richtige war. Er hat nichts Falsches getan. Zumindest nichts Falsches in Sachen Lina. Ansonsten geht er mir mächtig auf die Nerven.«

»Schon kapiert. Und das macht dich zu einem Helden! Zumindest in meinen Augen.« Sie lächelte ihn wieder an.

Nakim versuchte seine Überraschung über Nuvays Reaktion zu verbergen, wurde aber wieder leicht rot um die Wangen.

»Mann, du nervst vielleicht!« Er drehte sich um und machte Anstalten zu gehen.

»Warte, ich komm mit!«

»Nein, lass mich in Ruhe! Du nervst!«

»Ach komm schon. Was soll ich denn jetzt so ganz allein machen?«

»Juckt mich nicht! Geh doch zum Verräter!«

Sie lief ihm nach. »Das tu ich doch gerade!«

»Ich meine den anderen Verräter!«

»Er ist kein Verräter! Hör auf, hinter seinem Rücken schlecht über ihn zu reden!«

Nakim blieb stehen und drehte sich wieder zu Nuvay um.

»Du hast Recht. Ich sollte nicht hinter seinem Rücken schlecht über ihn reden. Er verdient, all das direkt in sein Gesicht gesagt zu bekommen!« Dann lief er weiter.

Nuvay seufzte und lief ihm nach. Jungs können aber auch nachtragend sein, dachte sie.

# 10 Was geschehen ist, ist geschehen

Endlich war die Brunftzeit vorbei. Alle Drachen hatten die Berge wieder verlassen, bis auf den Drachen in ihrem Dorf.

Nuvay stand voller Aufregung vor der Krankenstation und sah wie gebannt auf die Eingangstür. Es war seltsam, aber irgendwie hatte sie den Drachen vermisst, da sie ihn jetzt auch schon volle drei Wochen nicht mehr gesehen hatte. Fragen über Fragen stellten sich ihr und sie wusste, dass einige ihr heute beantwortet werden würden, wenn es dem Drachen denn gut genug ging. Die Krankenstation wurde von den Dorfbewohnern gemieden wie die Pest. Alle hatte Angst, Nakim auch nur ansatzweise zu erzürnen. Sie wunderte sich, wie viel Einfluss doch ein einziger Mensch auf so viele haben konnte.

»Kind, was stehst du da so herum? Willst du jetzt rein oder nicht?«, fragte sie Souka entnervt.

Nuvay grinste ihn an. »Tschuldigung Souka Ich bin aufgeregt ...«

»Dann lös deine Aufregung drinnen! Du lenkst nur die ganze Aufmerksamkeit dieses verrückten Dorfes auf dich!«, grummelte er sie weiter an.

Souka stand mürrisch neben dem Eingang. Nuvay wurde leicht rot um die Wangen. Sie mochte es nicht, wenn man sie von der Seite anmachte. »Ist ja gut, Souka. Ich geh ja schon.«

Er nuschelte wieder was vor sich hin und Nuvay schritt in die Krankenstation. Er war definitiv schlecht gelaunt. Warum waren alle älteren Leute bloß immer so schlecht gelaunt, dachte sich Nuvay.

Sie schritt die kalten Steintreppen hoch. Es war dunkel im Treppengebäude. Wahrscheinlich sind wieder einige Glühbirnen geplatzt und Gimmi hatte bisher keine Lust gehabt, sie zu wechseln. Oben angekommen, schaute sie sich um. Zimmer 33, hatte man ihr gesagt. Ihr Blick fiel auf einen dünnen Lichtschein auf dem Boden. Sie bemerkte eine Tür, die einen Spalt offen war. Das Licht aus dem Zimmer erhellte den dunklen Flur. Sie schaute nach oben zur Zimmernummer. 33. Sie musste lächeln. Gefunden! Vorsichtig klopfte sie an die Tür.

»Kannst rein!«, hörte sie eine gedämpfte Stimme antworten. Sie klang wie die des Drachen. Sie schob die Tür langsam auf. Es knirschte stark. Das Licht im Zimmer blendete sie, sodass sie ihre Augen zusammenkneifen musste. Als sie wieder klarer sehen konnte, bemerkte sie, wie jemand in einer seltsamen Haltung auf dem Bett saß. Sie trat näher heran.

»Kaleb?«, fragte sie zögerlich, »Was machst du da?«

Kaleb seufzte. Er lag in einer seltsamen Pose auf dem Bett, der Kopf und einer seiner Füße waren in einen Pullover verheddert.

»Super. Du bist es Nuvay. Perfekt.«

Sie lief auf ihn zu. Kaleb konnte sie zwar nicht sehen, weil sein Kopf im Pullover steckte, jedoch schien er bemerkt zu haben, dass sie sich ihm näherte. So bewegte er sich noch heftiger und versuchte seinen Fuß aus dem Pullover zu bekommen.

»Warte, du zerreißt ihn noch!«, meinte Nuvay und griff ein. Mit einem kleinen Zug am Stoff des Pullovers war sein Fuß wieder frei.

»Danke«, hörte sie den Drachen durch den Stoff gedämpft sagen. »Ich hasse Menschenkleidung! Ehrlich!«

Nuvay sah ihn nachdenklich an. Versuchte er gerade wirklich seinen Kopf durch einen der Ärmel zu quetschen? Kein Wunder, dass es nicht funktionierte.

»Warte, ich helfe dir!«, sagte sie und griff nach seinem Kopf. Sie wollte ihn aus dem Pullover ziehen, als der Drachen anfing, sich wild dagegen zu wehren.

»Was machst du denn? Ich will das Ding anziehen, nicht ausziehen!«, fuhr er sie an und drückte sich weg von ihr.

»Du Drachentrottel! Du steckst deinen Kopf gerade in den Ärmel!« erwiderte sie.

»Tu ich nicht!«, entgegnete der Drachen stur.

»Tust du! Du wirst das Ding gleich zerreißen! Lass mich da ran!«

»Du bist ne Frau und hast keine Ahnung von Männerkleidung!«, sagte er und schob den Kopf tiefer in den Ärmel. Sie seufzte und gab ihm dann einen Schlag auf den Kopf.

»Aua!«

»Jetzt beweg dich nicht!«, befahl Nuvay und zog heftig seinen Kopf aus dem Ärmel, drehte den Pullover ein wenig, bis er die richtige Ausrichtung hatte, und zog ihn unsanft über seinen Kopf.

Er schnappte nach Luft, als er wieder frei war, und schüttelte seinen weißen Haarschopf, der ziemlich verstrubbelt war.

»Verflixte Dinger!«, sagte er, sah hoch zu Nuvay und schenkte ihr ein strahlend blaues Lächeln.

Sie erwiderte sein Lächeln und ihr Ärger verschwand auf der Stelle. »Siehst du? Geht doch«, sagte sie und setzte sich neben ihn auf das Bett.

»Ihr Menschen seid wirklich seltsam!«, sagte er. »Quält euch mit diesen Dingern ab.«

Nuvay zog beide Augenbrauen an.

»Sagt der Richtige. Geht es dir eigentlich gut, Kaleb?«

Kaleb nickte. »Mir gehts gut.«

Er setzte sich in den Schneidersitz und schaute sie erwartungsvoll an. Seine Augen strahlten wieder in einem tiefen, wundersamen Ozeanblau und schienen sie hineinzuziehen. Ihr Herz fing an, ruhiger zu schlagen.

»Weißt du eigentlich, wie wunderschön du riechst?«, fragte Kaleb aus heiterem Himmel. Sein Lächeln verschwand jedoch schnell wieder, als er merkte, dass Nuvay auf Anhieb rot wurde. »Nuvay?«, sprach er sie wieder zaghaft an.

Sie schaute auf zu ihm.

»Ich meine ... ihr Menschen ... ihr riecht alle anders. Simôn zum Beispiel ... Er riecht ein wenig nach Baum ... nach nasser Baumrinde mit Zitrone.« Er ließ seinen Blick durch den Raum streifen und dachte nach.

»Nach Baumrinde?«

»Ja, nach nasser Baumrinde mit Zitrone.«

»Und ich?«

»Nach Orangenblüte und Gurke.«

»Gurke?«

»Ja, genau so frisch.«

»Und Nakim?«

»Der riecht nach Leder und Ambra«

»Gimmi?«

»Leicht nach Käse und Kiefer«

»Làlà?«

»Minze und Moschus«

Nuvay musste lachen. Dann folgte eine unangenehme Stille. Endlich ergriff sich Nuvay ein Herz und sagt: »Kaleb, ich hätte gern, dass du mir einige Fragen beantwortest.«

Kaleb sah sie wieder an. »Ja, natürlich. Ich kanns versuchen.«

Den schweren Unterton in seiner Stimme konnte sie nicht überhören, obwohl er unbekümmert zu wirken versuchte. Sie machte es sich bequem, zog ihre Schuhe aus, hob ihre Beine auf das Bett und setzte sich Kaleb gegenüber in den Schneidersitz.

»Du bist ein Drache.«

Kaleb nickte.

»Aber irgendwie auch ein Mensch ... und ich bin ein Mensch, aber irgendwie genau so feuerfest wie ein Drache. Also weißt du, was du und ich eigentlich sind, denn ich glaube, so ungleich sind wir uns gar nicht.«

Kaleb richtete sich auf und nahm ebenfalls eine bequeme Position ein.

»Also Nuvay. Du bist im Grunde so etwas wie ich.«

Nuvays Augen leuchteten auf. Sofort korrigierte Kaleb seine Aussage wieder.

»Aber auch nur im Grunde und auch nur sehr geringfügig.«

»Heißt?« Nuvay wippte aufgeregt mit ihren Knien.

Kaleb musterte sie beunruhigt. Irgendwie schien ihr Gefühlszustand ihn zu irritieren.

»Das ist nichts Schönes, was du jetzt erfahren wirst, Nuvay. Ganz ehrlich. Dein Gesichtsausdruck passt mal gar nicht zu der Nachricht, die du gleich erhalten wirst.«

»Das lass mal meine Sorge sein. Jetzt erzähl schon weiter!«, drängte sie ihn.

»Also ... Wie soll ich dir das am besten weismachen?«

»Weiß ich nicht. Vielleicht mit einem Pinsel, aber mal endlich!«

grinste sie über ihr kleines Wortspiel. Kaleb verstand es nicht. Er erzählte einfach weiter.

»Schon gut, dräng nicht so. Es ist ziemlich kompliziert. Es beginnt so ungefähr vor einem Jahrtausend.«

»Hast du jetzt angefangen?«, ging Nuvay dazwischen.

Kaleb zog mit einem leichten Anflug von Ärger seine Augenbrauen zusammen. »Ja!«

Nuvay grinste leicht. »Okay, gut. Ich bin aufmerksam.« Gespannt legte sie die Ellbogen auf ihre Knie und stütze den Kopf auf ihren Händen ab. Sie hörte Kaleb erwartungsvoll zu.

Er stutzte wieder und blickte sie leicht verwirrt an. »Ich hab dir doch schon gesagt, dass das nicht passt.«

»Oh ... ähm ... wie soll ich mich denn verhalten?«, fragte sie unsicher, weil sie nicht ganz verstand, was dieser Drache gegen ihre Art zu haben schien.

Kaleb verzog das Gesicht. »Woher soll ich das wissen, aber es ist nichts Schönes. Also guck gefälligst nicht so erfreut.«

Sie nickte, auch wenn ihr nicht klar war, was er damit meinte, und versuchte ihn neutraler anzuschauen.

»Jetzt mach schon!«, erwiderte sie dann und stupste ihn mit ihrem Fuß an.

»Nun gut. Es war vor 1500 Jahren. Damals entstanden wir. Wir sind sogenannte Mischwesen. Sagt dir das was?«

Sie schaute ihn fragend an. Mischwesen? Sie hatte vielleicht mal in der Tierwelt davon gehört, aber noch nie im Zusammenhang mit Menschen und Drachen. »Nein«, sagte sie schließlich.

»Hab ich mir schon gedacht. Also Simôn, du und ich, wir haben Drachenblut in uns, aber wir sind zugleich auch Menschen. Wir sind Mischwesen, so wie der Name es im Grunde schon verrät. Man nennt uns auch Halbdrachen. Ich bin in dem Fall wohl mehr ein Halbdrache als ihr, denn ich bin wirklich zur Hälfte Drache und zur Hälfte Mensch. Ihr seid wohl eher Menschendrachen oder so ... Keine Ahnung. Ich glaub, es gibt niemanden, der da mal eine richtige Unterteilung gemacht hätte.«

Nuvays Augen weiteten sich für einen kurzen Moment, als sie so langsam begriff, was der Drache ihr gerade versuchte zu erklären.

»Du ... du meinst ...« Sie stockte kurz und schloss skeptisch die Augen: »Das versteh ich nicht ganz! Wir sind zur Hälfte Drachen?«

Kaleb verbesserte sie: »Nein, ihr seid vielleicht zu einem Zehntel Drachen.«

»Du bist aber ein halber Drache.«

Kaleb nickt ihr geduldig zu. »Ja. Ich habe exakt zur Hälfte Menschengene und zur Hälfte Drachengene. Und ihr habt nur die Drachengene, die euch feuerfest machen und mit denen ihr die Drachensprache verstehen könnt. Der Rest an euch ist menschlich und die restlichen Drachengene habt ihr verloren, nie bekommen oder sie sind inaktiv.«

Sie überlegte. »Warte mal ... Heißt das etwa, dass meine Eltern auch Drachen waren? - Nein! Das geht doch gar nicht ... Meine Eltern sind ...«. Sie bekam einen trockenen Hals und konnte nicht mehr weitersprechen. Eine tiefe Trauer legte sich um ihr Gemüt. Sie sind ja verbrannt, dachte sie den Satz zu Ende.

Kaleb schien ihre Trauer zu teilen, denn ein dunkler Schatten legte sich auch um seine Gesichtszüge.

»Aber warum bin ich dann ein Halbdrache, wenn sie es nicht waren?«. Das verstand sie nicht.

»Dein Vater war ein Träger dieser Gene. Hat etwas mit Erbschemata zu tun. Frag den alten Naturforscher Menson ... Obwohl sein System bei diesen Genen nicht ganz funktioniert. Man weiß nämlich nicht genau, warum sich bei einigen die Drachengene dominanter ausprägen und bei anderen schwächer. Dein Vater hat sie auf dich übertragen. In ihm waren diese Gene nicht dominant, sondern schwach, und seine menschlichen Gene waren stärker. Die Drachengene waren bei ihm also nicht aktiv.«

»Ich kenne zwar diesen Menson nicht, aber meinst du damit, wenn er auch solche Kräfte ... nein, wenn diese Gene auch bei ihm aktiv gewesen wären, dann wäre er noch am Leben?«

»Vielleicht. Aber Nuvay, deinen Vater hätte es nicht davor geschützt, gefressen zu werden«, versuchte er sie zu trösten. Nuvays Augen füllten sich mit Tränen.

»Tut mir leid«, sagte Kaleb leise und ballte dabei seine Hände zu Fäusten.

»Schon okay.« Sie strich sich mit den Händen schnell die Tränen weg, »Alles in Ordnung!« Tapfer lächelte sie Kaleb an. Er erwiderte ihr Lächeln, überlegte kurz und sprach dann weiter.

»Übrigens gibt es die verschiedensten Mischarten, in unterschiedlichen Graden und so weiter. Je nachdem, wie weit und quer man gemischt wird.«

»Interessant.« Sie verdrängte die Gedanken an ihre Eltern und versuchte sich auf das Thema zu konzentrieren. »Das ist wirklich interessant! Schon fast faszinierend!« Sie lächelte Kaleb an. Kalebs Blick war eher entgeistert.

»Was ist daran bitteschön faszinierend?«

»Ist es nicht irgendwie cool?!« Das Strahlen in ihren Augen nahm zu.

Kaleb schaute sie missbilligend an und antwortete dann langsam: »Es ist vieles, aber sicherlich nicht cool! Zumal Drachen heiß sind.«

Sie räusperte sich, schaute weg und flüsterte: »Ich finde es aber cool. Ich wollte schon immer ein Drache sein.« Sie strich leicht mit ihren Füßen über die Bettwäsche.

Kaleb wechselte das Thema. »Simôn hat gesagt, dass seine Mutter, dein Vater und dein Onkel damals die Einzigen im Dorf waren, die nicht hier geboren wurden. Sie seien hergezogen.«

Nuvay nickte ihm zu. »Ja. Sie sind irgendwann hier aufgetaucht und das Dorf hat sie akzeptiert. So bauten sie sich hier eine Existenz auf.«

»Wahrscheinlich, weil dieses Dorf so abgelegen ist. Und sie gehofft haben, hier als Mischwesen ein ruhiges Leben führen zu können«, meinte Kaleb.

»Keine Ahnung«, entgegnete Nuvay ihm. Dann überlegte sie kurz. Mischwesen? Heißt das nicht, dass Menschen und Drachen sich vereint haben müssen. Irritiert sah sie Kaleb an.

»Wie kam es eigentlich dazu, dass sich Menschen- und Drachengene miteinander vermischten?« Sie verzog unwillkürlich ihr Gesicht bei dieser Frage. Irgendwie war das ein äußerst ekelerregender Gedanke.

Kaleb sah sie mit einer seltsamen und tiefen Trauer an. Seine blauen Augen wurden dunkler und tiefer denn je. Es tat ihr sofort leid, dass sie ihr Gesicht verzogen hatte.

»Es hat was mit euren Zauberern zu tun.«

Zauberer? Was hatten die denn jetzt damit zu tun? »Zauberer? Unsere Zauberer?«

Kaleb sah sie missmutig an. »Du weißt schon, dass sie sich selbst nicht so bezeichnen? Sie nennen sich anders.«

Nuvay hob die Augenbrauen. »Kann schon sein, aber sie sind doch eh schon ausgestorben, bis auf einige Ruinen und kaputte Städte ist doch nichts mehr von ihnen übrig.«

Kaleb, der immer missmutiger wurde, unterbrach sie. »Ich weiß, dass ihr Menschen fast nichts über die Weltgeschichte und die Zauberer wisst, aber Nuvay ...« – er machte eine dramatische Pause – »... sie leben noch!«

Nuvay lief es kalt über den Rücken. Bei dem Gedanken an die Zauberer bekam sie Gänsehaut. Zauberer waren Barbaren. Sie waren ein schreckliches, brutales Volk, noch dazu ziemlich ungebildet. Man hörte Abscheuliches darüber, wie sie ihre Frauen behandelten. Jahrhunderte lang hatten sie Angst und Schrecken auf dieser Welt verbreitet. Im letzten großen Krieg vor 1500 Jahren wurden sie ihres Wissens nach komplett vernichtet, ausgelöscht, dem Erdboden gleichgemacht. Es konnte doch nicht sein, dass diese Monster noch existierten.

Kaleb sprach weiter: »Einige von ihnen leben noch, und damit meine ich keine halb vergessenen Enkelkinder, wie wir sie sind, sondern die richtigen, echten Zauberer!«

»Wie kann das sein?«, flüsterte Nuvay.

»Sie sind halt ziemlich zäh. Ich habe nicht viel mit ihnen zu tun und will auch nichts mehr mit ihnen zu tun haben, aber das ändert nichts an der Tatsache, dass es sie noch gibt. Überall da draußen auf der Welt leben sie vereinzelt oder in Gruppen, genauso wie wir Mischwesen. Es gibt nicht mehr viele von ihnen, das stimmt. Doch sie sind nicht ausgelöscht und werden es auch nie sein, solange ein Mischwesen noch sein Leben auf dieser Welt fristet, denn wir stammen direkt von ihnen ab.«

Nuvay schluckte schwer.

»Sie sind unsere Vorfahren? Wir stammen von ihnen ab?«

Sie sah ihn ungläubig an. Er nickte ihr leicht zu.

»Kaleb? Wie kam das zustande? Ich meine, wie haben sich die Zauberer mit den Drachen vermischt?«

Kaleb sah auf das Bett. »Ich weiß nicht so genau, mich hat es nie interessiert.« Er schien betrübt.

Nuvay fragte ihn vorsichtig: »Warum nicht?«

Er starrte sie mit großen, schmerzerfüllten Augen an: »Ich bitte dich! Wer will schon wissen, warum er eine Missgeburt ist?«

Verachtung. In den Schmerz mischte sich Verachtung hinein.

Eine starke Welle von Angst und Mitleid ging durch Nuvay. Ihre Nackenhaare sträubten sich.

»Du ... wir sind keine Missgeburten. Warum denkst du so?« Sie schaute ihn flehend an, dass er seine Worte zurücknehme, doch erntete sie nur ein gezwungenes Lächeln, das die Verachtung kaum verbarg.

»Wir sind Missgeburten! Und sie hassen uns. Sie hassen uns alle. Sie hätten dich irgendwann umgebracht. Du wärst nicht mehr am Leben, hätte ich dich nicht beschützt. Du wärst wahrscheinlich schon tot. Und als Nächstes käme irgendwann Simôn oder Nakim dran.«

»Du meinst die Drachen?«

Er nickte bitter. »Drachen, Menschen, wo ist der Unterschied? Du hast doch gesehen, wie dein Dorf reagiert hat. Hätte Nakim mich nicht in Schutz genommen, wer weiß, was dann passiert wäre.«

Tränen stiegen ihr in die Augen. »Ich wurde immer angegriffen, weil ich ein Mischwesen bin?«

»Wir sind Missgeburten für sie, die es nicht verdienen zu leben.« Seine Augen flammten hasserfüllt auf.

Nuvay schloss ihre Arme um ihre Knie und versteckte ihren Kopf darin. »Woher wissen sie, dass wir Mischwesen sind?«

Sie hörte, wie Kaleb tief einatmete. »Drachen können es riechen«, sagte er, »Und die Menschen können uns nicht riechen. Sie finden uns einfach seltsam.«

Nuvay dachte über nach. Stimmte das wirklich? Sie hob rasch ihren Kopf.

»Warte mal. Hast du nicht gerade gesagt, dass sie Nakim auch töten würden. Hat er auch unsere Gene?«

»Ja, er ist definitiv ein Träger, so wie dein Vater«, antwortete Kaleb.

Sie überlegte. »Wenn das alles stimmt, dann ist die erste Generation von Mischwesen, die hier im Dorf gelebt haben, komplett verschwunden.«

Kaleb bejahte.

»Simôns Mutter, mein Onkel, also Nakims Vater, und mein Vater. Alle verschwunden. Es leben bloß noch die Kinder der ersten Generation.«

Er nickte wieder zustimmend. »Ich habe hier keine weiteren Mischwesen ausmachen können.«

Eine düstere Vorahnung bemächtigte sich ihrer. Ihre Eltern waren Opfer des Hasses geworden. Eines Hasses, dem auch sie zum Opfer fallen könnte. Waren jetzt wirklich sie, Simon und Nakim dran? Sie fühlte sich bedroht. Sie konnte nicht verstehen, wie man eine Rasse als Missgeburt brandmarken konnte und versuchte umzubringen.

»Es ist alles so kompliziert.«

»Es tut mir leid«, sagte Kaleb leise.

Sie seufzte. »Es ist ja nicht deine Schuld.«

»Ja. Eigentlich ist es die Schuld der Zauberer.« Er sagte dies mehr zu sich als zu Nuvay.

Sie zog ihre Knie an und ließ sich langsam seitlich auf das Bett nieder. Wie hatten die Zauberer bloß diese zwei Rassen miteinander vermischen können? Sie hielt inne. Wollte sie das denn überhaupt wissen? Sie sah auf die Bettdecke und fuhr mit ihrer Hand drüber. Sie war weich und es beruhigte sie ein wenig. Sie schwiegen eine Weile.

»Macht es dir was aus, wenn ich mich etwas ausruhe?«, fragte sie ihn dann leise. »In meinem Kopf schwirrt alles.«

»Du kannst dich ruhig schlafen legen«, erwiderte er.

Sie lächelte matt, schloss dabei die Augen und versuchte zu entspannen. Es dauerte etwas, bis sie in einen Dämmerschlaf glitt. Sie spürte noch, wie jemand sanft eine dünne Decke über sie legte und ihr leicht die Haare aus dem Gesicht strich.

# 11 Lach mich an, gib mich hin, ist des falschen Freundes Sinn

Nuvay wusste nicht, wie viel Zeit vergangen war. Ein Leuchten hatte sie geweckt und nun versuchte sie vorsichtig, die Augen zu öffnen. Etwas Weißes leuchtete vor ihr in der Dunkelheit auf. Sie blinzelte. Was war das? Sie streckte langsam ihre Hand aus der Decke und berührte es leicht. Es fühlte sich rau und hart an. Sie strich es etwas zur Seite und bemerkte im Schatten eine Stirn, zwei geschlossene Augen, eine Nase und einen Mund. Behutsam strich sie mit ihrem Zeigefinger sanft über Kalebs Gesicht. Wären seine Augen jetzt geöffnet, dann würden sie sicherlich tiefblau in der Dunkelheit leuchten. Kalebs Haut war weich, im Gegensatz zu seinen Haaren.

Sie erinnerte sich wieder. Sie war zu Kaleb gekommen und sie hatten ein langes Gespräch geführt, über Drachen, Menschen, Zauberer, Mischwesen und den Hass der Menschen auf sie. Was war das bloß für eine Welt? Nuvay lag zusammengekauert auf der einen Hälfte des Bettes. Ihr Kopf war in der Mitte und ihre Füße zur Bettkante gerichtet. Kaleb hatte eine ähnliche Stellung, nur erstreckte sich sein Körper zur entgegengesetzten Bettkante. Ihre Gesichter waren einander zugewandt. Sie zog ihre Hand wieder zurück. Er sah so friedlich aus beim Schlafen. Die Verachtung, der Ekel, der Hass waren aus seinem Gesicht verflogen. Wenn man ihn so beobachtete, konnte man nur Friedseligkeit empfinden und das beruhigte Nuvay. So gefiel er ihr deutlich besser. Sie lächelte.

Wie spät es wohl gerade war? Nakim fiel ihr ein. Zum ersten Mal hatte sie keine Angst davor, dass Nakim ihr etwas antun könnte, sondern davor, dass sie ihn verletzen könnte, indem sie ihn enttäuschte. Und er würde sich sicher Sorgen machen, wenn sie zu spät nach Hause käme. Sie erhob sich langsam, darauf bedacht, Kaleb nicht aufzuwecken. Die nächtliche Kälte strich ihr zart über die Körperglieder. Sie zitterte kurz auf. Vorsichtig legte sie ihre Decke über Kaleb. Sie zog sich leise ihre Schuhe über und lief dann zur Tür. Sie knarzte beim Öffnen. Erschrocken sah sie zu Kaleb, doch er schien tief und fest zu schlafen. Behutsam huschte sie durch den Spalt in den Flur, dabei schweifte ihr Blick hinüber zur antiken Uhr, die da schon seit Jahren hing. Sie erschrak. Es war drei Uhr morgens. Sie hoffte, dass Nakim und ihre Tante sich keine allzu großen Sorgen gemacht hatten. Im Grunde hatten sie ja gewusst, wo sie war. Aber bei Nakim konnte man nie wissen. Irgendwas würde er schon finden, um es ihr vorzuwerfen.

Sie kaute nervös auf ihrer Unterlippe und machte sich schnell auf den Weg nach unten. Als sie gerade aus der Krankenstation herauslief, sah sie, wie Navid, der Junge, der sie als Kind schon immer zum Lachen gebracht hatte, um die Ecke bog. Ihre Blicke trafen sich. Was machte er um diese Uhrzeit noch draußen? Sie lächelte ihm leicht zu, aber er erwiderte ihr Lächeln nicht. Er drehte sich um und lief einfach weiter. Sie blieb noch kurz stehen und schaute ihm verwirrt nach. Nakim hatte Recht. Navid war nicht derjenige, für den sie ihn gehalten hatte. Aber das Leben von anderen Menschen hatte sie nicht zu interessieren. Sie schüttelte die Gedanken ab und lief nach Hause los. Sie hatte eigene Sorgen.

Es dauerte nicht lange und sie kam erschöpft und verschwitzt endlich zu Hause an, öffnete mit Herzklopfen leise die Haustür und trat ein. Es war totenstill und dunkel in der Wohnung. Das war äußerst verdächtig. Da stimmte doch was nicht? Sie schlich leise hoch in Minas Zimmer und öffnete zögerlich ihre Tür. Zuerst erblickte sie nichts außer Schwärze. Warum musste es bei Tante Mina auch immer so dunkel sein, wenn sie schlief? Sie öffnete die Tür noch einen weiteren Spalt und schaute hinüber auf ihr Bett. Tante Mina schien selig zu schlafen. Wie? Was ist denn hier passiert? Warum schläft sie ...

»Was machst du da?«, wurden ihre Gedanken unterbrochen.

Nuvay schreckte auf und drehte sich ruckartig um. Nakim stand da, barfuß in seiner Pyjamahose und einem Unterhemd. In seiner Hand das Pyjamaoberteil. Nuvay fasste sich ans pulsierende Herz. Sie atmete schnell.

»Nakim! Hast du mich erschreckt!«

Er schaute sie misstrauisch an. »In was warst du da gerade wieder vertieft?«

»Nichts, nichts. Ich war nur verwundert, warum ihr alle so seelenruhig schlaft, wenn ich nicht zu Hause bin.«

Nakim hob eine Augenbraue an. »Warum? Du warst doch bei dem Drachen, oder nicht?«

»Ja, schon. Aber trotzdem. Wir haben drei Uhr morgens. Irgendwie bin ich da was anderes gewohnt.«

Nakim verzog das Gesicht. »Solange wir wissen, wo du bist, ist alles okay. Gimmi ist da. Meinetwegen könntest du dort übernachten. Solange du es nicht draußen tust, alles bestens.«

Sie musste unwillkürlich lächeln. Und als Nakim sie wieder fragend anschaute, wurde ihr Lächeln breiter. »Und ich habe mir fast in die Hosen gemacht.«

Er rollte mit den Augen und fragte sie dann: »Kannst du mir helfen?« und deutete dabei auf das Oberteil in seiner Hand.

»Was ist damit?« fragte Nuvay.

Nakim schaute sie an und lächelte. »Ich hab gerade einen Saft getrunken und dabei gekleckert. Wie bekomme ich den Fleck wieder raus?«

»Ach, deshalb läufst du hier so halbnackt durch die Gegend?« Sie grinste ihn an.

Er verzog wieder das Gesicht. »Nerv nicht. Ich wusste nicht, dass du hier herumgeisterst!« Sie seufzte, verzog das Gesicht und griff dann nach dem Oberteil in seinen Händen.

»Zeig schon her!« Sie schaute sich den Fleck an. Er hatte wohl einen Kirschsaft getrunken. Ging das ab? Sie überlegte kurz.

»Das bekommt Tante sicherlich raus«, sagte sie überzeugt.

Nakim lachte. »Warum frag ich dich überhaupt?«

Sie schaute ihn an und grinste bis über beide Ohren. »Was kann ich dafür, dass ich von so was nichts verstehe?« Dabei zeigte sie auf den Fleck.

»Vielleicht solltest du dich weniger bis morgens drei Uhr draußen herumtreiben und mehr Zeit mit meiner Mutter verbringen?« In seiner Stimme klang ein leichter Vorwurf mit.

»Neee! Das ist doch voll langweilig. Das ist nichts für mich.« Sie fuchtelte mit ihren Händen und dem Oberteil in der Luft herum, als würde dieser Gedanke stinken und sie versuchen, den Geruch loszuwerden.

»Na, da wird Simôn ja seinen Spaß mit dir haben.« Nakim nahm sein Oberteil aus ihrer Hand, drehte sich um und ging.

Sie schaute ihm irritiert nach. »Was heißt das denn jetzt?«

»Nichts.«

Sie lief ihm nach. »Nakim?«

»Nein.« Er schaute sie noch nicht einmal an.

»Warum denn jetzt ›Nein‹?«, fragte sie unbeabsichtigt lauter.

»Ich bin müde. Also lass mich. Ich geh jetzt schlafen.«

Sie wusste, dass er sein letztes Wort gesprochen hatte. Also blieb ihr nichts anderes übrig als zu schmollen. »Du bist gemein!«

Er entgegnete nur kalt »Macht nichts« und lief gemächlich die Treppen hoch zu seinem Zimmer.

Da Nuvays Zimmer auch oben lag, folgte sie ihm. »Nakim?«, sagte sie nach einer kurzen Weile, als sie schon fast oben angekommen waren.

»Hm.«

»Ich weiß, von was wir abstammen.«

Nakim schaute sie an. Nuvay konnte ihm seine Müdigkeit ansehen. Seine Augen waren leicht gerötet. »Was meinst du mit ›von was wir abstammen‹?«

»So urvorfahrenmäßig.«

»Spucks schon aus.«

Er blieb vor seiner Zimmertür stehen.

»Wir stammen allesamt von den Zauberern ab!«, sagte sie und sah ihn mit großen Augen an. Nakim runzelte die Stirn, als denke er intensiv darüber nach. Dann seufzte er. »Weißt du was?«

Sie schüttelte aufgeregt ihren Kopf.

»Erzähl es mir ein andermal! Ich bin müde« Er gähnte ausgiebig und hielt sich dabei die Hand vor den Mund.

Nuvays klappte die Kinnlade herunter. »Ist das dein Ernst?«

Er legte seine Hand auf ihren Kopf und zerwuschelte ihre schwarzen Haare. »Gute Nacht, Nuvay.« Er ging in sein Zimmer und schloss hinter sich die Tür.

Nuvay starrte sprachlos die Tür an, als könne diese ihr sagen, was mit Nakim nicht stimmte. Das war das mit Abstand Aufregendste und Beängstigendste, was sie je in ihrem Leben über sich selbst erfahren hatte, und Nakim interessierte es nicht einmal. Da lief definitiv was schief bei ihm!

Am nächsten Morgen kam Nuvay nicht aus dem Bett. Sie hatte Kopfschmerzen, ihr Körper fühlte sich schwer an und ihre Nase lief. Sie hatte sich eindeutig erkältet. Wie sie sich die Erkältung eingefangen hatte, wusste sie nicht. Bis zum Mittag lag sie in ihrem Bett. Besorgt und mütterlich, wie ihre Tante war, hatte sie ihr einen heißen Teller Eintopf und eine Tasse Tee mit Honig ans Bett gebracht.

»Wie kann man nur so schnell so plötzlich krank werden?«, fragte ihre Tante, als Nuvay den leeren Teller auf das Tablett zurückstellte.

Nuvay schniefte und antwortete mit einer verstopften Nase. »Ich weiß auch nicht. Es tut mir leid, Tante Mina. Ich fall dir immer so zur Last.«

Ihre Tante lächelte sie herzhaft an. »Ach was. Es ist mir immer eine Freude, meine kleine Nuvay zu pflegen.« Sie strich ihr die verschwitzen Haare von der Stirn und küsste sie sanft.

Eine wohlige Wärme durchfloss Nuvays Körper. Sie lächelte traurig zurück. Ihre Tante war immer so lieb.

»Jetzt ruh dich aus. Du musst wieder zu Kräften kommen.« Dann stand sie auf, nahm das Tablett mit dem leeren Geschirr und verließ den Raum. Dabei seufzte sie und flüsterte besorgt etwas vor sich hin.

Nuvay legte sich wieder auf den Rücken. Sie schaute auf die weiße Decke. Der Drache, das, was er alles erzählt hatte, die Welt da draußen und die Angst der Menschen gingen ihr durch den Kopf. Sie hob eine Hand hoch in die Luft gegen die hohe Decke und streckte ihre Finger aus, als wolle sie nach etwas greifen. Dann ballte sie ihre Hand zu einer Faust und ließ sie auf ihre Stirn fallen.

»Au!«, zischte sie, als die Faust auf ihrer Stirn mit einem dumpfen Geräusch aufprallte. Sie atmete tief ein und dann wieder aus. Wenn sie krank war, war sie immer so betrübt. Sie drehte sich auf die rechte Seite, weil sie auf dem Rücken nicht einschlafen konnte. Ihre Eltern gingen ihr durch den Kopf. Sie dachte oft an sie, wenn sie krank war. So sehr ihre Tante sie auch liebte, sie war nicht ihre Mutter und sie fragte sich immer, wie es sich wohl anfühlen würde, wenn ihre Mutter für sie da wäre. Ihr Herz schmerzte und stieß einen Seufzer aus. Bilder blitzen vor ihrem geistigen Auge auf, Bilder von ihrem Vater und ihrer Mutter. Sie waren verschwommen. Sie konnte sich nur noch an ganz wenige Dinge erinnern. Das stimmte sie noch trauriger. Diese wenigen Gedankenfetzen behütete sie aber wie einen Schatz. Ihre Nasenspitze schmerzte und heiße Tränen kamen in ihr hoch, als sie an den Drachen dachte, der sie umgebracht hatte. Sie musste sich oft fragen, ob er wohl noch lebte, was er tat, ob es ihm klar war, dass er ein Kind auf der Welt zu einem Waisen gemacht hatte? Ob es ihn überhaupt interessierte? Ob er sich überhaupt noch an sie erinnern konnte?

Eine einsame Träne rollte ihr über die Wange auf das weiche Kissen. Was würde sie wohl tun, wenn sie die Gelegenheit bekommen würde, diesem Drachen zu begegnen? Sie konnte ihre Gedanken nicht weiter vertiefen, denn der Schlaf kam über sie und sie versank in ein tiefes, schwarzes Loch.

In den nächsten Tagen kam sie nicht aus dem Bett. Sie schlief die ganze Zeit und wachte bloß zum Essen oder zum Trinken auf, das ihr abwechselnd ihre Tante und Nakim brachte. Ansonsten kam nur Làlà ab und zu vorbei. Die restliche Zeit war sie allein.

Nach drei Tagen Bettruhe und viel Tee kam sie wieder so langsam zu Kräften. Ihr Fieber war gesunken und sie musste sich nur noch etwas erholen. So gegen Mittag kam sie Làlà besuchen. Nakim gesellte sich zu ihnen und sie saßen in Nuvays Zimmer, sie in ihrem Bett mit einer Tasse heißem Tee in der Hand und Làlà und Nakim auf der Couch.

»Ist noch jemand gekommen, außer mir, meine ich?«, fragte dann Làlà nach einer Weile.

»Nur Souka einmal kurz«, sagte Nuvay leise und dachte an den immer schlecht gelaunten alten Wachmann. Trauer stieg in ihr auf. Simôn und Kaleb hatten sich nicht einmal blicken lassen. Diese Erkenntnis versetzte ihrem Herzen einen Stich. Sie hatte noch nie wirklich viele Freunde gehabt. Bis zu ihrem 13. Lebensjahr waren Lina, das Dorfflittchen, und ihre Freundinnen Nuvays beste Freunde gewesen. Danach hatten sich ihre Wege langsam getrennt, weil sie sich einfach zu unterschiedlich entwickelten. Die anderen Mädchen hatten begonnen, sich für die gutaussehenden Männer im Dorf zu interessieren. Die monatlichen Zugfahrten wurden immer hysterischer erwartet. Sie hatten sich immer übertriebener geschminkt und auffallender gekleidet. Nakim hatte geschminkte Frauen noch nie gemocht und hatte es Nuvay auch deshalb verboten. Sie hatte sich kein einziges Mal, seit sie denken konnte, geschminkt, mal abgesehen davon, dass es sowieso ziemlich schwierig war in diesem Dorf an Schminke und Ähnliches zu kommen. Die Hauptstadt lieferte so etwas nicht. Es schien, als würden sich ihre Welt bloß noch um Männer und Schönheit drehen. Nuvays Herz hingegen schlug bei anderen Sachen höher. Die Welt, die Freiheit, die Natur, die Drachen, das waren ihre Sorgen und ihre Vorlieben. Linas kleine Welt kam ihr immer banaler vor. Deshalb waren sie nach einem großen Streit getrennte Wege gegangen. Nakim war zumindest ziemlich erleichtert, als er hörte, dass Nuvay nichts mehr mit Lina zu tun haben wollte. Er hatte sie noch nie gemocht. Seitdem hatte Nuvay nur noch ihre Tante, Làlà, Simôn und einen temperamentvollen Nakim. Und als das Band zu den Menschen in ihrem Dorf so dünn geworden war, begann Nuvay mit ihren Streifzügen zur Erdoberfläche, auf denen sie ihr Faible für die Drachenwelt auslebte.

Sie wusste bisher nicht, warum diese Wesen sie so anzogen, aber jetzt vermutete sie, dass es vielleicht an ihren Genen lag. Es kam ihr logisch vor. Sie trank noch einen Schluck von dem leckeren Tee und erfreute sich an der Wärme, die durch ihren Körper fuhr.

»Naja, es freut mich, dass es dir wieder besser geht, Nuvay!« Làlà lächelte sie an. Es war Simôns Lächeln, es stach wie ein scharfer Dolch in ihre Wunde. Die beiden waren sich äußerlich so ähnlich, nur dass Làlà dünner war. Er erhob sich, wie auch Nakim.

»Noch einmal: Gute Besserung, Nuvay! Du hast es ja auch schon fast hinter dir!« Er zwinkerte ihr zu und dann verließen beide den Raum.

Es wurde wieder still um sie und daher in ihrem Kopf etwas lauter. Sie musste an Simôn und Kaleb denken. War das denn zu viel verlangt, ein Besuch, wenn man krank war? Kaleb wusste vielleicht nicht, dass man Freunde besucht, wenn sie krank sind. Vielleicht blieb er sogar instinktiv weg. Wer weiß schon, wie das bei den Drachen ist? Aber warum schnappte sich Simôn nicht diesen Drachen und kam sie besuchen? Am liebsten ... am liebsten würde sie ihm ...

Ihre Hände fingen an zu zittern und sie verschüttete fast ihren Tee. Es war sinnlos, darüber nachzudenken. Sie übertrieb gerade. Was war schon dabei, wenn man solche Gepflogenheiten nicht beachtete? Warum nahm sie sich das so zu Herzen? Die tiefe Trauer in ihr antwortete leise: Weil du einsam bist ...

Noch ein Tag verging und Nuvay verließ ihr Bett Sie wollte einen kleinen Spaziergang im Dorf machen. Vielleicht würde sie so schneller zu Kräften kommen. Sie nahm sich vor, Simôn zu meiden. Und den Drachen auch. Sie zog sich eine dünne Jacke über und verließ das Haus. Ihre Tante Mina und Nakim waren gerade nicht da. Wahrscheinlich waren sie wieder bei Làlà, wie so oft in letzter Zeit. Das war schon seltsam. Doch Nuvay hatte gerade andere Sorgen. Sie überlegte, wohin ihr Spaziergang gehen sollte. Vielleicht ein kleiner Abstecher tiefer zu den Zwergenschächten oder dem Brunnen, den sie Meselina nannten und in den sie als Kind von Nakim hineingeschubst worden war. Sie ging los. Ihr war noch etwas schwindelig, aber sie hoffte, dass das Gefühl nach einer Weile verschwinden würde. So schlenderte sie langsam durch die staubigen Straßen ihres Dorfes, als zwei ältere Dorfbewohner an ihr vorbeigingen. Sie lächelte sie an, wie üblich, doch ihr Lächeln wurde nicht erwidert. Selbst ein erzwungenes Lächeln blieb ihr diesmal verwehrt. Die zwei schauten sie misstrauisch an und tuschelten miteinander und liefen dann schnell in einem großen Bogen an ihr vorbei. Dabei schnappte Nuvay Wortfetzen auf wie »immer schon abartig«, »nie normal«, »Monster mit Monster« Sie schaute ihnen nach. Ein kaltes Missbehagen stieg in ihr auf. Als sie um die Ecke bog, kam Poji, der Onkel von Navid, ihr entgegen. Sofort blieb er stehen. Sein Blick wurde starr. Er wechselte abrupt die Richtung und verschwand schnell in einer Nebenstraße. Nuvay schaute ihm verwirrt nach und verstand mal wieder nicht, was mit den Dorfbewohnern los war. Sie waren ja schon immer seltsam gewesen, aber heute übertrieben sie es eindeutig. Hatte der Drache wieder etwas angestellt und wurde sie dafür verantwortlich gemacht? Ein Unbehagen stieg in ihr auf und Schwindel überkam sie wieder. Ob sie doch mal bei dem Drachen vorbeischauen sollte? Nein, sie war wütend auf ihn und Simôn und würde sie erst einmal meiden! Sie lief mit taumelnden Schritten auf den Dorfbrunnen zu. Fast angekommen, traf sie auf Miona, die von Nakim vor der Krankenstation durch die Luft geworfen worden war. Sie warf Nuvay einen angewiderten Blick zu und spuckte ihr beim Vorbeigehen vor die Füße.

Das war eindeutig. Irgendjemand hatte wieder etwas angestellt und sie war wieder einmal der Sündenbock. Ihre Hände fingen an zu schwitzen. Sie wankte hinüber zum Brunnen und setzte sich erschöpft auf die abgerundeten Steine. Die Welt um sie herum drehte sich. Sie schloss die Augen. Die Steine waren kalt. Sie glitt mit ihren Händen darüber, als sie plötzlich jemanden hörte.

»Verflucht sei dieser heuchlerische Navid!«

Nuvay horchte auf. Navid? Sie blickte auf und sah Liona neben sich stehen, Navids Tante und Linas Mutter.

»Warum verfluchst du deinen Neffen?«, fragte Nuvay und hielt sich ihren Kopf, da ihr Blick anfing zu verschwimmen.

Liona schaute überrascht an. Schuldgefühle blitzten in ihren haselnussbraunen Augen auf. Sie war eine wunderschöne Frau. Ihre Tochter Lina kam ganz nach ihr, ohne Zweifel. Sie hatte langes, goldenes Haar, das sie sich hochgesteckt hatte, und blickte zutiefst traurig auf Nuvay herab: »Sag mir nicht, dass du keine Ahnung hast«, sagte sie.

Nuvay schaute sie fragend an. Eine dunkle Vorahnung überkam sie. Was sie gleich hören würde, würde ihr sicherlich nicht gefallen: »Irgendwas läuft hier im Dorf wieder schief. Das hab ich gemerkt, aber ich weiß nicht so recht, was.«

Liona atmete tief ein und sah sorgenvoll drein. Die Hand langte zu den rosigen Lippen. »Liebes, das ganze Dorf spricht über dich!«

Ein Schock fuhr durch Nuvays geschwächten Körper. »Was?«

Liona schüttelte ihren Kopf, als könne sie etwas nicht begreifen.

»Navid hat dich vor einer halben Woche spät nachts aus der Krankenstation herauskommen sehen. Und er erzählt überall herum, dass du …«, sie blickte nervös hoch, »… du hättest anscheinend ein Verhältnis mit dem Drachenjungen.«

Nuvay fuhr hoch und sofort wurde ihr im nächsten Moment Schwarz vor Augen. Als sie wieder zu sich kam, lag sie auf dem Boden in den Armen von Liona.

»Nuvay! Liebes? Geht es dir gut?«

wurde ihr deutlich, Ihr war übel. Deshalb wurde sie von den Dorfbewohnern so behandelt, dachte sie. Und deshalb war Làlà fast jeden Tag zu ihr gekommen und hatte mit ihrer Tante und Nakim geredet. Deswegen waren sie alle so nachdenklich gewesen! Nicht weil sie krank war! Und deswegen hatte sie weder Kaleb noch Simôn besucht! Ihr Herz verkrampfte sich. Ihre Augen füllten sich mit Tränen. Ihre Lippen bebten. Sie konnte sich nur sehr gut vorstellen, was das Dorf hinter ihrem Rücken getuschelt hat. Wahrscheinlich war sie die größte Verräterin, da sie etwas mit dem Fremden angefangen hatte. Der Fremde, der ihre liebe Lina verbrannt und Unheil über dieses Dorf gebracht hat. Warum hackten alle bloß so sehr auf ihr herum?

»Nuvay?« Lionas besorgte Stimme riss sie aus ihren Gedanken.

»Ich will nach Hause«, sagte Nuvay und versuchte aufzustehen.

»Warte, Liebes! Langsam! Ich helfe dir!« Liona warf Nuvays Arm über ihre Schulter, stützte sie ab und half ihr auf die Beine. Sie machten sich langsam auf den Weg.

Nuvay konnte nur mühsam die Tränen zurückhalten. Sie wollte so schnell wie möglich nach Hause. Weg von den hinterhältigen, heuchlerischen Dorfbewohnern! Wie konnte Navid bloß so etwas über sie verbreiten? Sie hatte ihm immer vertraut. Sie hatte ihn immer gemocht. Er war immer so nett und lustig gewesen. Wie konnte er mit solchen Lügen um sich werfen? Nakim hatte schon Recht: Menschen, die zu viel lachen, sollte man nicht trauen!

Endlich kamen sie bei ihr zu Hause an. Liona hatte den ganzen Weg über geschwiegen, aber Nuvay besorgt aus den Augenwinkeln beobachtet. Sie traten gerade durch die Tür ins Haus, als Nuvay die Stimme ihrer Tante vernahm.

»Nuvay, mein Schatz! Wo warst du denn?«

Nakim, Làlà und ihre Tante standen im Flur. Anscheinend wollten sie gerade hinausgehen und sie suchen. Als Nuvay sie da alle sah, konnte sie ihre Tränen nicht mehr zurückhalten. Sie weinte und schluchzte los.

»Warum habt ihr mir nichts gesagt?« Sie schaute sie vorwurfsvoll an und die Tränen liefen ihr die Wangen hinunter.

Die Lippen ihrer Tante bebten. Sie war ebenfalls den Tränen nahe und konnte ihr nicht antworten.

»Weil es absoluter Schwachsinn ist! Warum solltest du mit irgendwelchen Drachen herummachen? Und dann auch noch mitten in der Krankenstation! Wie beschränkt ist das?«, erwiderte Nakim.

Nuvay schluchzte laut, während Nakim sie gequält anschaute. Ihre Tante hielt es nicht mehr aus und lief zu ihr hinüber und umschloss sie mit ihren warmen Armen. Sie drückte sie ganz fest an sich.

Dieses verdammte Dorf, dachte Nuvay. Wie konnten sie so schnell über sie urteilen, ohne zu wissen, was wirklich war? Wie konnten Miona sie so angeekelt angucken? Und dann auch noch vor ihr auf den Boden spucken? Was dachten sie, woher sie das Recht hatten, über sie zu urteilen? Ihre Hände verkrampften sich in den Armen ihrer Tante und sie weinte wütend weiter.

»Beruhige dich, Kleines«, flüsterte ihr die Tante ins Ohr und drückte die Lippen auf Nuvays schwarzen Haarschopf, »beruhige dich.«

Sie brachten Nuvay ins Wohnzimmer. Liona blieb noch bei ihnen. Nuvay saß neben ihrer Tante, die sie an sich drückte und immer wieder ihren Kopf streichelte. Ihre Wut flaute wieder ein wenig ab. Nakim stand aufgeregt da und wollte sich nicht setzen. Liona und Làlà nahmen nebeneinander Platz. Làlà ergriff zuerst das Wort.

»Es scheint, als hätten sie bloß auf so eine Gelegenheit gewartet. Wir haben gehofft, diese Gerüchte würden von allein wieder verschwinden. Aber das taten sie nicht.« Er seufzte betrübt. »In was für Zeiten wir doch leben!«

Liona schaute traurig zu Làlà. »Es darf nicht so weitergehen. Du hättest sehen sollen, wie sie Nuvay ...«

»Haben sie ihr was angetan?«, ging Nakim wütend dazwischen.

Liona schüttelte den Kopf. »Sie wurden nicht handgreiflich, aber ihre Blicke sprechen Bände. Und sie meiden sie, als sei sie eine ansteckende Krankheit.«

»Heuchlerisches Pack! Ich hätte nie gedacht, dass sie einen so in den Rücken fallen könnten!«, sagte Tante Mina und drückte Nuvay fester an sich.

»Ich weiß auch nicht, was das sein soll?«, seufzte Liona, »Was ist bloß los mit ihnen?«

Es beruhigte Nuvay, dass Liona Verständnis für sie aufbrachte und nicht so war wie die anderen. Sie war dankbar dafür.

»Neid! Es zerfrisst sie innerlich. Nuvay war schon immer anders. Hat schon dreimal einen Drachenangriff überlebt. Und jetzt kommt sie auch noch mit einem Drachenfreund in unser Dorf zurück. So etwas hat es hier noch nie zuvor gegeben. Ihre Eltern wussten schon immer, dass das nicht der richtige Ort für sie ist. Deswegen sind sie auch in die Hauptstadt ...«, Làlà stoppte plötzlich und schaute Nuvay an.

Nuvays Augen weiteten sich. »Deswegen? Sind sie deswegen in die Stadt mit mir?«

Ihre Tante nickte traurig.

Làlà erzählte weiter: »Sie hatten gehört, dass es Dörfer gibt, die aufgeschlossener sind. Sie waren auf der Suche nach einer neuen Bleibe. Deswegen sind sie aufgebrochen. Damals gab es die Zugverbindung noch nicht und sie mussten den gefährlichen Weg durch das Drachenterritorium nehmen. Wir hatten sie gewarnt. Ich hatte ihnen gesagt, wie gewagt es ist, mit einem Kleinkind auf der Erde zu laufen. Doch sie wollten nicht hören.«

Nach einem kurzen Zögern fragte Nuvay dann: »War ich als Kind denn auch so?«

Làlà atmete tief durch. Traurig nickte er dann mit dem Kopf und seufzte. »Sie hatten schon früh bemerkt, dass dir Feuer nichts anhaben kann, Nuvay. Sie waren deine Eltern.«

Nuvay ging überrascht dazwischen. »Ich dachte, ihr habt mir das nie geglaubt?« Ihre Stimme wurde etwas kräftiger.

Làlà lächelte traurig. »Natürlich glaubte ich dir, kleine Nuvay. Wann hast du uns jemals angelogen? Nur konnte ich es vor den Dorfbewohnern nicht eingestehen. Du siehst ja, was passiert. Wir müssen dich schützen, Kleines. Du hast keine Eltern mehr und Mina keinen Mann.«

»Sie haben mich!«, erwiderte Nakim ernst.

Làlà lächelte ihn stolz an. »Ja. Gott sei Dank gibt es dich, gerechter und gefürchteter Nakim.«

Liona nickte Làlà zu. »Und wir werden wohl nie erfahren, was damals wirklich passiert ist«, sagte sie leise.

In Nuvay machte sich eine tiefe Trauer breit.

»Sie sind meinetwegen gestorben«, flüsterte sie und schaute auf ihre Hände. Wieder füllten sich ihre Augen mit heißen Tränen.

»Sag so etwas nicht, Nuvay!«, schritt ihre Tante ein, »Das ist nicht wahr und das weißt du selber! Es war ein unglückliches Ereignis!«

Nuvay nickte unter Tränen und schwieg.

»Was machen wir jetzt mit den Dorfbewohnern?«, fragte Nakim sichtlich besorgt, weil es Nuvay nicht gut ging, und ballte dabei die Fäuste. »Ich schlag sie alle Tod, wenn sie so weitermachen! Und wenn ich dafür den Drachen einspannen muss!«

Nuvay schaute gerührt zu ihm auf. Das würde er für sie tun? Nicht dass sie es zulassen würde, aber es war schön zu wissen, dass sich jemand so für sie einsetzte.

Làlà schüttelte den Kopf. »Diese Sache kann größere Auswirkungen haben, als wir alle befürchten, wenn es sich nicht schnell legt. Wie soll Nuvay hier weiterleben, wenn sie von allen verachtet und gemieden wird? Doch wir müssen uns gedulden! Vielleicht kommen sie noch zur Vernunft!«

»Wir sollten uns noch eine Weile gedulden«, stimmte Liona ihm zu und stand dann auf. »Ich muss jetzt los! Ich hab es ganz vergessen: Linas Verband sollte heute gewechselt werden! Entschuldigt mich bitte!« Sie ging noch vorher kurz zu Nuvay, griff nach ihrer Hand, drückte sie leicht und sprach ihr Mut zu: »Das wird schon alles wieder, Nuvay! Bleib tapfer!« Nuvay lächelte sie an. Dann wandte sie sich an Tante Mina. »Ich komme bald wieder!«

Mina erwiderte dankbar ihr Lächeln. »Vielen Dank, Liona!«

Làlà stand ebenfalls auf. »Ich sollte auch los«, sagte er und lächelte dann aufmunternd Nuvay zu. »Lass den Kopf nicht hängen,

Kleines! Fürs Hängen ist das Dorf zuständig«, sagte er mit einem Augenzwinkern. Da war er wieder, dieser seltsame Humor von Làlà. »Das wird schon alles wieder!«, ergänzte er dann in Richtung Mina.

Nakim brachte beide zur Tür und im Zimmer folgte eine kurze Stille. Nuvay hörte, wie die Haustür aufging, Liona und Làlà hinausgingen und die Tür wieder geschlossen wurde.

»Danke, Tante. Danke, dass du immer für mich da bist, egal was passiert!«

»Das ist eine Selbstverständlichkeit, Liebes!«

Nuvay musste lächeln. Ihre Augen füllten sich wieder mit Tränen. Fürsorglich nahm Mina Nuvays Gesicht in ihre Hände und wischte ihr mit den Daumen die Tränen aus dem Gesicht. »Das reicht, mein Schatz! Weine nicht mehr.«

Nuvay nickte und schluckte die nächste Tränensalve tapfer hinunter.

»Alles wird wieder gut werden!«, versuchte ihre Tante sie noch einmal aufzumuntern.

Sie war noch nie in ihrem Leben so viel Hass oder Verachtung ausgesetzt gewesen.

Alles wird wieder gut! Ob das Dorf ihr was antun würde?

Alles wird wieder gut! Sie hatte Angst.

Alles wird wieder gut! Alles wird wieder gut! Diese Worte wiegten sie diese Nacht in den Schlaf.

# 12 Ein Unglück kommt selten allein

Als sie am nächsten Morgen aufstand, sah die Welt wirklich auch schon besser aus. Ihre Tante und Nakim waren fürsorglich, wie noch nie zuvor. Es war schon fast entzückend, wie Nakim auf sie aufpasste und wie er mit ihr umging. Würde ihr diese üble Nachrede nicht wie ein Kloß im Hals und in ihrem Herzen stecken, wäre sie vielleicht sogar zufrieden mit dieser Situation gewesen. Ihre Tante sagte immer, man solle in allen schlimmen Dingen das Gute zu sehen versuchen.

Nuvay versuchte es aufrichtig, aber niemand hatte ihr gesagt, dass das so schwer sein konnte. Immer wenn sie an die anderen Dorfbewohner dachte, zog sich ihr Herz zusammen und ihr Magen verkrampfte. Sie wollte dann nicht aus ihrem Zimmer, geschweige denn aus ihrem Bett. Und in ihre warme Decke eingehüllt ließ sie den Tag an sich vorbeiziehen und fand hier ihren Trost.

Nakim blieb mit ihr im Zimmer und sie teilten stundenlang eine gemeinsame Stille. Die meiste Zeit las er etwas. Nuvay hatte zu nichts Lust. Sie lag im Bett und beobachtete Nakim, schlief oder tat so, als würde sie schlafen. Immer wenn ihr die verachtenden Blicke von gestern einfielen, vergrub sie sich tiefer unter ihrer Decke. Mina kam ab und zu mit Essen vorbei und drängte sie förmlich dazu, einen Happen zu nehmen. Nuvay hatte keinen Appetit mehr, auf gar nichts, obwohl sie sich so leer fühlte. Sie drehte sich zu Nakim und beobachtete ihn wieder. Es war dunkel im Zimmer, nur eine Nachtlampe leuchtete. Nakim saß im Licht und las. Mit einem Buch in der Hand, sah er gar nicht mehr so bedrohlich aus wie sonst. Seine Größe, seine starken Knochen, sein strenger und ernster Blick konnten einem schon Ehrfurcht einflößen, sogar denen, die ihn ein ganzes Leben lang kannten. Nuvay erschauderte beim Gedanken an einen seiner Wutausbrüche. Nakim jedoch bekam davon nichts mit. Er war weiterhin in sein Buch vertieft. Seine schönen Augen hatten lange, braune Wimpern und nahmen manchmal einen Granitton an, so wie seine braunen Haare manchmal einen orangeroten Stich bekamen. Sie musste lächeln.

»Nakim?«, flüsterte sie.

»Hm?« Er blickte nicht auf.

»Darf ich dich umarmen?«

Seine Stirn runzelte sich leicht, aber er las weiter.

»Umarm deine Decke«, erwiderte er.

Sie seufzte. »Okay«, antwortete sie dann schwach und drückte ihr Gesicht in ihr Kissen.

Ein leises Klopfen unterbrach die Stille im Raum.

Nakim blickte zur Tür auf. »Ja?«

Nuvay zog ihren Kopf ein wenig aus der Decke heraus, um einen besseren Blick auf die Tür zu haben. Sie öffnete sich langsam und Licht drang hinein. Nuvay musste sich erst an das Licht gewöhnen, das ihr durch den Spalt direkt in die Augen schien.

»Kann ich reinkommen?«, hörte sie eine leise, süße Stimme.

Nuvays Herz blieb fast stehen, als sie sah, wer da an der Tür stand. Es war Lina. Ihre blonden Haare waren offen und fielen elegant über die schmalen Schultern. Lina schaute Nuvay aus geröteten, kummervollen Augen an. Sie hatte keinen Verband mehr um ihre Lippen, sodass das Ausmaß ihrer Verletzung sichtbar war. Nurvay richtete sich in ihrem Bett auf.

»Komm rein«, sagte sie zögerlich und Lina betrat langsam den Raum. Als sie an Nakim vorbeiging, sah sie verlegen zu Boden.

»Ich lass euch allein«, sagte er, machte das Licht an und verließ den Raum.

»Setz dich doch«, bot Nuvay Lina den Platz an, auf dem zuvor Nakim gesessen hatte. Sie wollte erst nicht, aber dann setzte sie sich doch hin. Es folgte eine kurze Stille. Nuvay war unwohl zumute. Sie war seit sehr langer Zeit wieder allein mit Lina und sah sie nach dem Vorfall mit dem Drachen zum ersten Mal wieder. Gimmi hatte jedem verboten, sie zu besuchen, außer Familienmitgliedern. Und jetzt saß sie vor ihr. Nuvay versuchte, ihren Blicken auszuweichen, ohne zu wissen warum. Lina unterbrach die Stille.

»Wie geht es dir, Nuvayla?«

Ihre traurigen Augen wandten sich Nuvay zu. Sie nickte und lächelte.

»Gut, danke. Und dir?«

Lina schaute auf ihre Hände, die sie auf ihrem Schoß hatte. »Meine Lippen erholen sich sehr gut.«

»Hm, hm«, entgegnete Nuvay, weil sie nicht wirklich wusste, was sie sagen sollte.

»Ich kann schon ohne Verband herumlaufen, wie du siehst. Und reden kann ich auch wieder.«

Sie war ernst. Nuvay hatte sie noch nie so ernst gesehen.

»Die Wunde trocknet nur sehr schnell aus. Gimmi meint, weil es Drachenhitze ist. Bis es komplett abheilt, wird es wohl noch eine Weile dauern. Aber es sieht gar nicht mehr so schlimm aus.« Sie hielt kurz inne und fuhr dann fort: »Aber deswegen bin ich nicht hier.« Sie atmete tief durch, griff nach Nuvays Händen und schaute ihr direkt in die Augen.

»Nuvayla, sie reden Quatsch! Absoluten Quatsch! Und sie verhalten sich wie Tiere! Ich hätte niemals gedacht, dass unser Dorf so ...« Lina suchte nach einem passenden Wort und setzte dann fort: »... beschränkt ist! Du würdest so was einfach nicht tun! Das passt nicht zu dir! Und wird auch niemals zu dir passen! Sie nutzen diese Gelegenheit schamlos aus! Ich weiß nicht, was sie damit bezwecken, aber es ist hässlich! Nenn es Neid, nenn es Dummheit. Ich habe keine Ahnung ...«

Nuvay wurde es warm ums Herz. Sie sah mit feuchten Augen Lina an und nickte. Sie konnte nichts sagen, sie hatte einen Kloß im Hals. Lina drückte kurz Nuvays Hände, dann zog sie sie wieder zurück.

»Du musst hier weg, Nuvayla.«

Nuvay sah sie erschrocken an. Sie schüttelte ihren Kopf. Sie konnte nicht weg aus ihrem Dorf. Hier war sie aufgewachsen. Hier hatten ihre Eltern gelebt. Hier war ihr Zuhause. Sie konnte nicht weg. Das kam gar nicht in Frage.

»Nein«, sagte sie mit Nachdruck.

Lina schaute sie eindringlich an.

»Sie werden keine Ruhe geben. Sobald sich das hier gelegt hat, werden sie etwas anderes finden! Sie werden wieder aus der kleinsten Mücke einen ... Drachen machen.«

Nuvay schüttelte wieder heftig ihren Kopf. »Ich kann doch nicht einfach so weg, Lina. Wohin denn?«

Lina nickte entschlossen. »Wir haben es mit Làlà besprochen und entschieden, dass du hier wegmusst. Fürs Erste wenigstens. Bis sich alles wieder beruhigt hat.« Ihr Blick wurde milder.

Nuvay schaute Lina erschrocken an. »Wo soll ich denn hin?«, fragte sie noch einmal.

Lina nickte abermals und seufzte dabei. »Das wissen wir selber nicht. Das ist unser Problem. Vielleicht reist du eine Weile mit deinem Drachenfreund durch die Welt?«

Nuvay klappte die Kinnlade herunter. War das gerade ein Witz? Sie sollte nach dieser üblen Nachrede ausgerechnet mit dem Drachen verschwinden? Das konnte doch nicht ihr ernst sein. War das Làlàs Idee? Es war bestimmt seine Idee gewesen! Fehlte nur noch, dass sie dann schwanger zurückkam und dem Dorf ihr Kind daließ!

»Ich weiß, dass dies nicht die beste Lösung ist. Ich bin mir aber sicher, dass wir eine bessere Idee haben werden, wenn wir uns alle gemeinsam hinsetzen. Aber du kannst nicht vierundzwanzig Stunden lang hier in deinem Zimmer hocken und auf ein Wunder warten.«

»Doch. Genau das kann ich und werde ich«, entgegnete ihr Nuvay stur.

Lina seufzte. »Das wird schwierig. Ich weiß, wovon ich rede. In einem Zimmer eingesperrt zu sein, den ganzen Tag. Man verliert irgendwann den Verstand.« Sie schaute wieder auf den Boden.

Nuvay war an der Reihe. Es war äußerst freundlich und vor allem seltsam und ungewohnt, dass sich Lina Sorgen um sie machte, aber das war unnötig. Das würde sie schon durchstehen. Und was immer dieses unmenschliche Dorf noch planen würde, sie würde es aushalten.

»Lina?« Sie blickte hoffnungsvoll zu ihr auf. »Ich schaff das schon. Aber ...«, sie machte eine kurze Pause und fuhr dann fort, »... Danke.« Sie hoffte, dass Lina verstand, wie dankbar sie ihr im Grunde war. Sie war in ihrem Zustand zu ihr nach Hause gekommen, um ihr Mut zuzusprechen, obwohl sie es selber genauso nötig hatte. Nuvay hoffte, dass Lina es verstand. Diesen Dank, der tief aus ihrem Herzen kam, wirklich verstand!

Die Hoffnung in den Augen von Lina verschwand. Sie seufzte und nickte. »Ich verstehe.«

Nuvay musste lächeln.

Dann erhob sich Lina langsam und lächelte sie an: »Krankenbesuche sollten nicht zu lange dauern, oder? Auf Wiedersehen! Und lass dir noch einmal durch den Kopf gehen, was ich gesagt habe.«

Nuvay lächelte zurück. Sie würde sicherlich nicht mit diesem Drachen in die weite Welt verschwinden! »Ach, Lina?«, fragte Nuvay noch zögerlich.

Sie sahen einander an.

»Nenn mich doch wieder Nuvay«, schlug sie ihr leise vor.

Lina lächelte noch einmal, aber diesmal schlich sich Trauer in das Lächeln hinein.

»Auf Wiedersehen, Nuvay.« Dann verließ sie den Raum.

Nakim kam sofort rein. Man sah ihm an, dass er sie immer noch nicht ausstehen konnte.

»Was wollte sie von dir?«, murrte er und ließ sich wieder auf seinen Stuhl nieder.

»Ich soll das Dorf verlassen«, sagte Nuvay und schaute dabei auf die Tür.

Er stieß einen mürrischen Ton aus. »Làlà spinnt doch! Wo sollst du denn bitteschön hin? Denkt er, die Drachenwelt braucht einen Zahnstocher?«

Sie schaute zu Nakim und musste wieder lächeln. Er sah ein wenig entspannter drein. »Wenigstens geht es dir jetzt besser.«

»Sie ist wirklich deswegen gekommen. Nur um mir das zu sagen.« Ihre Augen füllten sich mit Tränen. »Kannst du dir das vorstellen?«

»Ich habs gerade gesehen.« Er verschränkte die Arme vor der Brust. »Trotzdem mag ich sie nicht! Und du hältst dich weiterhin von ihr fern!«

Nuvay verdrehte ihre Augen und ließ sich wieder in ihr Bett fallen. »Wenn du dich von Simôn fern hältst«, sagte sie dann stur.

Nakim blickte sofort mit großen Augen auf. Man sah ihm an, dass das ein heikles Thema für ihn war. Sein Blick sprach für sich.

»Denkt er wirklich, ich hätte so etwas getan? Warum lässt er sich nicht mal blicken? Er ist ja schlimmer als Navid.« Nakim schaute weg. » So was ist kompliziert bei einem Mann«, erwiderte er.

»Da kann ich nicht mitreden«, schnaubte Nuvay leise und schwieg. Noch ein Verräter, dachte sie. Und sie würde nirgendwohin gehen! Das stand schon mal fest! Und wieder wurde es leise im Zimmer.

Es war spät in der Nacht. Nuvay lag wieder in ihrem Bett und versuchte einzuschlafen. Jedoch scheiterte sie kläglich. Da sie nicht mehr krank war und sich gut erholt hatte, waren ihrem Körper wohl fünfzehn Stunden Schlaf genug für heute gewesen. Plötzlich hörte sie einige Stimmen aus dem Flur. Vorsichtig drehte sie sich um, sodass sie direkt auf die Tür blicken konnte. Dann klopfte jemand leise an.

»Ich bin noch wach!«, sagte Nuvay und die Tür wurde langsam geöffnet. Sie erkannte eine dunkle Silhouette, richtete sich auf und knipste ihr Nachtlicht an. Simôn stand vor ihr und schaute sie an. Sein Gesicht war bleich und er hatte große, dunkle Augenringe. Nuvay hatte ihn noch nie so gesehen.

»Darf ich rein?«, fragte er zögerlich.

Nuvay nickte und setzte sich aufrecht in ihr Bett. Ihr Kissen nahm sie als Stütze und lehnte sich nach hinten.

Er betrat langsam das Zimmer und blieb vor ihrem Bett stehen. Er schaute Nuvay traurig an und seufzte dann. »Kann ich zu dir?«

Nuvay sah überrascht auf. Dann nickte sie unsicher. Simôn

kroch zu Nuvay unter die Decke. Sie rückte ein wenig nach außen, damit er mehr Platz hatte. Ihre Schultern und ihre Beine berührten einander. Sie wurde rot und schaute angespannt auf ihre Hände. Simôn musterte sie ernsthaft. Er hatte seine Beine angezogen.

»Nuvay?«, fragte er zaghaft.

Sie sah ihn an. Seine dunklen, fast schwarzen Augen sprachen von einem Schmerz, der ihren bei weitem zu übersteigen schien.

»Ist etwa etwas Wahres an den Gerüchten?«

Nuvay konnte ihm ansehen, dass es ihn quälte, ihr diese Frage zu stellen.

»Ich meine, es ist dein Recht. Du musst nicht ...« Er brach ab.

Nuvays entsetzter Blick schien der Grund dafür zu sein. Wie ein scharfer Dolch, stachen die Worte von Simôn tief in ihr Herz. Ein echter Dolch hätte nicht mehr Schmerz verursachen können. Die Wunde blutete und heiße Tränen stiegen in ihre Augen. Sie konnte ihm nicht antworten. Sie blinzelte kurz mehrmals auf und dann drehte sie sich weg von ihm. Sie zog ihre Beine an und versteckte ihr Gesicht unter der Decke. Die heißen Tränen rannen ihr langsam über das Gesicht und tropften auf ihren Bezug.

»Geh bitte!« Mehr brachte sie nicht heraus. Ihre Tränen liefen immer schneller. Eine kurze Weile geschah nichts. Bis sie dann bemerkte, wie Simôn sich langsam erhob und, ohne auch nur ein weiteres Wort zu sagen, zuerst ihr Bett, dann ihr Zimmer verließ.

Sobald er draußen war, fing sie schluchzend an zu weinen. Wie konnte er so etwas über sie denken? Dieser Trottel! Wie konnte er auch nur eine Sekunde denken, dass diese Gerüchte wahr sein könnten? Er war doch nicht so beschränkt wie die Dorfbewohner! Warum machte er bei ihnen auch noch mit? Wollte er sie auch verletzen? Wie konnte er sich ihr Freund nennen?

Die ganze Nacht machte sie kein Auge zu. Die meiste Zeit versuchte sie nicht zu weinen und keine weitere Träne an die anderen oder Simôn zu verschwenden. Alle waren es nicht wert! Wenn ihre Tante oder Nakim in ihr Zimmer kamen, um sie zu trösten, bat sie sie wieder hinauszugehen. Die Nacht war einsam, schwarz und trostlos. Nie hätte sie gedacht, dass Simôn sie so verletzen könnte. Er hatte so oft ihr Leben gerettet und es im Grunde erst lebenswert gemacht und war immer so nett zu ihr gewesen. Hatte das nichts zu bedeuten? Warum vertraute er ihr nicht? War es so schwer, ihr zu vertrauen?

# 13 Es gibt nichts Gutes, außer man tut es

Am Morgen aß sie einige Happen von dem, was ihre Tante ihr zum Frühstück brachte, und blieb dann in ihrem Zimmer. Doch gegen Mittag entschloss sie sich, ein wenig aktiv zu werden, und schlürfte langsam die Treppen hinunter in die Küche. Jeder Schritt kam ihr so schwer vor. Hatte sie zugenommen oder warum war es plötzlich so eine Herausforderung, ihren Körper zu bewegen? Als würde sie eine Tonne auf ihren Schultern tragen. Sie blieb in der Küche stehen. Es roch nach Gewürzen. Sie zog den Duft tief ein. Er löste in ihr wohlige Erinnerungen an ihre Kindheit aus. Sie kroch langsam weiter die Wand entlang zum Geschirrschrank und holte sich ein Glas heraus.

»Seit wann bist du so schwer?«, fragte sie das Glas in ihrer Hand, »Und seit wann guckst du so böse?«

Sie hob es an und trug es zum Kühlschrank. Als sie mit Mühe die Tür öffnete, schlug ihr eine kühle Brise um das Gesicht. Die Kälte brachte sie wieder zur Besinnung. Sie schüttelte ihren Kopf. Habe ich grade wirklich mit einem Glas geredet? Sie nahm die Milch aus dem Schrank und sah ihre Tante in die Küche kommen.

Sie lächelte Nuvay traurig an, als sie sie bemerkte.

»Guten Tag, meine Kleine! Geht es dir wieder besser?«

Nuvay nickte schwer und goss sich Milch ein. Sie schlürfte mit dem vollen Glas in der Hand ins Wohnzimmer und setzte sich hin.

Die Stille und Ruhe im Haus tat ihr gerade gut. Sie leerte das Glas in ihrer Hand.

Plötzlich klopfte es an der Haustür. Wer konnte das denn sein, fuhr es ihr gerade durch den Kopf, als ihre Tante auch schon zur Tür eilte. Nuvay seufzte. Warum war sie bloß runtergekommen? Sie hatte keine Lust auf Gesellschaft. Sie wollte allein sein. Und jetzt musste sie wieder hoch in ihr Zimmer. Aber diese Treppen? Es waren so viele! Und Ihr Körper zu schwach!

Sie hörte Stimmen im Flur, die sie nicht einordnen konnte. Sie kamen näher. Ob das Làlà ist, ging es ihr gerade durch den Kopf, als der Besucher im Wohnzimmer erschien.

Nuvay klappte die Kinnlade herunter und jegliche Restkraft verließ ihren Körper. Sie ließ das leere Glas in ihrer Hand zu Boden fallen.

Schlief sie noch? Das musste ein Traum sein! Oder etwa nicht? Sie sah auf einen äußerst nervösen Gimmi, dessen Augen hin und her schwirrten, aber nirgends mehr als einige Sekunden verweilten.

Nakim betrat ebenfalls das Wohnzimmer.

»Ach du meine Fresse!«, entglitt es seinem Mund. Er erntete dafür zwar einen bösen Blick von seiner Mutter, bekam es aber nicht mit. Seine Augen blieben auf Gimmi gerichtet.

Seit dem Tod seiner Frau hatte Gimmi die Krankenstation nicht verlassen, und keinen einzigen Fuß nach draußen gemacht. Er wollte nicht raus. Noch nie hatte man ihn zu einer Ausnahme bewegen können, noch nicht einmal für schwerwiegende Fälle oder Hausbesuche. Alle hatten immer zu ihm zu kommen.

Und jetzt stand er in seiner vollen Gestalt vor Nuvay und schaute äußerst nervös und verstört in die Runde. Er ging auf sie zu. Sie schreckte unbewusst zurück, als würde sich ihr ein Geist nähern.

»Keine Angst, Nuvay«, sagte er und dabei zuckte ein unteres Augenlied. Das Bild war so bizarr, dass es Nuvay noch tiefer in die Sofakissen drückte. Der Blick von Gimmi war immer noch unstetig und wanderte im Zimmer hin und her. Schweißperlen glitten ihm über die Stirn. Sein Atem rasselte, als wäre er gerade einem Drachen entkommen. Er kniete sich vor Nuvay hin und griff mit einer Hand nach der Armlehne des Sofas, als könnte sie ihm den Halt geben, den er gerade so dringend benötigte. Seine Hand zitterte. Nuvay schaute ihn immer noch erschrocken an.

»Kleines, ich kann nicht lange bleiben.«

Nuvay bewegte mechanisch ihren Kopf auf und ab. Die Wörter sanken ihr ein.

»Du hast diesen Jungen nicht angefasst! Das kann ich mit meinem Leben versichern.«

Sein Kopf war ihr zugewandt, aber seine Augen blickten auf alles und jeden, nur nicht auf sie. Fast schon wie diese Chamäleons aus den Biologiebüchern, ging es Nuvay durch den Kopf.

»Ich kam in euer Zimmer und sah euch beide voreinander auf dem Bett schlafen.« Er schüttelte seinen schweißgebadeten Kopf. »Und habe sogar den Jungen zugedeckt. Ihr habt dort wie kleine Babys geschlafen.«

Er grinste kurz mit einer Gesichtshälfte. Eine Schweißperle floss ihm über den Rücken der Nase und blieb an der Spitze hängen. Sie wackelte mit seinen Kopfbewegungen mit. Nuvay beobachtete sie wie traumatisiert.

»Ich will, dass du das weißt! Und ich werde alles daransetzen, dass es auch das ganze Dorf weiß! Dieser Humbug wird aufhören!« Er nickte wieder stark und einige Schweißtropfen von seinen Haaren trafen Nuvay im Gesicht.

Sie blinzelte.

»Danke!«

Mehr wusste sie nicht zu sagen. Seine Augen hielten Nuvays Blick für einen Moment stand.

Er lächelte kurz, diesmal mit beiden Gesichtshälften.

»Ich muss ... ich muss zurück!«, sagte er, als sei es ihm gerade wieder eingefallen, stand ruckartig auf und lief auf ihre Tante zu, die ihn besorgt ansah.

»Ihr fehlt es an nichts, Mina! Gib ihr aber mehr zu essen und sie...«, er atmete einmal kurz durch, »...sie braucht Menschen. Sprecht mehr mit ihr. Lasst sie nicht so viel allein. Sie wirkt etwas verstört auf mich.«

Dann lief er zügig aus dem Zimmer und verließ das Haus genauso schnell, wie er hineingekommen war. Alle schwiegen fassungslos.

Nakim ergriff zuerst wieder das Wort. »War das gerade wirklich Gimmi?«

Nuvay schüttelte entgeistert ihren Kopf. »War das gerade ein Traum?«, fragte sie.

»Wohl eher ein Alb...«, Nakim grinste schief.

»Nakim!« Ihre Tante kam jetzt auch wieder zu sich und fuhr ihren Sohn an.

»So sieht jemand aus, der gerade den Tod oder einen Geist vor Augen hatte.« Nakim zeigte dabei demonstrativ auf Nuvay.

»Nakim, hörst du nicht?!«, ging Mina wieder wütend dazwischen. Nuvays weißes Gesicht blickte hoch zu Nakim. Sie erwiderte sein schiefes Lächeln ebenso schief.

»Meinst du; alles wird wieder gut?«, fragte sie leise.

Nakim nickte leicht. »Einen Geist zu sehen, ist sicherlich ein gutes Zeichen, oder?«

Sie lachten beide, aber Nuvay eher aus Nervosität.

»Kinder, das ist überhaupt nicht lustig!«, ging Mina wieder dazwischen.

Làlà ließ alle Leute im Dorf vor der Krankenstation versammeln. Keiner wusste genau, was das nun wieder sein sollte. Sie wussten nur, dass es um Nuvay ging. Als fast das ganze Dorf endlich anwesend war, trat, zur Überraschung und Verwirrung der versammelten Gemeinschaft, Gimmi aus seiner uneinnehmbaren Festung heraus und hielt eine Ansprache darüber, dass Nuvay unschuldig sei. Er erklärte den Anwesenden, dass er die ganze Zeit im Zimmer nebenan gewesen und die Tür der beiden die ganze Nacht über einen Spalt breit offen geblieben sei. Er habe mitbekommen, was sie besprochen hätten, und keines der verbreiteten Gerüchte stimme! Nun wisse er mehr über Drachen. Als er so gegen zwei Uhr morgens bei ihnen vorbeigeschaut habe, weil keine Stimmen mehr zu hören gewesen seien, habe er gesehen, wie beide jeweils getrennt voneinander auf dem Bett schliefen. Angezogen! Sie schliefen so selig, da wollte Gimmi sie nicht wecken. Er habe den Jungen sogar noch zugedeckt und nach ungefähr einer Stunde sei Nuvay auch aufgestanden und schnell nach Hause geeilt. Und jeder, der was anderes behaupte, sei ein übler Nachredner ohne jeglichen Respekt. Er missachte die Würde einer ehrenhaften, jungen Dame! Und wenn dieses Gerede nicht sofort aufhöre, werde er niemanden mehr im Dorf behandeln!

Seine Worte hatten die Dorfbewohner getroffen. Sie waren fassungslos darüber, dass Gimmi für Nuvay die Krankenstation verlassen hatte. Jeder konnte es ihm ansehen, wie schwer es ihm fiel, hier draußen zu stehen.

»Gimmi hat einen großen und heiligen Schritt gemacht! Er ist weit über seinen eigenen Schatten gesprungen!«, sagte Làlà stolz mit einem breiten Grinsen im Gesicht und einer aufmunternden Erleichterung. »Vergesst mal die Sache, dass er einen Fuß aus seiner Krankenstation gesetzt hat. Das allein ist ja im Grunde schon ein Wunder! Er hatte sich ja bislang noch nicht mal getraut, hinauszulinsen. Dann hat unser Held es sogar noch geschafft seinen Mund vor diesen Leuten aufzumachen! Und dann kam auch noch so etwas Gescheites bei raus!« Er gluckste freudig auf. »Ihr wisst doch, wie er ist, wenn er vor einer Menge einen Vortrag halten muss. Einmal hat er seine Zunge verschluckt und wäre dann fast röchelnd erstickt!« Làlà schlug sich lachend auf seine Knie.

Nuvay, Nakim und Mina saßen Zuhause im Wohnzimmer und hörten Làlà zu. Nuvay fragte sich, wie Làlà das meinte, „seine Zunge verschlucken"?

»Und jetzt erhebt er sich gegen die Ungerechtigkeit! Was für ein Held! Wahrscheinlich angespornt von dir, Nakim! Gute Taten lösen andere gute Taten aus«, setzte Làlà fort. Er atmete tief ein und mit einem Ruck wieder aus. »Und somit hätten wir noch ein Unheil abwenden können. Langsam kriegen wir Übung.« Er lächelte in sich hinein, dann wurde er kurz ernst. »Obwohl ich bezweifle, dass Nuvay trotz alledem je wieder ein normales Verhältnis zu all unseren Dorfleuten aufbauen kann.« Der Rest der Truppe im Zimmer sagte nichts. »Haha! Trotzdem ist der Junge mein Held!«, lachte Làlà und klopfte sich noch einmal auf seine Knie.

Gimmi ist älter als du, Làlà, ging es Nuvay durch den Kopf und sie grinste dabei schief. Nakim fiel es anscheinend auf, denn er musste ebenfalls ein Lachen unterdrücken.

»Egal, was auch für schlimme Sachen passieren. Sie haben auf jeden Fall auch ihre guten Seiten!«

Alle schauten Làlà fragend an.

»Ach ja? Was denn zum Beispiel?«, fragte Nakim skeptisch. Nuvay hatte sich einen Haufen Feinde gemacht und ihr Fortleben hier in diesem Dorf wurde um einiges erschwert.

Làlà schaute wieder ernster in seinen Tee, trank einen Schluck und sprach weiter. »Das Dorf hat sich in zwei Lager geteilt. Und sein wahres Gesicht ist zum Vorschein gekommen. Nun wissen wir, wem wir wirklich vertrauen können. Es sind nicht gerade viele!«, seufzte er enttäuscht.

Nuvay schaute auf ihre rechte Hand. Er hatte Recht. Ihr Dorf war ein gefährlicheres Örtchen, als sie sich je vorgestellt hätte. Man konnte hier wirklich nur einer Hand voll Menschen vertrauen und nun wussten sie, wem. Bei dem Rest musste man vorsichtiger sein. Sie wurde traurig. All die Leute, mit denen sie aufgewachsen war, mit denen sie so viel geteilt hatte. War jemals ein Wort von all dem, was sie gesagt hatten, wahr? Du kannst mir vertrauen, Nuvay! Du gehörst zur Familie, Nuvay! Wir stehen immer hinter dir, Nuvay! Sätze, die Navid oder Miona oder andere im Dorf zu ihr gesagt hatten, schwirrten ihr durch den Kopf. War da jemals auch nur ein Funken Ehrlichkeit dabei gewesen? Wie konnte man so etwas einfach so sagen, ohne es ernst zu meinen? Hatten sie die ganze Zeit schon darauf gewartet, dass Nuvay einen Fehler macht, damit sie einen Grund haben, sie auszugrenzen und vielleicht sogar aus ihrem Dorf zu verjagen? Was für ein Leben war das, wenn man allein nach Fehlern von anderen suchte? Es war ja schon kein Suchen mehr, sondern eher ein Sich-auf-die-Lauer-Legen!

Plötzlich taten ihr die Dorfleute leid. Das war sicherlich der falsche Weg und vor allem führte es nicht zu Glück oder Frieden.

Ob sie glücklich waren? Konnte man glücklich sein, wenn man Leute angewidert ansieht und vor ihnen auf den Boden spuckte? Oder hinter ihnen her lästerte? War das Glück oder Frieden? Nein, sie bezweifelte es stark.

Als viel schlimmer empfand sie die Unwissenheit der Dorfbewohner, wohin ihr Weg sie wirklich hinführte.

Diese Gedanken betrübten ihren Verstand, ihren Geist, ihre Seele, alles an ihr. Sie schaute ihre Tante an und wartete, bis sich ihre Blicke trafen.

»Darf ich nach oben, Tante?«, fragte sie dann leise.

»Natürlich, Liebes. Liona wollte noch gleich vorbeikommen. Vielleicht schaust du dann noch mal vorbei, um sie zu begrüßen?«

Nuvay nickte, lächelte sie dankbar an und erhob sich.

»Ich geh mit!«, sagte Nakim und folgte ihr hoch.

»Gimmi ist wirklich ein Held!«, sagte Nakim, als sie langsam die Treppen hochstiegen. »Hätte niemals gedacht, dass mir mal jemand so imponieren könnte.« Er grinste. »Er hat's wirklich faustdick hinter den Ohren!«

Nuvay musste auch lächeln, dann fiel ihr etwas ein, dass sie schon seit gestern Abend beschäftigte.

»Ähm, ich wollte ihn besuchen gehen«, fing sie zaghaft an zu stottern, »und schauen, wie es ihm geht, ob er sich erholt hat, und mich bei dieser Gelegenheit bei ihm bedanken.« Sie wurde zum Ende ihres Satzes hin leiser.

Nakim musterte sie. »Willst du, dass ich mitkomme?«, fragte er.

Nuvay biss sich auf die Unterlippe und strahlte ihn an. Manchmal war es einfach nur ein Segen, dass Nakim sie immer so schnell verstand. »Würdest du? Ich trau mich noch nicht so ganz allein raus.«

Nakim schüttelte den Kopf. »Sei kein Angsthase! Wenn sie dir auch nur ein Haar krümmen, werden sie es mit mir zu tun bekommen!«

Sie lächelte wieder, antwortete aber nicht. Oben angekommen, fragte sie Nakim, nach dem Buch, dass er letztens gelesen hatte.

»Hast du es schon durch? Kann ich es mir mal ausleihen?«

»Ja klar, warum nicht.«

Sie gingen in Nakims Zimmer. Sein Zimmer hatte größere Fenster, nicht so kleine wie ihres. Nakim gefielen die Standardgrößen nicht und daher hatte er sie mit Hilfe einiger Handwerker aus dem Dorf umgebaut. Jetzt waren sie schön groß und ließen viel Licht von den Straßenlaternen und dem Himmel herein. Ihr Dorf war tagsüber immer stark beleuchtet. Es war zwar kein Vergleich zum Sonnenlicht, doch immerhin war es nicht dunkel hier unten. Und das künstliche »Tageslicht« durchflutete nun Nakims Zimmer, während das von Nuvay ziemlich düster war. Nakim lief zu seinem Bücherregal und suchte nach dem genannten Buch.

»Hier!«, sagte er und reichte es ihr. Das Buch handelte von der Geschichte der Welt. Alle seine Bücher hatte Nakim aus der kleinen Schulbibliothek ausgeliehen, die monatlich immer neue Bücher aus der Hauptstadt geliefert bekam. Sie nahm das Buch in die Hand und machte die Inhaltsangabe auf. Ein Kapitel war über die Erfindungen der Menschen in der Moderne. Wie sie in der Hauptstadt die erste Glühlampe erfunden hatten, die Dampfmaschine, die Lokomotive, den Strom und so weiter. Ein anderes Kapitel war über den ersten Flug von einem Menschen mit einer selbst gebauten Maschine, die jedoch samt dem Erfinder von einem Drachen gefressen wurde. Die Geschichte fand sie schon immer ulkig. Was hatten Menschen auch in der hohen Luft zu suchen? Das war Drachengebiet. Da sie nicht mehr stehen wollte, ließ sie sich auf Nakims Sofa nieder und las weiter.

»Es gibt da auch ein kleines Kapitel über die Zauberer«, sagte Nakim. Er hatte sich auf sein Bett gesetzt und schaute Nuvay an.

Sie blätterte aufgeregt im Buch herum. Auf Seite 99 las sie:

Zeitalter der Zauberer: Zauberer sind Menschen, die ungewöhnliche magische Fähigkeiten aufweisen. Diese Eigenschaft ist im Grunde das einzig Positive, was uns von ihnen bekannt ist. Zauberer vertreten eine seltsame Glaubensart, die uns normalen Menschen zwar ähnelt, aber dennoch fremd ist. Sie besiedelten vor zweitausend Jahren die Erde und waren ein aggressives, ungebildetes und barbarisches Volk. Gerüchten zufolge folterten sie ihre Frauen. Sie verbreiteten Angst und Schrecken auf der ganzen Welt. Laut einigen Quellen sind sie Schuld an der Mischung der Menschen- und Drachengene. Diese »Mischwesen« existieren heutzutage nicht mehr, da sie ausgerottet wurden. Sie waren eine viel zu große Gefahr für den Menschen geworden und wiesen schreckliche Missbildungen auf. Mit ihrer Ausrottung verschwanden wohl auch die Zauberer. Sie hatten sich als Einzige auf die Seite der »Mischwesen« gestellt und wurden wahrscheinlich mit ihnen vernichtet. Von der Existenz von Zauberern und ihrer Magie im heutigen Jahrhundert ist nichts bekannt. Man findet kaum Quellen oder Literatur über sie oder von ihnen. Ihre Ursprünge sind ebenfalls nicht bekannt. Einfluss auf die Menschheitsgeschichte hatten sie nicht.

Nuvay seufzte. Das war genau das, was sie auch schon wusste, bis auf den Umstand, dass Mischwesen schreckliche Missbildungen gehabt haben sollen.

»Da steht ja fast gar nichts über sie. Zumindest nichts, was ich nicht schon halbwegs wusste«, sagte sie enttäuscht.

Nakim nickte. »Tja, es gibt anscheinend nicht viel, was man über sie wissen muss.«

Sie überlegte kurz und sagte dann leise: »Es ist traurig.«

Er zuckte nur mit den Schultern. »Interessiert mich nicht.«

Nuvay seufzte. »Es gibt viel zu viele Sachen, die dich nicht interessieren.«

Nakim grinste schief. »Und wenn schon!«

Sie musterte ihn skeptisch. »Nakim?«

Die Tonlage von Nuvay verriet Nakim, dass sie nun etwas seltsames Fragen würde.

»Was?«, fragte er vorsichtig.

Sie kaute nervös auf ihrer Unterlippe. »Denkst du eigentlich an so Sachen wie Heirat und Ehe?«

Nakims Ausdruck versteinerte.

»Ich ... ich mein … du redest nie darüber...«, stotterte sie.

»Nuvay, halt den Mund!«, fuhr er sie hart an.

Sie drückte sich ein wenig tiefer in sein Sofa. »Du wirst viel zu schnell wütend«, sagte sie vorwurfsvoll.

»Und wenn schon!« Er zog seine Augenbrauen zusammen.

»Ich frag mich, welche Frau überhaupt mit einem Gemüt wie deinem klarkommen soll.«

»Nuvay!« Seine Augen schossen giftige Pfeile in ihre Richtung. »Halt den Mund oder geh raus!«

Sie musste die Gedanken, die sie beschäftigten, loswerden und erhob sich demonstrativ. »Nakim! Weißt du was? Ich wünsche dir ehrlich aus ganzem Herzen eine Frau, die es schafft, dich in null Komma nichts zu besänftigen!«

Als Nakim antworten wollte, war sie schon hastig aus dem Zimmer geflohen. Er sah ihr genervt hinterher. Von wegen, ging es ihm durch den Kopf. Als ob er sich jemals von einer Frau besänftigen lassen würde!

# 14 Ein alter Adler ist stärker als eine junge Krähe

Am nächsten Morgen standen Nakim und Nuvay früh auf und machten sich auf den Weg zu Gimmi in die Krankenstation. Ihre Tante hatte selbstgemachte Erdbeermarmelade für ihn mit eingepackt. Gimmi hatte eine große Schwäche für Erdbeermarmelade. Als Nuvay mit Nakim an ihrer Seite zur Krankenstation ging, überkam sie eine seltsame Aufregung. Sie war Gimmi wirklich überaus dankbar dafür, was er getan hatte, auch wenn es nicht viel gebracht hatte, denn das Dorf mochte sie immer noch nicht. Sie hoffte, dass Gimmi sich nicht zu sehr überanstrengt hatte, als er die Station verlassen hatte, und keine bleibenden Schäden davon trug.

Als sie aufblickte, war sie überrascht, die Krankenstation zu sehen. Sie hatte gar nicht bemerkt, dass sie angekommen waren. Nakim lief vor und sie folgte ihm. Das Innere der Station kam ihr verändert vor. Die düstere Atmosphäre schien verschwunden zu sein. Es könnte daran liegen, dass die bleischweren Gardinen, die verhindert hatten, dass Licht hineinfiel, nicht mehr die großen Fenster bedeckten. Auch die Temperatur schien sich verändert zu haben. Statt der sterilen Kälte empfing sie nun eine wohlige Wärme. Sie musste lächeln. Das war doch sicherlich ein gutes Zeichen?

Sie liefen auf Gimmis Zimmer zu und klopften leise an die Tür.

Sofort hörten sie seine tiefe, grimmige Stimme.

»Herein.«

Sie öffneten die Tür und wurden von gleißendem Licht geblendet. Beide mussten blinzeln. Dann erblickten sie einen überraschten Gimmi.

»Ach, ihr seid es? Ich dachte, es ist wieder dieser Drache.« Er lächelte sie an. »Kommt rein! Kommt rein! Setzt euch hin!« Er zeigte auf das Sofa und lächelte fröhlich weiter. Es war schon längere Zeit her, dass Gimmi gelächelt hat, dachte Nurvay. Sie betraten langsam das Zimmer.

Gimmi hatte die alten Gardinen komplett entfernt und dafür dünne, weiße Gardinen aufgehängt. So wurde der Raum stärker beleuchtet. Er wies noch viele weitere Veränderungen auf. Die Möbel waren umgestellt, sie hatten Bezüge in einem beruhigenden Grünton bekommen und waren nicht mehr in diesem Betongrau.

Nuvay und Nakim ließen sich langsam auf das Sofa nieder, während sie die Veränderungen im Zimmer bestaunten.

Gimmi nahm in einem Sessel vor den beiden Platz. »Und«, fragte er nach einer Weile, »wie geht es euch so?«

Nakim nickte stumm. Nuvay schaute ihn an und lächelte. »Dank dir wieder wunderbar!«, sagte sie fröhlich.

Gimmi lächelte zurück, aber er schüttelte leicht seinen Kopf. »Du musst dich nicht dafür bedanken. Es war eine Selbstverständlichkeit, die ich nur nicht sofort in die Tat umsetzen konnte, weil mich meine Angst zu sehr festhielt.« Er seufzte, lehnte sich nach hinten in seinen Sessel und schaute auf die Decke.

»Trotzdem verdienst du Dank!«, erwiderte Nakim.

Gimmi lächelte verlegen und schaute wieder zu Nuvay. »Ich hab dir große Angst eingejagt, nicht wahr?«, sagte er schuldbewusst.

Nuvay wurde verlegen. »Also, naja ... ein wenig...«

Gimmi lachte herzlich. Es klang wie Röcheln. Man hörte und sah ihm an, dass er nicht allzu oft lachte. »Ich hab mir selbst Angst eingejagt!«

Nuvay und Nakim mussten lächeln. Nakim schaute dabei Nuvay an, als würde er fragen wollen, was denn mit Gimmi passiert sei. Plötzlich fiel Nuvay die Marmelade ein und sie hob die Tüte auf, die sie bei sich trug, und reichte sie Gimmi. Er sah sie fragend an.

»Das schickt dir Tante Mina. Ein großer Bottich Erdbeermarmelade.« Sie grinste.

Er grinste zurück und nahm begierig die Tüte aus Nuvays Händen. »Richte ihr meinen herzlichsten Dank aus! Es wäre zwar nicht nötig gewesen, aber trotzdem danke!«

Sag das mal deinem strahlenden Gesicht, dachte sich Nuvay dabei.

»Kaleb ist übrigens noch hier. Wenn du ihn besuchen willst.«

»Aaah. Den hatte ich ganz vergessen.« Sie wurde nervöser, als sie an ihn dachte.

»Ich bezeuge gerne immer wieder deine Unschuld, wenn ich dafür so lecker belohnt werde«, sagte er und zwinkerte ihr zu. »Er ist ein guter Junge«, fügte Gimmi noch kopfnickend hinzu.

»Ich glaube, wir sollten auch bei ihm vorbeischauen« wandte sich Nuvay fragend an Nakim.

Er zuckte mit den Schultern, sagte aber nichts.

»Warum er wohl immer noch hier ist?«, fragte sie.

»Der Junge ist ein Fall für sich. Tief in seiner Seele trägt er eine tiefe Trauer. Er braucht einfach auch mal seine Ruhe von der weiten Welt. Ich glaube, deswegen ist er noch hier«, erwiderte Gimmi. Dann klopfte er sich auf die Knie. »Kinder, ich will euch ja nicht fortjagen, aber ich war gerade an einem äußerst interessanten Medizinartikel, und der Junge oben hat Besuch nötiger als ich.« Er erhob sich und seine Gäste taten es ihm nach.

»Vielen Dank nochmal, Gimmi! Für alles!«

»Gern geschehen, Kleine!«

Sie schritten langsam zur Tür hin.

»Ist er immer noch im selben Zimmer?«, fragte Nuvay kurz vor der Tür.

Gimmi nickte. »Kommt ein anderes mal wieder vorbei und bleibt länger. Dann können wir vielleicht einen Tee trinken.«

Beide lächelten. »Gerne.«

Sie verabschiedeten sich von Gimmi und gingen gemeinsam die Treppen hoch. Nuvay wurde wieder etwas nervöser. Nakim, der die seltene Begabung hatte, kleinste Veränderungen an ihr wahrzunehmen, sagte: »Komm wieder runter! Ihr werdet euch bloß ein wenig unterhalten.«

Nuvay nickte ihm zu. »Ja, kein Grund für Aufregung.«

Auch die oberen Flure der Krankenstation waren nun viel freundlicher. Die Gardinen waren aufgezogen und gaben so dem Licht die Möglichkeit, alle Winkel und Ecken des Flures zu erhellen. Nuvay und Nakim bogen links ab und Nuvay klopfte leise an die Tür.

»Kannst rein, Nuvay!«, hörte er die Stimme des Drachen. »Du auch, Nakim!«

Nuvay und Nakim schauten sich an. »Der Junge ist gruselig!«, sagte Nakim dann.

»Er kann nur gut riechen«, beschwichtigte Nuvay und schob die Tür auf. Im Zimmer erblickten sie den Drachen, der auf einem bunten Teppich auf dem Boden im Schneidersitz saß und die Augen geschlossen hatte. Die Hände hatte er entspannt auf seine Knie gelegt. Im Licht, das vom Fenster aus auf ihn schien, leuchteten sein Gesicht, seine Hände, und seine Füße hell auf. Mit seinen weißen Haaren sieht er schon fast aus wie die lichtartigen Wesen Nôur, dachte Nuvay. Sie betraten vorsichtig das Zimmer.

»W... Was machst du da?«

Kaleb öffnete die Augen. Sie leuchteten bläulich.

»Nichts Besonderes. Ich genieße die Ruhe.« Er lächelte sie mit seinen weißen Zähnen an. Seine scharfen Eckzähne kamen zum Vorschein. »Und ich langweile mich«, rümpfte er die Nase. »Weißt du eigentlich, wie langweilig es die letzte Woche über war? Simôn hat mich gemieden wie eine ansteckende Krankheit und du kamst auch nicht und ich hatte nur Gimmi. Hätte nie gedacht, dass ich mich mal mit einem Menschengreis anfreunde.«

Nuvay kam ihm langsam näher. Sie lächelte und setzte sich dann zu ihm auf den Boden. »So ohne dein inneres Brennen bist du ja wieder ganz umgänglich. War es das fürs Erste mit deiner gespaltenen Persönlichkeit?«, fragte sie ihn.

Er rollte mit den Augen. »Was immer du damit auch meinst, mir gehts wieder bestens! Immer ein Segen, diese verdammte Brunftzeit hinter sich zu lassen!« Und er atmete tief ein.

»Tut mir übrigens leid«, sagte Nuvay. »Du wolltest wahrscheinlich bloß deine Ruhe haben und bist deswegen hergekommen, aber das Dorf hat dich nicht gelassen.«

Kaleb verzog sein Gesicht. »Nein, ist schon gut. Ich schulde Gimmi und Simôn eine Menge. Ohne die beiden wäre ich dieses Jahr wohl wirklich gestorben. Und nach der Ansage von ihm«, er zeigte mit dem Finger auf Nakim, der ihm ein falsches Lächeln zurückgab, »wars zumindest hier bei mir ziemlich ruhig.«

Nakim nickte. »Aber dafür hat es diesmal Nuvay getroffen.«

Kaleb stimmte ihm zu. »Das ist nun mal so. Ich hab's dir doch erklärt, Nuvay. Wir werden nie unsere Ruhe haben. Weder bei den Menschen noch bei den Drachen.«

Was blieb denn dann noch übrig? Er sagte das so einfach daher, fand Nuvay. War das nicht eigentlich eine schreckliche Perspektive? Immerhin ging es um die Diskriminierung einer ganzen Rasse. Und sie sah plötzlich vor sich, wie Landschaften entstanden, Menschen und Drachen füllten sie. Die Drachen nahmen sich die Oberfläche. Die Menschen den Untergrund. Und sie ließen einfach keinen Platz für andere Wesen, andere Arten, einfach alles, was anders war. Sie schluckte. Tränen stiegen ihr in die Augen. Für sie war gar kein Platz auf dieser Welt. Und das, was sie all die Jahre schon spürte, drang in ihr Bewusstsein und wurde von dem Bild verstärkt, das sie vor sich sah: Sie war einsam.

Kalebs blaue Augen leuchteten auf und das Bild vor ihr verschwand wieder langsam. Sie sah in dieses tiefe Blau, als würde sie in den weiten Ozean blicken. Ob der wirkliche Ozean auch so trüb schimmerte? Das Blau fing langsam an zu verschwimmen. »Warum sagst du so was?«, schluchzte Nuvay leise und einige Tränen rannen ihr unwillkürlich über die Wangen.

»Was zum ... Nuvay?«, hörte sie Nakims Stimme. Sie schüttelte bloß ihren Kopf. Ihr Körper erzitterte leicht.

Kalebs Augen wurden größer. »Es tut mir leid.«

Sie schniefte und wischte sich die Tränen aus ihrem Gesicht. »Es ist ja nicht deine Schuld. Es tut mir leid... Ich wollte nicht urplötzlich anfangen zu weinen.«

»Gehts?« Nakim beugte sich zu ihr herunter.

Sie nickte und schenkte ihm ein Lächeln. »Alles bestens«, sagte sie zwar, doch nichts war bestens. Sie versuchte, ihren Schmerz zu ignorieren. Was brachte ihr denn auch dieser Schmerz, außer noch mehr Kummer und Leid.

»Wie lange gedenkst du noch zu bleiben?«, fragte sie Kaleb und lenkte vom Thema ab.

Kaleb wurde unwohl zumute. »Ich weiß nicht«, sagte er unsicher. »Vielleicht einige Tage.«

»Oh«, erwiderte Nuvay. Sie kaute auf ihrer Unterlippe. Er musste weg aus ihrem Dorf, das war sicher. Vielleicht würde er sie aber ab und zu besuchen kommen.

»Kaleb?«

Er sah sie mit großen Augen an.

»Auch wenn das Dorf dich nicht hier haben will, du kannst mich jederzeit besuchen kommen. Okay? Wir können uns ja draußen treffen«, bot sie ihm an. Nakim räusperte sich laut. Nuvay rollte mit den Augen. »Nakim kann uns ja begleiten.« Er nickte stumm.

Um Kalebs Mundwinkel bildete sich langsam und sicher ein immer größer werdendes Lächeln. »Ich nehme dich beim Wort! Ich werde sicher ab und zu vorbeischauen!«

Das freute Nuvay, denn sie wollte jemanden wie ihn nicht als Freund und Leidensgenossen verlieren.

»Doch zuvor will ich diese Herberge noch ein wenig genießen. Ist schon ein Weilchen her, dass ich so ruhig und behütet schlafen konnte.« Sein Blick wanderte zu Nakim.

Sie sahen sich kurz an. Es war nicht zu übersehen, dass Kaleb mit sich zu rang. Im nächsten Moment verzog Nakim das Gesicht. Er hatte verstanden, was er wollte.

»Schweig, Drache! Ich hab's nicht für dich getan!«

Kaleb musste ein wenig lachen. »Ich hab doch nichts gesagt.«

»Ist auch gut so. Dein Dank brauch ich nicht.«

Kaleb zuckte mit seinen Schultern kurz auf. »Meinetwegen. Musst du wissen.« Und es wurde still.

Sie saßen noch ein wenig zusammen, sprachen über dies und jenes. Wie es Kaleb hier während der Brunftzeit ergangen war. Wie Nuvay mit dem Dorf klarkommen wollte. Irgendwann stand

Nakim auf und machte Anstalten zu gehen. Kaleb war enttäuscht, dass sie nicht länger blieben. Daraufhin versprach Nuvay ihm, morgen den ganzen Tag mit ihm zu verbringen, und so gingen Nakim und Nuvay bald wieder zurück nach Hause.

Die bedrückende Trauer wich Nuvay nicht mehr aus der Seele. Auf dem Weg nach Hause schwiegen beide. Es musste nur ein wenig ruhiger um sie werden, da rief sich diese trübe Tatsache auch schon wieder in ihr Gedächtnis und verjagte jegliche Freude. Sie verstand langsam, dass es ein Segen sein konnte, wenn einiges verschwiegen blieb.

Zu Hause angekommen, erzählte Nuvay in der Küche Mina von ihrem Besuch bei Gimmi und Kaleb. Mina stand am Herd und rührte ruhig die Suppe im Topf. Innerlich jedoch war sie alles andere als ruhig. Nuvay saß auf der Arbeitsplatte und Nakim stand neben ihr. Während Nuvay munter vor sich hin erzählte, verschlechterte sich die Laune ihrer Tante. Sie seufzte traurig. Als Nuvay ihr dann auch noch mitteilte, dass Kaleb in einigen Tagen wieder aufbrechen wollte, fing sie an, mit sich selbst zu reden.

»Das kann doch nicht so weitergehen«, hörte Nuvay ihre Tante sagen.

»Was hast du, Tante?«, fragte sie nach einer Weile.

Ihre Tante legte den Kochlöffel weg und drehte sich zu ihren Kindern um. »So! Nuvay, lauf zu deinem Drachenfreund und sag ihm, dass ich ihn heute Abend zum Essen zu uns einlade! achtzehn Uhr! Und lad Simôn ebenfalls ein! Ich mach ein Essen für all meine Kinderchen!« Sie nickte sich selbst zustimmend zu.

Nuvay schaute irritiert zu Nakim.

»Wirklich jetzt?«, fragte er sie.

»Natürlich! Über so was macht man doch keine Scherze! Los! Nuvay! Beeil dich!« Sie klatschte mehrmals in die Hände. »Und schau bei Lionas Laden vorbei und kauf frische Eier und ...«, sie überlegte kurz. »Was könnte ich denn noch alles kochen?«, murmelte sie. »Ah! Super! Blumenkohl! Erbsen!«

»Tante, Drachen sind größtenteils Fleischfresser«, ging Nuvay dazwischen.

Sie sah sie erleuchtet an. »Ja, stimmt. Dann Fleisch. Fleisch haben wir noch genügend zu Hause. Ich schreib dir eine Liste, Liebes! Warte kurz!« Und sie lief aufgeregt aus dem Zimmer. »Pass auf, dass die Suppe nicht anbrennt!«, rief sie ihr vom Wohnzimmer aus zu.

Nuvay griff nach dem Kochlöffel und machte sich daran, die Suppe zu rühren. Der wohlige Geruch von Tomatensuppe verteilte sich im Raum. Sie zog den Duft tief ein. Sie liebte diese Suppe. Nakim beobachtete sie.

»Pass auf, dass sie nicht anbrennt!«, sagte er mit einem unterdrückten Lächeln im Gesicht.

»Das krieg ich ja wohl noch hin!«, antwortete sie beleidigt.

Er schaute sie belustigt an. Sie hasste es, wenn man sich über ihre Haushaltskünste lustig machte. Okay, ihre Fähigkeiten waren ziemlich beschränkt, aber das war kein Grund, sie aufzuziehen.

»Steht dir gut, der Kochlöffel in der Hand.«

Sie wurde rot und schubste Nakim seitlich an. »Hast du nichts Besseres zu tun?!«

»Nein, jetzt gerade nicht«, antwortete er.

Nuvay warf ihm einen genervten Blick zu und stieß ihm ihren Ellbogen in die Rippen.

»Und ich dachte, ich bin aggressiv«, lachte er.

»Von wem hab ich das wohl?«

Da kam auch schon Mina wieder zurück. In der Hand hatte sie eine kleine Liste. »Fertig!« Sie ging zwischen die beiden und nahm

Nuvay den Kochlöffel aus der Hand. »Das hast du gut gemacht, Liebes!« Sie küsste sie auf die Schläfe.

Nuvay lächelte und wartete, bis Mina in den Topf blickte, und streckte dann Nakim die Zunge entgegen. Sein Grinsen wurde noch breiter.

»Hier, Liebes!« Tante Mina drückte Nuvay den Zettel in die Hand. »Und jetzt beeil dich! Ich will, dass du mir gleich hilfst.«

Nuvays Augen weiteten sich. Sie musste ihr bisher noch nie helfen! »Schau nicht so! Es wird langsam Zeit, dass du mir hilfst. Immerhin bin ich nicht mehr die Jüngste.«

Nakim hob eine Augenbraue an und grinste jetzt hämisch. »Jetzt kannst du dich mal beweisen«, meinte er dann.

Sie musste schlucken. Was, wenn sie es vermasselte? Simôn würde auch da sein. Simôn. Sie atmete tief ein und dann aus. Sie wollte nicht, dass er auch kam. Oder vielleicht doch? Ihr Herz schlug jetzt schon schneller. Nakim musterte sie wieder ernster.

»Soll ich mitkommen?«, fragte er sie.

Sie schüttelte ihren schwarzen Haarschopf. »Das schaff ich schon!«

»Na dann, hopp, hopp! Beeil dich! Raus mit dir!«, sagte ihre Tante und schob sie leicht zur Tür. »Und ich fang schon mal an zu kochen mit dem, was ich habe. Nakim, du rührst so lange die Suppe um!«

»Träum weiter!«, hörte ihn Nuvay sagen. Sie musste grinsen.

»Na! Wir werden ja gleich sehen, wer was träumen wird! Und was soll bitteschön diese unverschämte Antwort?« Ihre Tante schlug wieder den gefürchteten Befehlston an. Wenn sie so sprach, konnte niemand ihr widersprechen. Nuvay lachte in sich hinein. Nakim seufzte.

»Ich erzähle es auch keinem«, fügte ihre Tante verschmitzt hinzu.

# 15 Viel lesen und nicht durchschauen ist viel essen und übel verdauen

Nuvay verließ die Küche und lief mit schweren Schritten und starken Herzklopfen los. Sie nahm sich vor, zuerst in der Krankenstation vorbeizuschauen. Vielleicht konnte sie bei Kaleb etwas Kraft tanken, bevor sie sich zu Simôn wagte. Sie lief schneller, auch aus Angst, dass jemand sie sehen könnte oder ansprechen würde. Sie wollte vorerst nichts mehr mit diesen Dorfbewohnern zu tun haben. Seltsamerweise kam ihr der Weg zur Krankenstation immer kürzer vor.

Dort angekommen, lief sie schnell nach oben zu Kaleb. Kurz bevor sie ins Zimmer trat, blieb sie stehen. Die Tür war einen Spalt breit offen. Sie hörte Stimmen.

»Es tut mir wirklich leid, dass ich nicht mehr gekommen bin.«

Nuvays Herz machte einen großen Sprung und stolperte und fiel krachend zu Boden. So fühlte es sich zumindest an. Einerseits musste sie zugeben, dass es schön war, wieder seine Stimme zu hören, andererseits musste sie wieder an die letzte Woche denken. Sie seufzte und sah auf ihre Hände. Was empfand sie? Was sollte sie empfinden? Das wusste sie nicht. Immerhin war er auch einer von ihnen, auch ein Mischwesen. Und die Tatsache, dass sie ein schreckliches Schicksal miteinander teilten, ließ den größten Teil ihrer Wut dahinschmelzen. Sie sollten einander wenigstens nicht ausgrenzen, dachte sie. Sie durfte ihn nicht einfach so aus ihrem Leben streichen, oder? Dass sie Menschen manchmal einfach zu schnell vergab, verfluchte sie.

»Lass gut sein! Ich bin vieles, aber nicht nachtragend«, hörte sie Kaleb sagen. Ja, das sollte sie auch nicht sein. Er hatte schon Recht. Sie spürte, wie ihre ganze Wut auf Simôn sich verflüchtigte.

»Du hast doch nicht wirklich gedacht, dass sie und ich ...« Es folgte eine kurze Stille. Nuvay fühlte, wie sich ihr Körper anspannte, und dann hörte sie Simôn seufzen.

»Ich weiß auch nicht, was ich denke« Seine Stimme klang gequält. »Ich mein, ich will sie nicht verlieren. Auf keinen Fall! Ich hab einfach Panik bekommen, dass sie... Nun ja, auch einfach verschwindet.«

Nuvay schluckte. Meinte er mit ›auch‹ etwa seine Mutter?

»Sie versteht das nicht. Sie denkt über solche Sachen nicht nach. Wenn sie sich was in den Kopf setzt, dann zieht sie es einfach durch. Sie will raus. Sie geht raus. Das andere sich deswegen Sorgen machen, das kommt noch nicht so ganz bei ihr an.«

»Es ist wirklich riskant, dass sie ständig da bei den Drachen herumstreunt. Ich fand es schon dämlich, als ich sie noch nicht kannte«, meinte Kaleb. Sie schwiegen eine Weile.

»Wenn ihr was zustoßen würde ... ich sie verlieren würde ... dann hätte ich einen Grund weniger zu leben«, sagte Simôn ernst. »Und so viele Gründe zu leben, gibt es hier nun auch wieder nicht.«

Nuvay bezweifelte, dass das, was sie soeben gehört hatte, für ihre Ohren bestimmt war. Sollte sie später wiederkommen? Dann nahm sie aber doch ihr Herz in die Hand und klopfte laut an die Tür und schob sie leicht auf. Sie steckte ihren Kopf durch den Spalt und versuchte ganz natürlich zu wirken.

»Hi! Kann ich rein?«

Simôn wandte sich schnell um und sah sie erschrocken an. Aus seinem Gesicht verschwand ihm alle Farbe, was ihm nicht besonders stand. Kaleb versuchte ein Grinsen zu unterdrücken. Sie sah ihn fragend an und ein Licht ging ihr auf. Kaleb hatte wahrscheinlich gewusst, dass sie hinter der Tür gestanden hatte. Er musste sie gerochen haben!

»Komm rein, Nuvay«, antwortete er. Sie trat ein und ging zögerlich auf sie zu. Mit jedem Schritt wurde ihr bei dem Vorhaben unangenehmer. Am liebsten hätte sie auf ihrem Absatz kehrtgemacht und wäre hinausgerannt. Sie schaute zu Kaleb und versuchte Simôns Blick zu ignorieren. Als sie vor ihnen stand, lächelte sie.

»Ich hoffe, ich störe nicht?«, fragte sie und versuchte so unschuldig wie möglich zu klingen.

Kaleb ergriff das Wort. »Nein, wir waren bloß ein wenig am Plaudern.«

Simôn lächelte unnatürlich und Nuvay nickte ihnen zu. »Ich ... ich wollte ... Dass ihr beide hier seid, trifft sich ganz gut. Wenn ihr heute Abend nichts zu tun habt, was höchstwahrscheinlich der Fall ist, dann ... Meine Tante, sie hat euch beide zu uns zum Abendessen eingeladen ... Wenn ihr so gegen achtzehn Uhr kommen könntet, wäre das super!« Ihr Blick wanderte von einem äußerst überrascht wirkenden Kaleb zu einem etwas glücklicher aussehenden Simôn. Sie seufzte erleichtert. Aufgabe erfüllt. Einladung abgeschickt. Sie lächelte.

»Gerne«, sagte Simôn und sah ihr dabei in die Augen.

Sein Blick löste bei Nuvay eine leichte Gänsehaut aus. Er hatte Angst, sie zu verlieren.

»Ich nehme dann Kaleb mit und wir werden so gegen achtzehn Uhr bei euch sein.« Er legte seine Hand auf den Kopf von Kaleb und sah ihn an. Das machte er gerne. Seine Hand auf die Köpfe von Menschen legen. Sie mochte es, wenn er es bei ihr tat. Kaleb schien auch nichts dagegen zu haben, aber seine Aufmerksamkeit war gerade auf etwas anderes gerichtet.

»Hat sie mich wirklich auch eingeladen?«, fragte er Nuvay. Unsicherheit mischte sich in die Stimme.

Sie nickte ihm zu. »Sonst wäre ich nicht hier.«

Kaleb versuchte ein Lächeln zu unterdrücken.

Nuvay sah, wie stark er sich freute, schon fast wie ein kleines Kind. »Gut«, sagte sie darauf. »Dann sehen wir uns später.« Sie warf einen Blick zu Simôn hinüber. Er lächelte leicht. Sie lächelte stärker. Es war wieder alles okay zwischen ihnen, oder?

Nuvay drehte sich um und lief schnell aus dem Zimmer. Als sie vor der Krankenstation stand, atmete sie tief aus. Lief doch ganz gut.

In den nächsten Stunden wurde Nuvay von ihrer Tante hin und her kommandiert. Schneid das! Halt dies! Nicht so! Schneller! Wenn das fertig ist, dann mach das! Nuvay seufzte erschöpft auf, als sie endlich fertig waren. Sie hätte niemals gedacht, dass es so anstrengend sein konnte, ein gutes Abendessen vorzubereiten. Ihre Tante schaute sich unterdes stolz in der Küche um. Sie war wie immer ordentlich und aufgeräumt und alle Anzeichen der Schlacht, die soeben stattgefunden hatte, waren wie weggewischt. Man konnte das Kochen wirklich mit einer Schlacht vergleichen. Eine Schlacht mit Messer und Kochlöffel gegen Lebensmittel und Herdplatte! Und zuletzt hatten die beiden Köchinnen gewonnen! Nuvay schaute zufrieden zu ihrer Tante, die ihrerseits Nuvay die Haare von der Stirn strich und ihr einen warmen Kuss gab.

»Danke für deine Hilfe, Liebes!«, flüsterte sie mit einem Lächeln im Gesicht.

»Gern geschehen«, erwiderte sie.

Ihre Tante wurde wieder ernster.

»So, und jetzt hopp, hopp! Ab in die Dusche mit dir und dann ziehst du dir was Schönes an!« Sie warf einen kurzen Blick auf die Uhr. »Wir haben noch ungefähr eine Stunde«, sagte sie.

Nuvay nickte. Sie war ganz aufgewühlt, wenn sie daran dachte, wer in einer Stunde bei ihnen essen würde. Vor Aufregung wurde ihr richtig schlecht. War das normal? Sie beeilte sich und rannte hoch in ihr Zimmer.

»Brich dir nichts, Liebes! Du hast noch eine Stunde Zeit!«, hörte sie ihre Tante hinter ihr herrufen.

Sie grinste und lief schnell ins Bad. Zwar nicht mehr so schnell wie gerade, aber immer noch schnell genug, um unterwegs gegen Nakim zu stoßen. Er schüttelte seinen Kopf und ließ sich nicht weiter stören. In der Dusche ließ sie sich dann Zeit und genoss, wie das warme Wasser ihren Körper verwöhnte.

Nach der Dusche musste sie die schwierigste Frage des Abends beantworten: Was sollte sie anziehen? Eigentlich interessierte es sie nie wirklich, was sie anzog. Es musste nur einigermaßen farblich zu ihr passen, schlicht sein, und vor allem bequem. Sie mochte es einfach, ohne allzu viel Geklimper oder Schmuck drumherum. Das war auch einer der vielen Gründe gewesen, warum sich ihre und Linas Wege getrennt hatten. Eine Zeit lang hatte Lina den Drang, aus Nuvay etwas zu machen, was sie nicht war. Und das wiederum ging Nakim stark auf die Nerven und auch Nuvay. Sie wusste, wer sie war. Und sie brauchte und wollte sich nicht zu irgendjemand verändern, nur weil das einigen Menschen vielleicht so gefiel. Sie war eigentlich ziemlich zufrieden damit, wie sie war. Sie mochte ihren Körper. Einige sagten, dass sie zu schmale Lippen habe oder eine zu schmale Nase. Als Kind hatte man sie eine Zeit lang als »Geiernase« gehänselt. Aber Nuvay hatte das kalt gelassen.

Zumal sie einfach keine Lust und Zeit hatte, über solche Dinge nachzudenken. Sie dachte viel lieber darüber nach, wie schön die Schuppen der Drachen funkelten oder wie schön der letzte Sonnenaufgang war, den sie beobachtet hatte. Früh fing sie an, das, was einige als Makel ansahen, als schön zu empfinden. Ihre Tante hatte ihr einst erzählt, dass dünne, schmale Nasen in der Menschheitsgeschichte als wunderschön empfunden wurden. Und wenn sie einmal als schön galten, warum sollten sie dann nun scheußlich sein? Dasselbe galt für kleine Augen, eine hohe Stirn, füllige Rundungen und vieles mehr. Nuvay versuchte in allem, das Gute und Schöne zu sehen. Ihre Tante war schon eine weise Frau, dachte sie und lächelte in sich hinein.

Tief in Gedanken versunken griff sie in ihren Schrank und zog das Erstbeste, was ihr in die Finger kam, heraus. Es war ein türkisfarbenes Kleid, das ihre Tante ihr zum 17. Geburtstag genäht hatte. Das Kleid fiel ihr elegant bis zu ihren Fußknöcheln. Die Arme waren lang und weit, wurden aber kurz vor ihrem Handgelenk eng. Es hatte einen Stehkragen, an dem zwei lange Bänder hinabhingen, die man seitlich zu einer Schleife binden konnte. Darüber zog sie eine Strickweste, die türkis und braun gestreift war. Ihre Haare ließ sie offen.

Aufgeregt hüpfte sie die Treppen hinunter. Ihre Tante hatte sich auch schon fertig gemacht. Sie hatte ihr beiges Kleid an. Es war einfach und kaschierte ihren Bauch, der in den Jahren doch etwas dicker geworden war. Sie war zwar keine füllige Frau, aber die Schlankste war sie nun auch nicht mehr.

»Das sind deine Farben!«, sagte ihre Tante, als sie Nuvay erblickte. Ihre Augen leuchteten auf. Nuvay lächelte. Das sagte ihre Tante oft, wenn sie dieses Kleid anzog, deswegen hatte sie es auch genäht.

»Und beige steht dir sehr gut«, erwiderte Nuvay. »Wo bleibt Nakim?«, fragte sie dann und sah auf die Uhr. Es war zehn Minuten vor sechs.

Ihre Tante seufzte erschöpft. »Die Sturheit des Burschen wird noch mein Tod sein!«

»Sag so was nicht, Tantchen! Wieder dasselbe Problem mit den Kleidern?«

Sie nickte müde mit ihrem Kopf.

»Hm. Ich geh mal hoch und rede mit ihm«, bot Nuvay an.

»Es wird nichts nützen. Ich kenne doch meinen Sohn.«

Nuvay lächelte ihr ermutigend zu. Warum musste Nakim auch so stur sein? Sie lief schnell hoch, darauf bedacht, dass sie nicht auf ihr Kleid trat. Oben angekommen klopfte sie an Nakims Zimmertür.

»Ja?«, hörte sie und öffnete.

»Verdammt Nuvay! Gehst du zu einer Hochzeit?«, fragte er bei ihrem Anblick und verzog sein Gesicht.

Nuvay schaute ihn ausdruckslos an. »Immer noch besser, als wie ein Streuner auszusehen! Willst du etwa so runter?«

»Heute Morgen hattest du noch nichts dagegen«, erwiderte er kalt.

»Heute Morgen gab es auch kein Abendessen mit einem Freund und einem Drachen.«

»Zick mich nicht an! Ich zieh an, was ich will!«

Nuvay seufzte laut. Dann sah sie ihn flehend an. »Bitte! Einmal nur! Tu es für deine Mutter. Du weißt gar nicht, wie sehr sie sich freuen würde.«

Nakim rollte die Augen und verkroch sich tiefer ins Sofa. »Ich sehe immer gut aus!«

»Natürlich siehst du immer gut aus. Du bist ja auch Nakim. Der gefürchtete und gerechte Nakim. Aber heute reicht gut aussehen nicht. Du musst auch fein aussehen.« Ihre Stimme wurde immer sanfter und höher. »Und es wäre furchtbar schade, wenn du dich nicht so anziehen würdest, denn fein steht dir eigentlich immer sehr gut. Es macht dich männlicher und stärker.«

Er seufzte. Das war das Zeichen, dass er gleich einknicken würde.

»Ich such dir was raus und du ziehst dich einfach um, okay? Ich pass auch auf, dass es nichts allzu Besonderes ist.«

Nakim mochte es einfach nicht, sich für irgendeinen Anlass schick zu machen. Sie erinnerte sich noch, wie er zu Asgars und Elvanas Hochzeit gekommen war. Nuvay schämte sich heute noch dafür. Ihre Tante hatte drei Tage lang nicht mehr mit ihm geredet. Aber Nuvay vermutete etwas ganz anderes bei ihm. Sie glaubte, dass es gar nicht das Problem war, sich schick zu kleiden, sondern die Wahl. Er konnte sich einfach nicht entscheiden oder war sich dabei einfach zu unsicher, deswegen ließ er es ganz. Und helfen ließ er sich nicht, denn das konnte er mit seinem Stolz nicht vereinbaren. Doch diesmal schien er einzuknicken. Nuvay kramte in seinem Schrank herum.

»Du kannst doch nicht neben diesem Drachen wie ein Strolch aussehen!«, sagte sie währenddessen und lachte in sich hinein. Sein zu groß geratenes Ego anzugreifen, dürfte gar nicht so falsch sein. Sie suchte ihm etwas eher Traditionelles heraus, in der Hoffnung, es würde Nakim besser gefallen, da er in vieler Hinsicht selber auch ziemlich traditionell war. Ein schickes, eng anliegendes beiges Hemd mit Stehkragen. Eine braun, rot und beige gestreifte Weste, die nur bis kurz über seinen Bauchnabel ging und eine beige Hose. Das waren seine Farben. Zumindest passten seine rotbraunen Haare und seine helle Haut sehr gut dazu. Sie legte es ihm zurecht und schaute ihn unsicher mit fragendem Blick an.

»Und? Ein Versuch wert?«, fragte sie zaghaft.

Er blickte kurz auf das, was sie herausgekramt hatte, und grunzte in sich hinein. Das deutete sie als ein Ja.

»Darüber dann noch vielleicht diesen Schal«, ergänzte sie und zog einen dünnen beigen Schal heraus. Sie lief strahlend zu ihm hin, legte den Schal zu den Sachen und verließ das Zimmer, nachdem sie ihn noch einmal freudig angelächelt hatte. Problem gelöst, dachte sie. Man bekommt doch jede Schlange aus ihrem Loch, wenn man die Stimme hoch genug hält und süß lächelt. Männer waren manchmal echt leicht zu manipulieren. Sie lachte in sich hinein und hüpfte die Stufen hinunter. Gegen die Waffen einer Frau konnte kein Mann etwas! Einfach nur zuckersüß daherreden und sich ein wenig nett verhalten, mehr musste man nicht tun, damit sie dahinschmelzen.

Als sie unten ankam, war der Esstisch im Wohnzimmer bereits gedeckt. Salate, unterschiedliche Soßen und Beilagen standen schon auf dem Tisch. Die Tafel sah einladend aus. Ihr Magen knurrte und der Speichel lief ihr im Mund zusammen. Wie das allein roch! Sie schloss die Augen und atmete die Düfte der einzelnen Gerichte tief ein. Und diesmal hatte sie selbst Hand angelegt an dieser leckeren Festtafel. Da klopfte es an der Haustür. Nuvays Herz machte einen Sprung. Wie hatte sie bis eben noch so ruhig bleiben können?

»Ich gehe schon!«, hörte sie ihre Tante rufen, die ihre Gäste gerne an der Tür empfing.

Nuvays Herz klopfte schneller gegen ihre Brust. Sie wartete darauf, dass die Gäste eintraten. Nervös zupfte sie an ihrem Kleid herum, damit auch alles wirklich gut saß. Alles sollte heute perfekt sein.

Kaleb erschien zuerst. Er lächelte und schaute dabei nach hinten, wahrscheinlich zu Simôn. Seine blauen Augen leuchteten voller Freude. Sie freute sich mit ihm. Seine Kleider waren wohl von

Simôn ausgeliehen, denn sie kamen ihr bekannt vor. Er hatte ein ärmelloses, knielanges, tiefblaues Oberteil an. Darunter trug er ein langärmliges, weißes Hemd, das seidene Stickereien an Ärmeln und Stehkragen hatte. Seine Hose war ebenfalls weiß. Sie hielt die Luft an. Man hätte ihn nicht passender anziehen können, ging es ihr durch den Kopf. Er sah aus wie ein längst verschollener, magischer Prinz. Und als sein Blick auf Nuvay fiel und seine tiefblauen Augen sich weiteten, bemerkte sie erst, was für ein edles Geschöpf sie eigentlich vor sich hatte. Er blieb stehen, sodass Simôn, der hinter ihm war, gegen ihn stieß. Er folgte seinem Blick und seine Augen weiteten sich ebenfalls. Sie musste nervös schlucken, als beide sie so betrachteten. Ihr Blick wanderte kurz zu Simôn. Er hatte dieselbe traditionelle Kleidung an wie Nakim. Nur waren seine Farben Schwarz mit etwas Rot. Ein schwarzes Hemd und eine schwarze Hose, die seine sowieso schon dunklen Augen und Haare noch dunkler wirken ließen. Und seine weiße Haut erschien im Kontrast dazu heller. Seine rot-gold-schwarz gestreifte Weste und sein roter, dünner Schal betonten seine roten Wangen und Lippen.

Simôn schluckte ebenfalls nervös. »Das ... das Kleid ist sehr schön«, sagte er angespannt.

Nuvay erwiderte ein wenig verwirrt: »Ja. Hat meine Tante genäht.«

Kaleb zog seine Augenbrauen zusammen. Er grinste Nuvay fragend und schief an, bis er selbst das Wort ergriff: »Du siehst wunderschön aus in dem Kleid«, sagte er und lächelte aufrecht.

Nuvay wurde es ein wenig warm um die Wangen. Sie lächelte ihm verlegen zu. Simôn wandte sich ab. Doch sie konnte noch sehen, dass Kalebs Worte ihn verstimmt hatten.

»Du siehst auch nicht schlecht aus«, gab sie zurück und grinste breit.

»Das Oberteil passt sehr gut zu meinen Augen, nicht wahr?« Sein Grinsen wurde breiter.

Nuvay konnte ihm nichts erwidern, denn Nakim trat ins Wohnzimmer. Sie musste noch stärker grinsen, als sie ihn sah. Er hatte die Kleider an, die sie ihm herausgesucht hatte. Er sah einfach nur entzückend aus. Ihre Tante machte große Augen. Nakim sah gereizt weg und strich mit den Händen über den Kopf, um wenigstens das frisch gekämmte Haar loszuwerden.

»Du siehst gut aus, mein Sohn«, sagte seine Mutter stolz. Ihre Augen strahlten und ihre Lippen bebten leicht.

»Geht«, erwiderte er, wurde aber leicht rot. Er war ganz und gar nicht zufrieden damit, im Mittelpunkt der Versammlung zu stehen. Plötzlich beschlichen Nuvay dunkle Vorahnungen. Sie konnte sich das nicht erklären, aber irgendwie gefiel ihr all das nicht so recht. Es hatte etwas von einem Abschiedsszenario.

»Wollen wir zu Tisch?«, fragte sie zaghaft in die Runde.

Sie lächelten, einige antworteten und sie setzten sich an die festlich hergerichtete Tafel. Es folgten begeisterte Kommentare für die schön hergerichteten Gerichte. Nuvay wurde besonders gelobt, da sie geholfen hatte. Sie reichte den Ruhm jedoch an ihre Tante Mina, die wahre Köchin, weiter. Fröhlich begannen sie mit dem Festmahl. Nuvay fühlte sich so geborgen. Eine familiäre Atmosphäre legte sich um sie, als würde es keine Fremden in diesem Raum geben. Der Drache war ständig am Grinsen. Nuvay sah ihn das erste Mal so glücklich. Das Essen war lecker, die Unterhaltung angenehm. Alles wurde begleitet vom leisen Klirren des Essgeschirrs. Doch noch während des Hauptgangs passierte es. Kalebs Haare waren die letzten Wochen über ziemlich gewachsen und reichten ihm bis zu seinen Schultern, deshalb landeten sie beim Essen immer im Teller. Mina schien das ziemlich zu stören, da sie eine recht saubere und pingelige Frau war. Sie strich ihm seine Haare aus seinem Gesicht und steckte sie ihm hinter seine Ohren. Kaleb schien es nicht zu stören, was sie da tat. Auch nicht, als sie es mehrfach wiederholte. Plötzlich erstarrte sie, während sie ihm schon zum fünften Mal die Haare hinter die Ohren klemmte, als hätte sie ein Gespenst gesehen. An Kalebs Ohr war ihr etwas aufgefallen. Kaleb sah zu ihr und erstarrte ebenfalls, als er ihren entsetzten Blick sah. Es dauerte nicht lange, denn schon im nächsten Moment schob er seine Haare wieder in sein Gesicht. Nuvay beobachtete sie weiter. Die anderen Anwesenden schienen es nicht bemerken zu haben, da sie sich gerade miteinander unterhielten. Mina schob ihren Stuhl mit einem lauten Ruck nach hinten und stand auf. Nun wurden auch Nakim und Simôn aufmerksam auf das Geschehen. Mina hatte diesen schockierten Blick in ihren Zügen, in den sich so langsam Wissen und Trauer hineinmischten.

»Was hast du, Tante?«, fragte Nuvay mit Unbehagen.

Sie griff wieder nach Kalebs Gesicht und diesmal zuckte er mit seinem Kopf ängstlich nach hinten. Nuvay hatte Kaleb noch nie so gesehen. Er hatte wirklich Angst! Das bedeutete nichts Gutes. Sie wurde nervös.

»Keine Angst«, flüsterte ihre Tante. Minas rechte Hand langte zu seiner linken Gesichtshälfte und schob ihm die Haare aus seinem Gesicht. Dasselbe machte sie mit seiner linken Gesichtshälfte. Sofort griff Kaleb mit schmerzverzerrtem Gesicht nach ihrer linken Hand. Er verspürte einen tiefen, starken Schmerz, den er nur ungern zeigte. Sein Gesicht war nun frei. Sie musterte es intensiv und schüttelte leicht ihren Kopf.

»Nein, das kann nicht sein«, flüsterte sie kaum hörbar.

Kalebs Hand, die nach ihrer gegriffen hatte, fing an zu leuchten.

Kaleb schaute Tante Mina an und sie nickte mit ihrem Kopf, wieder kaum erkennbar.

Nuvay schaute irritiert zu Nakim hinüber. Er war genauso überrascht über das, was gerade passierte, aber mischte sich nicht ein. Er beobachtete das Geschehen bloß verwirrt.

Ein Tränenschleier legte sich um die Augen ihrer Tante. Ihr Blick huschte kurz zu Simôn.

Kalebs Augen weiteten sich. Er schüttelte leicht seinen Kopf und formte ein »Nein« mit seinem Mund. Dann bebten Minas Lippen. Sie griff fester zu und drückte plötzlich Kalebs Kopf gegen ihre Brust. Sie vergrub ihr Gesicht in Kalebs weißem Haarschopf und fing schluchzend an zu weinen.

Nakim sah verstört zu. Was ging hier vor? Simôn war nicht minder überrascht. Nach einer Weile erhob sich Nuvay langsam und lief auf die beiden zu. Sie legte sanft die Hand auf die Schulter ihrer Tante. Ihr Schluchzen wurde leiser. Sie ließ Kaleb langsam wieder los.

»Entschuldigt mich bitte. Ich will ein wenig alleine sein«, flüsterte sie und ging ohne aufzublicken aus dem Zimmer. Kaleb schaute zu Boden. Seine Hände hatte er in seinem Schoß versteckt, wie ein kleines Kind, das etwas Schlimmes getan hatte und wusste, dass es gleich dafür bestraft werden würde.

Und der Löwe dieses Hauses erwachte zum Leben. Nuvay blickte gerade noch auf, um zu sehen, wie Nakim die Fassung verlor. Er schlug mit seinen Fäusten auf den Tisch und erhob sich dabei zornig. Seine laute, wütende Stimme schallte im Raum.

»WAS WAR DAS GERADE?«

Kaleb zuckte leicht zusammen. Nakims Gebrüll schallte noch etwas länger im Zimmer wieder. Nach einer kurzen Pause flüsterte Kaleb: »Ich hab nichts damit zu tun.«

»JA? DAS SIEHT FÜR MICH ABER ANDERS AUS!«, brüllte Nakim weiter, erhob sich und ging auf Kaleb zu. Simôn ging dazwischen und hielt ihn zurück.

Nakim schaute nun Simôn rasend vor Wut an, als hätte er seinen Verstand verloren. »WAS?«

Simôn hingegen blieb ruhig und sah mit tiefen Denkfalten zu Kaleb hinüber. »Hat es etwas mit meiner Mutter und Namar zu tun?«, fragte er ihn dann.

Als Nakim den Namen seines Vaters hörte, schaute er wieder zu Kaleb.

»Was geht hier vor?«, fragte Nakim mit Nachdruck.

Kalebs Hände ballten sich zu Fäusten. »Ich kann es euch nicht sagen.«

»WAS KANNST DU UNS NICHT SAGEN, DRACHE? MACH DIE SACHE NICHT KOMPLIZIERTER, ALS SIE SCHON IST! SPUCK ES ENDLICH AUS!«

»Wenn du wissen willst, was mit deiner Mutter los ist, dann geh und frag sie selber!«, sagte Kaleb und blickte Nakim herausfordernd an. Nakim atmete nun schneller und stärker und seine Nasenflügel spannten sich. Nuvay befürchtete Schreckliches. Wenn sich der Abend so weiterentwickelte, würde noch etwas Schlimmes passieren.

»Nakim, beruhige dich. Setz dich hin«, redete Simôn auf Nakim ein.

»WIE KANN MAN DENN BEI SO ETWAS RUHIG BLEIBEN? DER HAT EINFACH SO MEINE MUTTER ZUM WEINEN GEBRACHT UND WEISS ETWAS ÜBER UNS UND MÖCHTE ES NICHT VERRATEN!«, griff Nakim diesmal Simôn an.

»Es wird nichts bringen. Er weiß etwas über uns, dass er nicht wissen will«, sagte Simôn und schaute dabei immer noch zu Kaleb, als würde ihm der Anblick allein reichen, um alle Rätsel zu lösen.

Nakim griff sich nervös in die Haare und lief dann zur Treppe.

»Wo willst du hin?« fragte ihn Nuvay mit besorgtem Blick.

»WAS MEINST DU WOHIN?«, fuhr ihn Nakim an.

Kaleb schüttelte leicht den Kopf. »Nein, frag sie später. Du solltest sie jetzt lieber alleine lassen. Sie braucht Ruhe und vor allem Zeit.«

Nakim sah Kaleb entgeistert an. Seine Hände zitterten. Sein Blick wich kurz zu Nuvay, die ihren Kopf schüttelte und ihn mit großen, furchtvollen Augen ansah. Er presste die Faust gegen die Lippen, dann sah er sich kurz nervös um und schrie: »VERDAMMTE HACKE!«. Er lief auf die Straße und knallte die Haustür hinter sich zu. Der Knall erschütterte das ganze Haus.

Nuvay atmete erleichtert aus. Ein Problem weniger. Keine Knochenbrüche, kein Totschlag. Nakim machte wirklich große Fortschritte!

Simôn schaute hinüber zu ihr. In seinem Blick lag Sorge. »Ich geh raus und folge ihm.«

Nuvay lächelte ihn traurig an. Er erwiderte ihr Lächeln und ihr wurde es leicht warm ums Herz. Daraufhin verließ Simôn das Haus ebenfalls.

Nun waren Kaleb und Nuvay allein im Wohnzimmer. Sie zog ihren Stuhl zu Kaleb und setzte sich neben ihn.

»Kaleb, was ist hier los?«

Kaleb schaute sie mit dunkelblauen, gequälten Augen an. Sie schienen Nuvay anzubetteln, ihn nicht danach zu fragen.

Bei diesem Anblick zog sich ihr Herz zusammen. Sie schaute weg, weil sie es nicht ertragen konnte.

Kaleb beugte sich vor, legte langsam seinen Kopf auf ihre Schulter und flüsterte: »Ich brauch nur ein wenig Halt, bitte, nur ein wenig.«

Nuvay seufzte und lehnte ihre Wange an seinen Kopf. Sie versuchte sich zu beruhigen. Was ging hier schon wieder vor? Jeder schien eine Last, schwerer als die der anderen, auf seinen Schultern zu tragen. Warum brach ihre Tante in Tränen aus? War wirklich ihr Onkel Namar daran schuld? Aber er war tot. Zumindest dachten sie das alle. Auf jeden Fall war er spurlos verschwunden. Ob er doch noch lebte? Wusste dieser Drache vielleicht etwas über das Verschwinden ihres Onkels und Simôns Mutter? Er war immerhin ein Drache. Vielleicht hatte er etwas davon mitbekommen. Aber warum dann diese Geheimnistuerei? Diese und viele weitere Fragen schossen Nuvay durch den Kopf. Sie schloss ihre Augen.

»Du solltest dankbar sein, dass du in jemanden wie ihn verliebt bist.«

Kalebs Worte überraschten sie. Ihr Herz fing an, schneller zu schlagen. Meinte er Simôn?

»Ich meine, ihr passt gut zusammen. Habt dieselben Ziele, Wünsche und Vorstellungen von der Welt. Vom Leben. Eure Familien kennen und verstehen sich. Ihr habt dieselben Angewohnheiten und dieselben Vorstellungen von den Personen in eurer Umgebung. Ihr seid beide von derselben Art. Ihr seid euch einfach in vielen Dingen so ähnlich.«

Nuvay schwieg. Hörte dieser Drache, was er sagte? So gut verstanden sie sich augenscheinlich doch nicht. Vor allem nicht in letzter Zeit. Er vertraute ihr ja nicht wirklich. »Sei dankbar, dass du dich nicht in jemanden wie mich verliebt hast. Ich meine, du magst mich, das merkt man.« Er lachte heiser.

Nuvay errötete.

»Aber ich bin dankbar, dass ich letztendlich nicht deine Wahl bin. Auch wenn es wehtut.« Ihre Augen füllten sich mit Tränen. Sie wollte ihn nicht verletzen. Nicht ihn.

»Liebst du mich?«, flüsterte sie und schloss ihre Augen.

Kaleb nickte leicht mit seinem Kopf auf ihrer Schulter. Nuvay konnte nichts mehr sagen. Ihr Herz vibrierte in ihrer Brust.

»Ich tue es. Aber was bringt es schon? Diese Gefühle ändern nichts an der Realität. Sie verdecken sie bloß. Ich bleibe ein Halbdrache und du ein Mensch. Ich bin jemand, der noch nie eine Familie hatte, im Gegensatz zu dir. Es schmerzt schon, so etwas zu sehen: ein Abendessen unter Freunden. Was das ist, wurde mir erst heute klar. Ich versteh nicht viel von eurer Welt. Was man alles tun muss, um an Nahrung zu kommen, oder um Häuser zu bauen. Ich weiß nicht, was ein normales menschliches Leben ist. Und weißt du was? Ich finde es lächerlich, eure menschliche Lebensart ist lächerlich.« Er kicherte leicht nervös. »Für mich reicht eine Höhle zum Schlafen. Ein Baumstamm. Der Boden. Und tagsüber fliege ich über die Wälder und jage. Nichts könnte mich davon abhalten, monatelang zu verschwinden. Nichts könnte meinen Drang zügeln. Und Liebe kann schon gar nichts von all dem bewirken.«

»Woher weißt du das so genau?«, fragte sie.

»Ich weiß, wer ich bin. Hinter diesem Liebesschwindel sehe ich klar und deutlich die Wahrheit. Und das, weil ich weiß, wer ich bin und was ich will«, antwortete er.

Er hob seinen Kopf und Nuvay sah die Tragik in seinen Augen, in seinem Gesicht, in seiner Person. Er tat ihr leid! So furchtbar Leid! Sie langte sanft nach seinem Kopf und drückte ihn an sich.

»Ich bin trotzdem für dich da, Kaleb«, sagte sie leise. »Solange ich lebe, bleibst du mein Freund.« Tapfer unterdrückte sie die Tränen, die in ihr hochstiegen. Sie schloss ihre Arme um seinen Hals und drückte Kaleb fest an sich. Er roch so schön. Sie schloss die Augen. Sie konnte nicht definieren, was es war, doch es betäubte ihren Schmerz. Kaleb atmete ein und griff mit der rechten Hand nach ihrem Arm und drückte ihn.

»Du riechst so schön«, flüsterte er. Sie musste leicht lächeln.

»Komm bloß nicht auf falsche Gedanken!«, warnte sie und löste sich etwas von ihm. Er lächelte sie an und sie wurde wieder ernst.

»Du kannst es uns wirklich nicht sagen?«, fragte sie leise.

»Ich will es euch nicht sagen«, verbesserte Kaleb.

»Was wirst du jetzt machen?«

»Nichts.«

»Nichts hört sich gut an.«

»Was werden die anderen machen?«

»So wie ich sie kenne, wird meine Tante bis morgen nicht mehr aus ihrem Zimmer kommen und Nakim bestimmt nicht mehr nach Hause.«

»Nein, ich meinte generell. Muss ich mich jetzt immer vor Nakim fürchten?« Er grinste schief.

»Oh, ja, ich glaube schon. Du hast seinen heiligsten Besitz zum Weinen gebracht. Seine Mutter ist unantastbar! Und dann weißt du auch noch etwas über seinen geliebten Vater, was er nicht weiß.« Sie überlegte, wie Nakim sich ab jetzt wohl verhalten könnte. Sie bekam Angst. Ihr bot sich nicht gerade Schönes an.

»Er wird dich nicht in Ruhe lassen, solange du es ihm nicht sagst. Er kann ziemlich hartnäckig sein, wenn es um seinen Vater geht. Und das wird ihm nicht gut tun.« Sie seufzte. Es gab nur eine Lösung für dieses Problem. Nuvay hob gerade an, es ihm mitzuteilen, da sagte Kaleb schon: »Da kann ich wohl nur eins machen!«

Sie schaute ihn fragend an. Ob er an dasselbe gedacht hatte wie sie?

»Ich habe es mir öfters durch den Kopf gehen lassen. Immerhin bin ich schon eine ganze Weile hier und ahnte, dass es irgendwann jemand herausfindet. Aber ich weiß nicht, ob euch die Idee gefallen wird ...«

Nein, ihre Gedanken schienen nicht dieselben gewesen zu sein! Dennoch hörte sie ihm weiter zu.

»... oder ob ihr mitmacht.«

Nuvay schaute ihn fragend an. Was für einen Blödsinn hatte Kaleb nun schon wieder vor? »Ich kann es euch nicht sagen, aber ich kann euch zu all den Antworten führen, was Namar und Samina betrifft«, sagte er. Ihm selbst schien diese Option nicht allzu sehr zuzusagen. Er sah jedoch Nuvay fragend an.

»Du kennst den Namen von Simôns Mutter?«, fragte sie ihn überrascht.

Seine Augen weiteten sich und Trauer mischte sich in sie. »Ich kenne Simôns Mutter. Und auch Nakims Vater.«

Nuvay blinzelte verwundert über diese Aussage. »Sie leben noch?«, flüsterte Nuvay. Ihr Herz pochte stark gegen ihren Brustkorb.

Kaleb sah weg. »Ich kann euch zu den Antworten führen. Ihr müsstet mir bloß vertrauen und mit mir kommen.«

Nuvay verstummte.

Er fuhr fort: »Mina ist sicher damit einverstanden, dass ich euch hinbringe.«

»Was war eigentlich los mit euch beiden?«

Kaleb schüttelte den Kopf. »Das war alles sehr seltsam, oder?«, fragte er dann.

»Mich hat es auch ziemlich erschreckt.«

»Es hat was mit deinem Muttermal zu tun, oder?«

Kalebs Augen weiteten sich. »Woher weißt du ...?«

»Ich hab euch beobachtet. War ja nicht allzu schwer, es zu sehen.«

Kaleb wurde nervös.

»Warum machst du so ein großes Geheimnis daraus?«, fragte ihn Nuvay.

»Ich ... das werdet ihr verstehen, wenn wir erst einmal da sind«, antwortete Kaleb.

Nuvay beschlich ein Unbehagen. Wegen Simôn, Nakim, Kaleb. Sie kannte diesen Drachen jetzt erst seit einigen Monaten, aber irgendwie kam es ihr so vor, als würde sie ihn schon immer kennen. Vielleicht lag es an den Drachengenen, die auch sie hatte. Sie wusste es nicht.

»Geht es dir gut, Nuvay?« , fragte Kaleb.

Sie sah ihn an, überlegte kurz und nickte dann. »Diese Geheimnistuerei nervt ein wenig ... Und es macht mir auch Angst, wenn ich daran denke, dass wir das Dorf verlassen werden. Aber ansonsten, ja, mir geht es trotzdem gut.«

Im nächsten Moment hellte sich Kalebs Miene auf und er grinste sie an. »Ich könnte dir deine Angst ein wenig nehmen.«

Sie sah ihn misstrauisch an. »Wie?«

Sein Grinsen wurde breiter. »Wie wäre es mit einem Flug?«

Erst verstand sie nicht, was Kaleb damit meinte, doch dann ging ihr ein Licht auf und sie schnappte schwer nach Luft. Seine Augen leuchteten wieder und ihre auch. Meinte er das etwa ernst? Sie sah ihn fragend an.

»Was sagst du?«

»I... i... ich weiß nicht, ob das der richtige Zeitpunkt ist für ... Spaß«, stotterte sie unsicher.

»Wenn nicht jetzt, wann dann? Eine bessere Ablenkung kriegst du nicht! Und auch keinen besseren Vorgeschmack auf das, was alles auf dich zukommen könnte. Und es ist genau das, was ich jetzt brauche!«

In seinen Augen flammte Sehnsucht auf. Er steckte sie mit seiner Begeisterung an, doch sie versuchte zu widerstehen.

»Aber es steht doch noch gar nicht so ganz fest.«

Er erhob sich. »Komm einfach mit!«, sagte er und streckte ihr seine Hand entgegen. »Ich zeige dir einen Teil meiner Welt.« Seine Augen strahlten weiter. »Eine Welt, die dich alles andere vergessen lässt!«

Nuvay konnte ihren Blick nicht von seinen strahlend blauen Augen wenden. Das tiefe, leidenschaftliche Dunkelblau zog sie in seinen Bann. Sein Gesicht leuchtete in sanftem Weiß. Sie nickte wie in Trance und reichte ihm ihre Hand. Kaleb grinste zufrieden und zog sie mit sich.

Kurz vor der Haustür fiel Nuvay etwas ein und sie blieb abrupt stehen. Kaleb schaute sie fragend an.

»Ich muss mir erst etwas anderes anziehen. Wenn ich das Kleid hier zerreiße, bringt mich meine Tante um.«

Kaleb seufzte. »Na gut. Aber beeil dich. Ich warte.«

Sie nickte zufrieden und lief schnell, dabei bedacht, keinen allzu großen Lärm zu machen, in ihr Zimmer und zog sich etwas anderes an.

# 16 Das ist der Wind für meine Segel

Sie schlichen sich leise aus dem Dorf und standen nach kurzer Zeit vor dem Eingang zur Höhle. Kaleb schluckte und er begann schneller zu atmen. Eine leichte Brise frischer Nachtluft kam ihnen entgegen. Nuvay schloss ihre Augen. Der Wind wurde stärker. Ihre Haare fingen an darin zu tanzen. Ihr Herz hüpfte. Das hatte sie vermisst! So sehr vermisst! Sie öffnete wieder ihre Augen und ihr Herz machte erneut einen Sprung. Wieder sahen ihr dunkelblaue, große Augen entgegen. Sie lächelte Kaleb an.

»Können wir?«, fragte er sie mit Gier in den Augen. Sie atmete die Nachtluft tief ein und dann wieder aus. Sie nickte.

Draußen vergewisserte Kaleb sich zuerst, dass nirgends Drachen in der Nähe waren. Sie liefen in den Wald, bis Kaleb plötzlich stehen blieb. Er war ziemlich nervös und aufgeregt.

»Beruhig dich, Kaleb!«, sagte sie leise.

Er schien es sehr vermisst zu haben. So wie er jetzt war, fragte sie sich, wie er es überhaupt so lange in ihrem Berg ausgehalten hatte. Sie schaute nach oben. Der volle Mond erfüllte den Wald mit seinem silbernen Schein und sanft umschlang er jeden Baum, jedes Blatt und ließ es in seinem mysteriösen Licht erstrahlen. Die Sterne strahlten, als kämpften sie um die Vorherrschaft. Doch keiner schien zu gewinnen. Viel eher hatte es den Anschein, als ob jeder einzelne dazu bestimmt war, das Gesamtbild des Himmels zu verschönern.

Nuvay musste lächeln. Sie schloss die Augen und versuchte diesen Moment in sich festzuhalten.

»Schau nicht her«, hörte sie Kaleb sagen.

»Was?«

Sie öffnete die Augen und schloss sie sogleich wieder. Kaleb zog sich gerade die Kleider aus.

»Sag doch Bescheid, wenn du dich umziehen willst!«, sagte sie gereizt.

»Hab ich doch«, hörte sie ihn sagen und dabei lachen.

»Komm runter, du hast doch nichts gesehen! Und außerdem wirst du mich gleich in meiner Drachengestalt auch nackt sehen. Ich versteh den Unterschied immer noch nicht!«, murmelte er zum Ende hin.

Nuvay seufzte. »Kaleb du bist als Drache in keinster Weise unbekleidet!«

»Soll heißen?«, gab er prompt von sich.

»Du hast unzählige Schuppen, die deine Haut bedecken! Das soll es heißen! Schau dir doch mal alles an: Alles wird bedeckt. Irgendwie. Vögel mit Gefieder. Katzen und Hunde haben ihr Fell. Es ist einfach nur natürlich, dass man was anhat. Verstehst du?«

Es kam keine Antwort. Nur Äste knackten und Blätter raschelten.

»Kaleb?«, fragte sie leise, traute sich aber nicht, sich umzudrehen. Sie wurde von hinten gestupst, sodass sie nach vorne auf ihre Knie fiel.

»Was soll das?«, fragte sie, drehte sich dann um und sah in Kalebs Drachenaugen. Er hatte sich wieder in einen Drachen verwandelt. Nuvay musste bei dem Anblick schlucken. Sie hatte ganz vergessen, wie majestätisch er als Drache wirkte. Seine silberweißen Schuppen schimmerten im Mondlicht. Sie spürte seine Blicke auf sich und roch seine Wärme.

»Hallo Drache«, flüsterte sie.

Seine großen Mundwinkel zuckten leicht nach hinten. »Hallo Mensch«, sagte er mit seiner tiefen Drachenstimme, die nicht mehr viel von seinem menschlichen Klang hatte. Sie war rauer, röchelte leicht und vibrierte stark. Sie stand langsam auf, ohne ihren Blick von ihm abzuwenden.

»Du bist so schön.«

Der Drache blinzelte, hob den Kopf und stupste sanft ihren Bauch an. Nuvay lächelte und legte ihre Hände auf seinen Kopf. Seine Schuppen waren steinhart. Und er war warm. Sie wusste nicht warum, aber diese Wärme zog sie an. Sie winkelte ihre Knie an und ließ so ihren Oberkörper auf seinen Kopf fallen.

»Was machst du da?«, fragte er und senkte leicht den Kopf, sodass ihre Beine auf dem Boden lagen.

»Du bist so schön warm«, murmelte sie leise.

Er hob seinen Kopf höher und Nuvays Beine baumelten nun in der Luft.

»Du meinst heiß!«, verbesserte er.

Sie grinste. Dann fing sie an, mit ihren Beinen ungeduldig zu zappeln. »Und? Wann fliegen wir jetzt?«

Er schwenkte seinen Kopf hin und her. Sie klammerte sich fester an ihn, damit sie nicht herunterfiel. »Wenn du mal loslassen würdest, dann jetzt sofort.«

»Ach so«, sagte sie, schwang ihre Beine, stieß sich dabei von ihm ab und landete mit einem Ruck wieder auf dem Boden.

»Genug geschmust! Wir können los!« Sie grinste ihn an.

Er schien zurückzugrinsen, wobei seine messerscharfen Zähne zum Vorschein kamen. Das machte Nuvay dann eher doch Angst. »Versprich mir aber vorher eins.«

»Ja?«

»Grins mich nicht an. Du siehst furchtbar gruselig aus.«

Das brachte ihn nur noch stärker zum Grinsen. Dann drehte er den Kopf weg und ihr den Rücken zu. »Da rauf«, sagte er.

Sie sah auf seinen silberweiß schimmernden Rücken.

»Nah am Nacken«, fügte er noch hinzu.

Jetzt ist es also so weit. Ihre Atmung beschleunigte sich. Wahrscheinlich hatte sie schon ihr ganzes Leben davon geträumt, auf einem Drachen zu fliegen, und der Moment war wirklich gekommen.

»Einfach rauf da?«, fragte sie.

»Du kannst auch in meinen Klauen fliegen oder in meiner Schnauze. Wie du willst!«

»Nein, nein, schon gut. Rücken ist gut. Perfekt! Ich werde dir jetzt wohl oder übel auf die Pelle rücken.« Sie versuchte auf seinen Rücken zu klettern.

Kaleb legte sich währenddessen flach auf den Boden, um ihr den Aufstieg zu erleichtern.

»Du bist der erste Mensch, mit dem ich fliegen werde«, sagte er leise.

Sie hielt kurz inne. Dann musste sie lächeln. »Und du bist der erste Drache mit dem ich fliegen werde.«

»Den ersten Flug vergisst man nie.«

Sie blieb wieder stehen und überlegte kurz. Hatte er etwa Angst, dass sie ihn jemals vergessen könnte? War das überhaupt möglich?

»Kaleb, ich werde dich nie, nie in meinem Leben vergessen.«

Kaleb legte seinen Kopf auf den Boden und seufzte schwer.

»So einen angeberischen, arroganten und selbstverliebten Drachen, wie dich, kann man doch unmöglich vergessen!«, fügte sie dann noch grinsend hinzu und kletterte weiter.

Er ließ eine Rauchwolke von seinen Nüstern aufsteigen und gab leise Schnurrgeräusche von sich. Sie schob sich noch in Position und dann glaubte sie da zu sitzen, wo sie zu sitzen hatte.

»Geschafft!«, rief sie stolz und hob die Hände hoch. Sie blickte sich um. Es war schon hoch auf einem Drachen zu sitzen, dachte sie sich. Sie saß gerade wirklich auf Kalebs Nacken. Gleich hinter ihr waren seine angelegten Flügel. Ihre Beine ließ sie über seine Schultern nach vorne hinunterbaumeln.

»Willst du die da so hängen lassen?«, fragte er und stupste ihre Beine mit seiner Wange an. Sie zog ihre Beine zurück.

»Warum? Ist das nicht gut so?«

Er zuckte kurz mit seinen Schultern und die Bewegung kitzelte Nuvay so sehr, dass sie kichern musste.

»Was kicherst du jetzt heru...?«

»War nur die Bewegung«, ging sie dazwischen und kicherte weiter.

Er seufzte auf und verdrehte seine Augen dabei. »Ich weiß nicht genau, was die beste Position ist, aber ich glaube, es wäre sicherer, wenn du deine Beine hinter meine Vorderbeine klemmst.«

»Meinst du etwa so?« Sie versuchte umzusetzen, was Kaleb gesagt hatte. Und tatsächlich. Irgendwie war die Position bequemer und schien für später auch sicherer zu sein.

»Okay!« Ihr Herz fing an, schneller zu schlagen. »Wir können los, Drache!«

»Kaleb! Hör auf mit dem Drachen!«, fuhr er sie an.

»Ja, ja!« Sie patschte nervös auf seinen Hals.

»Warte«, sagte Kaleb plötzlich.

»Wa...?«

Sein Nacken und die Stellen, auf dem Nuvay saß, begannen, leicht zu dampfen.

»Was machst du, Kaleb?«

»Ich weiche meine Schuppen ein, damit ich dir nicht wehtue, wenn ich mich gleich bewege«, antwortete er.

Sie musste lächeln, doch ihre Spannung legte sich nicht wirklich.

Sie würde gleich fliegen! Sie würde gleich über der Erde, zwischen den Wolken schweben. Unter ihr das mit Abstand schönste Wesen, dass sie je gesehen hatte, und über ihr der mit Abstand schönste Sternenhimmel, den sie seit langer Zeit gesehen hat. Sie biss sich auf die Unterlippe.

»Weich genug?«, fragte Kaleb sie. Das Dampfen hörte wieder auf und ja, tatsächlich, seine Schuppen waren nicht mehr steinhart, sondern im Gegenteil: Sie fühlten sich sehr weich an. Sie musste kurz auflachen.

»Du bist so weich!«

Kaleb drehte seinen Kopf nach hinten und hätte er Augenbrauen, dann würde er sie sicher gerade zusammenziehen.

»Komm wieder runter!«

»Niemals!«, rief sie weiterhin lachend, obwohl Kaleb wohl eher ihr Laune gemeint hatte und nicht sie.

»Wer hatte je das Privileg gehabt, mal auf so etwas Weichem sitzen zu dürfen?«

Er grunzte leise, und lief dann langsam los, ohne weiter auf Nuvay einzugehen. »Versuch, dich meinen Bewegungen anzupassen.«

Nuvay nickte. Ihre Aufregung wurde wieder stärker. Es war schon immer so, dass ihr Magen sich zusammenzog, wenn sie nervös wurde, und gerade verkrampfte sich ihr Magen. Sie konzentrierte sich auf die Bewegungen des Drachen und versuchte, die Turbulenzen ihres Magens zu verdrängen. Sie beugte sich weiter vor und drückte ihren Körper an seine Schuppen. So wollte sie gleich beim Fliegen – Sie würde gleich fliegen! – nicht so viel Fahrtwind abkriegen und somit Kaleb auch weniger behindern. Seine Bewegungen waren sehr ruckartig und unsanft. Seine Flügel waren noch am Körper angelegt. Sobald sie fliegen würden – Sie würden gleich fliegen! – würden sich seine Beine wohl nicht mehr bewegen. Wie es sich wohl anfühlen würde, wenn er seine Flügel schwingt? Nuvay atmete aufgeregt aus.

Kaleb lief aus dem Wald. Wahrscheinlich war es schwierig, im Wald abzuheben. Kaleb wurde schneller. Nuvays Herzschlag auch.

»Geht es?«, fragte er.

»Jaa!«, antwortete sie.

»Kannst du dich gut halten?«, fragte er nochmal.

»Spring mal!« schlug sie vor.

Und Kaleb sprang von einem großen Stein aus ab. Nuvays Herz sprang mit ihm in die Höhe. Ihr Körper wurde leicht in die Luft gehoben. Sie klammerte sich mit ihren Beinen und Armen an ihn und drückte sich so fest wie möglich an seinen Nacken. Dann kam wieder die Landung auf der Erde. Das war nicht so angenehm. Sie wurde mehrmals heftig gegen ihn gedrückt. Auch wenn seine Schuppen weich waren, war es kein angenehmes Gefühl.

»Keine Angst!«, sagte Kaleb. »Im Flug gibt es keine Landungen! Zumindest nicht solche.«

Sie lächelte. »Das Halten funktioniert zumindest gut«, sagte sie.

»Das ist das Wichtigste«, meinte Kaleb. Er blieb stehen. Sie waren nun auf einer ebenen Fläche. Unter ihnen glitzerte das Gras durch den Mondschein, über ihnen die Sterne. »Bereit?«, fragte Kaleb sie. Er kratzte nervös mit seinen Vorderkrallen auf dem Boden. Nuvay sog die kühle Nachtluft tief hinein. Sie spürte, wie schnell ihr Herz schlug. Es hämmerte gegen ihren Brustkorb, ihre Finger zuckten leicht vor Aufregung und ihr Magen drehte seltsame Pirouetten. Sie richtete sich auf.

»Wenn du es bist«, sagte sie.

Kaleb ging mit allen vieren in die Knie. Absprungposition.

Nuvay schmiegte sich eng an ihn und griff fester zu. Sie konzentrierte sich auf das, was gleich kommen würde. Die Welt stand für einige Momente still. Nichts war zu hören, nur der schnelle Atem des Drachen und Nuvays, gemischt mit ihren schnellen Herzschlägen. Die Welt hielt den Atem an. Es herrschte sogar Windstille. Nuvays Herz blieb stehen, oder kam es ihr nur so vor? Dann gab Kaleb einen Grunzlaut von sich. Nuvays Herz schlug nun mit doppelter Geschwindigkeit. Dann stieß sich Kaleb mit seinen Beinen fest von der Erde ab, breitete seine Flügel aus und stieg ruckartig, aber schnell empor. Er schlug mit seinen kräftigen Flügeln und jeder Aufschlag fuhr Nuvay durch den Körper.

»Das nächste Mal springen wir von einer Anhöhe ab«, sagte er. »Nervt doch immer wieder, dieses Abfliegen von der Erde, egal wie lange man nicht mehr geflogen ist.«

Nuvay lachte. »Wen juckts? WIR FLIEGEN!«, rief sie aus.

»Ja, du musst nur sitzen. Die ganze Arbeit mach ich.«

Nuvay hörte gar nicht hin. Eine kribbelige Aufregung durchlief ihren Körper. Sie ließ den Drachen langsam etwas los und beugte sich leicht nach hinten. Sie sah sich um.

»O mein König, wir steigen wirklich auf! Kaleb, wir fliegen!«, rief sie wieder in den Nachthimmel hinaus. Der dunkle Wald unter ihnen wurde immer kleiner. Er sah faszinierend und gruselig zugleich aus mit seinen tiefen Schatten und seiner Finsternis. Warum war ihr das nicht aufgefallen, als sie noch im Wald waren? Der Wind strich Nuvay sanft durch ihre Haare und durch ihre Kleider, ein unbeschreibliches Gefühl der Freiheit überwältigte sie. Sie drehte sich etwas nach hinten und sah in die Tiefe. Sofort lief ihr ein kalter Angstschauer den Nacken empor. Was würde passieren, wenn sie abstürzten? Bloß nicht darüber nachdenken, dachte sie. Sie beugte sich zur anderen Seite und beobachtete seine Flügel, wie sie kräftig schlugen und sie mit jedem Schlag höher trugen. Sie glänzten silbern im Mondlicht. Nun richtete sie sich wieder nach vorne.

»Hör auf, so herumzuzappeln, sonst fällst du noch!«, stutze Kaleb sie zurecht.

Schnell schmiegte sie sich wieder an seinen Körper. »Tut mir leid.« Und dann legte sie ihren Kopf an den Nacken von Kaleb und beobachtete aufgeregt, wie sie weiter aufstiegen. »Kaleb, das ist so traumhaft schön«, flüsterte sie, als Kaleb in der Luft anhielt. Das Einzige, was sich noch bewegte, waren seine kräftigen, weißen Flügel.

»Warum stehen wir in der Luft?«, fragte Nuvay verwundert.

»Genießen wir doch ein wenig den Ausblick«, sagte er leise.

Nuvay lächelte. »Überanstreng dich nicht.«

»Nein. Ich hab all das so sehr vermisst.«

»Kann ich verstehen.« Sie seufzte und lehnte ihren Kopf wieder an seinen Nacken.

»Wir sollten es fürs Erste langsam angehen«, meinte er.

»Hm, hm«, stimmte sie ihm zu.

Sie genoss den Ausblick, der sich ihr bot. Sie schwebten inmitten eines Meeres aus leuchtenden Sternen. Sie hob ihren Kopf und sah auf zum Mond. Er schien hell und war zugleich doch auch geheimnisvoll zwischen den glitzernden Sternen. Niemals zuvor war sie ihm so nah. Als sie ihren Arm ausstreckte und versuchte, nach dem glänzenden Ball zu greifen, wurde sie von seinem Schein umhüllt. Sie lächelte. Kalebs Flügelschläge, die kühle, sanfte Nachtluft, die über ihren Körper strich, fühlten sich gut an.

»Lass uns einen kleinen Rundflug machen«, sagte Kaleb. Schnell fand er eine Luftströmung und sie glitten sanft durch den Nachthimmel ...

Aber wie alles im Leben endete auch dieser Flug. Kaleb setzte Nuvay am Dorfeingang ab und ging noch einmal zurück, um Simôns abgelegte Kleider zu holen. Nuvay schlenderte müde die Dorfstraßen entlang nach Hause. In Gedanken war sie immer noch in der Luft. Das war mit Abstand das Schönste, was sie je erlebt hatte! Daran gab es keinen Zweifel. Sie war so dankbar dafür! Unendlich dankbar! Sie wusste nicht, wann oder ob sie überhaupt wieder fliegen würde, nahm sich jedoch vor, diese Nacht immer in ihrem Herzen zu bewahren.

Zu Hause war alles, wie sie vermutet hatte: totenstill. Sie traute sich nicht bei irgendwem anzuklopfen. Deshalb beließ sie es auch und begab sich leise in ihr Zimmer. Sie zog sich schnell um und legte sich schlafen. In ihrem warmen und weichen Bett ließ sie sich den ganzen seltsamen Tag noch einmal durch den Kopf gehen. Erst der Kampf in der Küche. Dann der Kampf während des Essens. Dann der Kampf mit dem Wind. Sie lächelte. Na ja, das war kein wirklicher Kampf. Sie schloss ihre Augen und rief sich in Erinnerung, wie der Wind durch ihre Haare strich, wie die Mondstrahlen sich auf ihrer Haut spiegelten. Sie erinnerte den Anblick des Sternenmeers über ihrem Kopf, das Gefühl, über der Erde zu schweben, den Ausblick auf die mondstrahlengetränkte Landschaft, das sanfte Gleiten mit dem Wind ... Und irgendwann glitt sie dabei sanft in den Schlaf. Sie träumte fast die ganze Nacht. Es war ihr ein Rätsel, wie man so oft in einer Nacht aufwachen konnte, immer mit ein und demselben Traum: auf Kaleb über der Erde schweben.

# 17 Drei Dinge sind notwendig zu einem Geschäft: zum Anfang der Verstand und scharfer Blick, zum Fortgang Vorsicht und Geschick, zum Vollenden Beständigkeit und Glück

Als der Morgen anbrach, erwachte Nuvay. Es kam ihr so vor, als ob sie immer noch den Wind auf ihrer Haut spürte, die Schuppen von Kaleb an ihren Fingern, das kräftige Schwingen seiner Flügel.

Plötzlich hörte sie jemanden laut aufschreien. Prompt war ihre Müdigkeit verflogen. Sie sprang aus ihrem Bett und rannte samt ihrem pochenden Herz hinunter. Auf den letzten Stufen der Treppe stolperten beide, doch Nuvay konnte sich gerade noch festhalten. Unbeirrt lief sie weiter in die Küche, wo sie abrupt stehen blieb. Der Anblick, der sich ihr darbot, war nicht gerade beruhigend. Nakim stand vor dem Tisch. Auf dem Boden ein zerbrochener Teller mit Essen, sein Inhalt verstreut. Wahrscheinlich war das Nakims Frühstück. Vor Nakim eine sichtlich erregte Tante Mina, die sich ihren Sohn vornahm.

»Misch dich nicht in die Angelegenheiten von älteren ein! Und hör auf hier wie ein verrückter herumzuschreien!!«, sagte sie bestimmt.

Nakim machte den Mund auf. Doch bevor er etwas sagen konnte, ging seine Mutter wieder dazwischen.

»Kein Wort mehr!«

Tante Mina hatte schon immer eine äußerst dominante Ader, doch anders als Nakim hatte sie es gewöhnlich nicht nötig zu schreien, um ihrem Willen Ausdruck zu verleihen.

»Und jetzt geh in dein Zimmer und leg dich schlafen! Du siehst fürchterlich aus!«

Nakim sah seine Mutter wütend an, wusste aber nicht, was er ihr erwidern sollte. Das war nur bei ihr so und manchmal auch bei Simôn. Jeden anderen hätte er jetzt zusammengestaucht.

Tante Mina beruhigte sich ein wenig. »Ich werde mich darum kümmern, mein Sohn. Und jetzt geh bitte schlafen.«

Nakim griff sich in die Haare und zerzauste sie noch mehr.

»Na komm.« Sie lief auf ihn zu und drängte ihn sanft zur Tür. Er gab nach und drehte sich um. Nuvay konnte nun sein Gesicht sehen. Er sah wirklich fürchterlich aus: Haare total strubbelig, dunkle Augenringe und rote Augen. Schlaf war jetzt das, was er am nötigsten hatte, da hatte ihre Tante Recht. Er sah sie flüchtig an, als er an ihr vorbeilief. Sie konnte seinen Blick nicht deuten. Ihre Tante wandte sich nun Nuvay zu.

»Komm rein, Liebes. Ich mach dir gleich Frühstück.«

Sie bückte sich, um den Boden sauber zu machen. Nuvay kniete sich ebenfalls hin und half ihr dabei. Auch wenn Tante Mina die Nacht in ihrem Zimmer verbracht hatte, sah sie nicht besser aus als Nakim, der wahrscheinlich bis zum Morgengrauen durch das ganze Dorf gestreunt war. Ihre Hände waren kraftlos und ihr Blick müde. Tante Mina und Nuvay seufzten gleichzeitig. Überrascht sahen sie sich an und brachen nach einer kurzen Stille in Gelächter aus. Tante Mina zog Nuvay an sich und umarmte sie fest.

»Mein liebes Kind, es scheint so, als würde es keinen Ausweg mehr geben.«

»Wie meinst du das?«, fragte Nuvay sie aus der Umarmung heraus.

Ihre Tante ließ sie los und musterte sie. Dann nickte sie. Nuvay sah sie fragend an. »Ihr seid so weit. Es gibt keinen Grund mehr, es vor euch zu verheimlichen.«

»Was denn, Tante?«, drängte Nuvay.

Sie seufzte erneut. »Du hast eigentlich nicht sehr viel damit zu tun. Aber ihr müsst es endlich wissen. Und jetzt, wo der Drache da ist, kann er es euch sicherlich erklären.«

Verwirrt und etwas entnervt fragte sie ihre Tante: »Kann es sein, dass ihr alle versucht, die Aufgabe dem Nächsten zuzuschieben?«

»Oh, nein. Er will schweigen?«, erwiderte sie niedergeschlagen.

Nuvay zuckte kurz mit ihren Achseln. »Er hat gestern nichts verraten und wollte nicht wirklich etwas mit der Sache zu tun haben«.

»Das darf doch nicht sein. Ich hatte wirklich gehofft, dass das ein Ende haben würde.«

»Aber er hat vorgeschlagen, dass er uns dorthin bringen könnte«, ergänzte Nuvay.

Die Augen ihrer Tante leuchteten auf. »Das ist zwar gefährlicher, aber es wäre natürlich viel besser. So würdet ihr es direkt erfahren.« Dann nickte sie ihr zu und Zuversicht und Entschlossenheit ließen ihr müdes Gesicht erstrahlen. »Ja, das wäre eine gute Idee! Wir sollten endlich mit diesem Kapitel unseres Lebens abschließen. Nuvay, Kannst du dich schnell umziehen und Làlà Bescheid geben, dass ich dringend mit ihm reden muss?«

»Du meinst tatsächlich, dass wir das Dorf verlassen sollen? Wenn Làlà seine Genehmigung gibt, brechen wir dann wirklich auf? Und ich darf auch mit?« Sie sah ihre Tante mit großen Augen an.

Diese wiederum lächelte ihr an. »Für dich wäre es das Beste. Làlà wollte dich ja sowieso hinaus in die weite Welt schicken.«

Nuvay verspürte einen Stich im Herzen, als sie an die letzte Woche und an ihr Dorf dachte. Ihre Tante bemerkte ihren Wandel.

»Na komm schon, Nuvay. Je schneller wir die Sache besprechen, desto früher könnt ihr los und diesem Dorf für eine Weile entfliehen.«

Nuvay nickt ihr zu. »Ich beeil mich.«

»Und ich bereite dir ein Frühstück vor!« Ihre Tante lächelte müde. Nuvay erhob sich, rannte hoch in ihr Zimmer, zog sich schnell um und rannte wieder in die Küche.

»Langsam! So dringend ist es nun auch wieder nicht!«, rief Tante Mina ihr hinterher, als sie das Haus verließ. Nuvay konnte aber nicht anders. All das sollte so schnell wie nur möglich endlich besprochen und endgültig beschlossen werden. Sie rannte zum Rathaus und kam erschöpft und schwitzend an. Sie klopfte an die Tür. Es dauerte nicht lange und ihr Herz hüpfte, als sie Simôn hinter der Tür sah. Er lächelte sie ein wenig überrascht an. Freude sprudelte in ihr auf. Es war schön, doch sie musste sich auf den eigentlichen Grund ihres Besuches besinnen.

»Kann ... kann ich Làlà ... sprechen?«, fragte sie schwer atmend.

Simôn schaute sich um. »Rennt dir Nakim hinterher?«, fragte er.

Sie musste lachen. »Nein, glaub mir, wenn er mich jagen würde, hätte ich es sicherlich nicht bis hierher geschafft. Mir war einfach nach Rennen ... Kann ich rein?«

»Also du kannst auch gerne weiterrennen, wenn dir so nach rennen ist«, meinte er grinsend, öffnete ihr aber doch die Tür. Es war wieder wie früher mit ihm.

»Danke. Ich will nur, dass all das ein Ende hat. Ein schnelles Ende«, setzte sie dann beim Eintreten fort. Sie drehte sich zu Simôn um.

Er nickte wissend. »Ich versteh dich.« Er sah nicht so schlimm aus wie Nakim. Leichte Augenringe hatte er zwar auch, aber sonst schien es ihm ganz gut zu gehen. Seine Wangen waren rot und seine Augen strahlten schwarz auf. Er war wirklich ein schöner Junge, fuhr es ihr durch den Kopf, und sie wusste gar nicht, was in sie geriet, doch im nächsten Moment strich sie ihm mit den Fingern sanft über seine Wange. Sie hatte ihm verziehen.

»Du hattest anscheinend keine allzu lange Nacht«, sagte sie.

Seine Augen weiteten sich und er sah sie überrascht an. Sie ließ ihre Hand wieder sinken. Er räusperte sich verlegen und antwortete hörbar bemüht, normal zu klingen: »Ich hab zwar lange nach ihm gesucht, hab ihn aber nicht gefunden.«

Nuvay lächelte. Ihr Herz schlug weiter so schnell und sie wusste gar nicht, warum es sich nicht beruhigte. »Er sah fürchterlich aus eben.«

»Ist er erst jetzt nach Hause gekommen?«

Sie nickte. »Er kann einfach nicht abschalten.«

»Nuvay«, sprach Simôn weiter. Er schien mit sich zu ringen und sah sie unsicher an.

»Ja?« Sein Verhalten machte sie ebenfalls nervös.

»Ich ... ich wollte, dass du weißt, dass es mir leid tut, die Sache mit Navid und dir. Ich hätte zu dir stehen sollen.«

Eine wohlige Wärme bereitete sich bei seinen Worten in ihrem Körper aus. Sie lächelte und überlegte, was sie sagen sollte.

»Ach, Schwamm drüber, Simôn!«, sagte sie schließlich und wedelte mit ihrer Hand in der Luft herum. »Ist vergangen, vergeben und vergessen.« So was passiert nun mal, dachte sie sich. Sie musste sich doch eher bei ihm entschuldigen, dafür, dass sie ihm immer so viel Ärger und Sorgen bereitete.

Simôn nickte verlegen und erleichtert.

»Wo ist Làlà?«, fragte Nuvay dann.

»Warte, ich hol ihn.« Simôn lief schnell aus dem Zimmer.

Nuvay wanderte angespannt im Raum umher und ihr Herzschlag legte sich wieder ein wenig. Wenn Làlà wirklich zusagen würde, dann würden sie wirklich hinaus in die weite Welt fliegen und dort auf irgendeine Wahrheit stoßen, die Nuvay anscheinend nicht allzu sehr betrifft, aber Simôn und Nakim umso mehr. Die Wahrheit hatte etwas mit ihren Eltern zu tun, das war gewiss. Wie lautete jedoch die Frage? Letztlich könnte nach allem gefragt sein. Sie überlegte. Und eigentlich, musste sie sich selbst gestehen, war ihr das gar nicht so wichtig. Sie war viel gespannter auf die Freiheit da draußen im Drachengebiet. Es würde wohl nicht leicht sein für sie. Sie müssten sich bestimmt vor den Drachen in Acht nehmen, doch Kaleb würde sie schützen. Das würde er tun. Doch was konnte sie tun? Sie musste doch die Gruppe irgendwie unterstützen. Wie sollte sie ihnen eine Hilfe sein? Sie konnte nicht wirklich kochen noch sonst etwas Nützliches. Oder vielleicht doch? Sie überlegte. So schnell wollte sie nicht aufgeben. Irgendetwas müsste sie doch kochen können. Rühreier? War das nicht eher braten? Wann hatte sie das letzte Mal Rühreier gemacht? Zum fünfunddreißigsten Geburtstag ihrer Tante? Ja, genau, zum Frühstück. Das war auch schon vor vier Jahren. Sie fasste sich an die Wange. Damals war sie dreizehn. Wie ging das noch gleich? Dazu brauchte man eine Pfanne oder ging es auch im Kochtopf? Und eine Pfanne ist flacher als ein Kochtopf, richtig. Oh, Mist! Sie musste ja auch noch alles einpacken! Sie biss sich gequält auf die Unterlippe. Und wie macht man jetzt Rühreier? Mit Wasser oder ohne? Und die Eier? Wann kamen die Eier? Die Pfanne mit Wasser und Eiern auf das Feuer stellen und rühren? Und sie grinste siegessicher auf. Ja, so machte man Rühreier! Nur konnte sie ihnen doch nicht jeden Morgen zum Frühstück Rühreier machen. Na gut, dann auch mal Spiegeleier. Was war mit den anderen Mahlzeiten? Wie viele Eier konnte der

Mensch denn am Tag vertragen? Und würden sie überall Eier finden? Es war zum Glück Frühling. Ob sie trotzdem ein Huhn mitnehmen sollten?

»Nuvay.« Simôns Stimme schreckte sie aus ihren Tagträumen auf. Er stand neben ihr und schaute sie fragend an. Hinter ihm stand Làlà.

» Tut mir leid. Ich war gerade in Gedanken versunken.« Sie wurde rot. Sie hatte ihn gar nicht hereinkommen hören. »Kannst du eigentlich kochen?«, fragte sie ihn unvermittelt, doch dann mischte sich Làlà ein.

»Was gibt es, Nuvay?«, fragte er sie. »Setz dich doch!« Er zeigte aufs Sofa. »Willst du was trinken?«

Nuvay schüttelte den Kopf und blieb stehen. »Ich wollte bloß sagen, dass meine Tante dringend mit dir reden will. Sie will, dass wir mit Kaleb aufbrechen, um das zu erfahren, worüber hier anscheinend niemand reden will.«

Làlà verschluckte sich und musste husten. Das Thema schien ziemlich brisant zu sein.

»Was?«, ging Simôn dazwischen. »Wir dürfen einfach mit Kaleb aufbrechen und weg?« Simôns Augen funkelten vor Aufregung.

»Nein, nein, nein, natürlich nicht. Das steht noch nicht fest. Zunächst muss ich mit Mina reden.« Das Funkeln in Simôns Augen nahm wieder ab. Làlà sah besorgt zu Nuvay. »Ich komme in einer Viertelstunde vorbei.«

Nuvay nickte und lächelte kurz. »Ich werde es ihr sagen«, sagte sie und lief im nächsten Moment aufgeregt aus dem Rathaus und zurück nach Hause. Sie merkte erst unterwegs, dass sie sich nicht verabschiedet hatte. Seis drum, dachte sie. Zu Hause angekommen, stand ihr Frühstück schon bereit. Es sah wie immer einfach nur lecker aus.

»Und? Was hat er gesagt?«

»Er kommt in einer Viertelstunde.«

»Gut«, sagte ihre Tante und setzte sich zu ihr. Sie sah angespannt aus. Nuvay zog ihren Teller zu sich mit ihren belegten Broten. Sie sah auf ihren Teller und dann zu ihrer Tante, die sie aufmerksam beobachtete.

»Wo hast du eigentlich so gut kochen gelernt, Tante?«, fragte Nuvay plötzlich und ihre Tante schaute sie überrascht an.

»Du beginnst langsam, dich für so etwas zu interessieren, nicht wahr?«

Nuvays Wangen erröteten leicht. »Ich glaub, ich hab gar keine andere Wahl, wenn wir jetzt aufbrechen. Dann muss ich doch irgendwie meinen Beitrag leisten. Ich bin nicht stark, nicht besonders intelligent. Das Einzige, womit ich uns unterstützen kann, ist wohl so was«, erklärte sie und zeigte dabei deprimiert auf ihren Teller.

Ihre Tante lächelte sie geheimnisvoll an. »So, so. Um die Reise geht es also ... Ja, das ist eine gute Idee.«

Nuvay flüsterte: »Ich kann gar nichts, Tante Mina. Das ist irgendwie peinlich.«

Tante Mina schaute sie empört an. »Ach, papperlapapp! Was ist daran peinlich? Du kannst es jederzeit lernen!«

»Geht das denn so schnell?«, fragte Nuvay hoffnungsvoll.

»Wenn du einmal das Grundprinzip verstanden hast, kommt der Rest von alleine. Natürlich muss man dranbleiben und auch mal etwas herumexperimentieren, aber es ist nicht schwer.«

Nuvay atmete erleichtert durch. Wenn das ihre Tante so sagte, dann beruhigte sie das sehr. »Kannst du mir was beibringen, bevor wir aufbrechen?«, fragte sie dann.

»Nichts lieber als das.« Ihre Tante zwinkerte ihr zu und Nuvay musste lächeln. »Deine Mutter war eine sehr gute Köchin, muss du wissen, und auch dein Vater«, fuhr sie fort.

»Echt?«

»Ja. Also müsstest du es im Blut haben.«

Ihre Mutter und ihr Vater waren also gute Köche. Sie lächelte in sich hinein. Also dürfte sie ebenfalls nicht allzu schlecht im Kochen sein. Der Gedanke erfüllte sie mit Hoffnung und Kraft.

»Konnten sie auch gut Wäsche waschen? Ich muss das auch lernen.«

Ihre Tante runzelte ihre Stirn. »Was gibt es da zu lernen? Waschpulver drauf und dann waschen.«

»Wirklich so leicht? Gibt es da nichts, worauf ich achten muss? Eine besondere Technik? Oder sonst irgendwas?«, hakte sie weiter nach.

Ihre Tante überlegte. »Liebes, hör auf, die Sachen komplizierter zu machen, als sie eigentlich sind! Mach es einfach. Egal wie! Und lass dir von keinem dazwischenreden. Jeder macht es nun mal auf seine Art! Und du wirst deine eigene Art entwickeln.«

Nuvay musste grinsen. »Wenn das alles so einfach ist, dann mach ich mir anscheinend wirklich viele unnötige Gedanken.«

»Gedanken, hmm.« Tante Mina strich sich über die Haare. »Eine Person scheint sich in letzter Zeit auch viele Gedanken zu machen.« Sie sah Nuvay eindringlich und mit einem seltsamen Lächeln im Gesicht an.

»Was ... wen meinst du?«, fragte Nuvay überrascht.

Tante Mina lachte. »Er soll nicht denken, dass mir seine Blicke nicht aufgefallen sind.«

Ihr wurde ungemütlich bei diesem Thema.

»Aber ich hab's immer schon gewusst! Frag Làlà! Mir war es immer schon klar!«

Nuvay musste sich räuspern. »Tante, redest du noch mit mir?«

»Mit wem denn sonst, Kind!«, sagte sie streng. Dann sah sie Nuvay verwundert an. »Du weißt aber schon, über wen ich rede?«

Das müsste wohl das Problem gerade sein, dachte sie.

»Ich hoffe nicht vom Drachen.«

Ihre Tante runzelte die Stirn. »Was hat denn jetzt der Drache damit zu tun. Ich meine natürlich den Sohn des Bürgermeisters.« Sie senkte dabei ihre Stimme und sah Nuvay prüfend an.

Nuvays Herz hüpfte kurz in die Höhe und sie spürte sofort, wie sie rot anlief. Wie sah er sie denn bitteschön an? Er sah sie doch immer gleich an, oder etwa nicht?

»Tante, das ist jetzt echt der falsche Zeitpunkt, um über so was zu sprechen.« Sie war wegen der Reise schon sehr aufgeregt.

»Warum? Ich finde, du solltest ihm ein wenig stärker zeigen, dass du ihn mehr als magst. Bei ihm ist ja kaum zu übersehen, dass er dich mehr als bloß mag. Es muss ja einen Grund geben, warum er Lina immer abgewiesen hat.«

»Tante, können wir bitte wieder übers Kochen reden?«, drängelte sie.

»Du solltest die Sache endlich ein wenig beschleunigen! Ich will Enkelkinder! Bei Nakim ist jegliche Hoffnung verloren«, sagte sie betrübt.

»Echt, also ich finde das gar nicht lieb von dir, Tante. Du solltest ihm wenigstens eine Chance geben«, versuchte sie das Thema auf Nakim zu lenken.

»Vergessen wir Nakim jetzt mal«, fing ihre Tante wieder an, doch Nuvay unterbrach sie.

»Nein, Tante! Wir legen jetzt mal alles beiseite. Ich frühstücke jetzt!«

»Kind, es wird langsam Zeit, dass du daran denkst, deinen eigenen Haushalt zu führen und zu heiraten.« Ihre Tante stimmte sich selbst mit einem Nicken zu.

Nuvay sah sie ausdruckslos an. »Tante, also ich glaub nicht, dass man mit 17 schon ans Heiraten denken sollte.«

»Ach, papperlapapp! Natürlich sollst du jetzt noch nicht heiraten. Dafür ist es noch viel zu früh. Aber dich dafür zu wappnen, damit kannst du anfangen.«

»Wie auch immer«, flüsterte Nuvay und gab ihr ein unechtes Lächeln. Sie wollte einfach bloß, dass sie nicht mehr darüber sprachen. Sie fühlte sich immer unwohler in ihrer Haut.

»Du solltest dich aber beeilen, Liebes. Das ist keine einfache Sache, einen Haushalt zu führen.« Nuvay schaute sie ungläubig an. Ihre Tante schien das Thema ganz und gar nicht beenden zu wollen. Ihre Laune sank gerade auf den Boden, wälzte sich dort, wie ein kleines gelangweiltes Kind, und wollte nicht wieder hochkommen.

»Sicher«, sagte sie dann mit keinerlei Überzeugung in ihrer Stimme.

Ihre Tante lachte hell auf und wurde dann wieder ernst. »Hältst du das für ein Kinderspiel? Das ist es sicherlich nicht!«

Nuvay warf ihr einen Als-ob-Blick zu. Der Ausdruck in Tante Minas Gesicht wurde daraufhin nur noch strenger.

»Nuvayla. Schatz. Die Liebe und die Ehe, und dazu gehört natürlich einen Haushalt zu führen, sind zwei Paar Schuhe. Ich möchte, dass du mir gut zuhörst.«

Nuvay seufzte. War das jetzt eines dieser Erwachsenengespräche? »Oh Tante, muss das jetzt wirklich sein?«

»Hör zu, Kind!«, fuhr sie Nuvay an. Nuvay blies ihre Wangen auf, entschied sich dann aber, ihre Gedanken für sich zu behalten und den Mund zu halten.

»Die Ehe ist etwas anderes, als du es dir in deinen rosaroten Blütenträumen vorstellst«, begann die Tante mit ihrer Erklärung.

Ihre Blütenträume sagten ihr: Lerne richtig zu fliegen. Oder verwandle dich in einen Drachen. Du hast es in dir.

»Es wird dir nicht immer gefallen.«

Es gefiel ihr schon jetzt nicht.

»Beginnen wir mit dem Haushalt. Weißt du, was es bedeutet, einen Haushalt zu führen?«

Nuvay schüttelte ihren Kopf. Sonst würde sie ja nicht hier sitzen, oder?

»Das bedeutet, du musst wissen, was eine Wohnung ist. Was benötigt wird, um etwas in eine Wohnung zu verwandeln. Wie richtet man eine Wohnung ein? Wie beschützt man sie? Wie heizt man sie? Wie lüftet man sie? Wie beleuchtet man sie?«

Sie fängt also mit den Grundlagen an. Was hatte noch mal Kaleb darüber gesagt? Ihm reicht eine Höhle oder ein Baumstamm zum Schlafen. Nuvay grinste innerlich.

»Die Anordnung der Möbel in der Wohnung. Wie man die Küche putzt, die Toilette und das Bad reinigt, alle anderen Zimmer sauber hält, die verschiedenen Möbel, die Stühle, die Kissen säubert, die Gardinen wäscht, die Teppiche und die Betten reinigt. Das alles musst du wissen.«

Man wusch Gardinen? Tatsächlich? Sie sollte vielleicht doch Kaleb wählen und ihr restliches Leben mit ihm in der freien Welt verbringen.

»Wie man Kupfer, Messing, Marmor, Schmuck säubert. Du musst Lösungen für Käfer, Fliegen, Wanzen, Läuse oder Flöhe kennen. Wissen, was du da und wie zu machen hast.«

Ob es Simôn sehr verletzen würde?

»Du musst wissen, wie man Kleidung sauber hält je nach Jahreszeit, wie man verschiedene Arten von Flecken aus ihnen herausbekommt.«

Sie seufzte. Das konnte sie Simôn niemals antun. Das konnte sie ihrem Herzen niemals antun.

»Dann kommt natürlich all das, was man kochen, backen, garen, brühen, braten, rösten und was weiß ich noch alles machen kann, hinzu.«

Ob Simôn all das schon konnte? Immerhin war er schon 21!

»Du musst ein Erste-Hilfe-Wissen haben. Was ist zu tun bei Brüchen, Prellungen, Blutungen, Vergiftung usw. Wie man Kranke zu pflegen hat.«

Das war dann mal zur Abwechslung spannend. Vielleicht sollte sie bei Gimmi eine Ausbildung anfangen. So was war doch ziemlich nützlich. Vielleicht könnte sie sich dann selbst pflegen und brauchte niemanden mehr.

»Und sobald du Kinder bekommst, geht das Leben erst richtig los.«

Es lief ihr eiskalt über den Rücken. Von Kindern war niemals die Rede gewesen. Sie war selbst noch ein Kind. Der Gedanke allein ließ sie fröstelnd.

»Natürlich teilen sich Mann und Frau all diese Aufgaben untereinander auf. Wobei wir noch auf die Schwierigkeiten im Zusammenleben zweier sich zuvor fremden Menschen einzugehen hätten. Denn glaub mir, erst wenn man zusammenzieht, lernt man einander richtig kennen.«

So wie ihre Tante das erzählte, klang es wie eine Wissenschaft. Sie sollte unbedingt ein Buch darüber schreiben. Die erste Hälfte hatte Nuvay noch nicht richtig verstanden und bei der zweiten Hälfte bezweifelte sie, dass sie dazu je im Stande sein würde. Sie wusste ja noch nicht einmal den Unterschied zwischen Topf und Pfanne. Da verlangte ihre Tante ein wenig zu viel von ihr.

»Wie soll man bitteschön all das lernen? Und vor allem wann? Und wie dann auch noch behalten?«, fragte Nuvay.

Ihre Tante lächelte. »Also zu meiner Zeit gab es noch Kurse, die man jungen Mädchen in deinem Alter anbot. Ich weiß auch nicht, warum es die nicht mehr gibt. Ich glaub, die Jugend heutzutage lässt sich einfach nichts mehr sagen. Oder sie denken einfach, dass Leben wäre ein Kinderspiel. Was auch immer. Es ist dämlich. Und deswegen laufen die Ehen auch nicht mehr so gut wie früher. Ich dachte, diese Scheidungen sind bloß eine Modeerscheinung in der Hauptstadt. Aber so langsam sind sie auch hier gang und gäbe. Elenor hat sich scheiden lassen, wie du ja weißt.

Was auch noch sehr wichtig ist, Nuvay Schatz, ist die Hauswirtschaft! Du darfst nicht zu viele Ausgaben haben! Immer schön abgleichen mit den Einnahmen. Und Buchführen nicht vergessen!«

Ihre Tante hatte eine Buchführung? Wo war dieses Buch? Sie hatte so etwas noch nie gesehen. Was versteckte diese Frau wohl noch alles vor Nuvay? Sie war eine Dame voller Geheimnisse.

»Eigentlich dachte ich, du würdest niemals heiraten.«

Nuvay sah überrascht auf zu ihr. »Wieso denn das?«, fragte sie ein wenig beleidigt. Also angesichts dieser von ihrer Tante aufgezählten Punkte würde sie wahrscheinlich eine grässliche Ehefrau abgeben, aber man musste die Flinte ja nicht direkt ins Korn werfen.

»Naja, du warst immer schon so anders. Hast dich im Grunde nie wirklich für das andere Geschlecht interessiert. Also wirklich nie. Navid fand dich eine Zeit lang ganz interessant, aber du hast ihm immer die kalte Schulter gezeigt.«

Als sie Navids Namen hörte, wurde ihr übel. Diese Ratte hatte sie mal gemocht? Der Gedanke daran war schon widerlich.

»Du hast es nicht verstanden. Du hattest immer all diese Flausen in deinem Kopf und diese Drachen.«

Nuvay seufzte, als sie an die Drachen dachte.

»Das kam jetzt alles plötzlich, nicht wahr, Liebes?«

Nuvay verzog ihr Gesicht. »Ein wenig vielleicht.«

Ihre Tante lachte. »Das lernt man alles mit der Zeit. Das ist Alltägliches, die jeder Mensch einfach irgendwann, manch einer früher, manch einer später, lernt.« Sie strich Nuvay eine Strähne aus dem Gesicht. »Mal schauen, was uns die Zukunft noch so bringt.«

Ich hoffe, keine Enkelkinder, dachte sie sich, als es laut an ihrer Haustür klopfte. Ihre Tante schreckte kurz auf.

»Jetzt konntest du meinetwegen gar nichts Essen«, entschuldigt sie sich bei Nuvay. »Ich kümmere mich jetzt um Lálà und du isst schön auf!«

Nuvay nickte leise. Und es klopfte noch einmal. Ihre Tante stand zügig auf und verließ die Küche.

Nuvay wandte sich ihrem Frühstück zu. Ihre Gedanken wanderten zum Familienleben. Konnten ihre Mutter und ihr Vater all das, was ihre Tante ihr gerade erzählt hatte, eigentlich auch? Wie lange es wohl dauerte, um alles zu lernen? Sie hielt inne. Warum sollte sie all das eigentlich lernen wollen? Sie seufzte und biss ein großes Stück von ihrem Brot ab. Das würde sie doch eh niemals schaffen. Sie musste an Kaleb denken, den sie nun besser verstand. Das hatte er gemeint, als er sagte, dass er die menschliche Lebensart lächerlich finde. Vielleicht sollte sie sich ihm einfach anschließen und ein freies und unbändiges Leben führen. Eine Vagabundenexistenz. Sie würde bestimmt als das Mädchen, das mit einem Drachen reist, berühmt werden.

Sie musste ihr Gesicht bei dem Gedanken verziehen. Nee, ging es ihr durch den Kopf. Ein Zuhause sollte man doch schon haben und ein geordnetes Leben. Doch für wen sollte es sich lohnen, all das zu lernen?

Sie hörte Schritte und, als sie die Person sah, hüpfte ihr Herz freudig auf. Warum mochte sie diesen Jungen bloß so? Er lächelte sie glücklich an. Meinte ihre Tante diesen Blick? Wohlige Wärme breitete sich in ihrer Brust aus. Sie lächelte unwillkürlich zurück.

»Hey«, begrüßte Simôn sie. »Ich konnte nicht widerstehen und bin auch gekommen«, sagte er und stand an der Tür.

Sie nickte und winkte ihm zu. »Mfhallo«, grüßte sie ihn mit vollem Mund zurück. »Komm unf setzt dif.« Sie schluckte.

Sein Lächeln wurde stärker und er setzte sich neben sie. Dann atmete er tief ein und sah sie an.

»Glaubst du, wir brechen echt mit Kaleb auf?«, fragte er sie und sie spürte, wie sehr ihn dieser Gedanke aufregte. Sie nahm sich noch einen Bissen von ihrem Brot und überlegte. Hoffen tat sie es sehr.

»Ja, gflab scho!«, sprach sie wieder mit vollem Mund. Simôn musterte ihren vollen Mund und lächelte sie amüsiert an. Das war wohl nicht sehr damenhaft, musste Nuvay sich selbst eingestehen. Sie schluckte schnell hinunter und hielt ihm den Teller hin.

»Willst du auch was?«

Er nahm sich ein Brot und biss genüsslich hinein. Er kaute und nickte ihr zu. »Köschtlisch!«, lobte er mit vollem Mund und grinste wie ein kleiner Junge.

Nuvay musste bei dem Anblick lachen.

Doch im nächsten Augenblick wurde die Atmosphäre durch Làlàs laute Stimme gestört. Nuvay schluckte das Brot ohne zu kauen hinunter, wechselte kurz Blicke mit Simôn und dann lauschten sie.

»Du kannst doch nicht die Kinder einfach so aus dem Dorf schicken! Weißt du, wie gefährlich die Welt das draußen ist?« Das war klar Làlàs Stimme.

»Ach, du kennst die Welt da draußen, ja?« Mina wurde ebenfalls laut.

»Du doch genauso wenig!«

»Und außerdem ist Simôn fast 22! Was ist an ihm denn noch ein Kind, bitteschön?!«

Làlà knickte ein. »Ja, der einzige Gescheite unter ihnen vielleicht. Was ist mit Nakim und Nuvayla? Einer kindischer und törichter als der andere.«

»Nakim ist in keinster Weise kindisch und töricht! Manchmal zumindest nicht ...«

Nuvay blies ihre Backen auf. Simôn konnte ein leises Lachen nicht unterdrücken.

»Ich kann sie doch nicht einfach einem Drachen anvertrauen«, wandte Làlà wieder ein.

Minas Stimme wurde trotziger. »Ach, aber Nuvay wolltest du einfach so mit ihm gehen lassen?« Es wurde still.

Nuvay biss sich auf die Unterlippe und dann sprang sie plötzlich von ihrem Stuhl auf und schlug ihre Faust siegessicher in die Luft. »Wir brechen in die weite Welt aus!«, rief sie aus.

Da kam schon Mina mit Làlà im Schlepptau in die Küche. Nuvay schaute sofort hoffnungsvoll zu ihnen auf. Làlà hatte einen verdrießlichen Gesichtsausdruck. Mina marschierte stolz. Nuvay wusste sofort, dass sie endgültig gewonnen hatten. Manchmal liebte sie es einfach, dass ihre Tante wusste, wie sie ihren Kopf durchzusetzen hatte. Nuvay versuchte ein Lächeln zu unterdrücken. Simôn war noch ein wenig skeptisch. Sein Vater übernahm das Wort.

»Ich ... Mina und, wir haben besprochen und entschieden, dass es langsam an der Zeit ist, dass ihr ... naja, du, Simôn, einige Wahrheiten über dich und ...« Er hielt inne, schluckte und redete erst nach einer kurzen Pause weiter: »Wir können es wohl nicht ewig zu eurem Schutz vor euch verstecken ... Ich werde noch genauer mit dir zu Hause darüber reden. Aber ... der Drache hat die Erlaubnis ... falls er denn damit einverstanden ist.«

Nuvay nickte stark. Sofort sah Làlà etwas beklommen zu ihr hinüber. Sie hörte prompt wieder auf, so heftig zu nicken. Simôn beobachtete sie mit einem leichten Lächeln auf seinen Lippen. Dann fuhr Làlà wieder fort. »Er wird euch dorthin bringen ... Wenn ihr es mit euren eigenen Augen seht, wird es wohl das Beste sein.«

Seine Rede war endlich zu Ende. Er sah sich noch einmal traurig um, hoffte dabei vielleicht, dass einer das Wort erhob und dieses Unterfangen wieder abbrach, aber niemand verschwendete auch nur einen Gedanken daran. Alle sahen erleichtert aus.

Nuvay konnte kaum mehr vor Aufregung auf ihrem Platz sitzen. Plötzlich rief Sie: »Ich sag Kaleb Bescheid!«

Mina lächelte ihr zu. »Los! Renn schon, sonst platzt du ja noch!«, sagte sie.

Nuvay grinste sie an, sah noch kurz zu Simôn. »Ich bleib hier und versuch es Nakim schonend beizubringen«, meinte er.

»O ja! Da brauch ich Hilfe«, ging ihre Tante dazwischen.

Làlà schien keiner mehr zu beachten.

»Gut. Ist er in der Krankenstation?«, fragte Nuvay Simôn.

»Also, heute Morgen, nachdem er mir meine Sachen brachte, wollte er wieder zurück.«

Nuvay nickte, warf einen letzten Blick zu Làlà, der gerade zutiefst traurig seufzte, und rannte aus der Küche. Als sie die Haustür hinter sich schloss, stürzte ihr innerer Staudamm ein und jegliche Spannung, Aufregung, Freude und Angst brachen aus ihr heraus. Sie rannte los, als würde sie vor einer Flutwelle flüchten. Sie raste zu Kaleb in die Krankenstation und grinste breit. Es war wirklich wahr! Jetzt stand es ohne Zweifel fest: Sie würden das Dorf verlassen! Alle zusammen! Nicht sie allein, sondern alle zusammen! Sie würden in die weite, gefährliche Welt hinausgehen mit einem mächtigen Drachen an ihrer Seite! Wie in diesen Abenteuerbüchern! Sie quiekte beim Rennen leise auf. Sie konnte es kaum fassen. Sie konnte sich schwer davon abhalten, nicht zu schreien. Sie drehte sich ein paar Mal beim Rennen um sich selbst, sprang über ein paar größere Steine und kam vor der Krankenstation zum Stehen.

Seitenstiche! Mit einem breiten Grinsen voller Freude ignorierte sie die Schmerzen und rannte hinein. Noch im Treppenhaus rief sie laut nach ihm.

»KALEB! KAAALEEEB!«

Sie nahm zwei bis drei Stufen gleichzeitig und lief auf das Zimmer zu. Ohne zu klopfen, stieß sie die Tür auf und knallte ungebremst mit dem Gesicht voran gegen Kalebs Brust. Der Rest ihres Körpers folgte ihr. Kaleb torkelte einige Schritte nach hinten, hielt sich aber noch auf den Beinen.

»Wouw! Wouw! Wouw! Nuvay, langsam!« Er hielt sie mit beiden Händen jeweils an ihrem Oberarm fest. Sie drückte sich von seiner Brust weg und schaute ihn mit funkelnden Augen an.

»Funkeln deine Augen gerade?«, fragte Kaleb sie unsicher.

»Wir dürfen!«, sagte sie bloß und grinste ihn breit an.

»Was? Wirklich? Simôns Vater hat es wirklich erlaubt?«, fragte er.

Sie nickte aufgeregt mit ihrem Kopf.

Nervös ließ er sie los und hielt sich am Kopf fest. »Ach du Sch...«.

»Hör auf, hier herumzufluchen, und bereite dich lieber schon mal drauf vor!«, unterbrach sie ihn.

»Ja, ja«, sagte er und man merkte, dass sein Verstand schon auf Hochtouren lief. Er sah zwar Nuvay an, war aber gerade weit weg. Ein leichter dunkler Schatten legte sich um seine strahlend blauen

Augen. Er wandte sich ab und überlegte. Worüber wohl, fragte sich Nuvay. Plötzlich holte er tief Luft und setzte sich im Schneidersitz auf den Boden.

»Kaleb, was ist?« Nuvay hockte sich neben ihn.

Er lachte kurz nervös auf. »Ich weiß, um ehrlich zu sein, nicht mehr so wirklich, ob ich dafür bereit bin. Ich meine ... Ihr werdet blind losfliegen.«

Bei dem Wort »fliegen« hüpfte es in Nuvay.

»Aber ich ... ich weiß, was uns alles erwartet ...« Kalebs Magen verkrampfte sich und er bückte sich, bis seine Stirn den Boden berührte.

»Du kannst es uns gerne jetzt schon sagen. Die Last scheint dich ja wahrlich plattzudrücken.«

Kaleb seufzte und flüsterte in den Teppich hinein: »Ich kann es ihnen nicht sagen. Die Worte würden meinen Lippen noch nicht einmal unter Folter entweichen.«

Nuvay seufzte theatralisch auf und tätschelte leicht seinen weißsilbernen, strohigen Haarschopf.

»Freu dich doch. Nicht mehr lange und dir wird eine Last abgenommen.«

Kaleb sah abrupt zu ihr auf. Seine blauen Augen funkelten nur noch schwach. Er sah sie leicht verlegen an und rückte dann langsam näher an sie heran und legte gemächlich, wahrscheinlich um Nuvay genügend Zeit für Proteste zu lassen, seinen Kopf auf ihre Knie.

Nuvay sagte nichts und ließ es zu. Sanft legte sie wieder ihre Hand auf seinen Kopf und strich ihm über die Haare.

Kaleb schloss die Augen. »So etwas machen doch sicher Mütter bei ihren Kindern«, sagte er leise.

In Nuvays Brust meldete sich wieder eine tief sitzende Trauer.

»Ich weiß nicht so recht, was eine Mutter bei ihren Kindern alles macht.«

»Oh, stimmt ja«, murmelte Kaleb. »Kann ich trotzdem eine Weile ... naja, so bleiben ...?«

»Jupp ...«

Kaleb lächelte glücklich und sein Atem wurde langsam gleichmäßiger.

Nuvay fragte sich, was dieser Drache alles bisher in seinem Leben erlebt oder gesehen haben musste. Es schienen nicht gerade schöne Dinge gewesen zu sein. Sie hatte das Gefühl, als fände eben ein verletzter, kleiner, weißer Vogel, der mit seinen Wunden von Ort zu Ort gejagt worden war, endlich auf ihrem Schoß die ersehnte Ruhe. Dabei war es ein wunderschöner Vogel, der es verdiente, frei und sorgenlos durch die Lüfte zu fliegen. Der kleine Vogel in ihrem Schoß schlief ein, damit seine Wunden besser verheilen konnten. Er musste bald zu einer schweren Reise aufbrechen, um sich wahrscheinlich denen zu stellen, die ihm seine Wunden zugefügt hatten.

Nuvay wusste nicht, wie lange sie schon mit Kalebs Kopf auf ihren Knien dasaß. Plötzlich zuckte Kaleb zusammen und öffnete schlagartig seine Augen.

Nuvay erschrak leicht. »Kaleb?«

Er blinzelte verwirrt, dann erhob er sich langsam.

»Gehts dir gut?«, fragte Nuvay.

Kaleb nickte verträumt und ging mit der Hand durch seine Haare. »Nur ein Traum ... ein Traum ...«, sagte er vor sich hin. Er sah sie an und bemerkte Sorge in ihren Augen.

»Keine Angst. Mir gehts bestens!«, grinste er sie leicht an und ergänzte nach einer kleinen Pause mit einem flüchtigen Blick auf ihren Schoß: »Danke nochmals.«

»Kein Problem«, antwortete sie verlegen.

»Nuvay?«, fragte Kaleb dann unsicher.

»Ja?«, gab sie ihm noch unsicherer zurück.

Er schien etwas auf dem Herzen zu haben, doch entschied er sich dann, es nicht anzusprechen. »Ach nichts.« Dann stand er auf. »Was meinst du, wann wir aufbrechen? Heute Abend?«

Nuvay schaute ihn schockiert an. »Um des Königs willen, nein! Ich muss noch packen und einiges lernen und so ...«

Kaleb überlegte kurz und nickte ihr dann zu. »Was auch immer. Solange ihr mit Packen und Lernen beschäftigt seid, will ich sicherlich nicht mehr in diesem Zimmer verrotten! Ich hau dann ab und komme in einer Woche wieder.« Er sah sie fragend an.

Seine Worte gefielen ihr nicht. »Wo willst du denn hin?«

Er zuckte mit seinen Schultern und sah weg. »Da, wo ich mich auch vorher herumgetrieben habe. Draußen in der freien Welt halt. Ich halts hier keine zwei Tage mehr aus!«

»Dann komm und verbring die Nächte weiter hier. Du bist kein Streuner mehr ... Du hast jetzt uns«, sagte sie leiser.

Kaleb schaute etwas überrascht. Er wurde leicht rot und um seinen Mundwinkel konnte sie ein Lächeln erkennen. »Ok... Ich mein... Warum auch nicht?« Dann fiel ihm etwas ein und er nahm sich vor, sie zu fragen: »Nuvay?«

»Jaa?« Sie schaute ihn erwartungsvoll an.

»Hast du jetzt gerade was zu tun?«

Sie schloss ihre Augen zu Schlitzen. »Nein. Warum?«

Sein Grinsen wurde breiter. »Also nachts zu fliegen ist ja wunderschön, aber tagsüber ist das ein ganz anderes Erlebnis.«

Nuvay sah ihn zuerst perplex an, dann funkelten auch ihre Augen. »Du meinst ...«

Kaleb nickte mit dem Kopf. »Und wenn du willst, die ganze Woche über, bis wir aufbrechen. Vielleicht sollten Nakim und Simôn auch mal. Immerhin werden wir fast die ganze Zeit fliegen.«

Als sie das hörte, fiel ihr fast die Kinnlade herunter. Ihre Augen öffneten sich wie die Tore zu den Königsgalaxien.

»Du meinst, wir werden die ganze Zeit über auf dir fliegen!« Sie konnte ein euphorisches Quieken nicht mehr unterdrücken.

Kaleb grinste schief. »Glaubst du, ein Drache mit Flügeln würde dahinlaufen?« Er betonte das Wort »laufen« so, als ob es etwas Lächerliches sei, und schüttelte den Kopf.

»Ich hab gedacht ... keine Ahnung, was! Wow, das ist so was von Hammer!«

»Wohl eher Himmel ...«, grinste Kaleb.

Sie war fasziniert. »Das ist zu viel für mich«, meinte sie dann lachend.

Kaleb lachte nun ebenfalls. »Ich hoffe nur, ihr drei werdet nicht zu schwer für mich! Wie viel wiegt Nakim?«

»Bestimmt keine Tonne wie du!«, lachte Nuvay weiter. Sie wollte aufzustehen, hielt aber abrupt inne.

»Meine Beine sind eingeschlafen«, bemerkte Nuvay und verzog vor Schmerz ihr Gesicht. Ein Haufen wütender Ameisen trampelte gerade ihre Beine hoch und runter. Daher beschloss sie, erst einmal sitzen zu bleiben. Dann streckte sie ihre Beine vorsichtig aus.

Kaleb kniete sich neben sie. »Das ist meine Schuld, nicht wahr ...? Ich hab zu lange auf ihnen geschlafen.«

»Nein, es ist okay«, beschwichtigte sie ihn.

Kaleb legte seine Hände auf ihre Beine und schloss seine Augen. Dann flüsterte er unverständliche Worte. Auf der Stelle verschwand das Kribbeln. Kaleb öffnete wieder seine Augen und sah sich, tief in Gedanken versunken, seine Hände an.

»Ich hab es sehr vermisst.«

»Hast du das von den Zauberern gelernt?«, fragte Nuvay aufgeregt.

Kaleb nickte. »Von wem denn sonst?«

Nuvay musste lächeln und bewegte ihre Beine erfreut und schmerzfrei auf und ab.

»Wow! Was für ein Wunder! Die Ameisen wurden zertrampelt! Ha! Das habt ihr davon!«, rief sie stolz aus.

Kaleb schaute sie verwundert an.

Sie lächelte. »Danke!«

Er grinste, war aber immer noch irritiert. »Ameisen?«

Nuvay verdrehte die Augen. »Es fühlte sich so an, als würden Ameisen auf deinem Bein herumkrabbeln, wenn es einschläft und du es dann bewegst.«

Kaleb hob die Augenbrauen an.

»Ist dir noch nie ein Körperteil eingeschlafen?«

»Ich bin ein Drache. Auf mir trauen sich keine Ameisen zu trampeln!«, sagte er mit einem stolzen Grinsen im Gesicht.

Nuvay musste lachen.

»Das ist so!«, bestätigte er noch einmal.

»Soll ich mich mal auf dein Bein setzen und wir testen es aus?«

»Nein, du kannst dich gleich auf meinen Rücken setzen und wir fliegen eine Runde!« Er lächelte aufgeregt.

»Ich glaub, das war eine gelungene Überleitung zu unserer zweiten Flugstunde!«

# 18 Dem Adler wachsen die Schwingen im Flug

Sie saß wieder auf dem Rücken des Drachen. Diesmal standen sie auf dem Gipfel des Berges. Genau dort, wo Nuvay noch vor einigen Monaten nachts gesessen und die Drachen beobachtet hatte. Jetzt waren weit und breit keine weiteren mehr zu sehen. Nur ein Drache war anwesend. Und auf dessen Rücken genoss Nuvay die Landschaft, die sich unter ihr ausbreitete.

Bevor sie aufgebrochen waren, hatte Nuvay noch an ein Seil gedacht. Sie hatte es fest um den Hals und Bauch von Kaleb gebunden und sich dann damit fixiert. Bei ihrem letzten Flug war es stockdunkel gewesen und sie hatte den Boden unter ihren Füßen nicht sehen können. So wusste sie auch nicht, wie hoch sie geflogen waren. Aber heute sah sie alles. Das machte ihr ein wenig Angst, weshalb sie mit dem Seil auf Nummer sicher gehen wollte. Sie hatte keine Ahnung, wie sicher ein einfaches Seil war, doch es gab ihr wenigstens ein wenig mehr Halt. Trotzdem hinderte es ihr Herz nicht daran zu rasen. Sie sah nervös den Berghang hinunter. Allein der Gedanke löste schon eine freudige Angst bei ihr aus. Ihr Adrenalinspiegel stieg an.

»Bist du bereit?«, fragte Kaleb und scharrte wieder ungeduldig mit seinen Vorderkrallen auf der Erde herum. Nuvay atmete die Luft tief ein und stieß sie dann wieder aus.

»Ganz ehrlich?«

»Hm?«

»Ich hab irgendwie doch ein wenig Angst.«

Kaleb gab einen grunzenden Ton von sich. »Sobald wir in der Luft sind, vergeht sie schon«, meinte er und lief dann los.

»Nein! Nein! NEIN, KALEB WARTE NOCH!!! KAAAA-LEEEEEB!!!«, schrie sie, doch es war zu spät.

Kaleb sprang schon vom Berg ab und sie rasten senkrecht dem Boden entgegen. Es fing an zu rütteln und zu rattern und der Wind fuhr stark und brausend um Nuvay herum. Ihr Körper hob leicht ab. Wäre da nicht das Seil gewesen, das sie festhielt, dann wäre sie wohl vom Rücken gefallen. Das Seil schnitt schon fast in ihre Oberschenkel. Ihre Hände klammerten sich so fest sie konnten. Ihr Herz raste mit ihnen den Abhang hinunter und sie sah nur noch, wie Steine und Felsen schnell an ihnen vorbeizogen. Ihr Magen verdrehte sich. Der starke Wind pfiff Nuvay um die Ohren. Sie schloss ihre Augen und im nächsten Moment breitete der mächtige Drache seine gewaltigen weißen Flügel aus und augenblicklich wechselte ihre senkrechte Position zu einer waagerechten. Sie wurde unsanft gegen seinen Rücken gedrückt.

»Das nenn ich einen Abflug!« Kaleb lachte.

Nuvay versuchte wieder regelmäßiger zu atmen, drückte sich aber immer noch stark an Kaleb. Sie öffnete langsam und unsicher die Augen. Alles ist in bester Ordnung, dachte sie. Jetzt beruhige dich! Letzte Nacht hattest du nicht solche Angst. Doch es war anders. Diesmal war die Erde nicht dunkel, sondern in Tageslicht getränkt. Sie konnte sehen, wie tief sie fallen würde, wenn sie den Halt verlor. Wenn sie denn fallen sollte, würde der Aufprall sie wahrscheinlich zerfetzen.

»Was ist? Hast du immer noch Angst?«, hörte sie Kalebs Stimme.

Sie antwortete nicht. Ein Schritt nach dem anderen, dachte sie. So wie immer. Langsam und vorsichtig drückte sie ihren Oberkörper von Kalebs Nacken ab und schaute um sich. Sogleich wurde sie von der Aussicht, die sich ihr bot, überwältigt. Unter ihren Füßen erstreckte sich ein Meer von grünen Wäldern und Bergen und über ihrem Kopf ein blauer Himmel mit vielen kleinen Wolken. Die Sonne strahlte sie an. Ihre Angst schmolz langsam dahin. Kalebs weiße Schuppen reflektierten die Strahlen und blendeten sie immer wieder einmal leicht. Der Ausblick war atemberaubend.

»Krass!«

»Schön nicht wahr?«, schnurrte Kaleb.

»Es ist überwältigend! Schön ist dafür kein Ausdruck!« Sie klammerte sich an seine weichen Schuppen.

»Na, freut mich, dass du so langsam wieder zu dir kommst.«

Sie lächelte. Wer würde bei diesem Ausblick nicht wieder lebendig werden? Mit Herzklopfen beugte sie sich weiter vor. Plötzlich rutschte ihre Hand an seinen Schuppen ab und sie knallte mit ihrem Gesicht auf seinen Nacken. Ein lauter Schrei entfuhr ihr und sie klammerte sich dann geschockt mit allen vieren erneut an seinen Rücken.

»Pass doch auf, Nuvay!«, wies sie Kaleb zurecht und hielt in der Luft an. Er schwebte auf der Stelle.

»Gehts wieder?«

Nuvay drückte sich immer noch an seinen Rücken. »Alles okay. Bin bloß leicht abgerutscht! Aber alles in Ordnung.« Sie öffnete wieder die Augen.

»Wirklich? Soll ich vielleicht landen?«

Sie hob den Kopf an. Sollte er? Ihr Herz beruhigte sich wieder langsam. Es war nur halb so schlimm. Sie war nur mit der Hand abgerutscht. Alle Seile waren noch da, wo sie sein sollten. So etwas würde ihr vielleicht öfters passieren, also sollte sie sich daran gewöhnen. Sie richtete sich wieder leicht auf und sah nun an der Seite nach unten zu den dunkel- und hellgrün gemischten Wäldern und Wiesen. Der Anblick beruhigte sie wieder. Sie grinste.

»Niemals! So was schreckt mich doch nicht ab!«

Kaleb gluckste glücklich. Dann wackelte er leicht mit seinen Schultern, sodass Nuvay wieder aufschrie und sich an ihn klammerte.

»Man merkt es«, meinte Kaleb und lachte.

»Das ist ganz und gar nicht witzig!«, fuhr ihn Nuvay an.

»Nuvay?« Er gab einige seltsamen Laute von sich.

»Was?«

»Sollen wir einen Belastungstest machen?«

»Was?«

»Belastungstest! Ich will wissen, was ich alles mit einem angebundenen Menschen auf dem Rücken machen kann. Und ich will meinen Spaß.«

Sie ahnte, was er meinte. Ihr Herzschlag beschleunigte sich. Sie verspürte wieder dieses Kribbeln in ihrem Körper. »Keine so schlechte Idee. Aber … Kaleb? … wenn ich falle, dann fängst du mich doch, oder?«

Er fing an leise zu schnurren. »Sogar aus 10.000 Metern Höhe!«

Sie musste schmunzeln. Sie überlegte kurz, ob sie sich nicht fallen lassen sollte, um zu schauen, was er tat. Doch dann war es ihr doch zu gefährlich.

Vertrauen. Sie schloss ihre Augen und dachte darüber nach. Sie mussten einander vertrauen. Vor allem musste sie ihm vertrauen. Aber vertraute sie ihm denn? Er vertraute ihr. Sie saß gerade auf ihm, als erster Mensch in seinem Leben. Er hatte seine stahlharten Schuppen, die ihn vor Angriffen schützen sollten, für sie einweichen lassen. Sie könnte ihm jederzeit in den Rücken fallen und ihn an seiner weichen Stelle verletzen. Obwohl sie so etwas nie tun würde, war dies für sie der Beweis, wie sehr Kaleb ihr schon vertraute. Sie seufzte und öffnete ihre Augen. Wovor hatte sie eigentlich Angst? Unwillkürlich musste sie breit grinsen. Ihr Körper pochte vor Vorfreude und die Angst verflog gänzlich.

»Kaleb. Wir können den Test starten«, sagte sie. »Und halt dich nicht zurück!«

»Wirklich?«, hakte er nach.

Nuvay atmete einmal durch. »Ja. Zeig mir, was es heißt, wie ein richtiger Drachen zu fliegen!« Sie lachte über ihren Satz. Irgendwie klang das ziemlich dämlich.

Kaleb gab ein lautstarkes Gebrüll von sich.

Nuvay musste sich die Ohren zuhalten. »Was war das denn?«

»Ein Kampfschrei!«, sagte Kaleb aufgeregt. Seine Flügelschläge wurden schneller. »Halt dich gut fest, Nuvay!« Er stieß eine Dampfwolke aus. »Endlich!«, brüllte er und schwang dann seine kräftigen Flügel und sie gewannen an Höhe. Seine Flügelschläge waren nun viel kräftiger als vorher. Mit jedem schwungvollen auf und ab brachten sie Nuvays Blut zum Wallen und ihren Adrenalinspiegel zum Steigen. Da die Angst gänzlich verflogen war, genoss sie es. Die Wälder und Berge unter ihnen wurden immer kleiner und die Wolkendecke über ihnen kam immer näher. Sie stiegen stetig höher. Niemals hätte sie gedacht, dass man so hoch fliegen kann. Langsam fröstelte sie, da die Luft um sie herum kälter und dünner wurde. »Mir wird kalt«, rief sie nach vorne.

»Wirklich? Bin ich dir nicht heiß genug?«, fragte Kaleb.

Nuvay musste grinsen. Dieser Drache! Sie schmiegte sich an seinen warmen Körper, während Kaleb ihre Aufstiegsgeschwindigkeit verdoppelte.

»Verdammt hab ich das vermisst!!«, schrie er und brüllte wieder ohrenbetäubend den weiten Himmel und die weite Landschaft an. Bäume waren bloß noch einzelne kleine Striche, die Berge kleine Beulen. Sie musste lächeln. Wenn sie jetzt herunterstürzen würde, was würde dann wohl noch von ihr übrigbleiben? Ein Blick nach oben und sie durchdrangen plötzlich eine erste Wolke. Nuvays Herz hüpfte überrascht auf, als sie von den Wolken umhüllt wurden.

»Wow! Kaleb! Wir berühren gerade wirklich die Wolken!« Sie spürte, wie Kalebs Körper vibrierte. Er lachte wohl. Sein Flug wurde immer ungleichmäßiger und holpriger. Immer wenn er ausatmete, stieg aus seinen Nüstern eine Rauchwolke. Die erste Wolkenschicht ließen sie langsam unter sich. Nuvay sah nach unten und traute ihren Augen nicht. Nun erstreckte sich ein Meer von Wolken unter ihren Füßen. Sie sahen aus wie kleine Wellen. Diese Wolken bereisen geräuschlos die Erde, dachte Nuvay.

Kaleb zog seine Flügel an und sie segelten wieder hinunter. Er griff mit seinen Hinterbeinen in eine Wolkenwelle und zerstob sie.

Nuvay musste lachen.

Dann breitete er seine Flügel wieder aus und sie schwebten über die Wolken hinweg. Nuvay streckte ihr rechtes Bein aus und drückte sich leicht nach unten. Sie steckte ihren Fuß in die Wolken und zerstreute sie. Ihr Fuß hinterließ eine Spur. Sie zog ihren Fuß wieder zurück und drehte sich nach hinten, um ihr Werk zu betrachten. Sie sah noch die Spur, die ihr Fuß hinterlassen hatte, und strahlte. Sie fragte sich, bis wohin auf der Welt ihre Spur wohl wandern würde. Als sie sich wieder nach vorne drehte, bemerkte sie einen großen Wolkenberg.

»Ich liebe solche Wolken! Halt dich gut fest, Nuvay!«, rief Kaleb aufgeregt.

Nuvay nickte und klammerte sich fester an ihn. Er schlug ein paar Mal mit seinen Flügeln und stieg etwas auf, dann breitete er seine Flügel wieder aus. Der erste Berg kam näher. Erst dachte Nuvay, er würde einfach hindurch fliegen, doch dann erkannte sie, dass Kaleb etwas anderes im Sinn zu haben schien. Er beschleunigte noch ein bisschen und kurz bevor er in den Wolkenberg hineinflog, legte er sich zur Seite und wich ihm aus. Nuvay schrie auf und klammerte sich fester an ihn. Sie zogen schnell an der Wolke vorbei, ohne sie zu berühren, und Kaleb kippte diesmal zur anderen Seite, sodass Nuvay wieder senkrecht saß. Sie öffnete wieder die Augen und sah entgeistert nach vorne. Das, was sie da zu sehen bekam, ließ sie Schlimmes erahnen. Eine Wolkenlandschaft mit weiteren dicken Wolkenbergen schwebte vor ihnen.

»Kaleb?«, protestierte sie ein wenig beängstigt.

Die Angst in ihrer Stimme ignorierend, erwiderte er: »Genieß es!« Er gab ein letztes Gebrüll von sich, bevor er sich in die Wolken hineinstürzte. Nuvay wurde von Kopf bis Fuß durchgerüttelt. Kaleb drehte sich von einer Seite zur nächsten und weichte einem Berg nach dem anderen aus. Nuvay erkannte, dass es ihr nicht viel brachte, die Augen zu schließen und sich einfach an Kaleb zu klammern. Sie öffnete langsam ihre Augen. Der starke Wind blies ihr um den ganzen Körper. Sie spürte, wie ihre Haare zerzausten. Sie sah zu Kaleb auf, dann zum nächsten Berg. In Sekundenschnelle bog Kaleb nach links ab. Sie musste sich stärker an ihn heranziehen und dabei mit ihrem Fuß gegen sein linkes Vorderbein drücken. Das Seil gab ihr weiteren Halt. Als er sich dann plötzlich nach rechts drehte und zwischen zwei Wolkenbergen hindurchflog, machte sie dieselbe Bewegung, aber diesmal in die andere Richtung. Nach einer Weile musste sie das Bein wechseln, da die Trägheitskraft ihre Wirkung verlor, aber dafür die Anziehungskraft der Erde stärker wurde. Mit jeder nächsten Bewegung passte sich Nuvay Kaleb besser an. Bald hatte sie das Gefühl, seine nächsten Manöver erahnen zu können. Sie begann, sich mit ihm zu bewegen und nicht mehr nach ihm. Langsam fand sie gefallen an Kalebs verrückten Flugkünsten. Zum Schluss hin bog Kaleb nicht mehr nach links oder nach rechts ab. Es drückte Nuvay plötzlich stark gegen den Nacken von Kaleb. Sie wusste, dass er gerade senkrecht nach oben flog. Damit hatte sie nicht gerechnet. Ihr Gesicht knallte gegen seine weichen Schuppen. Sie versuchte mit aller Kraft, dagegen zu drücken. Ihre Nase kam ihr schon fast geplättet vor, als er plötzlich wieder die Richtung änderte und diesmal schräg nach unten in eine Wolke flog. Sie lachte laut und griff fest nach seinen Schuppen. Ihr Körper hob ab. Sie spürte wieder, wie das Seil ihr Halt gab. Kurz darauf flogen sie schon aus der Wolke hinaus und Kaleb nahm sanft eine waagerechte Position ein. Er flog gemächlich unter den Wolken weiter. Nuvay atmete erleichtert auf, als sie bemerkte, dass Kaleb keine riskanten Manöver mehr hinlegte. Sie nutzte die Gelegenheit, um sich wieder zu erholen. Ihr Blick glitt nach oben zu der Wolkendecke. Sie grinste, streckte beide Arme nach oben und berührte die Wolken. Ihren Fingern wurde schnell kalt. Also griff sie wieder in Kalebs warme Schuppen. Sie setzte sich aufrecht hin und betrachtete neugierig ihre Hände. Es war nicht zu fassen, dass diese Hände Wolken, die tausende Meter über der Erde ziehen, berührt hatten. Sie lächelte, schloss ihre Augen und versuchte diesen himmlischen Moment tief, tief in ihrem Herzen einzufangen, sodass sie es nie, nie vergessen würde.

»Nuvay?«, fragte Kaleb sie.

Sie horchte auf. »Was ist?«

»Lös dich von deinen Fesseln! Ich will was ausprobieren.«

Nuvay stutzte. War das sein Ernst?

»Mach dir keine Sorgen. Wenn du von dieser Höhe herunterfällst, kann ich dich mit Leichtigkeit wieder auffangen, bevor du auf dem Erdboden aufklatschst!«, versuchte er sie zu beruhigen.

Sie kicherte etwas nervös. »Ich vertraue dir.«

»Ja, dann mach!«, drängte ihn Kaleb.

Sie holte tief Luft, griff nach ihrem Sicherheitsseil und tat, was er von ihr verlangte. Vorsichtig befreite sie ihren Körper und ließ das Seil los. Sie saß nun auf dem Seil, das immer noch fest an Kalebs Körper fixiert war.

»Hast du?«, fragte Kaleb.

Sie bejahte. »Jupp, falls du jetzt eine Rolle machst, dann ist es aus mit mir!«, sagte sie und grinste.

Kaleb lachte. Er schlug einige Male mit seinen Flügeln und sie stiegen wieder über die erste Wolkendecke. »Wenn du den Abgrund nicht siehst, dann fällt es dir vielleicht leichter«, meinte er.

Was für einen rücksichtsvollen Drachen sie doch kennen gelernt hatte. »Gute Idee«, bemerkte sie trocken.

»Jetzt versuch mal aufzustehen. Ich werde ganz ruhig fliegen«, sagte er.

Sie sah nach unten und konnte bloß flauschige Wolken erkennen, die sie geradezu einluden, in sie hineinzuspringen.

»Wirklich?«, fragte sie ihn zögerlich.

»Ja, mach schon! Versuchs mal!«, motivierte er sie.

Unsicher, ob das eine gute Idee war, versuchte sie sich langsam zu erheben. Einen Schritt nach dem anderen, dachte sie, während sie zwischen den Wolken glitten. Ihr Herzschlag nahm rapide zu. Vorsichtig zog sie ihre Beine an und kniete sich hin. Dann ließ sie Kalebs Schuppen los und richtete ihren Oberkörper auf. Sie schwankte und breitete die Arme aus, um das Gleichgewicht zu halten. Je weiter sie sich von Kalebs Körper entfernte, desto kälter wurde ihr. Doch sie versuchte es zu ignorieren. Nun kam der nächste Schritt. Sie stellte sich langsam erst auf den einen, dann auf den anderen Fuß. Dann beugte sie den Oberkörper nach vorn und stützte sich mit ihren Armen ab. Jetzt versuchte sie ihren Oberkörper aufzurichten. Plötzlich schwankte Kaleb kurz und brachte auch Nuvay zum Wanken.

»Kaleb!«, fuhr sie ihn an, fand aber schnell ihr Gleichgewicht wieder.

»Tut mir leid«, meinte er.

Sie atmete die kalte Luft ein und dann richtete sie sich aufrecht auf Kalebs Rücken auf. Sie sah sich um. Mit dem kalten Wind überkam sie eine starke Freude und ein berauschendes Gefühl. Sie stand gerade hundert Meter in der Luft auf dem Rücken eines Drachen zwischen zwei Wolkenschichten. Sie musste breit grinsen.

»Kaleb, ich stehe!«, sagte sie leise.

Kaleb wackelte mit seinem Kopf. Nuvay passte sich seinen Bewegungen an und blieb im Gleichgewicht.

»Ich flieg ein wenig höher«, bemerkte er und schlug dann mit seinen Flügeln auf. Sie ging in die Knie und griff nach dem Seil auf seinem Rücken. Als er wieder seine Flügel ausbreitete und waagerecht weiterflog, erhob sie sich wieder, aber diesmal schneller.

»Was jetzt?«, fragte sie ihn. Er drehte seinen Kopf ein wenig zu ihr und seine blauen Augen blitzten auf.

»Jetzt versuchst du dich auf meinem Rücken zu halten«, sagte er und zeigte seine scharfen Zähne. Sie bekam eine leichte Gänsehaut. Er sah wirklich furchterregend aus, wenn er als Drache grinste.

»Dann wollen wir mal!«, rief sie und richtete ihren Blick nach vorne. Kaleb schwenkte leicht nach rechts und sie ging wieder in die Knie und hielt sich am Seil fest. So fand sie es angenehmer.

Kaleb flog wieder auf die dicken Wolkenberge zu. Vorahnungen beschlichen sie. Er hatte doch jetzt nicht wirklich vor, seine wahnsinnigen Manöver mit ihr im Stehen durchzuführen? Sie könnte sich doch so niemals auf seinem Rücken halten!

»Kaleb?«, ihre Stimme zitterte leicht.

»Keine Angst! Vertrau mir!«, sagte er und sie flogen gerade auf den ersten Wolkenberg zu. Nuvay schluckte, als er näher kam und immer näher und näher und Kaleb immer noch nichts unternahm. Warum musste er immer bis zur allerletzten Sekunde warten? Sie griff mit beiden Händen nach dem Seil und ihr Körper spannte sich. Sie versuchte auf alles gefasst zu sein, was dieser verrückte Drache unter ihr machen würde. Die Wolke kam noch näher. Nur noch einige Meter waren zwischen ihnen. Was wollte er machen? Drüberfliegen? Drunter? Rechts? Links? Ihr Herz schlug mit jeder Sekunde noch schneller. Kaleb zuckte kurz und Nuvay fuhr erschrocken zusammen. Dann lachte er und im nächsten Moment schossen sie in die Wolke hinein. Nuvay schloss ihre Augen, als sie hindurchbrachen. Die Option, einfach hindurchzufliegen, hatte sie nicht in Erwägung gezogen. Sie lachte ebenfalls.

»Du bist so was von gemein!«, sagte sie, als sie wieder ihre Augen öffnete und es überall um sie herum weiß war. Sie versuchte mit einer Hand, nach dem weißen Nebel zu greifen. Es entzückte sie. Im nächsten Moment stießen sie wieder aus der Wolke heraus und sie wurden vom Sonnenlicht geblendet. Nuvay musste mehrmals blinzeln, bis sie wieder klar sehen konnte. Dann verschlug es ihr den Atem: Ein Meer unterschiedlich großer Sonnenstrahlen bereitete sich vor ihr aus und erhellte die Wolkenlandschaft. Die Sonnenstrahlen, die es nicht durch die Wolken schafften, ließen die Wolken in einem sanften Gelbton schimmern. Überall, wohin das Auge reichte, schimmerte es gelb. Sie kam sich vor, als wäre sie in einen Königsplaneten aus den Königsgalaxien hineingeflogen. Ein unvergleichliches Naturschauspiel!

»Kaleb, ist es immer so schön hier oben?«

»Oft. Du gewöhnst dich dran. Träum jetzt nicht weg! Du brauchst deine volle Konzentration!«, ermahnte er sie.

Nuvay musste lachen. »Was steht an, Kapitän?« Sie salutierte wie ein Soldat und stand stramm.

»Wir werden diese Wolken mal ein wenig aufmischen!« Und schon flog er mit Kampfgebrüll los. Sie kniete sich wieder hin und griff mit einer Hand nach dem Seil und mit der anderen versuchte sie, ihr Gleichgewicht zu halten. Sie genoss den Wind und die Wolken, die ihr durch die Finger glitten. Sie versuchte wieder mit Kalebs Bewegungen zu synchronisieren, was ihr anfangs jedoch nicht immer leichtfiel. Schnell kam sie immer wieder aus dem Gleichgewicht. Zunächst tastete Kaleb sich langsam voran. Mit den ersten Links- und Rechtsmanövern kam Nuvay ganz gut klar. Ab und zu, wenn Kaleb zu stark in die Kurve ging, griff sie auch mal mit der anderen Hand nach dem sicheren Seil, hielt sich jedoch ganz gut auf ihren Knien. Sie lachte, als Kaleb im Kreis um einen großen Wolkenberg flog. Der Wind fuhr ihr kalt und brausend durch die Haare, die in alle Richtungen flatterten.

Kaleb beendete sein Manöver um die Wolke und tauchte in das Wolkenmeer hinein.

Nuvay griff fester zu. Sie wurden wieder umhüllt von Wolken. Ihr Magen hob sich leicht an und senkte sich wieder gefährlich tief, als Kaleb plötzlich durch das Wolkenmeer hochfuhr. Es kribbelte in ihrem ganzen Körper. Dieser Drache überlegte sich auch immer wieder neue Kunststücke. Dann wurde Kaleb schneller.

»Halt dich gut fest!«, befahl er. Nuvay versuchte, ihre Aufregung zu unterdrücken. Sie musste sich konzentrieren. Elegant glitten sie durch die Wolken hindurch, mal ganz, mal bloß ein wenig. Nuvay konnte es immer noch nicht ganz wahrhaben, dieses stetige Gleiten durch die kalte Himmelsluft, die weißen und gelb schimmernden Wolken, die warmen Sonnenstrahlen und das Lichtspiel, das sie erzeugten.

Nuvay bemerkte eine kleine Wolke, die etwas abseits der großen umherirrte. Plötzlich kam ihr eine Idee.

»Kaleb! Flieg mal ganz langsam unter der kleinen Wolke dort drüben hindurch! Immer schön waagerecht bleiben, okay?«, rief sie ihm zu und ihr Herz raste wieder wie wild. Sie wollte etwas ausprobieren, musste sich dabei gut konzentrieren und durfte keinen falschen Schritt machen.

Kaleb brummte kurz auf. Nuvay deutete das als sein Einverständnis und er steuerte auch schon die kleine, verirrte Wolke an. Sie atmete tief ein und aus und verbannte alle Zweifel und Ängste aus ihren Gedanken. Sie richtete sich wieder gerade auf und sah gespannt auf die Wolke, die immer näher kam. Als sie kurz vor ihr war, ging sie tief in die Knie und sprang hoch, so kräftig sie konnte. Sie flog über die Wolke und landete im nächsten Augenblick wieder elegant auf Kalebs Rücken. Ein Moment der Besinnung folgte und dann musste sie lachen.

»Hahahahahah! Kaleb! Hast du das gesehen? Wie cool war das denn!«, rief sie lachend.

»Bist du gerade wirklich über die Wolke gesprungen?«, fragte er beeindruckt.

»Ja, Mann!«, antwortete sie ihm und tätschelte seinen Nacken.

Kaleb gab ein donnerndes Drachengebrüll.

Nuvay musste sich die Ohren zuhalten. »Okay, so cool war es nun auch wieder nicht.«

Er lachte. »Nein, nein. Das Gebrüll war für das, was jetzt kommt!«, sagte er und beschleunigte, ohne zu warnen.

Nuvay zuckte zusammen und hielt sich am Seil fest. »Was hast du vor?«

»Ganz ruhig! Vertrau mir!«

Sie versuchte sich zu beruhigen und zu erahnen, was er vorhatte. Offenbar suchte Kaleb nach einer passenden Wolke. Dann legte er noch einen Zahn zu. Der Wind drückte so stark, dass ich Nuvay nur mit Mühe auf dem Rücken von Kaleb halten konnte. Sie ging tiefer in die Knie und klammerte sich mit beiden Händen am Seil. Was hatte der Drache bloß vor? Sie sah nach vorne und dann geschah es. Urplötzlich warf sie Kaleb in die Höhe, sodass ihr das Seil entglitt und sie höher und höher flog. Ihr Körper drehte sich in der Luft und die Sonne blendete sie. Als sie wieder sehen konnte, hatte sie die Wolke schon überflogen. Diese ging plötzlich wie ein Soufflee auf und ein weißer Drache mit angezogenen Flügeln stach aus ihr heraus.

Kalebs Zunge wedelte im Wind und er grinste breit.

Nuvay kam ihm immer näher. Sie spürte bloß noch, wie der Wind gegen ihr Gesicht peitschte, dann krachte sie auf den Rücken von Kaleb, stöhnte dabei laut auf und drohte, da sie sich nicht festhalten konnte, von seinem Rücken herunterzufallen. Sofort reagierte Kaleb mit seiner Vorderkralle. Er schnappte sich Nuvay und half ihr, sich wieder auf seinen Rücken zu rollen.

»Ups, wo willst du denn hin?«

Ihr Herz schlug so heftig, dass es ihr aus der Brust zu springen drohte. Sie schrie laut auf, während sie sich fest an Kaleb klammerte. Er schloss sich ihrem Geschrei mit einem viel lauteren Gebrüll an.

Sie klatschte wütend auf seinen Rücken. »So meinte ich das nicht! Ich wäre fast gestorben!«, schrie sie und drückte ihr Gesicht an seine warmen Schuppen. Ihr Atem rasselte. Kaleb lachte laut.

Nuvay wusste nicht ganz, was sie machen sollte, weshalb sie ebenfalls nervös zu lachen begann. Sie war benebelt und konnte nicht mehr klar denken. Der Schock fuhr noch immer kräftig durch ihren Körper. Sie richtete sich wieder auf.

»War doch cool, oder? So was wollte ich schon immer mal machen!«

»Schande über dich, Drache! Das war der Wahnsinn!« Sie hob zittrig ihre Fäuste in die Luft und spürte, wie etwas in ihr erwachte. Mit jeder von Kalebs waghalsigen Aktionen fühlte sie sich seltsamerweise immer sicherer und geborgener in der Luft. Sie spürte, wie etwas tief aus ihrem Herzen hochkroch und ihren gesamten Körper durchdrang. Waren das ihre Drachengene? Wenn ja, wusste Kaleb nur allzu gut, wie er sie zu aktivieren hatte. Sie erhob sich und sah kurz hinunter auf das Wolkenmeer, das ihr immer vertrauter vorkam. Dann schloss sie ihre Augen und ein breites Grinsen strich über ihr Gesicht.

»Kaleb?«, fragte sie und spürte wieder, wie ein Kribbeln durch ihren Körper ging. Sie atmete noch einmal tief ein. Ihre Lungen füllten sich mit kühler und frischer Luft. Der Wind wurde wieder sanfter. Das würde sich gleich ändern, dachte sie.

»Fang mich!«, sagte sie und ließ sich dann seitlich von Kalebs Rücken fallen. Sie hörte, wie er erschrocken aufschrie, und dann fiel sie auch schon durch die erste Wolkenschicht. Alle viere von sich gestreckt, genoss sie den freien Fall. Sie sah, wie die Sonne und die Wolken über ihr kleiner wurden und sich weiter von ihr entfernten. Der Wind rauschte um ihren Körper. Sie nahm alle Kraft zusammen und drehte sich in der Luft gen Erdboden. Bald durchstieß sie schon die zweite Wolkenschicht und sah von der schwindelerregenden Höhe hinab auf den Erdboden, der ihr rasend schnell entgegenkam. Ob es nun Zeit war, Angst zu bekommen? Sie sah kurz nach oben und bemerkte, wie Kaleb die Flügel anzog und gleich einem Pfeil in ihre Richtung schoss. Unterdessen wurden die Bäume und Berge, die gerade noch winzig klein wie Punkte und Striche waren, größer und breiter. Die Farben der Natur wurden satter und kräftiger. Sie beschlichen Zweifel. Wie lange brauchte dieser Drache denn?

Kaum hatte sie den Gedanken zu Ende formuliert, umschloss sie Kaleb sanft mit seinen Vorderkrallen. Seine Wärme umhüllte Nuvay und sie fühlte sich sofort wohl und geborgen.

»Hab dich!«, sagte er feierlich. Er presste sie gegen seine Drachenbrust und sie schossen gemeinsam auf den Erdboden zu. Sie spürte, wie er sich spiralförmig drehte und sie so immer schneller wurden. Und schon bald wusste sie nicht mehr, wo vorne, wo hinten, wo oben und wo unten war. Dann endlich öffnete Kaleb die Flügel und ruckartig flogen sie wieder waagerecht. Sie hatte das Gefühl, dass auch ihre Organe sich wieder an die richtigen Stellen platzierten. Nuvay hing in Kalebs Krallen. Er hatte sie unter den Armen gepackt, sodass sie ihre Arme frei bewegen konnte.

»Oh, Kaleb. Das mit dem Drehen nie mehr wieder, ja?«, sagte sie und ihr Magen gab Signale, den Inhalt leeren zu wollen. Nur mit Mühe hinderte sie ihn daran. Sie atmete mehrmals tief ein und aus. Langsam beruhigte sich ihr Magen und sie musste zu geben, dass der Flug in den Krallen auch schön war.

»Kaleb! So ist es ja auch richtig cool zu fliegen!« Sie baumelte mit ihren Füßen in der Luft herum und lachte. »Kaleb, ich fliege!«, sagte sie beglückt.

Er stieß eine Rauchwolke aus und grinste sie schief an. »Es macht Spaß, mit dir zu fliegen«, meinte er bloß.

»Ja, ich weiß. Man kann nicht genug von meinen Flugkünsten bekommen«, entgegnete Nuvay bescheiden. »Stell dir vor, ich wäre ein richtiger Drache! O mein König! Wäre das ein Vergnügen!«

Kaleb erwiderte skeptisch. »Wahrscheinlich hättest du dir in einer Woche das Genick gebrochen.«

»Sagt der Richtige!«, erwiderte sie, schwang dabei ihre Füße in der Luft und wechselte das Thema: »Mann, ist das schön!«

»Ich weiß«, sagte Kaleb.

»Alles so perfekt.« Sie nickte ihm zu und genoss für eine Weile die Gefühle, die die Schönheit der Natur in ihr auslösten. Sie flogen eine Weile so weiter.

»Und? Sollen wir ins Dorf zurück oder willst du noch ein wenig herumfliegen?«, fragte Kaleb.

»Ich will fliegen!«, antwortete sie, ohne zu zögern. »Aber dieses Baumeln nervt schon. Dein Rücken ist bequemer.«

»Warte kurz«, hörte sie Kaleb sagen und im nächsten Moment schwang er sie schon über seinen Kopf auf den Rücken. Sie kam sich plötzlich wie ein kleines Kind vor und musste lächeln.

»Du solltest dich wieder festbinden. Es könnte holprig werden«, riet er ihr. Sie lachte mit steigender Vorfreude. Ihre Hände arbeiteten schnell, da sie es kaum abwarten konnte, wieder mit dem Wind um die Wette zu fliegen. Nachdem sie sich am Seil fixiert hatte, gab sie Kaleb ein Zeichen, dass sie fertig war.

Sofort zog er seine Flügel an und sie schossen im Sturzflug auf den Erdboden zu.

Nuvays Magen verkrampfte sich. »Gib doch ein Zeichen!«, schrie sie.

»JETZT KOMMT DAS FINALE!«

Sie hielt sich so fest wie möglich. Das Seil drückte gegen ihren Körper. Große, mächtige Berge rückten immer näher, Stück für Stück. Der Wind peitschte ihr über das Gesicht und ihre Augen tränten. Sie konzentrierte sich wieder auf Kaleb. Auf seinen Atem, seinen Herzschlag, die kleinsten Anzeichen eines Richtungswechsels.

Kaleb stürzte geradewegs auf einen Berggipfel zu.

Sie versuchte die aufkeimende Panik zu unterdrücken. Konzentriere dich nur auf Kaleb, dachte sie immer wieder.

Der Gipfel kam näher. Auf Kaleb konzentrieren.

Der Gipfel kam noch näher. Auf Kaleb konzentrieren.

Der Gipfel sah ziemlich spitz aus. Verdammt noch mal! Konzentriere dich auf Kaleb!

Dann zuckte Kaleb kurz und lenkte seinen Körper leicht zur Seite, sodass sie haarscharf am Gipfel vorbeijagten und mit einer Mordsgeschwindigkeit am Berg entlang nach unten düsten. Nuvay konnte schwören, dass kein Meter Platz zwischen Kaleb und dem Berggestein war. Und dann rollte er sich im Flug zur Seite. Nun konnte Nuvay den Abstand zum Berggestein besser beurteilen, da sie sich jetzt zwischen Kaleb und den scharfen Kanten und Ecken des Berges befand. Sie drückte sich fester an ihn. Es war ein berauschendes Gefühl mit dem Wind, der an ihnen vorbeirauschte, so nah am Berg hinunterzustürzen. Jedoch hielt dieser Moment nicht lange, denn schon rollte sich Kaleb wieder zur Seite und breitete die Flügel aus. Sofort fingen die mächtigen Flügel sie auf. Sie verloren an Geschwindigkeit und glitten waagerecht und sanft auf den Boden zu. Nuvays Magen krachte dabei mit voller Wucht auf ihr Becken. Sie atmete tief durch.

Kaleb lachte laut. Sie spürte die Vibration seines Körpers.

»Das war nicht schön«, meinte Nuvay.

»Ja, findest du?«, fragte Kaleb sie.

»Ja, finde ich. Ich glaub, ich muss kotzen!« Nuvays Magen verkrampfte sich.

»Nicht auf meinen Rücken! So fliegen richtige Drachen, Nuvay!

Wenn dir ein Drachen auf den Fersen ist, dann drücke dich so eng du nur kannst gegen die Felsen in den Bergen!« Er lachte wieder.

»Ja, ich merks mir!« Sie rollte die Augen, fing aber an zu grinsen, was diesmal aus reiner Nervosität geschah.

# 19 Das Gescheite soll den Narren auf dem Rücken tragen

Das Grinsen wurde sie auf dem ganzen Weg zum Dorf nicht los. Am Dorfeingang wartete sie noch auf Kaleb, bis er sich angezogen hatte. Das Laufen fühlte sich so seltsam an. Gerade schwebte sie noch über den Wolken, jetzt war sie auf dem harten Boden der Tatsachen zurück. Sie öffnete die Haustür und trat hinein. Kaleb folgte ihr. Im Wohnzimmer besprachen Tante Mina, Làlà, Nakim und Simôn anscheinend einige Details der bevorstehenden Reise. Nuvay trat grinsend ein.

Nakim bemerkte ihren Zustand sofort. »Wie siehst du denn aus?«, grunzte er sie an, obwohl er selbst immer noch nicht besser aussah.

Nuvay grinste wieder breit und zutiefst glücklich. Kaleb schaute sie etwas besorgt an. Sie drehte sich zum Spiegel, der immer in der linken Ecke neben der Tür stand, und sah sich an.

»Oh«, gab sie dann von sich. Ihre Haare waren total zerzaust, ihre Wangen rosa und ihre Augen strahlten voller Lebensenergie und Kraft. Sie lächelte und versuchte ihre Haare platt zu drücken, doch sie wollten ihr nicht gehorchen. Dann drehte sie sich immer noch grinsend um und lief auf die Anwesenden zu. In Simôns Gesicht zeichnete sich ein Fragezeichen ab, während Kaleb schuldbewusst seine Mundwinkel nach unten zog und mit den Schultern zuckte.

»Nuvay, Liebes. Geht es dir gut?«, fragte ihre Tante sie vorsichtig.

»Ja, mir gings nie besser«, entgegnete sie immer noch entrückt und grinste fröhlich weiter.

Kaleb räusperte sich verlegen. Nuvay schaute strahlend zu ihm. Simôn sah ebenfalls fragend und leicht verstimmt zu Kaleb. Ein gewisser Vorwurf lag in seinen Blicken. Nakims Blick war eher argwöhnisch und leicht gereizt. Als dann auch Minas Blick sich Kaleb zuwandte, gab er auf und gestand. »Wir sind geflogen.«

»Ihr seid was?«, fragte ihre Tante erregt.

»Ihr seid was?«, rief Nakim wütend aus.

»Ihr seid was?«, meinte Simôn begeistert.

»Ihr seid geflogen«, konstatierte Làlà.

»Ich hab mir gedacht, da ihr auf der Reise sowieso auf mir fliegen werdet, kann es nicht schaden, wenn Nuvay schon mal …«, antwortete Kaleb.

»Warum fliegt ihr ohne mich?«, ging Simôn dazwischen.

»Was? Ich werd nicht auf einem Drachen fliegen! Niemals! Ihr habt nichts von fliegen gesagt!«, protestierte Nakim.

Ihre Tante schaute erschrocken zu Simôn und dann zu ihrem Sohn. Nuvay fing still an zu lachen.

»Ich mein ja nur! Wenn wir sowieso dahinfliegen ...«, sagte Simôn zu seiner Verteidigung.

»Niemals! Keine zehn Pferde kriegen mich auf dieses Tier!«, wandte Nakim ein.

»Nuvay! Hör gefälligst auf zu lachen! Das ist ernst und es war gefährlich!«, fuhr Tante Mina ihre Nichte an.

»Warum hast du das nicht früher gesagt, dass du mit Menschen auf dir fliegen kannst?«, fragte Simôn Kaleb etwas beleidigt.

»Mich kriegt nichts, nichts, von diesem Erdboden hoch! Ich wiederhole nichts!«, wiederholte sich Nakim und zeigte dabei demonstrativ auf den Boden.

»Hör auf zu lachen, Nuvayla!«, schimpfte Tante Mina.

»Ich kann nicht anders, Tante. Das ist alles so schräg ...«, sie hielt sich vor Lachen den Bauch.

»Kaleb, warum durfte ich noch nie mit dir fliegen?«, fragte Simôn vorwurfsvoll.

Kaleb kratze sich am Kopf und lächelte Simôn entschuldigend an.

»Nichts! Niemals, Mann! Ich fliege nicht wie ein Tier! Ich bin ein Mensch und gehöre auf den Boden!«, wurde Nakim immer wütender.

»Nuvay! Hörst du wohl auf!«, schloss sich Tante Mina beim Wütendwerden an.

Nuvay knickte ein und lachte auf dem Boden weiter. Tränen schossen ihr vor lauter Lachen in die Augen.

»Haha ... ich krieg ... hahahaa ... zu viel ... hahaha ...«

»Du hättest wenigstens mal andeuten können, dass wir auf dir fliegen dürfen!«, erneuerte Simôn seine Vorwürfe an Kaleb.

»Ich geh nicht auf diese verdammte Selbstmordreise!« raunte Nakim und trat zornig gegen das Sofa.

»Nuvay, reiß dich gefälligst zusammen!«, war Tante Mina nun vollends erzürnt.

»RUUUUUUUUUUUUUUUUUUUUUUUUHH-HEEEEEEEEEEEEEEEE!!!!!!«,

verschaffte sich Làlà mit einem stimmlichen Gewaltakt Gehör. Augenblicklich verstummte die Runde. »Was ist los mit euch, verdammt?«, legte Làlà nach. Sein feuerroter Kopf richtete sich auf seinen Sohn: »Nakim, ihr werdet auf ihm fliegen. Punkt! Wie gedenkst du sonst mit einem Drachen zu reisen? Denkst du, er wird mit euch dorthin laufen? Auf dieser Reise wird deine dumme Sturheit überhaupt nichts bringen!«

Dann wandte er sich mit demselben Furor Simôn zu: »Und von dir erwarte ich mehr Verantwortungsbewusstsein! Was soll dieses kindische Getue? Das ist eine ernstzunehmende Reise und kein Spaziergang im Wald!«

Dann war Nuvay an der Reihe. Sie schluckte. »Und du lass dir gesagt sein: Du gehst nicht zu deinem Spaß mit. Du sollst auf diese unreifen Bengel aufpassen und nicht noch mit Dämlichkeiten vorangehen.«

Dann sah er wieder alle an.

»Wie, verdammt nochmal, sollen wir einen Haufen wie euch mit gutem Gewissen in die Welt da draußen hinausschicken? Wollt ihr in zwei Tagen als Drachenfutter enden? Das wird eine gefährliche Reise und am Ende wird euch nichts Gutes erwarten!«

Kaleb atmete erleichtert auf. Er war der Einzige gewesen, den Làlà nicht angeschrien hatte. Indes massierte sich Làlà erschöpft die Schläfen und redete ruhiger weiter: »Ihr werdet morgen alle unter meiner Aufsicht mit den Flugstunden anfangen. Nakim und Simôn werden noch dazu einen Crashkurs in Selbstverteidigung sowie Kampf und Krafttraining machen. Kaleb und Nuvay, ihr könnt gerne mitmachen. Die restliche freie Zeit werdet ihr packen oder euch mental auf die Reise vorbereiten. Kein Streit. Keine Diskussionen.«

Mina nickte still.

»Ihr werdet genau in einer Woche abfliegen ... Und bis dahin tut euch und uns einen gefallen und begreift endlich, auf was ihr euch da einlasst!« Er schaute alle noch einmal eindringlich an und verließ enttäuscht den Raum.

Kaleb zog seine Augenbrauen hoch, schaute zu Nuvay und grinste. Nuvay schüttelte leicht ihren Kopf. Sein Grinsen verschwand wieder.

Der weitere Tag verlief ziemlich ruhig. Die Stimmung war eher bedrückt. Làlàs Worte beschäftigten sie. Er hatte zwar etwas überreagiert, aber keiner konnte leugnen, dass ein paar ermahnende Worte angebracht waren. Sie mussten sich besser auf diese Reise vorbereiten. Mental wie körperlich.

Nuvay verbrachte den restlichen Tag damit, mit ihrer Tante kochen zu lernen. Größtenteils war heute das theoretische Wissen dran. Sie musste sich viel aufschreiben. Denn sie erkannte schnell, dass sie eine richtige Niete im Kochen war. Rühreier wurden mit Öl und nicht Wasser zubereitet. Wie kam sie nur auf Wasser? Gegen Abend fing sie an, ihre Tasche zu packen. Ihre Tante gab ihr einen kleinen Topf und eine Pfanne mit. Sie musste an alles denken. Decken, Wechselkleidung, Wasserflasche, Brot. Sie seufzte. Das meiste Essen mussten sie sich da draußen selbst jagen oder sammeln. Nuvay seufzte erneuert. Ihre Tante brachte ihr auch viel über essbare Pflanzen bei. Sie hoffte nur, dass sie nicht aus Versehen giftige Pflanzen benutzte.

Tief in der Nacht legte sie sich erschöpft und müde ins Bett. In ihren Träumen flogen Pflanzen, Töpfe und verdorbenes Essen mit Kaleb zwischen den Wolken um die Wette.

Sie wurde unsanft aus dem Schlaf gerissen. Jemand rüttelte kräftig an ihr.

»Was denn ...?«, brummte sie, als sie die Augen öffnete und verschwommen Nakim in ihrem Zimmer erblickte.

»Mann, hast du einen festen Schlaf! Steh endlich auf! Wir haben gleich 9 Uhr. Und Làlà wartet nicht gerne.«

Die gemeinsame Flugstunde! Sie wurde sofort hellwach und richtete sich abrupt auf. »Mist! Warum weckt ihr mich auch nicht früher?«, fuhr sie Nakim an.

Nakim warf ihr einen wütenden Blick zu. Wer weiß, wie lange er sie schon versuchte, aufzuwecken? Sie räusperte sich. »Ich zieh mich schnell an, dann komme ich.«

Er nickte und ging murrend hinaus.

Nuvay sprang aus dem Bett und ihr wurde schwarz vor Augen. Sie war zu schnell aufgestanden. Sie sammelte sich und zog sich dann hastig an. Zeit zum Frühstücken blieb ihr nicht. Außerdem würde sie ja gleich mit Kaleb fliegen, da sollte man lieber mit nüchternem Magen erscheinen.

»Wir treffen uns oben auf dem Berggipfel, hat Làlà gestern Abend noch gesagt«, erläuterte Nakim, als sie das Dorf verließen. Die Dorfbewohner schienen keine Ahnung über ihre bevorstehende Reise zu haben oder sie interessierten sich schlichtweg nicht dafür. Immerhin wurden sie in Ruhe gelassen.

»Ich will nicht fliegen!«, sagte Nakim stur, als sie den Berg langsam hochstiegen.

»Sei keine Memme!«, entgegnete ihr Nuvay. Sofort erntete sie giftige Blicke von ihm. Sie antwortete mit einem Schulterzucken. Anschließend liefen beide still nebeneinander weiter.

Endlich kamen sie oben an. Dort warteten Kaleb in Drachengestalt sowie Simôn und Làlà auf sie.

»Wo bleibt ihr denn? Ihr seid zu spät!«

»Nuvay ist nicht aufgestanden!«, petzte Nakim.

»Danke!« Sie stieß ihm mit dem Ellbogen in die Rippen, doch es schien ihn nicht besonders zu stören.

»Ein Dauerproblem von mir.« Nuvay grinste Làlà entschuldigend an. »Weißt ja, wie es in der Schulzeit war.«

Ihre Schulzeit ... Nuvays Gedanken schweiften ab. Sie kam damals so oft zu spät, dass das Lehrerpaar im Dorf sich weigerte, sie weiterhin zu unterrichten. Zwar liebte sie es, etwas Neues zu lernen, doch zweifelte sie an der Methode ihrer Lehrerin und ihres Lehrers. Sie waren hochnäsige und besserwisserische Menschen, die sich mehr an der Dummheit anderer erfreuten, als sie aufzuklären. Sie seufzte und lächelte dann, glücklich darüber, nicht mehr zu ihnen zu müssen.

Làlà wisperte wieder enttäuscht vor sich hin. Nuvay sah zu Simôn. Er lächelte sie etwas verlegen an, als er ihren Blick bemerkte.

»Da jetzt alle endlich anwesend sind, können wir uns ja dem eigentlichen Grund zuwenden, warum wir uns getroffen haben!«, begann Làlà auszuführen. »Die nächsten kommenden Tage, Wochen oder Monate wird Kaleb euer Begleiter, Führer und Beschützer sein.«

Kaleb gab einen lauten Grunzlaut von sich und stieß eine Rauchwolke aus. Nuvay musste grinsen, als sie an den bevorstehenden Flug dachte.

»Ihr werdet wohl die größte Zeit auf ihm fliegen, daran gibt es keinen Zweifel. Doch statt ungeübt und kopflos von dannen zu flattern, solltet ihr lernen, wie man einen Drachen am besten reitet ...«

Kaleb gab ein lautes Knurren von sich. »Drachen reitet man nicht. Man hat die Ehre, auf ihnen fliegen zu dürfen!«, übersetzte Nuvay für Kaleb und nickte ihm zu. Er nickte dankend zurück.

Làlà schaute sie leicht verwirrt an, akzeptierte aber den Einwand. »Na, meinetwegen. Ich werde natürlich nicht mitfliegen.

Macht euch da mal keine falschen Hoffnungen. Ich bin nur hier, um aufzupassen, dass ihr euch nicht gegenseitig umbringt.«

Simôn sah zu Nakim hinüber, der gereizt wegsah.

Làlà näherte sich dem Drachen. »Nuvay? Wie bist du das letzte Mal auf ihm geflogen?«, fragte er sie.

Nuvay lief zu Làlà und zeigte ihr die Stelle, wo sie sich hingesetzt hatte. »Da! Zwischen seinen Schultern und den Flügeln, am Nacken. Sehr bequem.«

Làlà begutachtete die gezeigte Stelle. »Hmm. Ja, das sieht doch gut aus«, murmelte er dann vor sich hin.

Simôn trat zu ihnen und schaute sich die Stelle ebenfalls an. »Ja, wird klappen. Wenn Nuvay sich nach ganz vorne setzt und hochrutscht bis zu seinem Nacken, passen wir sicherlich alle drauf.« Nachdenklich lief Làlà um den Drachen herum und musterte ihn.

»Ich will nicht fliegen«, brummte Nakim wieder stur.

»Hör auf damit. Das bringt nichts«, sagte Nuvay und verdrehte ihre Augen.

»Fliegen ist für Bekloppte!«, machte Nakim weiter.

»Und hör auf, so viel zu fluchen!« Nuvay schloss ihre Augen und atmete tief ein und aus.

Kaleb legte sich auf den Boden. Anscheinend hatte er gemerkt, dass es noch etwas dauern könnte, bis sie starteten.

Làlà tauchte wieder auf der anderen Seite von Kaleb auf und klatschte aufmunternd in die Hände. »Ich glaube, am sichersten wäre folgende Anordnung: Nuvay sitzt ganz vorne, hinter ihr Simôn und darauf folgt unser Fels in der Brandung, der alles von hinten sichert: Nakim!«

Nakim warf allen einen verhassten Blick zu.

»Los! Los! Auf mit euch! Versucht mal hochzuklettern!«, spornte sie Làlà an.

»Gut«, erwiderte Nuvay, drehte sich schadenfroh zu Nakim und grinste ihn an. »Wir sehen uns oben!«

Er verzog genervt das Gesicht.

Währenddessen kletterte Nuvay schnell und geschickt auf Kaleb.

»Kaleb?«, fragte sie ihn zaghaft.

»Hm?«, brummte er.

»Bist du müde?«

»Ja, bin fast die ganze Nacht durchgeflogen.«

»Warum das denn? Wir werden doch jetzt auch fliegen.«

»Pff, das ist doch kein Fliegen. Das ist eher ein Transportieren.«

»Pass bloß auf, dass du die Güter nicht verlierst!«

Seine Schuppen dampften leicht und sie drückte sich lächelnd daran. Sie mochte seine natürliche Drachenwärme. Entspannt brummte er wieder und legte seinen Kopf auf den Boden. Er schien ziemlich müde zu sein. Nuvay machte sich Sorgen, dass er doch zu erschöpft war. Da spürte sie hinter sich eine Bewegung. Eine Hand berührte sie am Rücken und sie wurde weiter nach vorne gedrückt.

»Du musst höher rutschen«, sagte Simôn.

Sie half ihm, indem sie sich hoch zog. Mit Schwung stemmte sich Simôn zu ihr und setzte sich hinter sie.

»Nakim! Los, du bist dran!«, drängte Làlà von unten.

Nakim schaute ziemlich grimmig drein. Er machte immer noch kein Geheimnis daraus, dass es ihm nicht gefiel.

»Verdammt!«, fluchte er wieder, gab sich aber dann geschlagen und kletterte ziemlich unbeholfen auf den Drachen.

»Was für ein Dreck!«, fluchte er weiter, als er hinter Simôn saß. »Wie eng ist das denn hier? Machen wir hier jetzt einen auf Kuschelstunde, oder was?« Er schubste Simôn grob nach vorne. »Gehts nicht weiter!« Es war eher eine Aufforderung als eine Frage.

»Nein« antwortete ihm Simôn ruhig.

»Und wie soll ich mich jetzt hier festhalten?«, nörgelte Nakim weiter.

»Halt dich doch einfach an Simôn fest!«, sagte Nuvay gereizt.

»Ja, soll ich mich gleich an seinen Hals schmeißen?«, entgegnete Nakim.

Nuvay seufzte.

»Nakim, hör auf, wie ein Waschweib herumzujammern!«, mischte sich jetzt Làlà ein und fuhr an Kaleb gewandt fort, »Kaleb! Ihr seid abflugbereit!«

Kaleb gab einen müden Laut von sich und bewegte sich leicht.

»Passt auf!«, rief Làlà ängstlich von unten, »Bloß nichts übereilen!«

Kaleb nickte mit halb geöffneten Augenlidern und richtete sich dann langsam auf.

Nuvay hielt sich fester an seinen Schuppen fest. »Los gehts!«, sagte sie freudig zu sich selbst. Kaleb lief langsam zum Bergabhang hin.

»Wir werden doch jetzt nicht da runterspringen?!«, hörte Nuvay Nakim von hinten erschrocken einwerfen.

»Was denkst du denn?«, erwiderte Simôn und lachte aufgeregt.

Nakim griff nach Simôns Armen und drückte sie fest. »Wie kannst du bloß immer so cool bleiben!«

»Wie kannst du jetzt Angst haben?«, schoss er zurück.

»Wer hat denn hier Angst?«, sagte Nakim und drückte sich an Simôn.

» Das ist wirklich wundervoll!«, versuchte Nuvay Nakim von vorne zu beruhigen.

Kaleb blieb am Abhang stehen und sah hinunter. Der Wind wehte nun stärker. In Nuvay brodelte die Aufregung auf. Kaleb gähnte müde und gab einige tiefe Laute von sich.

»Nakim? Bist du bereit?«

»Was? Warum werde nur ich gefragt? Seid ihr schon von Geburt an bereit, oder was?«

Nuvay schüttelte den Kopf. »Anscheinend ist er nicht bereit. Egal, Kaleb, wir können!« Sie beugte sich nach vorne. Sofort taten

Simôn und Nakim es ihr gleich. Kaleb rappelte sich auf und gab ein ohrenbetäubendes Gebrüll von sich.

»Was muckt der denn jetzt so auf?«, donnerte Nakim hinterher.

»Er hat sich wachgerüttelt«, meinte Nuvay und musste grinsen. Sie hätte nie gedacht, dass er bei ihrem ersten Flug so ein Angsthase sein würde. Dann machte Kaleb sich zum Absprung bereit. Seltsamerweise rollte er diesmal seine Schultern, wie eine Katze kurz vor dem Absprung. Dann wurde es still. Kaleb atmete die frische Luft tief ein. Anscheinend konzentrierte er sich.

»Verdammt! Wann springt der endlich?«, wurde Nakim ungeduldig. Da sprang Kaleb ab und sie stürzten in die Tiefe. Senkrecht bretterten sie über die Bäume auf den Erdboden zu.

Nakim schrie so laut er konnte: »WILL DER UNS UMBRINGEN! AAAAARGH!«

Simôn begann zu lachen.

Kaleb grunzte laut und öffnete dann die Flügel. Mit einem Ruck kamen sie in die Horizontale und glitten über ein Meer von Bäumen. Müde schwang Kaleb seine mächtigen Flügel und sie stiegen weiter empor. Nuvay schloss die Augen und zog die frische Luft tief in sich hinein.

»Wundervoll«, hörte sie Simôn leise hinter sich sagen. Sie musste lächeln. Ja, genau das war es. Kein Stück weniger, aber genau das und sogar noch vielmehr.

»Mann ist das hoch!«, sagte Nakim, lockerte seinen Griff um Simôns Arme und begann sich zu gewöhnen. »Dass dieser kleine Drache seit seiner Geburt so eine Aussicht genießen darf!«

Kaleb gab eine zufriedene Rauchwolke aus seinen Nüstern.

»So kann man doch reisen«, flüsterte Nuvay. Sie flogen nicht ansatzweise so hoch, wie beim letzten Mal. Dennoch waren sie hoch über den Bergen. Sie lächelte glücklich.

Die ganze Woche über begann der Tag mit einer Flugstunde. Nakim fand zunehmend mehr Gefallen am Fliegen, während Simôn es schon von Anfang an genossen hatte. Für Nuvay war es einfach nur traumhaft schön. Nach den Flugstunden verbrachten Simôn und Nakim den restlichen Tag mit Làlà. Ab und zu gesellten sich auch Kaleb und Nuvay zu ihnen. Da Souka, der Wachmann des Dorfes, weit und breit der Einzige war, der eine abgeschlossene Kampfausbildung zum Soldaten hatte, unterrichtete er sie in den verschiedenen Kampf- und Verteidigungstechniken.

Nuvay hätte auch zu gerne öfters bei ihnen mitgemacht, doch sie musste immer wieder bei ihrer Tante das nachholen, was sie bisher nie versucht hatte zu lernen: Kochen und Lebensmittellehre. Seltsamerweise stieg ihr Interesse mit jeder weiteren Unterrichtsstunde und sie lernte schnell und viel. Vor allem hatten es ihr die Heilpflanzen angetan.

Die restliche Zeit des Tages verbrachten alle zusammen und tauschten sich darüber aus, was sie heute gelernt hatten. Im Laufe der Woche bemerkte Nuvay, dass sie gar keine Weltkarte von der Oberfläche hatten. Wie sollten sie denn ihr Ziel finden? Kaleb warf ihr einen missbilligenden Blick zu. Er brauche keine Karte. Seine Karte sei in seinem Kopf und detaillierter und genauer als jede von Menschen gemachte Karte. Dagegen war nichts zu sagen. Es gab nicht viele Karten von der Erdoberfläche, weil niemand sie wirklich brauchte. Nur Karten von der Unterwelt hatten sie genug.

Eine Woche verging wie im Flug, und der Morgen, an dem sie aufbrechen sollte, rückte näher. Es war spät in der Nacht. Nuvay war mit Nakim und ihrer Tante bei Làlà. Simôn war auch da. Selbst Souka, Lina und Liona waren da, um ihnen viel Glück und

Erfolg zu wünschen. Sie wussten also Bescheid und laut ihren Aussagen auch alle anderen im Dorf.

Es war ein schöner Abend. Nuvay versuchte ihren letzten Abend im Dorf zu genießen. Jedoch gelang es ihr nicht wirklich. Tief im Herzen empfand sie eine Trauer, die mit jeder Stunde größer wurde. Sie musste immer wieder an den Abschied denken. Auch wenn sie die meisten Dorfbewohner nicht vermissen würde, würde sie doch die Menschen vermissen, die sich gerade mit ihnen hier versammelt hatten. Es war das erste Mal, dass sie so etwas wie Heimweh verspüren würde, ja, wohl schon jetzt verspürte. Bislang hatte sie immer Fernweh empfunden. Kaum zu glauben, dass es morgen schon so weit war. Wer hätte das je gedacht?

Spät in der Nacht verabschiedeten sich ihre Besucher, wünschten ihnen viel Erfolg und gingen nach Hause. Es blieben nur noch Làlà, Mina, Nuvay, Simôn, Nakim und Kaleb übrig. Um Mitternacht herum legte sich eine bedrückende Stille um alle Anwesenden. Selbst Kaleb war ziemlich still und fühlte sich unwohl in seiner Haut. Bestimmt hatte noch nie jemand aus diesem Dorf einen Halbdrachenfreund gehabt, dachte Nuvay. Sie hatten wirklich Kaleb, einen Halbdrachen, als Freund gewonnen. Sie sah zu ihm hin. Er machte einen müden Eindruck. Seine Augen waren trüb. Er war in Gedanken versunken. Ob er daran zweifelte, dass das wirklich eine gute Idee war, dass Nakim und Simôn diese Wahrheit, wie auch immer die aussah, erfuhren? Làlà schien nach wie vor stark daran zu zweifeln, während ihre Tante weiterhin davon überzeugt war. Ob sie ihr Leben verändern würde? Ob die Reise ihr Leben verändern würde? Ob sie sie heil überstehen würden? Und ob Làlà nicht doch mitkommen sollte? Wie dem auch war, er ließ sich nicht umstimmen.

»Nie im Leben werde ich ein Fuß dahin setzten!«, hatte er gesagt. Jetzt blickte er zutiefst verletzt und traurig drein. Was immer sie dort auch erfahren sollten, schien für Làlà sehr schmerzhaft zu sein. Nuvay bekam eine Gänsehaut. Das Gefühl der Angst überkam sie. Doch diese Gedanken nützten ihr nichts. Es war jetzt nicht der Zeitpunkt für schlechte Gedanken, sondern für gute und schöne. Sie spürte, wie jemand sie ansah, und schaute nach rechts. Simôns ernster Blick ruhte auf ihr. In seinen schwarzen Augen leuchtete die Entschlossenheit. Nach einer Weile stillen Beobachtens lächelte er ihr schwach zu. Sie erwiderte sein Lächeln und sah dann hinüber zu Kaleb. Er war weiterhin in Gedanken vertieft. Ihm würde die Reise wohl am meisten zusetzen. Wahrscheinlich. Nuvay wusste, dass sie ihn unterstützen musste. Sie würde immer für ihn da sein! Denn sie bezweifelte, dass er sonst jemanden hatte, der sich um sein Wohl kümmerte. Er sah auf zu ihr. Seine blauen Augen trafen auf ihre schwarzen und Nuvay lächelte ihn an. Er lächelte zurück und versank dann wieder in seinen trüben Gedanken. Prompt verschwand das Lächeln wieder aus seinem Gesicht.

Nuvay sah zu Nakim. Er beobachtete die ganze Zeit über seine Mutter. Wahrscheinlich würde er sie sehr vermissen. Man sah es ihnen nicht an, aber sie standen sich sehr nahe. Nuvay musste wieder lächeln. Sie musste daran denken, wie sehr sie die beiden mit ihren Ecken und Kanten liebte. Es war schön, dass alle beisammen waren. Das Gefühl schien auch Làlà zu haben. Er blickte sich ständig in der Runde um und Nuvay konnte einen Stolz in seinen Augen auflodern sehen. Vor allem, wenn er zu seinem Sohn sah, der es überhaupt nicht zu bemerken schien. Vielleicht wollte er es auch nicht bemerken und vielleicht würde ihm dann der Abschied nur noch schwererfallen. Sie hoffte, dass sich nach der Reise vieles zum Besseren verändern würde. Irgendwo hatte sie mal gelesen, dass man von einer Reise immer als ein anderer Mensch zurückkam. Ob sie diese Veränderungen beeinflussen konnten, wusste sie zwar nicht, aber sie würde alles daransetzen, damit sie sich alle zu besseren Menschen entwickelten.

Ihre Tante saß neben ihr. Sie schaute zu ihr hoch und drückte sie plötzlich an sich und flüsterte ihr ins Ohr: »Egal was passiert: Hab keine Angst! Ihr werdet heil wieder zurückkommen! Das weiß ich!«

Nuvay vergrub den Kopf in den Armen ihrer Tante, genoss ihre wohlige Körperwärme und atmete ihren süßen Duft ein. Sie würde sie unglaublich vermissen.

Ihre Tante ließ sie wieder los und räusperte sich. Alle Blicke wandten sich ihr zu. »Es ist schon sehr spät geworden. Wir sollten langsam alle schlafen gehen. Immerhin wollt ihr früh raus.«

Das waren die Sätze, die an diesem Abend keiner hören wollte. Jetzt wurden sie laut ausgesprochen. Jeder seufzte, Kaleb gähnte und Nuvay musste lächeln. Er grinste zurück. »Das ist wohl unser Zeichen«, meinte dann Làlà. Langsam erhoben sich alle. Niemand redete, während sie zur Tür liefen. Es kam Nuvay so vor, als würden sie zu einer Beerdigung gehen. Ihre Tante, Nakim und sie verabschiedeten sich und machten sich auf den Weg nach Hause. Kaleb blieb bei Simôn. Wahrscheinlich würde er die Nacht hier verbringen. Nuvay hielt den ganzen Weg über die Hand ihrer Tante. Sie redeten auch jetzt nicht. Irgendwann kamen sie zu Hause an und jeder zog sich still in sein Zimmer zurück.

Bevor sie einschlief, kam ihre Tante noch einmal kurz vorbei, gab ihr einen Gute-Nacht-Kuss und deckte sie zu. Eigentlich hatte sie gedacht, dass sie ein wenig länger zum Einschlafen brauchen würde. Kaum hatte ihre Tante das Zimmer verlassen, da schlief sie schon ein.

# 20 Man muss das Glück unterwegs suchen, nicht am Ziel, da ist die Reise zu Ende

Jemand packte Nuvay und rüttelte sie.

»Du lässt einem ja auch keine andere Wahl! Jetzt steh endlich auf!« Nakim zog ihr die Decke weg.

Sofort spürte Nuvay die kalte Luft und öffnete ihre Augen.

»Das waren jetzt fünfzehn Minuten meines Lebens!! Seit fünfzehn Minuten steh ich hier und versuch dich zu wecken!«, rief er ziemlich verärgert.

»Tut mir leid«, murmelte sie verschlafen. »Kann ich denn was dafür?« Sie erhob sich langsam.

»Mach das während der Reise und ich werde dich schlagen!«

»Ich kann doch nichts dafür. Ich hab echt nichts gehört«, sagte sie gequält.

»Juckt mich nicht! Ich prügle dir deinen Schlaf raus!« Ihr Blick wurde ausdruckslos. Einfach der Aufregung zuschieben, dachte Nuvay. Sie schubste ihn leicht zur Seite und stand auf.

»Und ich küss dich dann!«, sagte sie und ein leichtes Grinsen legte sich auf ihre müden Züge.

Nakim verzog wieder das Gesicht. »Komm runter, wir frühstücken!«, befahl er schroff und verließ das Zimmer.

Nuvay seufzte. Wie nett und einfühlsam sein Cousin doch war. Es musste sich etwas an ihm ändern! Das konnte doch nicht so weitergehen. Seine arme Frau und Kinder taten ihr jetzt schon leid.

Sie zog sich um. Dann nahm sie den gepackten Rucksack und legte ihn sich um eine Schulter. An der Türschwelle warf sie noch einen letzten Blick in ihr Zimmer. Seit sie vier war, war dieser Raum ihr Zimmer gewesen. Zwar hatte sie darin mehr geweint als gelacht, aber vielleicht fühlte sie sich genau deshalb mit ihm so sehr verbunden. Immerhin hatte dieses Zimmer so viel Schmerz mit ihr geteilt. Es war ihr Leidensgenosse gewesen. Wie konnte man so eine Bindung zu einem Gebilde aus Steinen und Holz aufbauen? Sie seufzte und schloss dann mit einer leichten Trauer im Herzen die Tür hinter sich zu. Ihr Blick fiel auf den Türknauf. Selbst ihn würde sie vermissen. Doch sie musste ihn genauso loslassen wie alles hier.

Es legte sich eine Last um ihre Brust, die sie kaum ertragen konnte, und das Atmen fiel ihr schwer. Ob das wirklich eine so gute Idee war? Raus in die große Welt? Seufzend schüttelte sie ihren Kopf, während sie die Treppen hinunterlief. Das war jetzt nicht das, was sie brauchte! All diesen Zweifel musste sie verbannen, weil er sie auf ihrer Reise zu einem Hindernis werden und sie aufhalten könnte! Sie würde gleich wieder fliegen! Ein leichtes Lächeln breitete sich in ihrem Gesicht aus. Sie würde viel lernen über sich, über die Welt und über alles, was dazwischenlag. Das Atmen fiel ihr schon leichter.

In der Küche angekommen, legte sie ihren Rucksack ab. Es war wieder einmal still. Langsam ging es ihr auf die Nerven. Musste diese Todesaura unbedingt sein? Das zog sie nur herunter und es war im Grunde unnötig! Sie gingen ja nicht für immer. Sie würden wiederkommen!

»Guten Morgen!« sagte sie lauter als nötig zu Nakim und ihrer Tante. Beide sahen zu ihr auf. Sie nahm all ihre Freude und Zuversicht zusammen und lächelte sie an. Nakim verzog bei ihrem

Anblick das Gesicht. Ihrer Tante kamen die Tränen, doch sie hielt sie tapfer zurück und lächelte ebenfalls.

»Guten Morgen!«, erwiderte sie.

»Und, alle Mann gut geschlafen?!«, drängte Nuvay weiter. Sie wollte endlich diese Stille durchbrechen.

Ihre Tante nickte leicht und lächelte weiter.

»Keiner hat heute Abend besser geschlafen als du!«, meinte Nakim. Ein leichtes Grinsen legte sich aber auf seine Züge.

»Nur das Aufstehen war nicht gerade das Schönste«, gab Nuvay zurück.

Nakim hob drohend seinen Zeigefinger. »Alles über drei Minuten wird dir wehtun!«

»Nakim! Wenn ihr wieder zurück seid und ich mitkriege, dass du meiner Nuvay auch nur ein Haar gekrümmt hast, dann bekommst du es mit mir zu tun!«, gab Mina ihrerseits drohend zurück.

»Sie muss es ja wohl irgendwann lernen!«, verteidigte sich Nakim.

»Doch nicht mit Gewalt!«

Nakim biss stinkig in sein belegtes Brot. »Alsch ob esch bei der andersch funkschionieren würde!«, sprach er dann mit vollem Mund.

»Nicht mit vollem Mund reden!«, wies seine Mutter ihn zurecht.

»Ich schaff es schon. Irgendwie«, brachte Nuvay ein.

Nakim schluckte. »Ich mein ja nur... Was, wenn wir irgendwie morgens angegriffen werden?«

»Naja, schlimmstenfalls würden die wohl denken, ich sei Tod oder so«, sagte Nuvay grinsend.

Nakim warf ihr einen zornigen Blick zu. »Das ist einfach dumm und gefährlich! Du musst es dir abgewöhnen! Ich werde es dir schon abgewöhnen!«, sagte er und grinste schief.

Nuvay sah verängstigt zu ihrer Tante.

»Er macht nur Spaß! Keine Angst, Nuvay!«

»Wenn du mich schlägst, dann kuschle ich mich in der Nacht immer an dich!« Bei dem Gedanken daran musste sie laut auflachen.

Nakim sah angeekelt zu seiner Mutter. »Das ist widerlich! Ich bring sie ehrlich um, wenn sie so etwas macht!«

Seine Mutter schüttelte ihren Kopf und verdrehte ihre Augen. »Sei einmal bitte deinem Vater nicht so ähnlich!«, schimpfte sie leise. »Dieses harte Getue bringt dich überhaupt nicht weiter, mein Sohn!«

»Was? Soll ich wie sie sein und mich an alles ankuscheln, was zwei Augen und Beine hat?«

»Ich kuschle mich nicht an alles ran!«

»Und ob!«

»Tante, guck mal, wie er mich ansieht! Als ob das schlimm sei, wenn ich gerne Menschen umarme!«

Ihre Tante schüttelte nur wieder ihren Kopf.

»Was denn? Zu einem Mann passt das halt nicht! Ein Mann hat hart und kalt zu sein!«

»Zu einem Mann passt das halt nicht!«, äffte Nuvay ihn nach und fragte dann provozierend: »Sagt wer?«

»Wie, sagt wer? Es ist einfach so!«

»Mann, du bist schlimmer als ein Troll, falls es Trolle überhaupt gab...«

»Das verstehst du nicht!«

»Ich merks.«

»Und es gab Trolle! Wir Menschen haben uns aus ihnen entwickelt.«

Du hast dich vielleicht aus ihnen entwickelt, dachte Nuvay. Sie wagte nicht, diesen Gedanken laut auszusprechen. Meine Vorfahren waren bestimmt keine Trolle.

»Gut, gut. So, jetzt isst endlich was!«, sagte ihre Tante besonnen.

Es wurde wieder still und sie aßen langsam weiter. Nuvay musste grinsen. Diese Atmosphäre gefiel ihr schon viel besser.

Nach dem Frühstück verließen alle gemeinsam die Wohnung in Richtung Dorfausgang.. Nuvay versuchte, nicht in nostalgische Erinnerungen abzuschweifen, während sie durch die Dorfstraßen liefen. Einige Dorfbewohner sahen ihnen hinterher, aber keiner traute sich, sie anzusprechen. Sie liefen weiter und passierten den Ausgang. Draußen sahen sie eine kleine Menschenmenge und auch Kaleb, der wieder ein Drache war und ziemlich nervös auf dem Boden scharrte.

Làlà, Simôn, Lina, Souka, Liona und selbst Gimmi waren gekommen. »Da seid ihr ja endlich. Es wird Zeit, Kinder!«, sagte Làlà ziemlich nervös.

Nuvay lächelte ihn an. »Wir sehen uns bald wieder!«, sagte sie.

Er lächelte beruhigend zurück. »Ja, bald.« Dann kam er ihr näher und umarmte sie etwas unbeholfen. Nuvay drückte ihn fest. Ihr kamen einige Tränen. »Okay, kommt, verabschiedet euch schnell. Und dann nichts wie weg mit euch!«, sagte Làlà.

Nuvay wandte sich Liona zu, die zu ihrer Rechten stand, und lächelte sie an. »Danke, dass ihr gekommen seid!«

Liona lächelte zurück und umarmte Nuvay ebenfalls ganz fest. »Passt bloß auf euch auf!«, sagte sie und schniefte leise.

Nuvay nickte. Ihr kamen wieder die Tränen. Warum mussten auch alle so übertrieben! Es war doch nur ein kurzer Abschied …

Als Nächstes wandte sie sich Lina zu und sah ihr aufmunterndes Lächeln. Ihre Lippen sahen nicht mehr so schlimm aus, dachte Nuvay. »Glaub mir Nuvay, es ist genau das Richtige!«, flüsterte sie ihr bei der Umarmung ins Ohr und ergänzte dann: »Aber pass gut auf dich auf, ja?« Eine Träne lief ihr über ihre Wange, als sie einander losließen. Nuvay schüttelte leicht ihren Kopf und sah sie traurig an. Sie konnte gerade noch ihre Tränen zurückhalten.

»Nicht weinen, Lina. Wir werden uns bald wiedersehen!«

»Denk immer an das, was ich euch beigebracht habe. Wenigstens die grundlegenden Dinge«, sagte Souka. »Kind! Trenn dich nicht von der Gruppe! Lauf niemals alleine durch die Gegend!« Er hielt inne und sah sie traurig an. »Ach, pass einfach auf dich auf!«, sagte er dann und umarmte sie ebenfalls. Nuvay wurde es bei so viel Zuneigung und Fürsorge ganz warm ums Herz.

»Okay, Souka«, konnte sie ihm bloß antworten.

»Jetzt gibt sie mir auch mal!«, ging Gimmi dazwischen. Souka ließ Nuvay los und sofort drückte sie schon Gimmi an sich und umarmte sie kräftig. Sie bekam fast keine Luft, doch bevor sie blau anlief, ließ er sie wieder los. Sie holte tief Luft.

»Pass auf dich und die anderen auf, ja?«, sagte er seufzend.

Sie musste lächeln. Er schwitzte leicht an der Stirn, ansonsten konnte sie keine Zeichen seiner Störung wahrnehmen. Er machte wirklich große Fortschritte.

»Ich gebe mein Bestes!«, antwortete sie, drehte sich um und sah, wie Simôn gerade seinen Vater umarmte. Sie wirkten beide äußerst hölzern dabei, als hätten sie Stöcke verschluckt. Sie seufzte.

Ihr Blick wanderte dann weiter zu Nakim und Mina. Sie konnte nicht glauben, was sich ihren Augen darbot: Nakim umarmte seine Mutter. Sie hätte nie gedacht, dass Nakim zu so etwas fähig wäre. Verwirrt schüttelte sie den Kopf. Er stellte sich dabei gar nicht mal so verklemmt an, um Längen besser als Simôn und sein Vater. Es war einfach ehrlich, innig und warm.

Ihr Blick schweifte weiter und blieb bei Kaleb stehen. Gimmi war gerade zu ihm gegangen und sagte ihm etwas. Kaleb nickte nur, da er wusste, dass Gimmi ihn in seiner Drachengestalt nicht verstand. Seine Augen zeigten, wie unsicher er war, aber auch, wie gut es ihm tat, dass sich hier auch jemand um ihn kümmerte. Nuvay wurde von der Seite angetippt und drehte sich um. Ihre Tante stand vor ihr. Sie sah sie mit der Wärme und Fürsorge einer Mutter an- Irgendwie konnte Nuvay nun ihre Tränen, die schon die ganze Zeit versuchten auszubrechen, doch nicht mehr zurückhalten und sie weinte.

»Nein, nein, nein, Liebes!« Ihre Tante legte ihre Hände auf ihre Wangen und strich ihr die Tränen vom Gesicht. »Nicht weinen!«, sagte sie leise, obwohl auch sie den Tränen ziemlich nahe war. »Nicht weinen«, flüsterte sie noch einmal. Nuvay konnte nicht reden. Sie hatte einen Kloß im Hals und nickte nur mit zitternden Lippen. Behutsam umarmte ihre Tante sie und drückte sie so fest, wie sie nur konnte, an sich. Sie sog ihren süßlichen Duft tief ein, verschwand in ihrer Wärme und wollte nicht mehr gefunden werden. Alle Tränen unterdrückend, auch die, die sich neu anbahnten, lösten sie sich wieder voneinander. Nuvay sah ihre Tante an. Sie versuchte dabei, furchtlos zu wirken, und wusste doch ganz genau, dass es ihr nicht gelang. Ihre Tante lächelte. »Na los! Es ist so weit!«, schniefte sie und führte Nuvay zu Kaleb. Simôn folgte ihnen und Nakim stand noch bei Làlà.

»Bereit?«, fragte Simon sie sichtlich aufgeregt, aber auch besorgt.

Sie atmete tief durch und schaute Simôn an. »Ja«, sagte sie dann entschlossen.

Simôn lächelte: »Ich auch.«

»Dann wollen wir!«, flüsterte sie und versuchte auf Kalebs Rücken zu klettern. Er zuckte leicht zusammen, als er ihre Berührung spürte. Nuvay kletterte gekonnt auf den Drachen und Simôn folgte ihr. Es dauerte nicht lange und sie spürte ihn hinter sich. Nakim stieß zu ihnen.

»Jetzt ist es wohl so weit«, hörte Nuvay ihn sagen. Nuvay musste schlucken. Ihre Hände zitterten und sie konnte sich nicht so gut an Kalebs weichen Schuppen festhalten. Sie sah hinab auf die Menschen, die sie liebten. Es waren nicht sehr viele, aber dafür war ihre Liebe rein und ehrlich.

Nuvay lächelte ängstlich und hoffte, dass sie alle wiedersehen würde. Kaleb bewegte sich langsam.

Nuvay sah zu ihren Freunden und ihrer Familie. Sie lächelten zurück und einige riefen ihnen etwas zu, doch sie verstand sie nicht. Sie sah zu ihrer Tante. Eine Träne lief über ihr schönes Gesicht.

»Wir können los, Kaleb!«, sagte Nuvay leise.

Dann stand der mächtige Drache majestätisch auf und bohrte die Krallen in die Erde. Sie sah noch einmal zu der Menschenmenge hinter sich. Plötzlich brüllte Kaleb laut auf und sprintete los. Mit seinen kräftigen Beinen sprang er ab und erhob sich, die prächtigen Flügel schlagend, in die Luft. Staub wirbelte auf. Die Reise hatte begonnen. Der Wind wehte Nuvay weich um die Ohren und über die Haut. Es wurde langsam frisch. Sie flogen höher und höher. Unter ihnen zog langsam die Landschaft vorbei und über ihnen strahlte die Sonne sie von einem wolkenfreien Himmel aus an.

# 21 Personenverzeichnis

### Nuvay (Nuvayla)
abenteuerlustiges Mädchen aus dem Dorf

### Kaleb
der weiße Drache

### Nakim
Nuvaylas Cousin, Sohn von Mina

### Simon
Sohn des Bürgermeisters Làlà

### Mina
Tante von Nuvayla, Mutter von Nakim

### Làlà
Bürgermeister des Dorfes, Vater von Simon

### Souka
Wachmann im Dorf

## Gimmi

Arzt im Dorf

## Lina

frühere beste Freundin von Nuvayla

## Liona

Mutter von Lina

## Navid

ein alter Freund von Nuvayla

## Miona

Mutter von Navid

## Viola

Lilanes Drachenweibchen